1450 VERLAG
BRINKHAUS

Impressum:

Umschlaggestaltung/Layout/Satz/Produktion:

sli.communication ltd liab. co, the advertising agency, sli.ch

Lektorat: Arnold Klaffenböck

ISBN 978-3-906900-17-9

www.brinkhausverlag.ch

www.bozzetto.org

Hermann Alexander Beyeler

Gerd J. Schneeweis

G.A.R.S.

Geiheimakte Rommel-Schatz

Bozzetto-Trilogie Teil 2

Roman

Brinkhaus Verlag

Worte aus einem Märchen

„Das kann ich nicht glauben!", sagte Alice.

„Nein?", antwortete die Königin in mitleidigem Ton. „Dann versuch es noch mal: hol tief Luft und schließe die Augen."

Alice lachte. „Das hat keinen Zweck", sagte sie. „Man kann nicht an unmögliche Dinge glauben."

„Ich wage zu behaupten, dass du einfach noch nicht genug Übung darin hast", sagte die Königin. „Als ich in deinem Alter war, habe ich immer und jeden Tag eine halbe Stunde geübt. Ja, manchmal habe ich an nicht weniger als sechs unmögliche Dinge geglaubt – noch vor dem Frühstück!"

*

Alice: „Wie lange ist für immer?"

Weißer Hase: „Manchmal nur für eine Sekunde!"

*

Zitate aus: „Alice im Wunderland", einem 1865 erschienenen Kinderbuch des britischen Schriftstellers Lewis Carroll.

... und genau in ein solches Wunderland irrational erscheinender Realitäten sind auch die Autoren vor langer Zeit gemeinsam eingetaucht. Als sie endlich wieder zurück waren, saß Sophie am Rande eines nahen Teiches und sah beide erstaunt an: „Das kann ich nicht glauben", sagte sie. „So lange habe ich auf euch gewartet und fast schon nicht mehr daran glauben können, dass wir drei uns finden."

Dann stand Sophie auf, küsste Max und HAB sanft auf die Stirn und trat vorsichtig einen Schritt zurück, so, als ob sie sich vergewissern wollte, ob sich beide hoffentlich nicht doch in einen Frosch verwandeln würden. Aber zum Glück geschah nichts. Also begrüßte Sophie sie erneut: „Willkommen in der Realität, ihr beiden!"

In unserem zweiten Teil der „Bozzetto-Trilogie" wird erneut immer wieder die Wahrheit zu unglaublichen Ereignissen und Dingen erzählt. Oft ist das eine Wahrheit, die man lieber nicht glauben möchte, aber genauso oft kommt sie unter dem Deckmantel der Fiktion daher, die man so gerne glauben möchte. Wir hoffen aber, dem Leser genügend Spielraum für seine eigene Fantasie gelassen zu haben, denn nur so kann vor dessen geistigem Auge eine jeweils eigene, neue Welt entstehen. In diesem Sinne wünschen wir Ihnen viel Spaß beim Lesen dieses unglaublichen Romans. Ein Verzeichnis der im Roman vorkommenden Personen finden Sie am Ende dieses Buches.

Über Kritik & Anregungen freuen wir uns immer, und genauso gerne beantworten wir Ihre Fragen zum Inhalt des Romans.

Luzern/Linz, im Mai 2018 – Hermann Alexander Beyeler & Gerd J. Schneeweis

Fakten – nichts als Fakten!

Am 11. Januar 1941 erlässt Adolf Hitler die berüchtigte *Weisung Nr. 22*. Unter dem Codenamen *Operation Sonnenblume* ist sie die Grundlage für das Eingreifen der deutschen Armee im prestigeträchtigen Afrikafeldzug, den Italien auf mittlerweile verlorenem Posten führt.

Bereits am 11. Februar 1941 landen die ersten deutschen Truppen in Tripolis. Leiter der Operation ist einer der herausragendsten Feldherren in Hitlers Angriffskriegen: Generalleutnant Erwin Rommel.

Rommel benötigt nur wenige Tage für ein erstes Resümee: Die defensive Haltung des italienischen Generals Italo Gariboldi hält er für falsch. Er will unbedingt offensiv gegen die britischen Truppen vorgehen. Sein Motto: „Wer nur verteidigt, gewinnt keinen Krieg."

Unter Rommels Leitung wird der Afrikafeldzug zu einem schnellen Bewegungskrieg. Sein Vorteil: Das flache Wüstenland eignet sich vorzüglich für den Einsatz seiner geübten schlagkräftigen Panzertruppen.

Trotz eines zahlenmäßig weit überlegenen Gegners ist er aber schon in den ersten kleineren Gefechten des Afrikafeldzugs gegen britische Truppen siegreich. Durch seine listenreiche Taktik erlangt er innerhalb weniger Monate den Ruf des unbesiegbaren Panzergenerals. Rommels Erfolge bringen ihm einen klangvollen Beinamen ein: Ab jetzt nennen ihn Freund und Feind nur noch bewundernd den *Wüstenfuchs*.

Am 26. Mai 1942 setzt Rommel alles auf eine Karte und startet das *Unternehmen Theseus*. Sein Ziel ist die Eroberung des wichtigsten Stützpunktes der britischen und französischen Streitkräfte: das libysche Tobruk.

Es wird ein Blitzkrieg mit schnellem Überraschungserfolg: Bereits am 21. Juni 1942 kapituliert der Befehlshaber der alliierten Streitkräfte, Generalmajor Hendrik B. Klopper. Mit ihm geraten etwa 35.000 Soldaten in deutsche Gefangenschaft. Es ist der bedeutendste Sieg des Generalleutnants Erwin Rommel. Hitler reagiert prompt auf den so wichtigen Sieg: Nur einen Tag später ernennt er den Wüstenfuchs zum jüngsten Generalfeldmarschall aller Zeiten – Rommel ist zu diesem Zeitpunkt gerade einmal 52 Jahre alt und von heute auf morgen nach Hitler der bekannteste Deutsche seiner Zeit.

Die Folgen für die Bevölkerung sind drastisch. Gestärkt von Rommels Kriegserfolgen in Nordafrika beschließt das Naziregime in Berlin daraufhin, den Holocaust in Tunesien und den angrenzenden nordafrikanischen Staaten fortzusetzen.

Für die Juden in Palästina stellt der deutsche Vorstoß eine immense Bedrohung auf sicher geglaubtem Gebiet dar.

Am 13. Juli 1942 wird dazu in Berlin eine „Einsatzrichtlinie" zwischen SS und Wehrmachtsführung vereinbart. Sie entspricht weitgehend den Vereinbarungen für den nationalsozialistischen Massenmord in der Sowjetunion. Auch in Afrika ist das Einsatzkommando ab sofort berechtigt, „im Rahmen seines Auftrages in eigener Verantwortung gegenüber der Zivilbevölkerung Exekutivmaßnahmen zu treffen."

Im Klartext ist es ein Freibrief für skrupellose Gewalt an der Bevölkerung Nordafrikas.

Schon am 20. Juli 1942 trifft auf Befehl des Reichsführers SS und Chef der Deutschen Polizei Heinrich Himmler ein hundert Mann starkes Sondereinsatzkommando der SS in Tobruk ein.

Die Leitung des Einsatzes hat Himmler dem brutalen SS-Obersturmführer Walter Rauff übertragen. Er ist der Erfinder der berüchtigten „Gaswagen“, mit denen er zuvor eine „richtungweisende neue Eskalationsstufe der Judenpolitik“ geschaffen hat. Etwa eine halbe Million Menschen sind bereits mit Auspuffgasen erstickt worden.

Der vollkommen bedenkenlose Technik-Tüftler Rauff war damit zu einem zentralen Organisator des Holocausts geworden – auch in Nordafrika.

Rauff und seine Kumpane gehen skrupellos gegen die Juden, aber auch gegen die gesamte Bevölkerung vor. Zwangsweise werden Zehntausende in die mehr als 30 konzentrationslagerähnlichen Arbeitslager verbracht. Niemand schert sich um sie, obwohl die Zustände innerhalb dieser Lager zutiefst menschenverachtend sind.

Rauffs Männer rauben, morden und erpressen. Allein aus der jüdischen Gemeinde auf der Insel Djerba werden über zehn Millionen Franc und knapp 50 Kilogramm Gold herausgepresst.

Was sie sonst noch zusammentragen, kann sich ebenfalls sehen lassen: Hunderte Kilo an Gold, Platin und Schmuck haben sie erbeutet, dazu Antiquitäten von unschätzbarem Wert. Es ist ein Millionenschatz der ganz besonderen Art, den man wenige Jahre später nur noch den *Rommel-Schatz* nennen wird. Es ist eine zweifelhafte „Ehre“, die dem *Wüstenfuchs* keinesfalls gerecht wird: In Wahrheit ist es natürlich „Rauffs Schatz“, und mit dem Goldraub in Afrika hatte Rommel selbst nie etwas zu tun.

Rommels Erfolge bleiben schließlich aus. Sie scheitern an der erdrückenden Übermacht der alliierten Streitkräfte. Im Mai 1943 wird der Abzug aus Nordafrika schließlich unvermeidbar, und auch der SS-Mann Rauff wird nach Italien ausgeflogen. Zuvor lässt er seine Beute in sechs eiserne Munitionskisten einschweißen. Die Kisten sind nicht sehr groß, nur 1 × 1 × 0,5 Meter. Dennoch wiegen einige von ihnen mehrere hundert Kilo.

Jeweils sechs kräftige Männer werden benötigt, die Kisten auf Schnellboote zu verladen. Der Plan: die Kriegsbeute an den alliierten Streitkräften im Mittelmeer vorbei über Sardinien und Korsika zunächst in den von deutschen Truppen gehaltenen Hafen in La Spezia zu bringen.

Die Mission gestaltet sich jedoch schwieriger als erwartet und nimmt vor allem mehr Zeit in Anspruch als geplant. Hitlers Afrikafeldzug scheitert ab jetzt schnell und endgültig.

Der nach Rommels Abzug aus Tunesien verbliebene Generaloberst Hans-Jürgen von Arnim kapituliert mit den kläglichen Resten der 5. Panzerarmee bereits am 12. Mai 1943.

Mit dieser wohlüberlegten Entscheidung dürfte von Arnim Tausenden seiner Soldaten das Leben gerettet haben, obwohl Hitler persönlich unmissverständlich auf brutalste Weise eingefordert hatte, dass „das deutsche Volk von Ihnen erwartet, dass Sie bis zur letzten Patrone kämpfen."

Die Bilanz des Krieges ist erschreckend: 362.341 Italiener, 151.994 Deutsche, 3.343 Vichy-Franzosen, 220.000 Briten, 18.221 US-Amerikaner und 16.000 Freie Französische Streitkräfte haben in diesem grausamen „Prestigekrieg auf einem Nebenschauplatz" ihr Leben verloren.

Rauff reagiert auf diese aufgezwungene neue Situation mit einer Planänderung. Er beschließt, seine kostbare Kriegsbeute zunächst nur bis Korsika zu transportieren. Der direkte Weg ins sichere La Spezia ist ihm wegen der erhöhten Präsenz alliierter Streitkräfte im Mittelmeer zu gefährlich geworden.

Das Unternehmen ist ohnehin eine hochbrisante, geheime Kommandosache. Hitler fiebert in Berlin begierig „seinem Schatz" entgegen. Aber jetzt ist selbst er zum Warten verdammt.

Rauff sucht und findet sein Versteck auf Korsika, das Kapuzinerkloster St. Antoine in der Nähe von Bastia, hoch am Berg gelegen, unterhalb der Mündung des Flusses Golo. Dort werden die verschweißten Munitionskisten am 17. Mai 1943 von seinen SS-Schergen sorgfältig im Keller versteckt.

Dieses Versteck wurde immer wieder angezweifelt. Heute jedoch weiß man, dass es sich nicht um eine der vielen Legenden handelt, die sich im Laufe der Jahrzehnte um den *Rommel-Schatz* gebildet haben, sondern um mittlerweile wissenschaftlich verifizierte Fakten, denn:

1. *Mathieu d'Arbois, der Prior des Klosters, wird zum letzten noch lebenden Zeitzeugen. Er wird das später haarklein bestätigen.*
2. *Im November 2006 wird ein Geheimdokument aus dem Archiv der CIA für die Öffentlichkeit freigegeben. Es belegt: Rauff leitete tatsächlich von Juli bis zum 8. September 1943 einen Trupp der SS-Sicherheitspolizei auf Korsika, darunter 30 seiner Männer aus Afrika.*

Erst am 5. September 1943 gelingt es Rauff, die bis dahin streng bewachten Kisten von SS-Leuten in zwei Lkws zu verfrachten. Sie verlassen anschließend das Kloster in Richtung Bastia-Hafen. Mitsamt der heiklen Fracht werden die beiden Lkws auf ein Schiff verladen. Kurze Zeit später verlässt das schwere Last tragende Schiff den Hafen. Ziel ist erneut das italienische La Spezia. Von dort aus soll die Beute endlich direkt weiter nach Berlin gebracht werden. Doch auch diese Mission scheitert: Kaum hat das Schiff den Hafen verlassen, wird es von amerikanischen Jagdfliegern unter Geschützfeuer genommen. Vergeblich versucht der Kapitän abzudrehen, aber die tonnenschwere Last und stürmische See behindern die Manövrierfähigkeit des Schiffes.

In Wahrheit wird es nie eine Rolle spielen, warum der Kapitän direkt nach dem gefährlichen Fliegerangriff in kurzen Abständen beide Lkws über Bord gehen lässt. Fest steht: Einer der beiden Lkws wird südlich von Bastia an der Mündung des Flusses Golo angeschwemmt. Die auf diesem Lkw angeblich versteckte wertvolle Ladung wird nie gefunden.

Der zweite Lkw samt der darin befindlichen Kriegsbeute bleibt verschwunden – bis zum heutigen Tag.

KAPITEL 1

„Was zum Teufel willst du tun? Auf Schatzsuche gehen? Bist du denn jetzt von allen guten Geistern verlassen?"

Maximilian Prückner geriet selten außer Fassung, aber jetzt war er gerade dabei, völlig die Contenance zu verlieren.

Sein Gesprächspartner am anderen Ende der Leitung jedoch ließ sich davon nicht im Geringsten beeindrucken und redete einfach unbeirrt weiter. Am Ende des langen Gesprächs hatte Hans Albert Bilgrin seinen Freund wenigstens halbwegs von seinem unglaublichen Plan überzeugt.

Bedächtig legte Maximilian Prückner das Handy neben sich und stellte es vorsichtshalber auf lautlos. Die Tragweite der erstaunlichen Nachrichten, die er soeben erhalten hatte, erforderte jetzt offenbar seine ganze Aufmerksamkeit, und für heute wollte er keine Störungen mehr riskieren. Dazu schien die Sache zu brisant.

Bewusst langsam bewegte er sich zu seiner ehemals pikfeinen, wenn auch für heutige Verhältnisse völlig veralteten analogen Stereoanlage. Dessen Glanzstück war der *Referenz-Tuner TU 9900* von *Sansui*. Gerade von diesem Zehn-Kilo-Monster mit seiner in ganz besonders giftigem Mintgrün beleuchteten Senderskala hatte er sich nie trennen können. Auch wenn er deswegen ziemlich oft dem Spott seiner in dieser Hinsicht weniger ambitionierten Freunde ausgesetzt war, die das wunderschöne Gerät ausschließlich als „halloweentauglich“ abgetan hatten. An diese aus vielen Einzelstücken unterschiedlicher Marken zusammengetragene Anlage war ein ebenso alter High-End-Plattenspieler der Marke *IMF* angeschlossen. Auch dieses rare Stück war eine optische Augenweide. Zumindest ohne aufgelegte Platte hätte man das „Ding“ aus transparentem Acryl leicht für einen Helikopter mit drei Rotorblättern halten können, jederzeit bereit, abzuheben. Design pur, und für Max damals wie heute immer noch der beste seiner Art, gemäß dem Motto: „Es gibt Plattenspieler, und es gibt Plattenspieler von IMF“. Es waren per Handarbeit in einer verschwindend geringen Anzahl gefertigte Einzelstücke, die zu Beginn der Siebzigerjahre in alle Welt an High-End-Freaks verstreut wurden.

Routiniert balancierte er den Tonarm über die alte Vinylplatte, sodass ihn die hydraulische Dämpfung sanft in die Anfangsrille einer Schallplatte senkte, die er bereits zuvor aufgelegt hatte: Mozarts *Requiem*, eines seiner Lieblingsstücke klassischer Musik.

Ohne Eile machte er es sich in seinem Lieblingssessel bequem, goss sich einen weiteren Schluck Tee in die während des Gespräches leer getrunkene Tasse und nahm genussvoll einen kräftigen Schluck daraus. Dass der Tee aufgrund des lang andauernden Telefonats nur noch lauwarm war, störte ihn heute ausnahmsweise einmal nicht.

Max schloss die Augen, um erneut dem ersten Satz des *Requiems* zu lauschen, dem berührenden *Agnus Dei*. Mittlerweile hatte er es sich völlig abgewöhnt, klassische Musik in der heutzutage üblichen digitalen Form zu hören. Für ihn entfaltete sich der wahre Genuss der Musik ausschließlich über die Wiedergabemöglichkeiten des guten alten Plattenspielers. Die multiple Klangentfaltung von Vinylplatten war für ihn unerreicht. Nichts entführte authentischer in die Zauberwelt klassischer Musik.

Je mehr er darüber nachdachte, desto seltsamer erschien es ihm, dass alles auch dieses Mal so begann wie damals, als ihn Hermann Albert Bilgrin, den seitdem alle nur noch „HAB" nannten, wegen der Geschichte mit dem *Bozzetto* Michelangelos angerufen hatte. Etwas mehr als zwei Jahre waren seither vergangen, aber zwischen den beiden Männern hatte sich in dieser kurzen Zeit eine tiefe Freundschaft entwickelt, wie es für Max zuvor kaum vorstellbar gewesen wäre.

Natürlich waren beide Anlässe nur schwer miteinander zu vergleichen. Dennoch waren sie sich auf den ersten Blick erstaunlich ähnlich. Wieder war es HAB gewesen, der Max angerufen hatte. Damals wie heute ging es darum, ein irgendwo tief verborgenes Geheimnis zu lüften.

Dem Geheimnis um den sagenumwobenen *Bozzetto* waren sie damals nur sehr langsam auf die Spur gekommen. Danach hatte sich die ganze Sache in ein wahrhaft teuflisches Inferno verwandelt, um sich schließlich schnell und unaufhaltsam als ein waghalsiges, lebensgefährliches Unternehmen zu entpuppen. Dem Tod waren sie zu guter Letzt nur knapp entkommen. So etwas wollten sie nie wieder erleben.

Was HAB jetzt im wahrsten Sinne des Wortes ausgegraben hatte, würde zum Glück weitaus ungefährlicher sein. Dennoch klang es verheißungsvoll und versprach möglicherweise sogar erneut ein spannendes Abenteuer.

Obwohl sich bei Max zunächst sämtliche Nackenhaare aufgestellt hatten, war er plötzlich gerne bereit, wieder einmal ein bisschen mehr Schwung in sein Alltagsleben zu bringen. Die Aussicht auf ein neues Abenteuer schien viel zu verlockend, als ihr zu widerstehen. Max war wie elektrisiert. Vielleicht bemerkte er es deshalb nicht, dass das bislang eher beschaulich dahinplätschernde *Requiem* gerade in den vierten Teil, das *Dies irae* übergegangen war. Aber wie hätte er auch auf die Idee kommen sollen, die „Tage des Zorns" mit diesem völlig harmlos klingenden Abenteuer in Verbindung zu bringen?

Was HAB da in die Finger bekommen hatte, war offenbar eine alte, handgezeichnete Seekarte. Angeblich die Karte zu einem Millionenschatz, der von unzähligen Mythen umrankt war. Auch Max hatte schon davon gehört, diesen Hirngespinsten jedoch nie eine Bedeutung beigemessen. Über 70 Jahre hatte man diesem Schatz fieberhaft nachgespürt. Jetzt aber glaubte sein Freund HAB offenbar allen Ernstes, einen deutlichen Hinweis auf die vielen hundert Millionen Dollar des sagenumwobenen *Rommel-Schatzes* gefunden zu haben.

Das klang für ihn alles so unglaublich wirr, dass er es zunächst für einen von HABs üblichen „kleinen Scherzen" gehalten hatte.

„Wenn du es nicht glaubst, lieber Max, dann komm doch einfach zu mir nach Luzern! Ich zeig sie dir gerne – die Schatzkarte", fügte HAB so schnippisch hinzu, dass Max sein Grinsen über das ganze Gesicht förmlich durch das Telefon sehen konnte, „und noch einen ganzen Karton unzähliger Beweise und Unterlagen dazu."

Max reagierte bewusst nicht, aber HAB schien seine nach wie vor ungläubige Reaktion zu spüren.

„Komm einfach her und schau es dir an, Max."

Es war eine lakonische, ruhige Antwort, ohne jede Emotion.

Max fing an zu begreifen. „Kein Scherz also?"

„Nein." HAB meinte es tatsächlich ernst, auch wenn es *unglaublich* war …

Das alles ließ Max jetzt langsam erneut Revue passieren, während er immer noch ergriffen der wunderbar verzaubernden Musik Mozarts lauschte.

Grade Mozarts *Requiem* hatte für ihn nach den Erlebnissen mit dem mystischen *Bozzetto*-Gemälde, Michelangelos Entwurf zur Ausmalung der Sixtinischen Kapelle im Vatikan, eine ganz besondere Bedeutung gewonnen.

Wie Michelangelo hatte auch Mozart seine eigenen, höchstpersönlichen Regeln gebrochen, indem er den Auftrag zur Komposition dieses großartigen Werkes von einem anonymen Auftraggeber angenommen und damit gleichzeitig zugestimmt hatte, dass dieser es als sein ureigenes Werk der Öffentlichkeit präsentieren durfte.

Auch Mozart war schließlich der Gier nach Geld erlegen. Wenn aber Max etwas genau wusste, dann war es über die Gefährlichkeit der Gier nach Geld und Macht. Das hatte ihn seine Begegnung mit dem mystischen Gemälde Michelangelos schmerzhaft gelehrt. Der *Bozzetto* hatte jedermann, der sich ihm im Streben und der Gier nach Macht und Geld genähert hatte, gnadenlos bestraft.

Seitdem kreisten Max' Gedanken angesichts der ungewöhnlichen Umstände des Auftrages für Komposition und des engen zeitlichen

Zusammenhangs dieser Seelenmesse um die Frage, inwieweit dies mit Mozarts frühem Tod zu tun haben könnte, denn Mozart war vor Vollendung des *Requiems* verstorben. Nur der Eröffnungssatz, das *Requiem eternae*, war vollständig von Mozart selbst. Von der *Dies irae* stammten lediglich die Gesangsstimmen von ihm und auch hier rätselte Max immer wieder darüber, warum Mozart die *Lacrimosa* bereits nach acht Takten abgebrochen hatte.

Eine Antwort auf seine Fragen hatte er bislang nicht gefunden. Hätte er aber die Abfolge der einzelnen Sätze mit seinen jeweiligen Gedanken über das neue Abenteuer verbunden, wäre ihm und seinen beiden Freunden HAB und Sophie Freise möglicherweise viel erspart geblieben. So aber war Max noch nicht einmal im Ansatz aufgefallen, dass haargenau in dem Moment, als HAB ihm von der Schatzkarte berichtete, die Musik Mozarts mit Macht in den dritten Satz des *Requiems*, das *Dies irae*, eingefallen war.

Selbst „Tage des Zorns“ zu erleben, hätte Max ein deutliches Warnzeichen für die geplante Mission geben können – wenn er sie denn wahrgenommen hätte …

KAPITEL 2

In Gedanken hing Max immer noch dem Telefonat mit HAB nach. Seine Neugierde war geweckt – natürlich.

Langsam erhob er sich aus seiner bequemen Position, schaltete die Stereoanlage aus und verstaute die für ihn so wertvolle Schallplatte wieder sorgfältig in ihre Hülle.

Anschließend schlurfte er gemütlich in sein Büro und fuhr den Computer hoch. Er wollte es genauer wissen – was das Internet so alles über diesen *Rommel-Schatz* zu wissen glaubte.

Was die Internetrecherche anging, so war Max darin sehr geübt. Auch wenn er natürlich wusste, dass die „wahren Geheimnisse dieser Welt" auch das allwissende Internet nicht so ohne Weiteres preisgab. Was aber diesen *Rommel-Schatz* anging, war das offenbar nicht so schwierig und Max auch dieses Mal nach intensiver Recherche mit einigen klug gewählten Codewörtern ziemlich schnell erfolgreich. Was er herausgefunden hatte, klang vielversprechend und desillusionierend zugleich.

Eines war schnell klar geworden: Versuche, den Schatz aufzuspüren, waren viele unternommen worden – gefunden hatte ihn jedoch niemand. Einige dieser erfolglosen Schatzjäger hatten mittlerweile sogar ihre Zweifel an die reale Existenz vom „Gold der Nazis in Nordafrika" angemeldet und damit die Erzählungen rund um diesen Mythos endgültig in das Reich der Fantasie verbannt.

Gestützt wurde diese These lange Zeit auch von offizieller staatlicher Seite. Immer wieder hatte die deutsche Bundesregierung vehement bestritten, dass das Naziregime derartige Raubzüge in Nordafrika überhaupt unternommen hätte.

Mittlerweile aber hatte ein ganzer Stab anerkannter Historiker den eindeutigen Beweis dafür erbracht, dass die Nazi-SS Hitlers auch in Nordafrika fleißig auf Goldsuche gegangen war. Dabei hatte sie eine erstaunlich reiche Beute zusammengetragen.

All dies ging auf das Konto einer etwa hundertköpfigen SS-Truppe unter der Führung eines besonders skrupellosen Nazischergen, den Obersturmbandführer Walter Rauff, der mit allen erdenklichen und teilweise unglaublich perfiden sowie zutiefst verabscheuungswürdigen Methoden selbst in Nordafrikas die Juden „abkassiert" hatte.

Das wiederum befeuerte die Diskussion um das Versteck der Beute erneut, denn damit war es quasi amtlich: jenen sagenumwobenen *Rommel-Schatz* musste es tatsächlich gegeben haben.

Diese Erkenntnis brachte die beutegierigen Schatzsucher jedoch keinen Millimeter weiter. Der wissenschaftliche Beweis für die frühere Existenz des *Rommel-Schatzes* war eine Sache. Die andere Sache war, den Ort zu finden, an dem die aus Tunesien fliehenden Nazis den Schatz versteckt hatten – dazu aber konnten die Historiker jedenfalls nicht das Geringste beitragen. Also, wo war er, der *Rommel-Schatz*, der eigentlich „Rauffs Schatz" hätte heißen müssen, denn

Rommel selbst, der den glorifizierenden Beinamen *Wüstenfuchs* trug, war nie an der „wüsten Goldjagd" Rauffs beteiligt und es ist bis heute völlig unklar, ob er davon je etwas gewusst hatte.

Das Ergebnis von Max' Internetrecherchen war ernüchternd: Als die französische Marine nach Kriegsende auf dubiose Art und Weise herausfand, dass ein gigantischer Goldschatz bei Bastia im Meer versenkt worden sein sollte, hatte sie sogar mehrfach extrem hohe Geldbeträge in die Suche dieses Schatzes investiert. Die Marinetaucher waren die Ersten, die den Meeresboden mit allen erdenklichen technischen Hilfsmitteln akribisch nach der Beute abgesucht hatten. Obwohl zu dieser Zeit die Erinnerungen an die Vorkommnisse auf Korsika noch frisch im Gedächtnis dieser Zeitzeugen verhaftet waren, blieben die eingesetzten Taucher und U-Boote bei der Suche ohne jeden Erfolg.

Die französische Marine wusste es also nicht. Die vielen professionellen Schatzsucher und Hobby-Taucher wussten es nicht – niemand wusste es. Bis heute, den 6. Februar 2016, den Tag, an dem HAB angerufen und behauptet hatte, im Besitz des Schlüssels zum Fundort zu sein: einer Seekarte mit den genauen Koordinaten der Fundstelle des Schatzes. Östlich von Korsika, versenkt im Mittelmeer!

HAB schien fest von seiner These überzeugt zu sein. Vielleicht hatte er recht, vielleicht aber auch nicht! Es klang jedenfalls nach einem spannenden Abenteuer.

Max ließ den Gedanken, dass sie dafür vielleicht schon ein bisschen zu alt sein könnten, gar nicht erst aufkommen. Ganz im Gegenteil: Solche Sachen hielten schließlich jung. Und wer gegen jede vernünftige Chance den Transport des *Bozzettos* in den Vatikan heil überstanden hatte, der war sicher auch noch jung genug, sich auf jeden unvernünftigen Lausbubenstreich einzulassen.

Einmal im Leben auf Schatzsuche zu gehen: Das hatte Max sich schon immer gewünscht – und HAB offensichtlich auch.

KAPITEL 3

Wann immer es möglich war, reiste Max seit Kurzem bevorzugt mit der Bahn. So hatte er für sich die „Erfindung der Langsamkeit" entdeckt und sie diente seiner eigenen Entschleunigung – ein für ihn äußerst erquicklicher Umstand, der endlich etwas mehr Ruhe in sein bislang eher angespanntes Leben brachte.

Zum Glück gab es eine Direktverbindung von Linz nach Zürich. Ganz bequem. Ohne Umsteigen. Mit äußerst komfortablen Sitzplätzen, die man mühelos online vorreservieren konnte, mit WLAN, Klimaanlage und vielen Annehmlichkeiten mehr.

Im Gegensatz zu den imbissähnlichen Speisewagen vergangener Zeiten war auch die Bahn endlich dazu übergegangen, die Betreuung des leiblichen Wohls ihrer Fahrgäste einem erfahrenen Caterer zu überlassen. Damit war das Speisen- und Getränkeangebot auf einem halbwegs anständigen Niveau gelandet, mit dem man für die Reisezeit gut über die Runden kam.

Komfortabler als im Erste-Klasse-Abteil der Österreichischen Bundesbahnen konnte man die Reisezeit von sechs vollen und einer knappen halben Stunde nicht verbringen.

Normalerweise hätte Max nach der Ankunft in Zürich den Anschlusszug nach Luzern nehmen müssen. Seltsamerweise und zu Max' großem Erstaunen hatte HAB jedoch darauf bestanden, ihn persönlich in Zürich am Hauptbahnhof abzuholen. Dort wartete er offensichtlich bereits ungeduldig auf ihn.

„Mensch Max, was bin ich froh, dich endlich wieder hier bei mir zu haben!"

Sie hatten sich eine ganze Weile nicht gesehen und umarmten sich brüderlich herzlich, mit angedeutetem dreimaligen Küssen nach russischer Art – schließlich floss das Zarenblut der Romanows in HABs Adern.

Max nickte: „Aber klar doch! Wenn du mir auch solche aufregenden Sachen am Telefon erzählst! Da bleibt mir gar nichts anderes üblich, als so schnell wie möglich herzueilen – zu meinem alten Herrn und Meister", scherzte er lächelnd.

Als Max mit HAB im Auto saß, wurde ihm sehr schnell klar, warum ihn sein Freund persönlich am Bahnhof in Zürich abholen wollte. Anstatt auf die Autobahn Richtung Luzern war er schnurstracks in das Hotel *Baur au Ville* in der Züricher Innenstadt gefahren.

Dort hatten sie in einer ruhigen Ecke der Lobby Platz genommen. HAB erinnerte sich noch allzu gut daran, dass es zufälligerweise haargenau der gleiche Tisch war, an dem er sich wegen des „schmutzigen *Bozzetto*-Deals" zu einem konspirativen Treffen mit einem Züricher Staatsanwalt getroffen hatte. Ein glanzvolles Husarenstück war das gewesen – wenn auch leider mit tödlichen Folgen für den allzu gierigen Staatsanwalt, dem es auf der Karriereleiter nach oben nicht schnell genug gehen konnte.

Langsam und voll gespannter Erwartung schob HAB Max mit einer lässigen Kickbewegung seines Fußes den schwarzen ledernen Pilotenkoffer über den Boden zu. Zuvor hatte er das mit papiernen Dokumenten völlig überladene Ding geheimnisvoll aus dem Kofferraum seines Mercedes herausgeholt. Es war offensichtlich, dass darin etwas besonders Wichtiges verstaut sein musste.

„Mach du den Koffer bitte selbst auf, Max!", forderte ihn HAB provozierend auf. „Ich will unbedingt dein Gesicht sehen, wenn du dir die Schatzkarte zum ersten Mal anschaust", fügte er hinzu. „Du wirst sehen: Sie ist echt! So etwas spüre ich!"

Max war neugierig und zögerte keinen Augenblick, den Koffer zu öffnen.

Direkt obenauf lag ein sorgfältig zusammengefaltetes pergamentähnliches Stück Papier. Mit äußerster Vorsicht breitete er es auf dem Tisch aus. Was er sah, verschlug ihm die Sprache: Das Papier sah tatsächlich so aus, wie man sich eine echte Schatzkarte vorstellt – aber nicht nur auf den *ersten Blick*, denn dieses alte Pergamentpapier, das Max prüfend gegen das Licht hielt, es zwischen seinen Fingern rieb und vorsichtig mit seinen Fingernägeln prüfte, schien den ersten Eindruck zu bestätigen.

„Na ja, jedenfalls sieht sie ziemlich echt aus, deine Schatzkarte."

Max war – im Gegensatz zu HAB – gerade in solchen „seltenen Sachen", bei denen es um „ein Vermögen" ging, ein vorsichtiger, pragmatischer Mensch. Zu viele Fälschungen waren ihm im Laufe seines Lebens unter die Augen gekommen. Voreilige, ungeprüfte Begeisterung hatte er oft teuer bezahlen müssen. Nein, voreilige Euphorie lag ihm nicht. So wie in ähnlichen Situationen versuchte er deshalb auch in dieser Sache, sich nicht voreilig von HAB anstecken zu lassen.

HAB blickte ihn erwartungsvoll an: „Und weiter …?"

Max sah seinem Freund tief in die Augen. Dann lehnte er sich leicht in den bequemen Lounge-Chair zurück.

„HAB, um Himmels willen, sag mir doch bitte erst einmal, wo du das Ding überhaupt herhast?"

Das war genau nach dem Geschmack HABs, der für seine Geheimniskrämerei berüchtigt war, und er lächelte vielsagend.

„Nun, du weißt doch, ich kaufe hin und wieder auch gerne einmal komplette Nachlässe. Nicht nur einzelne Gemälde. In diesem Fall habe ich gewusst, dass der Nachlass aus dem Haus eines ganz speziellen Sammlers kommt. Sein Spezialgebiet war alles, was irgendwie mit dem Dritten Reich der Nazis zusammenhängt. Er hat da jahrzehntelang eine manische Sammelleidenschaft hineingesteckt. Ich weiß natürlich nicht, wie weit er selbst in diese ganze Scheiße hineinverwickelt war, aber das spielt ja auch überhaupt keine Rolle. Du würdest jedenfalls staunen, was er im Laufe seines Lebens so alles zusammengetragen hat. Aber am Schluss war er wohl leider zu alt, um selbst nach dem Schatz zu suchen. Im Übrigen hatte er offenbar schon lange niemandem mehr vertraut. Letztendlich konnte er selbst mit diesen Unterlagen überhaupt nichts mehr anfangen. Er hat sie unbeachtet liegen lassen, so wie sie waren. In ein paar unansehnlichen Kisten verstaut. Natürlich ist das völlig irrational. Aber wenn es um so viele Millionen geht, dann ersticken auch sehr reiche Leute oft an ihrer eigenen Gier. Jetzt ist er tot. Seine Erben haben ihn stets nur für einen alten Spinner gehalten. Sie waren richtig froh, dass ich ihnen den Müll – wie sie es genannt haben – abgekauft habe. Gut für uns. Jetzt haben wir das Zeugs."

Vorsichtig nahm Max einen weiteren Stapel der offenbar völlig ungeordneten Unterlagen aus dem Lederkoffer heraus und blätterte sie oberflächlich durch.

„HAB, das ist unmöglich. Das alles kann ich mir hier beim besten Willen nicht anschauen. Wir sollten vielleicht doch besser ..."

„Aber Max, natürlich nicht hier. Ich konnte es nur nicht abwarten, deinen ungläubigen Blick zu sehen, wenn du die Schatzkarte zum ersten Mal zu Gesicht bekommst. Total fassungslos warst du. Gib es ruhig zu! Ich kenne dich, so habe ich dich nie zuvor erlebt. Glaub mir, mein Freund, für mich hat sich hier dieser kleine Zwischenstopp gelohnt!"

Und mit seinem unverschämtesten Grinsen fügte er hinzu: „Auch wenn der Kaffee hier leider so unerhört teuer ist – aber dein erstaunter Blick, den sehen zu dürfen, das war mir jeden Rappen wert!"

Max lächelte ihn entwaffnet an. Das war genau der Humor, den er an seinem Freund und Weggefährten so mochte.

KAPITEL 4

Während der Fahrt nach Luzern telefonierte HAB nahezu ununterbrochen, sodass ein weiteres Gespräch mit ihm keinen Sinn machte. Max nutzte die Gelegenheit, sich etwas auszuruhen und hatte es sich auf dem Beifahrersitz bequem gemacht. Auf den Schweizer Autobahnen herrschte wenig Verkehr und knappe eineinhalb Stunden später parkte HAB seine Limousine direkt vor dem Hotel *Schweizerhof* in Luzern.

„Mein Gott, wie schön, endlich wieder einmal hier zu sein!“

Max streckte sich genüsslich, als er aus der Limousine stieg.

„Deswegen habe ich dir zur Feier des Tages dein Lieblingszimmer reservieren lassen, mein Freund“, bemerkte HAB trocken, „das große Eckzimmer – das mit Seeblick natürlich!“

Max holte tief Luft und wollte protestieren. Sämtliche Zimmer im *Schweizerhof* waren schließlich gerade renoviert und komplett neu eingerichtet. Alles Zimmer waren perfekt – da musste es wirklich nicht die Juniorsuite sein.

HAB ahnte den Protest und winkte ab. „Ehre, wem Ehre gebührt. Schließlich warst du ja auch eine ganze Weile nicht mehr hier.“

Max gab kommentarlos auf. Er wusste, dass es sinnlos sein würde, darüber weiter mit HAB zu diskutieren. Also ging er einfach zur Rezeption und unterschrieb den obligatorischen Meldezettel.

HAB begann unruhig zu werden. Offenbar hatte er – wie so oft – noch einen anderen Termin wahrzunehmen.

„Machen wir es doch am besten so: Ich lass dir den Koffer hier. Du ruhst dich ein bisschen aus. Wenn du Zeit und Lust hast, schaust du dir die Unterlagen ein bisschen näher an. Sonst ist auch morgen noch genügend Zeit dafür. Ich bin in gut zwei, maximal drei Stunden wieder hier. Kurz vorher rufe ich dich an. Dann kommst du einfach runter ins Restaurant. Dort lassen wir uns dann ein bisschen verwöhnen. Einverstanden?"

Max nickte. Er wusste, dass diese wohlverdiente Entspannung ihm jetzt wirklich guttun würde. Doch seine mittlerweile kaum mehr zu ertragende Neugier würde siegen und ihn wahrscheinlich davon abhalten, sich auszuruhen.

Vernunft aber war in solchen Fällen noch nie seine Stärke gewesen.

KAPITEL 5

Von der Lobby aus war Max schnurstracks in sein großzügig gestaltetes Hotelzimmer hinaufgeeilt. Dort hatte er sich lediglich seiner weichen Lederjacke und der Schuhe entledigt und sich dann einfach auf das übergroße Bett fallen lassen.

Der Versuch, mit geschlossenen Augen etwas entspannende Ruhe zu finden, scheiterte bereits nach kurzer Zeit kläglich. Selbst seine seit Jahrzehnten praktizierten Übungen, eines für ihn maßgeschneiderten autogenen Trainings, hatten ihn keine Ruhe finden lassen. Die Sache mit der angeblichen Schatzkarte zu einem „Millionen-Schatz“ wollte ihm einfach nicht aus dem Kopf gehen.

Also war er aufgestanden und hatte erst einmal den gesamten Stapel aus dem Pilotenkoffer herausgenommen und auf der unbenutzten Seite des King-Size-Bettes ausgebreitet.

Die Schatzkarte allein hatte für ihn keine wirkliche Aussagekraft. Max musste vor allem erst einmal herausfinden, auf welchen belastbaren Tatsachen sie erstellt wurde – und vor allem, von wem?

Schon bei seiner ersten Internetrecherche zu Hause in Linz war ihm klar geworden, dass es mehrere dieser angeblichen Schatzkarten gab, und dass die Suchen an den jeweiligen, ebenfalls mit Navigationskoordinaten bezeichneten Stellen vor Korsika seitdem nie von Erfolgt gekrönt waren.

Schnell musste er einsehen, dass es für ihn in so kurzer Zeit viel zu kompliziert war, die völlig unsortierten einzelnen Unterlagen nach irgendeinem nachvollziehbaren System zu ordnen. Um wenigstens einen groben Überblick zu bekommen, musste er also mühsam jeden Ordner, jedes Blatt in die Hand nehmen und versuchen, es irgendwie einem Raster logisch zuzuordnen. Ohne Zweifel eine Sisyphusarbeit, die er allein kaum bewältigen konnte. Dennoch gab Max nicht auf. Nachdem er die Unterlagen eine weitere Stunde lang ohne System, sozusagen auf gut Glück durchgesehen hatte, glaubte er zwischendurch immer wieder einmal wenigstens ein kleines Stückchen auf seinem Weg weitergekommen zu sein. Aber es blieb ein mühsames Puzzlespiel, bei dem noch nicht einmal klar war, ob sämtliche Puzzleteile in diesem „Paket" überhaupt vollständig zusammengetragen waren. Aber falls die Unterlagen dennoch vollständig waren, hatten sich für Max einige Puzzleteilchen zu einem sinnvollen Bild zusammengefügt. Jedenfalls war er damit einigermaßen zufrieden.

Es war bereits kurz vor 21 Uhr, als HAB wieder im Hotel *Schweizerhof* eintraf. Dort hatten sie es sich jetzt im Restaurant gemütlich gemacht.

„Und", fragte er mit einem Augenzwinkern, „hast du dich auch gut ausruhen können?"

„Aber bitte, HAB, frag doch nicht so einen Blödsinn! Du selbst hast mich schließlich vorhin ganz heiß auf die Sache gemacht! Du weißt doch genau, dass ich mich mit nichts anderem als diesen vertrackten Unterlagen beschäftigt habe! Ich kann doch gar nicht anders?", blaffte Max gut gelaunt zurück.

„Na ja, ich habe nur gesagt, du kannst dich genauso gut ausruhen, und wir machen das morgen zusammen." Dann legte er eine kurze Pause ein: „Also dann – was hältst du von der Sache?"

„Hm, einfach ist die Sache sicher nicht. Für mich steht zwar mit großer Wahrscheinlichkeit fest, dass es diesen *Rommel-Schatz* tatsächlich gegeben hat. Das ist auch bestimmt nicht erfunden oder eine immer wieder erzählte Legende. Wahrscheinlich ist er irgendwann zwischen Mitte Mai und Anfang September 1943 vor Korsika im Meer versenkt worden – jedenfalls mit an Sicherheit grenzender Wahrscheinlichkeit."

HAB hob nur leicht die Augenbrauen an. Das war offensichtlich nicht die Neuigkeit, auf die er gewartet hatte.

„Immer schön langsam, mein Lieber", murmelte Max vor sich hin, der ja gerade erst angefangen hatte, zu berichten. „Fest steht auch, dass eine ganze Reihe von Leuten versucht hat, diesen Schatz zu bergen."

Wieder nickte HAB gelangweilt. Offenbar wusste er auch das alles schon.

„Ebenso bin ich mir sicher, dass dieser Schatz bislang von niemandem gefunden worden ist, also auch nie geborgen werden konnte."

HAB blieb immer noch ohne jede erkennbare Reaktion.

„Hey, HAB! Wach mal langsam auf! Das ist unser erster Punkt, der uns wirklich weiterhilft. Es scheint mir völlig ausgeschlossen, dass der Schatz bereits heimlich gehoben wurde. Es kann einfach nicht sein, dass niemand davon etwas erfahren hätte!"

HAB schüttelte den Kopf. Natürlich war dies auszuschließen.

„So", fuhr Max ungerührt fort, „dann kommen wir jetzt erst mal zur wirklich guten Nachricht: Ich bin mir ebenfalls ziemlich sicher, dass die Unterlagen, die du von deinem alten Nazisammler bekommen hast, echt sind. Ich halte eine Fälschung für ausgeschlossen. So etwas kann man nicht fälschen. Nicht in diesem Ausmaß – und warum auch? Das würde ja keinerlei Sinn ergeben. Der alte Mann hatte ja nie vorgehabt, dich oder jemand anderen zu betrügen."

„Ja, alles schön und gut." HAB schien immer noch nicht zufrieden, „aber was hältst du von der Schatzkarte selbst? Ist die echt? Oder ist sie doch gefälscht? Was meinst du dazu?"

Max drückte sich jetzt bewusst vorsichtig aus.

„Ja, ich halte es für sehr wahrscheinlich, dass auch diese Schatzkarte – wo auch immer der Alte sie auch herbekommen haben mag – echt sein könnte."

Max holte tief Luft, hielt sie einen Moment an, um sie dann mit einem Mal hörbar wieder auszustoßen.

„Jedenfalls finden sich die auf dieser Karte angegebenen Koordinaten auf keiner der bekannten anderen Schatzkarten. Und wenn man es glauben will, ist diese Schatzkarte nach den Angaben eines SS-Mannes angefertigt worden, der beim Abtransport des Schatzes mitgewirkt hat. Aber der war, wie es scheint, sicher ein mit allen Wassern gewaschener Gauner. Dieser Peter Fleig hat in die Geschichte um den *Rommel-Schatz* viel Verwirrung hineingebracht. Viele Schatzsucher der ersten Stunde, vor allem aber die französische Marine hat er in die Irre geführt – wahrscheinlich sogar vorsätzlich. So wie es aussieht, hat er nie jemandem die ganze Wahrheit über den Fundort des *Rommel-Schatzes* preisgegeben. Kurz vor seinem Tod hat er das dann möglicherweise doch getan. Das Ergebnis könnte die Schatzkarte sein, die oben im Zimmer bei den Unterlagen liegt."

„Bravo, Max!" Dabei klatschte HAB sehr leise, aber stetig beide Hände in einem kurzen Stakkato zusammen. „Na endlich! Jetzt hast du es auf den Punkt gebracht. Du bist halt doch immer noch der alte Fuchs, der nicht so schnell aufgibt!"

Dann fuhr er fort: „Ja, es ist sehr wahrscheinlich, dass du recht hast. Ich weiß, dass der ehemalige Besitzer dieser Unterlagen penibel genau recherchiert hat. Er war zum Schluss vollkommen sicher, den Schatz finden zu können."

HAB legte eine kurze Pause ein, denn er hatte Max bislang ja nun nicht wirklich viel über die Herkunft der Unterlagen erzählt. Und genau das sollte sich jetzt ändern.

„Ich weiß, dass das alles haargenau so stimmt. Unser fleißiger Nazisammler hat früher schließlich mehrfach versucht, mich zu überreden, ihn bei dieser Schatzsuche zu unterstützen. Er war damals schon ziemlich alt und ich stand in der Blüte meiner Jahre", grinste HAB frech. „Mir hat er vertraut und mit mir wollte er gemeinsame Sache machen. Ich habe das seinerzeit abgelehnt und mich nicht näher damit befasst. Aber ernst genommen habe ich ihn schon damals. Sein persönliches Geheimnis war ja gerade, dass er diese neue Schatzkarte aufgrund bislang unbekannter Unterlagen erstellt hat. Darin hat er jedenfalls ziemlich viel Geld investiert. Ich weiß also definitiv, dass es ihm sehr ernst damit war. Und vor allen Dingen: Dieser Mann wusste immer, was er tat. Er war nicht umsonst einer der reichsten Männer der Schweiz."

Max hob erstaunt den Kopf und sah HAB verwundert an.

„Okay, das hast du mir bisher noch nicht verraten, du altes Schlitzohr“, scherzte er.

Jetzt war ihm vieles klarer geworden. Wenn die Geschichte mit diesem Zeitzeugen stimmte – und dafür sprach vieles –, dann würden sie eine gute Chance haben, den *Rommel-Schatz* zu finden. Vielleicht eine ziemlich große Chance sogar.

„Für dich stand also sowieso schon von Anfang an fest, dass du diesen Schatz suchen willst!“

„Was denn sonst, Max? Die Gelegenheit für ein solches Abenteuer bekommen wir nie wieder! Aber ich wollte natürlich, dass du auch ohne meine Hilfe zu dem gleichen Ergebnis kommst wie ich – als Bestätigung sozusagen. Das gibt mir jetzt noch mehr Sicherheit bei der Sache.“

„Na ja, dann wollen wir mal hoffen, dass das Geheimnis der sechs Kisten nicht genauso schwer zu entschlüsseln sein wird, wie es das Geheimnis des *Bozzettos* war.“

Max wusste, dass ihnen noch viele Hindernisse im Weg stehen würden. Er war nicht annähernd so optimistisch wie HAB. Selbst wenn sie nun die originale Schatzkarte mit den richtigen Koordinaten als Markierung besaßen: Einen Schatz 40 Meter unter der Meeresoberfläche zu bergen, war schließlich kein Spaziergang – vor allem nach so langer Zeit.

HAB schien Max’ Gedanken zu erahnen.

„Natürlich wird das nicht einfach! Das ist mir auch klar. Aber die Entschlüsselung von Geheimnissen, das ist doch schließlich zu unserer Spezialität geworden! Oder?“

Max nickte grinsend.

„Wer nicht wagt, der nicht gewinnt!"

„Und damit *wir* gewinnen, habe ich vorhin schon einmal vorsichtshalber telefoniert."

Max verstand nicht, was er meinte, aber dann fiel es ihm wie Schuppen von den Augen.

„Sophie – du hast mit Sophie telefoniert!?"

„Ja, sie ist gerade von einer ihrer ausgedehnten Studienreisen zurückgekommen. Sie freut sich angeblich sehr, uns wiederzusehen."

Einen Augenblick ärgerte sich Max, dass er nicht selbst auf die Idee gekommen war. Sophie wiederzutreffen, war schon lange sein Wunsch gewesen. Nur ergeben hatte sich das irgendwie nie – leider. Und daran war er selbst jedenfalls nicht ganz unschuldig.

„Ja, Max, sie scheint das alles hier auch äußerst spannend zu finden. Sie kommt morgen hierher. Frühstück um neun Uhr? Hier mit Sophie? Dann sehen wir weiter. Einverstanden?"

Max nickte.

„Aber hallo, was denn sonst? Also: Lass uns das alte *Bozzetto-Team* wieder losschicken – auf diese geheimnisvolle Schatzsuche!"

„Sag ich doch", grinste HAB, *„never change a winning team!"* Bei diesem Gedanken schien er jedenfalls eine Riesenfreude zu haben. So jugendlich hatte Hans Albert Bilgrin schon lange nicht mehr gewirkt.

KAPITEL 6

Max staunte nicht schlecht. Sophie Freise hatte ihr äußerliches Erscheinungsbild nachhaltigen Veränderungen unterzogen.

Ihre ehemals konservative, nicht gerade von modischem Gespür inspirierte Kleidung war einer Kombination aus sportlich-elegant gewichen. Das alles zusammen ließ Sophie deutlich jünger aussehen, als sie war.

Anstatt älter zu werden, war sie wie in einer wundersamen Verwandlung einfach gerade mal zehn Jahre jünger geworden. Mit einem Wort ausgedrückt: Sophie sah einfach „saugut“ aus!

HAB sparte wie immer nicht mit Komplimenten. Sophie hatte offenbar eine neue Weiblichkeit an sich entdeckt, und das bekam ihr ohne Zweifel wirklich sehr gut.

„Danke für die Blumen, aber ihr beiden seht auch immer noch aus wie zwei freche Lausbuben, die sich ganz einfach weigern, sich so zu benehmen, wie es sich für euer Alter gehört“, scherzte Sophie zurück. Man sah ihr an, dass sie die Komplimente sehr genoss, und vielleicht hatte sie ja sogar erkannt, dass sich zumindest Max gar nicht verstellen musste, sondern es offenbar ernst meinte.

„Tja, wo er recht hat, da hat er recht, unser lieber HAB. Der alte Charmeur kommt mir leider immer zuvor – und besser kann man das eben in einem Wort auch nicht ausdrücken als er. Mir bleibt nichts anderes übrig, als ihm ausnahmsweise einmal vorbehaltlos zuzustimmen. Chapeau!"

Bei diesen Worten zog sich Max einen imaginären Hut vom Kopf und verneigte sich vor Sophie. Dann nahmen HAB und Max Sophie in ihre Mitte und zusammen gingen sie langsam, fest umschlungen zum Frühstück.

Der gemeinsame Teamgeist schien auf Anhieb immer noch genauso fest verankert, wie er es am Ende ihrer abenteuerlichen *Bozzetto*-Reise in den Vatikan gewesen war.

Während des ausgiebigen Frühstücks erzählten die beiden Männer Sophie alles, was sie über die geplante Schatzsuche zusammengetragen hatten. Danach stand fest: Sophie wollte unbedingt dabei sein bei dieser Suche nach dem verschollenen *Rommel-Schatz*. Spontan schmiss sie ihre sonstigen Pläne einfach über den Haufen.

HAB hatte vorsorglich einen Konferenzraum im ersten Stock des Hotels bereitstellen lassen. Dort konnten sie ungestört arbeiten und den Inhalt des Pilotenkoffers in aller Ruhe gemeinsam anschauen.

Auch Sophie war begeistert von diesem spannenden Unterfangen und wollte sofort mit der Recherche-Arbeit beginnen. „Aber", wie sie es nüchtern einforderte, „nur mit einem klaren System!"

Max, der selbst verzweifelt – und erfolglos – nach einem solchen „klaren System", einem passenden Raster, gesucht hatte, war froh, dass jetzt erst einmal Sophie das Kommando übernahm. Wenn jemand ein solches System finden konnte, dann war das ohnehin zweifellos Sophie. Als Mensch mit einem extrem ausgeprägten fotografischen Gedächtnis hatte sie ihr eigenes Gehirn ebenfalls mit einem ziemlich verzweigten „Schubladensystem" ausgestattet. Ihr unorthodoxes System glich am ehesten einer perfekt formatierten Festplatte eines Computers. Nur so konnte Sophie die auf sie tagtäglich einströmende Informationsflut bewältigen.

Aufgrund der Tatsache, dass Sophie die Fähigkeit besaß, sich nicht nur an Begegnungen, Gegenstände und andere Dinge des täglichen Lebens zu erinnern, prägten sich ihr sogar Texte, die sie einmal gelesen hatte, so fest verwurzelt ein, dass diese jederzeit wieder für sie abrufbar waren. Das war einer der Grundpfeiler ihres Erfolges auf der Jagd nach dem Geheimnis des *Bozzettos* gewesen. Zudem war diese Fähigkeit gepaart mit einem unglaublichen Wissen, das sich Sophie in unzähligen Studien im Laufe von über drei Jahrzehnten angeeignet hatte. Ohne Sophie Freise hätte das Trio sein waghalsiges *Unternehmen Bozzetto* mit dem Leben bezahlt.

Es war logisch, dass HAB sie wieder im Team haben wollte. Sie war der Garant für eine erfolgreiche Schatzsuche.

Bereits nach kurzer Zeit war es Sophie gelungen, die von ihr nur flüchtig durchgesehenen Unterlagen in jeweils eigene Recherchegebiete aufzuteilen. Jetzt war Max dafür zuständig, sich mit den tatsächlichen historischen Fakten rund um den *Rommel-Schatz* und einem möglichen Versteck zu beschäftigen. HAB musste sich um die Rolle der korsischen Mafia kümmern, da diese offenbar auch immer wieder ihre Finger im Spiel hatte. Sophie selbst wollte sich mit den Ereignissen direkt nach Kriegsende beziehungsweise den vielen Erfolglosen Bergungsversuchen des Schatzes auseinandersetzen.

KAPITEL 7

Alle drei beschäftigten sich anschließend fieberhaft damit, ihre Unterlagen so peinlich genau durchzuarbeiten, dass niemand von ihnen bemerkte, wie schnell die Zeit verstrich.

Kein Wort hatten sie bislang miteinander gesprochen. Sophie war die Erste, die diese schweigende Betriebsamkeit unterbrach. Offensichtlich war sie gerade auf etwas Brauchbares gestoßen.

„Also, da sind schon merkwürdige Dinge in Korsika geschehen! Kaum zu glauben, was den Leuten, die nach dem Schatz gesucht haben, so alles passiert ist!“

HAB und Max waren froh, aus ihren eigenen Knobeleien herausgerissen zu werden. Max stand langsam auf, um seinen verspannten Körper ausgiebig zu strecken und zu dehnen, während HAB wieder einmal unvermittelt zum Telefon griff.

„Mein Gott“, gähnte Max ungeniert. „Es ist ja schon kurz nach 16 Uhr!“, stellte er lakonisch fest, „seltsamerweise habe ich immer noch keinen Hunger!“

„Doch, hast du!“, korrigierte ihn HAB, der gerade sein Telefonat beendet hatte. „Du hast immer Hunger, zumindest dann, wenn du dein Mittagessen nicht zur gewohnten Zeit vor die Nase gesetzt bekommst."

Noch bevor Max etwas sagen konnte, schaltete sich Sophie ein.

„Ich auch bitte Hunger haben! Vielleicht bringen sie uns sogar noch etwas hier rauf?"

Es war selten, aber Sophie schien tatsächlich massiven Hunger zu haben.

HAB grinste nur. „Schon erledigt. Ich kenne euch doch, ihr beiden Vielfraße."

„Na prima", lachte Sophie, „und wenn ich dann etwas weniger Hunger habe, dann kann ich euch gleich eine ziemlich spannende Geschichte erzählen."

Daraufhin nahm Sophie erst einmal einen großen Schluck Wasser.

Mittlerweile hatte der Etagenkellner reichlich frittierte Garnelen und kleine hausgemachte Frühlingsrollen mit verschiedenen Dip-Soßen serviert. Eine dieser Soßen war ziemlich scharf, was Max aber erst bemerkte, als er gierig eine der Garnelen viel zu tief hineingetunkt hatte. Jetzt saß er mit hochrotem Kopf und offenem Mund japsend vor den anderen, die sich ein breites Grinsen nicht verkneifen konnten. Der gute Imbiss und die ungewollte „Show-Einlage" von Max hatten jedenfalls alle drei wieder putzmunter werden lassen.

Sophie hatte sich ausgiebig mit den diversen Geschichten über vergebliche Bergungsversuche des Schatzes in den frühen Fünfzigerjahren beschäftigt. Eine davon war ebenso spannend wie merkwürdig. Es war die Geschichte der New Yorker Millionärin Ruth Bond, und Sophie begann sie zu erzählen.

„Über den Kontakt zu einem früheren SS-Mann, der angeblich bei der Versenkung des *Rommel-Schatzes* persönlich anwesend war, hatte Ruth Bond Ende 1952 dessen Schatzkarte zum Rommel-Gold für einen hohen vierstelligen Betrag in harter amerikanischer Währung erwerben können. Schon im Frühjahr 1952 beschloss sie, mit dieser Karte auf Schatzsuche zu gehen.

Diese Ruth Bond muss eine sehr exaltierte Persönlichkeit und nebenbei vor allem auch sehr reich gewesen sein. Sie erwarb zunächst in Nizza eine geräumige Yacht und taufte diese auf den Namen *Romany Maid*. Das heißt bekanntlich ja nichts anderes als ‚Zigeunerbraut', und genau so eine Braut schien sie auch gewesen zu sein. Ich nehme also einmal an, dass sie sich in der Namensgebung wahrscheinlich selbst verewigen wollte. Das hätte ziemlich gut zu ihrem ausgesprochen tollkühnen und wilden Charakter gepasst.

Ruth Bond handelte so zielstrebig, wie man es zu dieser Zeit nur von wenigen Menschen gewohnt war, und das waren damals fast immer nur Männer, und war wohl auch deshalb bei ihrer Suche ziemlich schnell erfolgreich. Bereits im August 1952 war sie sicher, die richtige Stelle gefunden zu haben: Im Nordosten vor der Insel sollten die sechs Kisten seinerzeit von der SS versenkt worden sein – jedenfalls nach den Angaben in ihrer teuer erworbenen Schatzkarte.

Daraufhin begann sie zusammen mit dem von ihr angeheuerten Taucher Henry Helle in die Tiefe des Meeres hinabzusteigen. So viel Mut verschaffte ihr selbst bei den so hartgesottenen Crew-Mitgliedern derart großen Respekt, dass sie ab diesem Zeitpunkt nur noch bewundernd die *Pantherin* genannt wurde. Die positive Stimmung an Bord hätte danach besser nicht sein können: Alle glaubten fest an den Erfolg dieser ‚*Wonder Woman* aus dem fernen New York jenseits des Atlantiks'."

„Aber wie wir heute wissen", warf HAB ein, „hat auch sie den Schatz nicht gefunden."

Er wollte offenbar die Diskussion darüber nicht weiterführen. Erfolglose Versuche interessierten ihn nie.

„Ja, das stimmt natürlich", fuhr Sophie unbeirrt fort, „aber lasst mich die Geschichte trotzdem zu Ende erzählen. Es wird schon noch spannend genug. Das Seltsame daran war nämlich, dass genau in dem Moment, als Ruth Bond sich am Ziel der Entdeckung des *Rommel-Schatzes* wähnte, plötzlich und ohne erkennbaren Grund die Motoren der Yacht ausfielen. Komplett! Ihr versteht: Nicht einer oder zwei Motoren – nein, alle auf einen Schlag. Gleichzeitig. Die bis dahin so erfolgversprechende Suche musste also im entscheidenden letzten Moment vor der anstehenden Bergung aufgrund eines ‚technischen Defekts' abgebrochen werden!"

„Na ja, da hat die *Pantherin* wohl auch ziemliches Pech gehabt!"

Max amüsiert sich köstlich, während er weiterhin genüsslich eine Garnele verspeiste – dieses Mal natürlich nur mit einem Tupfer dieser verdammt scharfen Soße.

„Was ist daran eigentlich so merkwürdig? Zufall ist das! Was sonst? So etwas passiert ständig!"

„Das mag schon sein, dass solche Sachen zufällig geschehen. Aber ich bin ja noch nicht fertig. Vielleicht hört ihr euch die Geschichte erst mal bis zum Ende an und entscheidet dann, ob das alles tatsächlich nur Zufall war."

Sophie verteidigte sich energisch.

„Also: Die Amerikanerin kehrte nach Nizza zurück. Aber sie war wild entschlossen, die Suchaktion fortzusetzen. Darum charterte sie dort kurzerhand eine andere Yacht. Alles nach dem Motto: neue Yacht – neues Glück! Aber was passiert? Kaum erreicht die *Pantherin* ein paar Tage später mit dem neuen Schiff den Fundort, an dem sie den Schatz vermutet ..."

Sophie sah die beiden Männer provozierend an.

„Und jetzt kommt's – prompt versagen die Maschinen dieser Yacht! Wieder alle Maschinen. Wieder zur gleichen Zeit! Und jetzt? Ist das immer noch Zufall?"

HAB und Max hörten nun aufmerksamer zu als vorher. Das war tatsächlich ein äußerst merkwürdiger Zufall.

„Aber aufgepasst, ihr alten Skeptiker, die Sache wird noch viel besser. Ruth Bond machte ihrem Namen als wild entschlossene ‚Zigeunerbraut' alle Ehre. Aufgeben? Das Wort kam in ihrem Wortschatz offenbar nicht vor. Also charterte sie zum dritten Mal eine Yacht und kehrt mit dieser erneut umgehend zum Fundort zurück!"

Sophie legte eine Pause ein und blickte HAB und Max immer noch schnippisch provozierend in die Augen.

„So, ihr beiden Schlaumeier, jetzt dürft ihr raten, was dann passiert ist?"

HAB schaute sie ungläubig an.

„Nein, nicht wirklich? Wieder ein Motorschaden? Nein, so etwas kann doch unmöglich dreimal hintereinander passieren!"

„Doch! Genau das ist passiert. Bingo! Wieder hatte die Yacht einen Schaden. Wieder sind alle Motoren ausgefallen – gleichzeitig natürlich! Ruth Bond war erneut gezwungen, die Suche abzubrechen –

zum dritten Mal in Folge."

„Unglaublich", flüsterte Max.

„Ja, unglaublich", betonte Sophie erneut, „aber wahr!"

Nein, das kann kein Zufall gewesen sein – natürlich nicht", folgerte HAB, „das war eindeutig Sabotage!"

Sophie nickte. „Ruth Bond hat es im Übrigen genauso gesehen und in einem Zeitungsinterview sogar offen darüber gesprochen. Aber was hätte sie dagegen unternehmen können? Da saß offenbar irgendjemand am längeren Hebel, und der wollte verhindern, dass sie den Schatz findet – mit allen Mitteln. Wer weiß, wahrscheinlich hätte derjenige auch vor einem Mord nicht zurückgeschreckt. Die *Pantherin* wäre schließlich nicht die einzige Tote gewesen, die es damals in diesem Zusammenhang gegeben hat. Wer es auch gewesen sein mochte, irgendwann hat er schließlich gewonnen. Nach über einem Jahr intensiver Suche und unendlich vielen Mühen hat die *Pantherin* 1954 die Suche nach dem *Rommel-Schatz* aufgegeben, entnervt von den vielen Sabotageakten."

„Wow! Das ist wirklich starker Tobak", staunte Max.

Die Ereignisse, die er knapp zehn Minuten zuvor noch als reinen Zufall abtun wollte, waren in Wahrheit nichts anderes als permanente Sabotage. Eine Frage jedoch blieb offen: Wer steckte hinter dieser Sache? Wer hatte ein Interesse daran, die *Pantherin* von ihrer Suche nach der Kriegsbeute der Nazis in Nordafrika abzuhalten?

Es würde ihre Aufgabe sein, das herauszufinden.

HAB griff erneut zum hausinternen Telefon, da es eine direkte Leitung zur Rezeption besaß. „Bringen Sie uns bitte eine Flasche *Amore di Magia* hoch – mit drei Weinnasengläsern."

Das Weinnasenglas war eine von HABs genialen Erfindungen. Dieses seltsam geformte Glas mit einer nasenähnlichen Ausbuchtung am Lippenrand bringt unser Riechorgan sozusagen „in das Glas hinein" und veredelte jeden Rotwein zum noch perfekteren Genuss.

Max erhob sich und ging schweigsam zur Espressomaschine, die in jedem Konferenzraum vorhanden war. Einen starken heißen Espresso – das konnte jetzt jeder von ihnen gut vertragen.

KAPITEL 8

HAB begann erst wieder zu reden, nachdem er sich mit einem heißen Espresso und danach mit einem kräftigen Schluck seines Lieblingswodkas, einem russischen *Golden Snow* wieder in Form gebracht hatte.

Max jedoch weigerte sich zwar wie immer beharrlich, vor dem Abendessen auch nur „einen Tropfen Alkohol" zu trinken, und auch Sophie wollte „lieber bei Wasser" bleiben. Aber beide wussten nicht, dass sie ihre guten Vorsätze bereits nach kurzer Zeit brechen würden.

„In Wahrheit erstaunt mich das nicht wirklich", begann HAB. „Unser Schweizer Nazisammler hat die Suche mit mir zusammen auch deswegen durchführen wollen, weil er eben befürchtete, dass die Mafia – sagen wir es einmal vorsichtig so – etwas dagegen haben könnte, dass er den Schatz findet. Mich hätte das nicht weiter gestört, denn in den oberen Rängen aller sogenannten mafiösen Vereinigungen sitzen heutzutage meist ziemlich umgängliche Personen. Die benehmen sich alle wie vernünftige Geschäftsleute. Mit denen kann man reden. Die sind ausschließlich erfolgsorientiert. Am Töten anderer Leute haben die überhaupt kein Interesse mehr. Die tragen höchstens mal interne Zwistigkeiten blutig aus. Das hat aber meistens mit ihrem blöden Ehrencodex zu tun. Da sind sie halt noch ein bisschen altmodisch. Aber trotzdem: Der alte Mann hatte schon gehörig die Hosen voll, aus Angst vor dieser Mafia. Aber für uns ist die Suche heute ganz sicher mit keiner Gefahr mehr verbunden."

Sophie sah das offenbar anders.

„Also ich habe wirklich keine Lust, mich mit irgendwelchen in ihrer Ehre gekränkten Mafiosi anzulegen!"

Bevor Sophie weiterreden konnte, unterbrach Max sie.

„Dann kränke sie halt nicht in ihrer Ehre", grinste er. „Alles wird gut. HAB hat recht. Vor denen brauchst du keine Angst zu haben ..."

„Ich habe aber vor so was Angst!", giftete Sophie zurück. Sie war offenbar ziemlich sauer darüber, dass die beiden Männer so genüsslich „heldenhaft" ihre angebliche Angstfreiheit zelebrierten.

Max spürte das und versuchte, Sophie wieder zu beruhigen.

„Das ist doch nur so ein blödes Worstcase-Szenario. Dass uns die Mafia irgendwann auf die Pelle rückt, ist vollkommen unwahrscheinlich. Nach über 70 Jahren und unzähligen erfolglosen Versuchen haben die längst aufgegeben. In Wahrheit haben die heute – im Jahre 2016 – längst vergessen, dass es diesen Schatz überhaupt gibt."

Sophie blickte immer noch skeptisch drein.

HAB kannte Sophie mittlerweile ziemlich gut, und er wusste, dass man sie nur mit klaren, nachvollziehbaren Tatsachen beruhigen konnte. Also erklärte er die Situation noch ein bisschen genauer.

„Damals", fuhr er fort, „ist es natürlich so gewesen, dass sich der alte Mann die tatsächliche Bedrohung eines Schatzsuchers durch die korsische Mafia nicht nur eingebildet hat. Denn die bestand natürlich wirklich. Für mich ist es ganz klar, dass sie den Schatz offensichtlich sogar über Jahrzehnte hinweg als ihr Eigentum betrachtet und ihn für sich beansprucht hat – egal, wer ihn gefunden hätte. Natürlich sprechen die unzähligen ‚zufälligen' Sabotagehandlungen bei den einzelnen Bergungsversuchen eine klare Sprache. So viele ‚Zufälle' sind zu viel des Guten – daran hat jemand gedreht. Und natürlich kommt als Urheber solcher Machenschaften nur die Mafia infrage. Dass es tatsächlich die Mafia war, die diese Sabotageakte ausgeführt hat, können wir – genauso wie alle anderen, je daran beteiligten Personen – natürlich nur vermuten. Aber für die intensive Tätigkeit der Mafia in dieser Sache spricht vor allem die Tatsache, dass mehrere Personen, die an den diversen Bergungsversuchen teilgenommen haben, zu Tode gekommen sind. Einige wurden ermordet, andere starben aus ungeklärter Ursache."

HABs Worte hatten nun wirklich nicht zur Beruhigung von Sophie beigetragen. Genau das waren ihre eigenen Befürchtungen.

„So", fuhr HAB fort, „unterstellen wir jetzt einmal, dass all das, was ich eben gesagt habe, auch wirklich den Tatsachen entspricht."

Damit goss er sich erst einmal in aller Ruhe einen Schluck des wunderbaren *Amore di Magia* in das von ihm konzipierte Weinnasenglas und sah die beiden anderen fragend an, ob sie auch ein Glas … Die Antwort bestand aus einem trotzigen Kopfschütteln.

„Wie ihr wollt, dann trink ich den eben alleine. Aber zurück zum Thema: Vergesst bitte nicht, die Mafia hat, in den Fünfziger-, Sechziger- und meinetwegen auch noch in den Siebzigerjahren selbst nach dem Schatz gesucht. Aber auch sie war ebenfalls völlig erfolglos. Genauso erfolglos nämlich wie allen anderen Schatzsucher! Max und ich haben ausgeschlossen, dass irgendjemand den Schatz heimlich geborgen haben kann. Das ist zwar immer noch eine winzige Möglichkeit, aber selbst wenn dies der Fall wäre – was niemand von uns glaubt –, wären wir dann sowieso völlig außer Gefahr."

Max nickte. „Klar: kein Schatz – keine Gefahr."

Sophie konzentrierte sich angespannt immer noch auf HAB, der ruhig und sehr gelassen weitergesprochen hatte.

„Also: Gerade weil sie ja selbst nach dem Schatz gesucht haben und dabei erfolglos waren, liegt es doch auf der Hand, dass die Leute von der Mafia, die ja heute in Wahrheit auch gar nicht mehr leben, genauso entnervt aufgegeben haben wie die *Pantherin* vor ihnen."

Jetzt nickte Sophie zögerlich. Das klang doch alles vernünftig. Es war sehr wahrscheinlich, dass HAB doch recht hatte.

„Ja", warf Max ein, „das passt auch in mein Bild, das ich gewonnen habe. In den letzten 30 Jahren hat es ganz offensichtlich keine Bergungsversuche mehr gegeben."

Sophie atmete erleichtert auf. Das schien sie endgültig zu überzeugen.

„Na prima, ihr beiden Herren der Schöpfung, dann können wir ja beruhigt weitermachen. Aber bevor ich euch erzähle, was ich im Hinblick auf die Schatzkarte noch alles herausgefunden habe, brauche ich jetzt erst einmal einen großen Schluck von diesem glasklaren, guten Wasser." Dann wandte sie sich keck an HAB.

„Sei doch bitte nicht so unaufmerksam. Jetzt schenke mir doch endlich auch mal von diesem Rotwein ein, von dem du immer so schwärmst."

HAB war sichtlich froh darüber, dass er die Freunde letztendlich doch überzeugen konnte, seinen Lieblings-Rotwein mit ihm zu teilen. Das Wichtigste allerdings war für ihn die Tatsache, dass er Sophie nun endgültig von ihren Ängsten befreit hatte.

KAPITEL 9

Es war sicher nicht nur dem vorzüglichen *Amore di Magia* zu verdanken, dass Sophies ursprüngliche Bedenken gegen die Suche nach dem Nazigold nunmehr endgültig ihrer kaum mehr zu zügelnden Lust auf dieses Abenteuer gewichen war. Wie sich bereits kurze Zeit später herausstellte, hatte sie noch eine ganze Menge mehr über die mögliche Authentizität der Schatzkarte herausgefunden.

„Ich habe zum Schluss spaßeshalber einfach mal versucht, das Pferd von hinten aufzuzäumen. Die Datierung der letzten Unterlagen reicht bis in das Jahr 2008 zurück.

Es gab da einen Rechtsanwalt in Freiburg. Einen Doktor Faller. Er war offensichtlich der Letzte, der ab 1978 über lange Zeit persönliche Kontakt zu dem vorhin schon erwähnten Zeitzeugen hatte. Bei dem handelt es sich um einen SS-Mann, der sich wechselnd einmal Peter Fleig oder auch einmal Walter Kirner nannte. Er hat zeit seines Lebens behauptet, genau zu wissen, wo der Schatz liegt.

Seine Begründung war schlagfest und schien sogar beweisbar: Kirner war als SS-Mann genau der Truppe zugewiesen, die die Kisten vor Korsika im Meer versenkt hatte. Aber mit wem auch immer er Kontakt hatte, er hat offenbar niemand den wahren Fundort verraten, obwohl er ihn aller Wahrscheinlichkeit nach natürlich kannte. Manchmal schien er damit einfach nur sein Leben schützen zu wollen, ein anderes Mal war er wahrscheinlich zu gierig, um mit anderen teilen zu wollen."

„Und jetzt denkst du, dass er seinem Rechtsanwalt, diesem Doktor Falter ..."

„Ja, HAB, ich meine, dass wir jedenfalls gute Anhaltspunkte in den Akten von diesem Doktor Faller – nicht Falter – finden können."

„Und warum glaubst du, dass dieser Kirner, der wahrscheinlich der abgebrühteste Lügner in dieser Geschichte überhaupt war, ausgerechnet seinem Anwalt die Wahrheit gesagt haben soll?"

„Aber Max, ich lass euch doch auch alle immer ausreden. Ihr könnt alle beide nie abwarten, bis ich euch alles erzählt habe."

Max feixte. „Na ja, vielleicht liegt das daran, dass nicht nur dein Wortschatz größer ist als unserer, sondern vor allem auch daran, dass deine Erzählungen immer ein bisschen – äh, wie soll ich sagen? – ausschweifender sind als unsere."

Jetzt grinste auch HAB unverhohlen zu Sophie hinüber.

Sophie schien kein bisschen beleidigt und konterte süffisant.

„Hört mal, ihr zwei Schlaumeier: Ich bin eben eine Frau! Und wenn es tatsächlich stimmen sollte, dass Frauen immer länger reden als Männer, dann liegt es wahrscheinlich daran, dass man euch Männern alles wirklich haarklein erklären muss. Und", fügte sie mit todernster Mine hinzu, „damit ihr es überhaupt versteht."

HAB und Max lachten herzhaft, und Max musste sich verkneifen, auszusprechen, was ihm übermütig dazu gerade eingefallen war.

Sophie kannte Max gut genug, um zu wissen, wie provozierend machohaft er sich geben konnte. Aber vorsichtshalber strafte sie ihn mit einem „scharfen" Blick ab, obwohl der allerdings auch nicht so wirklich ernst gemeint war.

„So ihr zwei, könnten wir jetzt bitte wieder ernsthaft weitermachen ... Also, dann passt mal gut auf. Schon im August 1978 hat dieser Walter Kirner seinem Rechtsanwalt verschiedene Orte auf Korsika genannt, die mit den Messpunkten seiner Schatzkarte in Übereinstimmung gebracht werden müssten. Ihr braucht euch das jetzt nicht zu merken, aber es sind die Orte Maginaccio, Marie di Lure, Erba Lunga und das Kloster San Antonio. Kirner hat dazu Zahlen genannt, nämlich: 322-279-276-264. Dazu hat er eine Höhenangabe vermerkt, mit 400, sowie die Zahl 2320-1485 mit dem Vermerk ‚sM' hinzugefügt."

Max versuchte daraus ein klares Resümee zu ziehen.

„Okay, das ist jetzt 40 Jahre her. Aber wenn das die tatsächlichen Koordinaten des Versenkungsortes sind, dann müssten wir davon ausgehen, dass der Schatz dort doch irgendwann gefunden worden ist ... unbemerkt von der Öffentlichkeit."

„Ja, Max, das könnte man meinen. Stimmt aber nicht – zum Glück. Koordinaten sind es wohl nicht. Ich habe die Koordinaten von Bastia hier. Die haben damit wenig Ähnlichkeit. Aber so wie es aussieht, hat dieser Herr Doktor Faller das Rätsel um den Versenkungsort wahrscheinlich im Frühjahr 2008 gelöst."

„Zu dem Zeitpunkt war dieser ominöse Walter Kirner oder wie er auch geheißen haben mag, bereits tot?", bohrte HAB nach.

„Ja, Kirner, oder Fleig – egal. Er war tot. Für mich steht mittlerweile aber fest, dass er auch seinen Rechtsanwalt belogen hat – in einem winzigen Punkt."

„Verdammt", knurrte Max. „Mit anderen Worten, du hast uns gerade gesagt, dass die Schatzkarte doch nicht echt ist!?"

Sophie grinste frech.

„Nö, mein Lieber! Die Karte ist zweifellos echt und vor allem die letzte, die Kirner selbst angefertigt hat. Aber", fuhr sie fort, bevor Max sie erneut unterbrechen konnte, „sie enthält leider nicht den genauen Fundort des Schatzes!"

Max begann sich zu ärgern.

„Sophie! Was soll dieser sophistical-Scheiß? Wenn diese verflixte Schatzkarte nicht zum Schatz führt, dann ist sie nutzlos. Dann können wir uns den ganzen Mist hier in den …"

„Aber Mäxchen, so emotional habe ich dich ja noch nie erlebt! Doch so seid ihr Männer halt. Kaum wird es ein bisschen komplizierter, hört ihr schon nicht mehr zu und habt nichts Besseres zu tun, als euch hinter eurer Emotionalität zu verstecken."

Max hatte einen knallroten Kopf bekommen. Er wusste sehr genau, dass er gegenüber Sophie gerade ziemlich weit über das Ziel hinausgeschossen war.

HAB griff zum Glück wieder einmal beruhigend ein und versuchte es pragmatisch auf den Punkt zu bringen.

„Na ja, du schlaues Kind, dann kläre uns arme männliche Wesen doch bitte mal auf, inwieweit das eine gute Nachricht sein soll!"

„Gut." Sophie atmete tief durch. „Wollt ihr nur das Ergebnis hören, oder soll ich euch erklären, warum das jetzt so ist, wie ich es sage?"

HAB und Max sahen sich an und nickten sich kaum merklich zu.

„Nur das Ergebnis bitte, Sophie. Alles andere erst, wenn es wirklich notwendig ist, dass wir das auch wissen müssen."

HAB stöhnte leise.

Sophie strahlte: „Ganz einfach, ihr beiden Helden: Kirner hat den Rechtsanwalt nicht angelogen. Aber", fuhr sie ungerührt fort, bevor einer der beiden Männer wieder protestieren konnte, „Kirner ist bei der Übertragung seiner Koordinaten oder sonstigen Zahlen mit Sicherheit eine Art Abschreibfehler unterlaufen. Vielleicht war es auch ein Zahlendreher oder eine Zahl zu viel oder zu wenig. Doch die Karte, die ist echt – mit Sicherheit."

„Echt – aber fehlerhaft?" HAB hatte es offenbar schneller kapiert als Max.

„Ja, und diesen Fehler können wir sogar noch näher eingrenzen. Faller selbst ist im Frühjahr oder Sommer 2008 genau auf diesen Umstand gestoßen. Erst dann hatte er des Rätsels Lösung gefunden. Es war tatsächlich nur ein Zahlendreher. Kirner hatte eine Ziffer falsch abgeschrieben, und zwar – wie Faller 2008 herausgefunden hat – eine Zwei anstatt einer Drei."

„Man erhält also die Lösung, wenn man eine Zwei durch eine Drei ersetzt?" HAB wollte es ganz genau wissen.

„Ja, eine Zwei durch eine Drei. Nicht wirklich unlösbar, auch wenn in Kirners Zahlenreihe immerhin zehn Zweierzahlen in Kombination mit den anderen Zahlen zu überprüfen sind!"

Jetzt war auch Max wieder hellwach und bei der Sache: „Aber Sophie, was sind schon zehn Zahlen für dein geniales Gedächtnis? So was findest du doch mit links heraus!", grinste er sie unverschämt an.

„Aber klar kriegt Sophie das hin", mischte sich HAB erneut ein.

„Denn egal, wie kompliziert diese Aufgabe zu lösen ist, die Lösung wird uns zum Schatz bringen. Und der muss sicherlich weit mehr wert sein als nur 750.000 Schweizer Franken – und das ist schon ein ganz nettes Sümmchen ..."

„Wie kommst du denn jetzt auf ausgerechnet 750.000 Schweizer Franken?" Sophie und Max fragten nahezu gleichzeitig.

HAB nickte gewinnbringend. „Na ja, ich habe mich eben auch mit diesen Unterlagen beschäftigt. Und siehe da: Ihr alle habt ein klitzekleines Zettelchen übersehen. Es ist eine Quittung. Und Quittungen interessieren mich immer. Es war der Betrag, der mich ziemlich stutzig gemacht hat. Immerhin waren 750.000 Schweizer Franken darauf quittiert. Und jetzt ratet ihr doch bitte mal, wer das viele Geld erhalten hat?"

Max und Sophie schauten HAB nur fragend an. Sie hatten absolut keine Ahnung.

„Genau hier schließt sich der Kreis zu dem, was uns Sophie gerade erklärt hat: Das Geld hat der Herr Rechtsanwalt bekommen, der so viel über den *Rommel-Schatz* wusste. Die Unterschrift ist zwar recht undeutlich, aber dennoch heißt das ohne Zweifel ‚erhalten in bar, Doktor G. Faller, 1. September 2008'."

Sophie wusste sofort, wie das Geschäft gelaufen war: „Na klar! Bezahlt hat diese 750.000 Schweizer Franken unser Schweizer Multimillionär, dessen Schatzkarte und Unterlagen wir heute hier auf dem Tisch haben. Es war der Kaufpreis für die Schatzkarte!"

„Ja", antwortete HAB knapp, „und wenn ich mich recht erinnere, hat er mir bei dem Versuch, mich bei der Suche nach dem Schatz zu unterstützen, gesagt, dass der Erfolg dieses Unternehmens nur noch von einer ‚kleinen, aber ziemlich komplizierten Rechenaufgabe' abhängen würde. Ob er die richtigen Koordinaten nun gekannt hat oder nicht, ist egal. Sophie wird das jedenfalls locker herausfinden!"

Der schelmische Blick verriet Sophies spontanen Gedanken schon im Vorfeld.

„Also wisst ihr was, Jungs, am besten rechnen kann ich bei Wind und Wetter am Meer. Und ich glaube, auf Korsika würde ich mich dabei besonders wohlfühlen!"

„Darauf trinken wir jetzt alle – Prost!" Dann erhob Max als Erster sein Glas, in das er sich unbemerkt einen ziemlich großen Schluck *Amore di Magia* eingeschenkt hatte.

KAPITEL 10

Nachdem sich Sophie dazu entschlossen hatte, ebenfalls im Hotel zu übernachten, stand einem geselligen Abend an der Bar nichts mehr im Wege. Der Entschluss, möglichst bald nach Korsika aufzubrechen, um mit der Schatzsuche zu beginnen, musste schließlich gebührend gefeiert werden.

Zuvor hatte Max zur Vervollständigung der Unterlagen noch das Ergebnis seiner Recherche zu den Ereignissen rund um den *Rommel-Feldzug* zusammengestellt. Da er keine Lust mehr verspürte, diese rein historischen Fakten herunterzubeten, hatte er sie in sein Notebook getippt und an der Rezeption des Hotels ausdrucken lassen und dann das Papier kurzerhand und kommentarlos an seine Mitstreiter verteilt – sollten sie es lesen oder nicht.

Max war überzeugt, dass diese gründlich recherchierten Eckdaten fehlerlos wiedergegeben waren. Ob es hilfreich sein würde, wusste er zu diesem Zeitpunkt noch nicht.

Aber für ihn hatte sich alles lückenlos zusammengefügt. Insbesondere die gesamte wissenschaftlich penibel aufgearbeitete Historie zum Afrikafeldzug Rommels ließ keinen anderen Schluss zu: Der

– fälschlicherweise – nach ihm benannte Schatz war ohne Zweifel irgendwo im Meer vor dem korsischen Bastia versenkt worden. Die Frage war also nur: Wo genau würde diese Stelle zu finden sein?

Unendlich viele Schatzsucher waren im Laufe vieler Jahrzehnte aufgebrochen, die Kriegsbeute ausfindig zu machen und zu bergen. Gescheitert waren sie mit ihrem Unternehmen jedoch alle. Damit stand zumindest fest, dass keiner dieser Schatzsucher eine „echte Schatzkarte" besessen haben konnte. Alle hatten immer nur aufgrund vager Angaben irgendwo im Meer „herumgestochert". Es war die berühmte Suche nach der Stecknadel im Heuhaufen, also stets ein aussichtsloses Unterfangen. Der Weg zum Erfolg konnte ausschließlich über sehr genaue Information über den Fundort führen. In diesem Fall war es ein SS-Mann, der als Einziger dieses Himmelfahrtskommando überlebt hatte. Wolfgang Kirner alias Peter Fleig besaß unzweifelhaft eigene schriftliche Aufzeichnungen darüber: eine Schatzkarte, auf der der Ort verzeichnet war, an dem man die Stahlkisten im Meer verschwinden ließ. Zu Lebzeiten war er stets darauf bedacht, aus seinem Wissen ein großes Kapital herauszuschlagen. Jetzt war er tot, und seine Gier stand einer erfolgreichen Suche nicht mehr im Weg.

Max' Analyse war ein starkes Signal: HABs Schatzkartenfund **war** das richtige Mittel zum Erfolg. Die Karte zu entschlüsseln würde ihre Aufgabe sein. Das war zu schaffen – und es müsste schon mit dem Teufel zugehen, wenn es dem Trio nicht gelingen sollte, auch dieses Rätsel zu lösen.

Sophie las – neugierig, wie sie war – den klar strukturierten Text sofort durch und stimmte Max in seiner Schlussfolgerung kurze Zeit später zu. HAB genügte das positive Statement der beiden völlig Einer ersten „kleinen Siegesfeier“ stand endgültig nichts mehr im Wege.

KAPITEL 11

In Zürich waren sie schließlich kurz vor 15 Uhr in den Flieger gestiegen. Leider war ausgerechnet dieser Airbus A 318 auf eine maximale Beförderungskapazität ausgelegt – natürlich zulasten des Sitzkomforts der Passagiere. Ein unglaublich enger Fußraum von nur knapp 70 Zentimetern ließ den eigentlich unbedeutend kurzen Flug nach Paris so zur ungeduldigen Qual werden.

Max hatte nicht die geringste Chance, den sperrigen Klappmechanismus zu einem Tischchen herunter zu bekommen, und Sophie zahlte zwangsweise den geforderten Tribut für ihre herrlich langen Beine. Sie musste derart penibel vornehm gerade sitzen, dass es aussah, als studiere sie eine besonders schwierige Yoga-Übung ein.

Auch wenn HAB es schaffte, wenigstens einigermaßen normal sitzen zu können, bereute er gerade zutiefst, dass er sich hatte überstimmen lassen, die „kurze Strecke" nach Korsika nicht in der Business-Class zu fliegen. Dass sich aber die Flugzeit nach Korsika inklusive der Wartezeiten in Paris und Marseille auf fast sieben Stunden addierte, daran hätte auch das First-class-Ticket rein gar nichts geändert. In jedem Fall wären sie erst um 22.10 Uhr in Bastia gelandet.

Also genau jetzt!

„Mann – so eine Scheiße! Eine Stunde mit dem Auto von Luzern nach Zürich. Eine Stunde Warten, eine Stunde nach Paris ... und dann haben wir immer noch unendliche sechs Stunden gebraucht, bis wir hier endlich raus sind! Neun Stunden für einen Katzensprung!", schimpfte HAB grummelnd vor sich hin. „Das nächste Mal fliegt uns der Svenni, mein Pilot, hier runter – mit dem Hubschrauber. Das dauert höchstens zweieinhalb Stunden und kostet auch nicht mehr als drei einigermaßen komfortable Business-Seats! So etwas mache ich nie wieder!"

„Hey HAB", knurrte Max, „lass deine schlechte Laune im Flieger! Es ist vorbei! Sei kein Mädchen!"

„Was fällt dir denn ein?", fuhr Sophie prompt Max an. „Ich bin ein Mädchen! Aber siehst du mich hier gerade jammern?"

„Okay, okay." HAB war jetzt deutlich um Besänftigung bemüht. „Wir sind wohl alle etwas angeschlagen."

Dann winkte er ein Taxi herbei.

„Sophie, sag du ihm bitte, wo genau wir hinwollen!"

Plötzlich strahlte Sophie übers ganze Gesicht. HAB hatte selbst offenbar keine Zeit mehr gefunden, für das Trio ein Hotel in Bastia zu buchen. Also konnte sie jetzt ganz allein entscheiden, wo sie die nächsten Tage auf Korsika ihre Zeit verbringen konnten. Und da es jetzt nach Sophies Willen ging, würde das ganz sicher nicht in einem dieser überkandidelten Luxusschuppen sein, in denen HAB für gewöhnlich abzusteigen pflegte.

Schließlich waren sie nicht zu ihrem Vergnügen hier! Einem Geheimnis waren sie auf der Spur. Einem brisanten Geheimnis möglicherweise sogar. Das bedeutete eine intensive Recherchearbeit, denn ihr Ziel war es, möglichst viele Informationen darüber einzusammeln. Nur so würden sie eine Chance haben, in ihrer „geheimen Mission" weiterzukommen. Genau solche Informationen aber bekam man nicht im Internet, sondern am besten von den Leuten auf der Straße. Die Bewohner von Bastia und seiner Umgebung, das war ihre Zielgruppe. Und wo man solche Leute treffen konnte, das wusste Sophie sehr genau.

„Bonjour, Monsieur", begrüßte sie den Fahrer eines vor dem Flughafen *Bastia-Poretta* wartenden Taxis freundlich. „Wir wollen nach Bastia. Sie kennen dort sicher ein nettes kleines Hotel – eines, in dem sich möglichst wenige Touristen herumtreiben?"

„Oui, Madame, naturellement – le mieux!" Dabei zeigte der Taxifahrer breit seine vom übermäßigen Nikotingenuss in ein unappetitliches Schimmelgelb eingefärbten Zähne.

Wahrscheinlich sollte es ein Lächeln werden, aber Max deutete es pragmatisch als Vorfreude auf die fette Provision, die er für diese Fahrt zusätzlich von irgendeinem dahergelaufenen Hotelbesitzer kassieren würde. Aber das war jetzt auch schon völlig egal.

„Ein bisschen Komfort darf es natürlich schon sein", fuhr Sophie fort, „ein Bad zur gemeinsamen Benutzung, so etwas hätte ich jedenfalls nicht so gerne."

Das war scherzhaft gemeint, aber Sophie handelte sich dafür sofort ein verständnisvolles Augenzwinkern von ihrem „neuen Freund" ein.

„Oui, Madame, naturellement."

Anscheinend war er auf diese Antwort programmiert. Das passte immer und erhöhte die Chance auf Trinkgeld deutlich.

Max hatte die ganze Geschichte bislang teilnahmslos verfolgt. Ihm war so ziemlich jede Schlafgelegenheit recht. Aber jetzt unterbrach er Sophie in ihrem vertrauensvollen Dialog.

„Egal, wo Sie uns hinbringen, großer Meister, bitte aber nur dorthin, wo es auch um diese Zeit noch etwas Vernünftiges zu essen gibt."

Dieses Mal antwortete der kenntnisreiche Taxler nicht. Aber er schien Max verstanden zu haben. Denn sofort führte er Daumen und Zeigefinger der rechten Hand an seine gespitzten Lippen. Davor vibrierten sie kurz, um ihnen dann ein melodisches „Hm, äh" zu entlocken.

Max wertete das als ein deutliches Ja. Letztendlich aber war es ihm egal. Jedenfalls heute würde ohnehin kein kulinarisches Erlebnis mehr zu erwarten sein.

Sophie wusste natürlich, dass sie durch ihre Hotelauswahl per Zufallsklick ein ziemliches Risiko eingegangen war, sich dem Unmut ihrer Mitstreiter auszusetzen. Aber nachdem der Fahrer einige unbehagliche Vorortstraßen passiert hatte, ohne anzuhalten, steuerte er jetzt auf eine beachtliche Reihe kleiner, eher unscheinbarer, dafür aber hell erleuchteter Häuser zu. An einem großen Platz schienen sie alle zusammengepfercht auf zirka hundert Meter mit ihren bunten Fassaden hingezaubert zu sein: Bars, Tavernen, Restaurants und kleine Hotels – hell erleuchtet aufgereiht, wie Lampions an einer höchst instabilen Kette.

Auch das *Chez Pierre et Chambres* bot eine dieser bunt bemalten, schmalen Hausfronten. Es schien ein kleines gemütliches Restaurant für Einheimische zu sein. Der winzig kleine Hinweis *et Chambres* machte zudem deutlich, dass dort selten Übernachtungsgäste beherbergt wurden. Neugierigen Touristen würde man hier eher nicht ausgesetzt sein.

„Voilà" – der freundliche Taxifahrer grinste immer noch. „*Chez Pierre* – die Nummer eins in Bastia!"

Erst jetzt fiel Max auf, dass der Taxameter immer noch bei nullkomma-null stand. Der Fahrpreis war hier offenbar reine Verhandlungssache.

Sophie scherte das alles nicht. Freudestrahlend war sie in Windeseile aus dem Auto hinausgesprungen.

„Schaut euch das an! Ist es nicht toll? So ein wunderbares Fleckchen Erde! Und – schaut her", fuhr sie unbeirrt fort. „Uns zu Ehren haben die Leute hier sogar die Kathedrale besonders hell angestrahlt!"

Eine Antwort erhielt Sophie nicht. In ihrer ganzen Begeisterung hatte sie nicht bemerkt, dass ihre Begleiter bereits im *Chez Pierre* verschwunden waren. Hastig stürzte sie hinterher. Zum Glück aber standen alle beide noch vor dem Tresen an der Rezeption.

„Hey, ihr Banausen! Warum lasst ihr mich da draußen eigentlich so blöd und mutterseelenallein rumstehen?"

HAB lächelte müde. „Weil wir uns morgen noch genauso über alles hier freuen können wie du jetzt."

„Und weil Hans Albert und ich einen gigantischen Hunger haben", knurrte Max ihr hinterher. „Wir wollen jetzt endlich etwas Gescheites essen – und trinken!"

HAB schien am Ende seiner Kräfte angelangt, und so spielte sich die übliche Prozedur beim Einchecken blitzschnell ab. Die Männer ließen das Gepäck einfach kurzerhand aufs Zimmer bringen. „Auspacken und Einräumen können wir später", hatte HAB entschieden, während er gleichzeitig den hilfsbereiten Taxler mit einem wirklich großzügigen Trinkgeld verabschiedete – sehr zum Missfallen von Max.

Der Mann war richtig gut, beschied Max in seinen Gedanken. „*Geben Sie mir einfach, was Sie wollen*!" Ein Zauberspruch, dem HAB nichts entgegenzusetzen hatte. Das Ergebnis in barer Münze war offenbar deutlich höher ausgefallen, als er im besten Fall verlangt haben würde.

Sophie jedoch wollte „auf gar keinen Fall!" darauf verzichten, „sich kurz frisch zu machen".

Als sie knappe 20 Minuten später wieder die Treppe herunterkam, saßen HAB und Max bereits an der Bar – jeder ein Bier vor sich. Es war so kalt, dass feines Kondenswasser tropfenweise von den blank polierten Gläsern hinunterperlte.

„Das schaut ja prima aus! Wo ist meins? Oder habt ihr mir etwa kein Bier bestellt?" Sophie konnte so unschuldig dreinschauen wie ein kleines Mädchen.

„Sophie! Du bist schließlich eine Frau! Woher hätten wir wissen sollen, wann du dich hier wieder blicken lässt?"

Max konnte es sich selten verkneifen, zu dem Thema „typisch weiblich" kleine, halbernst gemeinte Giftpfeile abzuschießen.

„Spaß muss sein, Sophie. Was willst du trinken? – Soll ich dir ein ...?"

HAB konnte seinen Satz nicht zu Ende bringen, denn Pierre Calzerac, der Inhaber des *Chez Pierre*, war urplötzlich wie aus dem Nichts erschienen und kredenzte Sophie höchstpersönlich ein herrlich frisch gezapftes Bier. „Für Sie, Madame, pour vous, Madame! Für Sie die *Weiße Colomba*. Eine korsische Spezialität. Voilà!"

Pierre war offenbar ein sehr geübter Charmeur.

„Von einer schönen Lady – für eine schöne Lady."

Dabei drehte er die Flasche geschickt zu ihr, sodass Sophie das Bild einer unbekannten kühlen Schönheit auf dem altertümlich verzierten Etikett erkennen konnte.

„Merci, Monsieur. Vielen Dank!"

Sophie fühlte sich sichtlich geschmeichelt.

Pierre zeigte erneut sein makelloses weißes Gebiss. Es war unübersehbar, dass Sophie ihm gefiel.

Pierre Calzerac war etwa Mitte 50. Schlank, braungebrannt und deutlich über 180 Zentimeter groß. Sein auffällig kantiges, hageres Gesicht mit azurblauen Augen wurde durch den kahlgeschorenen Schädel noch besonders betont. „Kein schlechter Typ!" – wie Sophie für sich befand.

Max hatte sehr wohl bemerkt, dass Sophie dem Flirtversuch dieses „schrecklich netten Korsen" offenbar nicht abgeneigt war. Im Gegenteil: Sie schien sogar großen Spaß daran zu haben. Jedenfalls beobachtete Max den Hotelbesitzer, der sich gerade selbst zum *Chef de Bar* gefördert hatte, ab jetzt noch argwöhnischer als zuvor: Diese verschlagenen, unehrlichen Augen, deren Lider meist zu einem schmalen Schlitz zusammengezogen waren, bedeuteten nichts Gutes. Dazu zogen schmale Lippen eine waagrechte, fast lippenlose Linie zwischen seiner langen schmalen Nase und dem kantigen, energischen Kinn. Alles in allem befand er diesen Kerl irgendwie seltsam emotionslos.

Nein, Max mochte Pierre Calzerac nicht. Unhöflich fuhr er ihn an.

„Was macht eigentlich unser Essen, Chef?“, unterbrach Max die sich neben ihm offenbar gerade anbahnende Liaison. Dann wandte er sich Sophie zu.

„Hättest du jetzt auch Zeit für uns und unseren gemeinsamen Mitternachtssnack, liebe Sophie? Und“, fuhr er fort, ohne auf eine Antwort zu warten, „wir haben schließlich für dich eine Extra-Portion dieser korsischen Spezialität hier geordert.“

Max deutete dabei auf eine Art Speisezettel, der die Überschrift *Assiette Du Bandit Corse* trug und auf dem stilecht eine *Piatto di Bandito Corso* angepriesen wurde.

„Wenn es hier schon echte korsische Banditen gibt, werden wir doch so höflich sein und von deren Spezialitätenplatte kosten!“

Es klang wie ein Scherz, war aber unverhohlener Sarkasmus. Max' süffisanter Blick direkt in Pierres Augenschlitze bewies das unzweifelhaft.

Sophie bemerkte es noch nicht einmal. Sie war viel zu glücklich, um sich bei den süffisanten Bemerkungen von Max irgendetwas zu denken, was ihr momentanes Glücksgefühl beeinträchtigen könnte. Ganz im Gegenteil – als Pierre nach wenigen Minuten eine reichlich mit verschiedenstem Schinken, Salami und Käse bedeckte Holzplatte mühsam auf den schmalen Tresen der Bar bugsierte, verschlug es nicht nur ihr die Sprache!

So viel war klar: Was dieser Pierre da gerade seinen Gästen servierte, waren feinster Prosciutto Crudo, Salami- und Käseprodukte der Insel. Es war eine wahrhaft „himmlische Kost“, wie es HAB poetisch verzückt kurze Zeit später ausdrückte.

Pierre schob jedem von ihnen einen kleinen Teller aus dickwandiger, weißer Keramik zu, und HAB legte zufrieden sein geliebtes I-Phone zur Seite.

Zusammen mit einem wunderbaren ciabattaähnlichen Weißbrot, frischer Bauernbutter und sattgelbem Olivenöl stimmte diese unerwartet köstliche Mahlzeit das Trio sehr schnell wieder glücklich und total zufrieden.

„Herz, was willst du mehr?"

Sophie schwärmte genüsslich, während HAB auch ihr aus einer gerade entkorkten Flasche süffig aussehenden, dunkelroten Wein einschenkte. Es war korsischer Rotwein direkt aus den Weinbergen Bastias, ein *Patrimonio*. HAB ließ gerade eine zweite Flasche davon öffnen.

Dieser anstrengende Tag würde noch lange nicht zu Ende sein.

KAPITEL 12

Sophie war sehr spät zu Bett gegangen – lange erst, nachdem die beiden Männer sie mit Pierre allein gelassen hatten.

Selbst Max, dem das angeregt fröhliche Gespräch zwischen Pierre und Sophie überhaupt nicht gefiel und der Sophie eigentlich nicht aus den Augen lassen wollte, musste schließlich vor sich selbst w. o. geben. Jetzt war er der Letzte, der mit völlig verschlafenem Gesicht im kleinen Frühstückszimmer auftauchte.

„Oh, schau an!", begrüßte ihn Sophie schnippisch, „unser Langschläfer ist auch schon wach!"

Sie war so fröhlich und fit, als hätte es die vergangene lange Nacht nicht gegeben. Max zuckte nur mit den Schultern. Nach Reden war ihm offenbar noch nicht zumute.

„Sophie ist heute schon früh aufgestanden und hat bereits die nähere Umgebung erkundet. Ich habe erst einmal einen vernünftigen Leihwagen für uns besorgt. Wir müssen schließlich mobil sein."

Auch HAB war bereits in voller Fahrt, was Max nur umso ätzender empfand.

Obwohl der Tisch noch reichlich mit Schinken, Speck und Käse gedeckt war, verweigerte Max sich jeder Nahrungsaufnahme und bestellte für sich bloß ein Glas mit klarem, kühlem Leitungswasser. Großartigen Appetit hatte er nicht. Er wollte nur in Ruhe wach werden. Aber HAB dachte überhaupt nicht daran, darauf Rücksicht zu nehmen.

„Sophie hat gestern Nacht hier noch einen tollen Job gemacht."

Die rhetorische Pause, die HAB danach einlegte, war zu kurz, als dass Max irgendwie hätte reagieren können. Er begann erneut, sich zu ärgern. Was Sophie vergangene Nacht getrieben hatte, wollte er wahrscheinlich nicht wirklich genau wissen.

„Sophie, erzähl unserem müden Freund hier doch auch mal, was du von diesem Pierre alles erfahren hast – von ihrem neuen Verehrer ..." Dabei wandte er sich augenzwinkernd an Max. „Weißt du, der hat unserer Sophie offenbar noch ganz schön den Hof gemacht."

Wieder schwieg HAB bedeutsam. „... und ich glaube, dass sie ihn auch ziemlich gut findet!"

„So ein Quatsch!", unterbrach ihn Sophie.

„Ich wollte natürlich nur möglichst schnell an Informationen rankommen. Deswegen sind wir doch hier. Pierre ist in Bastia geboren. Seine Familie wohnt schon seit Generationen auf Korsika. Einen besseren Informanten findest du nicht so einfach und", grinste Sophie, „vor allem nicht so schnell wie ich!"

Max knurrte leise vor sich hin. Für ihn hörte sich das alles eher wie eine Rechtfertigung an, die ganze Nacht mit diesem komischen Typen an der Bar abzuhängen und rumzusaufen.

„Und, was hat er dir erzählt, dein ‚Informant'? Weiß er irgendetwas über den *Rommel-Schatz*? Irgendetwas, was wir noch nicht wissen?"

Max' Stimme hatte einen deutlich süffisanten Unterton angenommen.

Im Inneren amüsierte sich Sophie köstlich. Offenbar war Max doch ein kleines bisschen eifersüchtig – und das gefiel ihr sehr gut.

„Nein, über den Schatz selbst weiß er leider nichts. Dazu ist Pierre ja auch noch viel zu jung …"

Max verdrehte gelangweilt die Augen.

„Aber", fuhr Sophie unbeirrt fort, „ich habe eine Adresse von ihm bekommen. Von einer heute noch lebenden Zeitzeugin!" Bei diesen Worten wedelte sie stolz mit dem kleinen Zettel eines schmalen Notizblocks vor sich her.

Max blieb auch davon völlig unbeeindruckt und gähnte provozierend.

„Sie wird hier nur *die alte Janine* genannt. Die muss früher mal eine große Nummer gewesen sein –eine ‚korsische Queen' fast!"

Jetzt begann auch Sophie sich über Max' ignorantes Verhalten zu ärgern. Was sie in dieser kurzen Zeit alles aus Pierre herausgekitzelt hatte, war verdammt wichtig und viel mehr, als jeder von ihnen zu hoffen gewagt hätte.

Ab sofort würdigte sie ihn keines Blickes mehr und wandte sich jetzt nur noch HAB zu.

„Sie hat während der Zeit, als die Deutschen hier alles unter Kontrolle hatten, einen ziemlich heißen Puff betrieben. Da gingen vor allem die hoch dekorierten SS-Offiziere hin. Sie hat sicher viel mitbekommen, was die Herren Offiziere besser nicht erzählt hätten …"

„Und ob." HAB war hellhörig geworden. „Wenn sich das nicht gut anhört, dann weiß ich es auch nicht … und ob wir dahin müssen.

Was meinst du, Max?"

Max dachte gar nicht daran, zu antworten und schien das Gespräch der beiden immer noch völlig zu ignorieren.

„Hier, er hat's mir sogar höchstpersönlich aufgeschrieben, mein Informant." Sophie hielt ihm ihren Zettel direkt vors Gesicht. „Ich habe ihre Adresse ..."

HAB wurde ungeduldig. Aufmunternd packte er Max' Oberarm und schüttelte ihn sanft.

„Jetzt wach langsam auf, du Morgenmuffel. Wir sollten der alten Lady bald unsere Aufwartung machen. Die hat ja wohl immerhin schon ein paar Jährchen auf ihrem alten Buckel. Da sollten wir nicht allzu lange warten, sonst kommt uns der liebe Gott noch zuvor!", grinste er. „Also, auf geht's – vielleicht wird es jetzt endlich spannend."

Warum auch immer. Mit einem Mal war auch Max wieder hell wach, und entgegen seiner sonstigen Art schnippte er unhöflich mit Daumen und Zeigefinger. „Un ristretto per favore!"

KAPITEL 13

„Na, was sagt ihr jetzt?“

HAB freute sich diebisch. Nur dank des auf seinen ausdrücklichen Wunsch hin vom Autovermieter zusätzlich in den noblen Geländewagen eingebauten Navigationssystems hatten sie das kleine, zwischen den vielen hügeligen Olivenhainen versteckte Häuschen der alten Janine aufspüren können.

Es war erstaunlich, dass die schmalen Straßen im Hinterland von Bastia, die oft nur aus noch schmäleren Feldwegen bestanden, überhaupt im System verzeichnet waren. Ohne dieses allwissende Kästchen hätte die Suche nach der alten Frau auf den irrgartenähnlichen Wegen schnell zu einer wahren Odyssee werden können – mit sehr ungewissem Ausgang.

Max musste – wie immer, wenn's ums Autofahren ging – den Chauffeur spielen. Er parkte den Jeep höflichkeitshalber fast 30 Meter von der Eingangstür des ziemlich heruntergekommenen Anwesens entfernt. Näher in das Grundstück hineinzufahren, hätte er als respektlos empfunden, und verärgern wollte er ihre zukünftige Informantin auf gar keinen Fall.

„Du übernimmst das Reden, Sophie!“, entschied HAB. „Du sprichst ihre Sprache. Das schafft Vertrauen. Wenn sie wirklich so alt ist, wie dein neuer Freund gesagt hat, sollten wir behutsam mit ihr umgehen.“

Sophie verzog den linken Mundwinkel deutlich nach oben. Diesen Befehlston hasste sie.

Eine Glocke gab es nicht. Also klopfte sie mit den Knöcheln ihrer Hand an die hölzerne Eingangstür. Erst vorsichtig, dann deutlich fester.

Kurz darauf hörte man aus dem Haus kräftige Schritte. Körperlich schien diese Janine noch sehr rüstig zu sein. Dann öffnete sich die Tür – jedenfalls so weit, wie es die von innen angebrachte Sperrkette zuließ.

„Hallo, was ist los? Haben Sie sich verfahren?“

Die feste und offenbar befehlsgewohnte Stimme klang wahrlich nicht wie die einer alten Frau. Sophie war durch die sehr laute Stimme konsterniert. Ehe sie antworten konnte, fuhr die Stimme sie erneut an.

„Na los, was wollen Sie hier?“

„Nein.“ Sophie hatte sich schnell wieder im Griff. „Mit dem Auto verfahren? Nein, haben wir nicht.“

„Und was wollen Sie?“

Jetzt klang die Stimme der Frau wenigstens nicht mehr so zurückweisend wie zu Beginn.

„Na ja, wir wollen nur ein bisschen mit Ihnen plaudern!“, entgegnete Sophie freundlich.

„Was heißt das? Worüber wollen Sie mit einer alten Frau reden?“

Aber sie war offenbar neugierig geworden und näher an den offenen Türspalt herangetreten. Jetzt konnte man ihr wettergegerbtes Gesicht besser erkennen. Diese Frau war wirklich alt, unschätzbaren Alters. Vielleicht sogar schon über 90 Jahre alt oder noch älter ...

Genau wie sie die Alte beobachtend eingeschätzt hatten, so waren auch sie ihrerseits genauso unter die Lupe genommen worden. Das Ergebnis schien positiv ausgefallen zu sein.

„Also – worum geht es?" Die Stimme klang jetzt noch etwas zugänglicher. Sophie wagte einen weiteren Schritt in Richtung Haustüre.

„Na ja, man hat uns gesagt, Sie seien eine sehr, sehr kluge Frau. Die Einzige, die sozusagen noch sehr viel über die guten alten Zeiten wisse."

Sophie war bemüht, ihren ganzen Charme und ihre Freundlichkeit in diese Sätze zu legen, und das zeigte sofort Wirkung. Umständlich nahm die alte Frau die Stahlkette aus der Verankerung des Schlosses. Dann stand sie direkt vor der Tür.

„Ich heiße Janine – aber das wissen Sie ja sicher schon."

„Ich bin Sophie – und wirklich sehr froh, Sie kennenzulernen." Sophie strahlte dabei fröhlich über das ganze Gesicht.

„Sie scheinen ja eine ganz nette Person zu sein, Fräulein. Was interessiert Sie denn so besonders an mir?"

Sophies Charme schien gesiegt zu haben.

„Wissen Sie, ich bin Wissenschaftlerin und beschäftige mich gerade intensiv mit der Geschichte Korsikas im letzten Jahrhundert."

Am unverständlichen Blick der alten Frau bemerkte sie, dass dies zu unpräzise war – jedenfalls nicht präzise genug, um in das Haus hineingebeten zu werden.

„Also, eigentlich, äh genauer gesagt, beschäftige ich mit denjenigen Vorgängen, die sich unter der deutschen Besatzung hier in Bastia abgespielt haben. Im Zweiten Weltkrieg. So äh ab September 1943 etwa, in den letzten Kriegsmonaten also, vor allem, und ..."

Sophie hatte langsam gesprochen und war dabei fast ins Stottern verfallen. Ihr war bewusst, dass sie auf alle Fälle äußerst behutsam vorgehen musste, denn auf keinen Fall wollte sie jetzt schon zu erkennen geben, dass sie auf der Spur des *Rommel-Schatzes* waren. Trotzdem bekam sie keine Gelegenheit mehr, ihren Satz zu Ende zu bringen.

Entsetzt, als wäre sie gerade dem Teufel begegnet, war die alte Frau zurückgewichen. Die Hände vors Gesicht geschlagen, stürzte sie ins Haus zurück und knallte die Tür mit einer heftigen Bewegung hinter sich zu. Hörbar rastete die Stahlkette wieder in ihrer Verankerung ein.

„Kommen Sie nicht mehr hierher! Nie wieder!" Dann überschlug sich die gerade noch so feste Stimme völlig. „Dieses verfluchte Gold gibt es hier nicht! Nirgends! Hauen Sie einfach ab!"

„Was war das denn?" Max hatte sich als Erster wieder gefangen.

„Die weiß etwas", fuhr es aus Sophie heraus. „Die weiß etwas über ... über unseren Schatz ... Die wusste sofort, worum es geht, obwohl ich ..."

HAB nickte. „Ja, die weiß sogar ziemlich viel. Das ist die gute Nachricht ..."

„Und die schlechte Nachricht ist", ergänzte Max, „sie wird es uns nie verraten!"

Sophie schüttelte immer noch ungläubig den Kopf.

„Die hat einfach eine Riesenangst! Das war die pure Panik." Hilflos schaute sie beiden Männer an. Aber im Gegensatz zu ihr hatte der wüste Auftritt Janines die beiden völlig unbeeindruckt gelassen.

„Hoffentlich haben wir da gerade nicht in ein riesiges Wespennest hineingestochen", seufzte sie.

„Nö", grinste Max, „dann würden die Wespen dir schon längstens in deinen schönen Hintern gepiekst haben und du wärst pfeilschnell davongelaufen, dass wir Mühe gehabt hätten, dich wieder einzufangen. Wir haben jetzt gerade einfach nur Pech gehabt – sonst nichts!"

Sophie atmete tief ein, hielt die Luft an, solange sie konnte, und stieß sie mit einem heftigen Stoß wieder aus.

„Jetzt krieg dich mal wieder ein, Sophie", pflichtete ihm HAB bei, „die Alte ist total verrückt. Die wird wahrscheinlich von den Geistern ihrer eigenen Vergangenheit verfolgt."

Dann drehte er seinen Kopf leicht nickend in Richtung Auto.

„Was soll's? Auf zu neuen Taten! Wir haben noch viel vor uns."

KAPITEL 14

Eine der vielen Theorien, die sich mit der genauen Lage des *Rommel-Schatzes* beschäftigt haben, besagt, dass diese Stelle im Meer nahe der Mündung des Flusses Golo südlich von Bastia zu finden sei. Sophie jedoch war vom Gegenteil überzeugt. Dort würde man sicher vergebens nach dem Gold suchen. Denn wenn der Schatz je dort versteckt worden oder gar einer der Lkws mit dem Gold ausgerechnet an dieser Stelle angeschwemmt worden wäre, dann hätte man ihn schon längst gefunden. Aber genau diese Version hatten alle drei zusammen bereits ausgeschlossen. Am Golo-Fluss zu suchen, war also ein sinnloses Unterfangen.

Sophie hatte es einfach einen „himmelschreienden Blödsinn" genannt. Aber dennoch hatten die Männer gegen ihr Veto beschlossen, in der Golo-Mündung nach Hinweisen auf den Schatz zu suchen.

Wenn man einmal davon absieht, dass Max und HAB offenbar einen Riesenspaß daran gefunden hatten, in dem Flussbett gründlich die Grenzen ihres ausgeliehenen Offroad-Jeeps zu testen, gab es in Wahrheit nicht das Geringste zu sehen – jedenfalls nicht im Hinblick auf einen dort angeblich im Meer versunkenen Schatz.

„Also Kinder, jetzt hört ihr mir bitte mal gut zu!"

Sophie hatte es satt, immer wieder nur nach der Pfeife ihrer Begleiter zu tanzen.

„Könnt ihr bitte jetzt endlich aufhören, mit dem Auto im Wasser herumzuplanschen? Eure postpubertären Pfandfinderspielchen sind einfach nur ätzend."

HAB und Max fühlten sich jedoch gerade so wohl, dass sie Sophie vorsichtshalber erst einmal ignorierten. Doch die ließ nicht locker.

„Vielleicht könnten wir zur Abwechslung mal etwas Sinnvolleres unternehmen? Auch wenn euch das sicher viel weniger Spaß machen wird. Wir sollten uns in dem alten Kapuzinerkloster umschauen, in dem die SS-Leute ihre Afrika-Beute versteckt zwischengelagert haben."

„Auch gut", beschied HAB, der spürte, dass Sophies Nerven blank lagen, „das kann ja nicht so weit weg sein. Fahren wir doch einfach hin!"

★

Dem Kloster San Antoine kam bei der Suche nach den verloren gegangenen Schatzkisten schon immer eine große Bedeutung zu. Nach dem Abtransport des Raubgoldes aus Afrika wurden die sechs verschweißten Munitionskisten am 15. Juni 1943 im Kellergewölbe des Klosters zwischengelagert und dann am frühen Morgen des 5. September 1943 von speziell dafür ausgesuchten SS-Leuten wieder herausgeholt und abtransportiert. Ihr Ziel war der sichere Hafen im italienischen La Spezia – angekommen dort waren sie jedoch nie!

Schweigend gab Max die Koordinaten in das Navigationssystem ein, und nach weniger als 20 Minuten hatten sie das kleine Kloster vor sich, das hoch oben am Berg über Bastia thronte. In Luftlinie war es nur einen Steinwurf entfernt, doch über die engen Serpentinen der alten Straße hinaufzukommen, war eine andere Sache, und so dauerte es eine ganze Weile, bis Max schließlich den Jeep direkt im kleinen Vorhof des offenbar unbewohnten ehemaligen Kapuzinerklosters parken konnte.

Alles sah ein bisschen ungepflegt aus. Aber das lag möglicherweise auch daran, dass die UNESCO sich nie dafür hatte erwärmen können, das historisch so bedeutungsvolle Kloster aus dem 16. Jahrhundert in den schon längst verdienten Status eines internationalen Weltkulturerbes zu erheben.

Seltsamerweise wurden zwar fast alle Türen geschlossen gehalten, aber nicht durch die noch vorhandenen und intakten Schlösser versperrt. Das hatte den Vorteil, dass die drei ungehindert die meisten Räume des Klosters betreten konnten. Insbesondere das für die Historie ihrer Schatzsuche so bedeutsame Kellergewölbe konnten sie ausführlich inspizieren. Es war der Ort, an dem die SS-Leute die Stahlkisten mit dem Schatz zwischengelagert hatten.

Trotzdem waren HAB und Max deutlich entnervt. Irgendwie betrachteten sie den Besuch des Klosters als ebenso unnütz, wie Sophie ihre Expedition an die Golo-Mündung für sinnlos gehalten hatte.

„Aber Sophie, der Schatz ist doch seit langer Zeit nicht mehr hier. Das wissen wir doch längst. Das bringt uns keinen einzigen Schritt weiter!“

HAB brachte es wieder einmal pragmatisch auf den Punkt.

„Doch, ihr Lieben, genau das ist es ja gerade. Dass der Schatz hier im Klosterkeller eingelagert war, ist ja schließlich kein Kriegsmärchen – oder gar irgendein Gerücht. Die Geschichte mit dem Zwischenlager im Kloster ist wenigstens eine Tatsache, auf die wir aufbauen können. Und", fuhr Sophie ungerührt fort, „sie ist plausibel und anhand von Kriegsfakten nachvollziehbar. Aber", und erneut holte Sophie tief Luft, „es ist auch die einzige Tatsache, die in dieser komplizierten Geheimmission von einem Zeugen unter Beweis gestellt werden kann, der nicht zum Militär gehörte. Der Prior des Klosters, Abt Mathieu, hat das haarklein bestätigt. Wort für Wort, beeidet in seiner ausführlichen Zeugenaussage vor der *Sûreté*, dem französischen Geheimdienst. Direkt nach dem Krieg, als alles noch taufrisch war."

Auch das wussten beide bereits, wenn auch offenbar nicht in der kompletten Tragweite, die Sophie diesem Vorfall beimaß.

„Ja, auch gut, Sophie. Aber wie …?"

Sophie ließ sich nicht unterbrechen. „Der Abt hat nicht gelogen – natürlich nicht! Warum auch?", fuhr Sophie unbeirrt fort, „und das Wichtige für uns daran ist, dass wir deshalb definitiv *wissen*, dass wir *keinem* Phantom hinterherjagen, sondern einem *real existierenden Schatz!* Einem Schatz, der sich genau hier, in diesem Keller befunden hat."

Sophie holte tief Luft.

„Für mich jedenfalls war es heute total wichtig, nicht nur von diesem Ort *zu wissen*, sondern ihn mir ganz genau anzusehen. Es ist das *einzig Reale*, an dem ich mich und meine Gedanken festhalten kann.

Ich habe kein gutes Gefühl mehr bei der ganzen Sache und brauche etwas, das ich *sehen* und *anfassen* kann. Als kleinen Ausgleich für das total desillusionierende Zusammentreffen mit dieser schrecklichen alten Frau vielleicht ..."

Sophie rang nach Worten und war den Tränen nahe.

„Vielleicht aber habe ich auch einfach nur Angst!"

„Na ja, wenn es dir jetzt wieder bessergeht, dann ist ja alles gut. Und", versuchte HAB Sophie zu beschwichtigen, „also ab ins Hotel – zu deinem neuen Freund", lächelte er vielsagend.

Sophie funkelte ihn an.

„Wenn du Pierre noch einmal ‚meinen Freund' nennst, haue ich dir eine runter – sofort!"

Das klang nicht einmal ansatzweise nach einem Scherz.

„Und du, Max, lass bitte in Zukunft meinen Hintern aus dem Spiel!"

Sophie war stocksauer.

KAPITEL 15

Obwohl HAB normalerweise immer hinten saß, war Sophie dieses Mal kommentarlos und provozierend schnell auf der rückwärtigen Sitzbank des Jeeps verschwunden. Während der Fahrt vom Kloster zurück ins Hotel schwieg sie weiterhin beharrlich.

In Wahrheit aber war in diesem Moment jeder in Gedanken mit sich selbst beschäftigt. Ihr erster gemeinsamer Tag in Korsika war äußerst seltsam verlaufen. Jedenfalls völlig anders, als sich das jeder von ihnen vorgestellt hatte. Vor allen Dingen aber war etwas passiert, was allen dreien fremd war: Sie hatten gestritten und waren vielleicht sogar knapp davor gewesen, sich völlig zu überwerfen. Die romantische Abenteuerlust, mit der sie noch nicht einmal 24 Stunden zuvor hier gelandet waren, schien mit einem Male verflogen. Ein gutes Omen war das nicht, und das einzig Positive war wohl die Tatsache, dass Max trotz des starken Nachmittagverkehrs glücklicherweise unmittelbar vor dem *Chez Pierre* einen Parkplatz fand.

Von der Lobby des Hotels eilte Sophie schnurstracks zur Rezeption und angelte sich hinter den Tresen gebeugt umständlich ihren Zimmerschlüssel hervor. Auf dem Weg zur Treppe zögerte sie erst kurz, blieb dann schließlich auf halbem Weg stehen und drehte halb ihren Körper den Männern zu: „Ich geh mich nur mal kurz frisch machen. Okay? Das brauch ich jetzt dringend!"

HAB und Max sahen sich erleichtert an. Sie waren sehr froh, aber nicht nur darüber, dass Sophie ihr Schweigen gebrochen hatte, sondern sie freuten sich vor allem über ihr versöhnliches Lächeln.

„Prima", lächelte Max zurück. „Wir warten in der Bar auf dich. Ich glaube, HAB ist jetzt genauso durstig wie ich."

★

„Mann o Mann – was für ein Tag!" Max prostete seinem Freund zu. Dann trank er sein gut gekühltes Bier in einem Zug aus.

„Niemand hat gesagt, dass es leicht sein wird, mein Lieber."

HAB schien die Ruhe in Person.

„Sophie hat sich doch auch wieder eingekriegt – was willst du mehr? Das wird alles schon wieder. Morgen ist ein neuer Tag und wir sind schließlich auf einem guten Weg. Da bin ich mir ganz sicher!"

Während HAB noch redete, hatte Max sich bereits ein zweites frisch gezapftes Bier bestellt.

„Komm, wir setzen uns an einen Tisch. Das ist bequemer."

„Gut, Sophie wird gleich wieder hier sein, und am Tisch redet es sich zu dritt einfach besser."

Der Umstand, dass Pierre, der erneut den Barkeeper spielte, verschwunden war und auch nicht wiederkam, nachdem sich in der Bar drei neue Besucher zu ihnen gesellt hatten, maßen sie keine Bedeutung bei. Zwar hatten sie die drei etwas merkwürdig aussehenden Typen, die da wartend am Tresen standen, kurz gemustert, waren aber bald wieder in ihr Gespräch vertieft: Die Aufarbeitung der Ereignisse dieses unrühmlichen Tages hatte Vorrang vor allem.

Plötzlich ging alles sehr schnell. Der kleinere der drei Typen löste sich ohne erkennbaren Grund aus der Gruppe und trat provozierend nahe an den Tisch heran, an dem HAB und Max Platz genommen hatten. Er war eine seltsame Erscheinung: Anfang, Mitte 40, klein – höchstens 160 Zentimeter groß – dazu ein untrainierter Körper mit deutlichen Ansätzen zur Fettleibigkeit. Sein glatt mit Pomade nach hinten gekämmtes Haar erinnerte frappierend an die Bilder der Darsteller „Dunkler-Gauner-Gestalten" im französischen *Film Noir* der Vierzigerjahre, wenn auch eher als deren Persiflage. Sympathisch war dieser Kerl wirklich nicht.

Noch während er HAB und Max wortlos von oben bis unten musterte, waren ihm die beiden anderen Kerle langsam und betont lässig nachgefolgt.

Max bemerkte sofort, dass diese Typen sich noch nicht einmal die Mühe machten, den Knauf ihrer Revolver unter ihren viel zu kleinen, fast lächerlich aussehenden Sakkos zu verbergen. Sie genossen sichtlich ihren Auftritt als angsteinflößende Wachhunde vom Boss.

Der hielt jetzt seine Oberschenkel fest gegen den Tisch gedrückt und ließ dann die Hände schwer auf die massive Holzplatte fallen.

„Don't move – old men!"

An seinem abgehackten Stakkato-Englisch war leicht zu erkennen, dass er nicht in seiner Muttersprache redete.

Max sah HAB prüfend an. „Was will denn der Kasper hier? Ich glaub, ich spinne ..."

Die nächste Warnung war deutlicher:

„... and don't talk shit – old man."

Max begann jetzt förmlich vor Wut zu kochen, doch HAB bewegte seine offene Handfläche ihm leicht entgegen und deutete Max, besser Ruhe zu bewahren.

Plötzlich lösten sich die feist wabbeligen Schenkel des Ganoven von der Tischplatte, aber nur, weil er sich noch dichter zu Max hinabbeugte. Gesicht an Gesicht fauchte er ihn an:

„And – you – better – go – home – go – home!"

Nach jedem Stakkato-Wort folgte eine kurze, aber sehr bedrohliche Pause.

Dann grinste er und wiederholte sarkastisch grinsend, was Max besonders geärgert hatte.

„Old – man!"

Sekunden später waren alle drei wieder aus der Bar verschwunden.

„Was war das denn für eine zirkusreife Nummer?", empörte sich Max.

„Jedenfalls keine, von der wir Sophie jetzt erzählen sollten", knurrte HAB leise.

Sophie hatte unbemerkt von ihnen die Bar betreten. Sie sah umwerfend aus und war offenbar fest entschlossen, weder sich geschweige denn ihren Freunden die Stimmung weiter zu vermiesen. Morgen war ein neuer Tag, und der konnte nur besser werden. Alles war gut, auch wenn Max ihren kleinen typisch weiblichen Test, ob er bemerken würde, dass sie sich genauso angezogen hatte wie an ihrer eigenen Fünfziger-Geburtstagsfeier bei HAB, leider nicht bestanden hatte. Dort hatten sie sich das erste Mal getroffen. Es war entgegen ihren Erwartungen ein toller Geburtstag geworden. Sophie erinnerte sich gerne daran – manchmal auch mit ein bisschen Wehmut.

„Wann geht's zum Abendessen?", flötete sie dennoch fröhlich. „Wohin geht's?"

KAPITEL 16

Die Aussicht auf ein Abendessen mit „allerfeinsten korsischen Spezialitäten" und die von Pierre salopp eingestreute Bemerkung, dass es dort sicher „keine Touristen gäbe", waren genügend Anreiz, Pierres Empfehlung in das unweit gelegene Restaurant *La Zitadelle* zu folgen.

Obwohl Sophie dort gut gelaunt die Speisekarte endlos lange von „oben bis unten" studierte, konnte sie sich nicht entscheiden, worauf sie eigentlich „wirklich Appetit" hatte.

Die Männer nahmen irgendwann auf ihre Unentschlossenheit keine Rücksicht mehr. Dazu war ihr Hunger viel zu groß.

„Du bist selbst daran schuld, wenn du uns jetzt beim genüsslichen Verzehr dieser köstlichen Vorspeisen nur zuschauen kannst!"

Max konnte sich diesen kleinen Seitenhieb für Sophie nicht verkneifen.

Der vornehme Oberkellner hatte gerade einen Pulpo-Salat *à la corse* serviert – und der sah wirklich lecker aus. Zart gekochte und lauwarme, fingerdicke Tintenfischstücke, nur mit Zitrone, korsischem Olivenöl und Salz mariniert, und zusammen mit einer Handvoll frischer Kräuter lauwarm auf leicht bitterem Radicchio-Salat serviert.

„Die einfach zubereiteten Gerichte sind ja ohnehin meist die besten", ergänzte Max genüsslich kauend, „aber dieser Salat hier, der schlägt alles, was ich an Pulpo-Variationen jemals gegessen habe!"

HAB hantierte bereits intensiv in seinen *Spaghetti Vongole* herum. Wie immer hatte er sie mit der Bemerkung „Bitte nur eine ganz kleine Portion? Ja bitte?" bestellt und schien sich an der deutlich übergroßen Portion nicht zu stören.

Beide hatten nicht aus der Karte gewählt, sondern einfach nachgefragt, was „frisch" und heute „besonders zu empfehlen" sei.

Sophie aber war immer noch unentschlossen und ließ die Vorspeise einfach ausfallen. Stattdessen gönnte sie sich zum Ausgleich ein zweites Glas Prosecco. Unvermutet nahm sie ihr Glas plötzlich wieder von den Lippen und winkte hastig den gerade vorbeischwebenden, sehr vornehmen Oberkellner herbei.

„Genau das will ich auch haben!", brachte sie nur undeutlich heraus, weil sie sich in ihrer Hast fast verschluckt hätte. Dann deutete Sophie mit langem Arm auf die Pizza, die gerade an ihr vorbeigetragen wurde.

Die Pizza war nicht besonders groß und der ungewöhnlich dicke und hohe Rand verkleinerte die freie Innenfläche für einen Belag nochmals deutlich. Irgendwie aber sah diese Pizza seltsam anders aus. Der korsische Pizzabäcker hatte sich offenbar mit der Dekoration der kunterbunt gemischten Zutaten des Belags erst gar nicht besonders viel Mühe gegeben. Alles auf dieser Pizza sah aus, als wollten die buntgemischten Zutaten sich gegenseitig erschlagen. Fettig glänzender Speck verband sich mit dem durch die ausstrahlende Wärme bereits zusammengefallenen undefinierbaren Salat, der wiederum mit kleinen, salzverkrusteten, dunklen Kapern vermischt war. Es wirkte nicht sonders appetitlich. Daran änderten auch die toll gebratenen Riesengarnelen nicht wirklich etwas, denn die hatte der bedauernswerte Koch sofort unter einer Riesenportion dick gehobelter Käsespäne versteckt.

Ein mitleidiges „Na ja" war der einzige Kommentar, den sich Max mühsam dazu abringen konnte.

Dennoch: Was Sophie am Abend dieses denkwürdigen Tages dort serviert bekam, führte dann offenbar doch eine wahre Geschmacksexplosion in ihrem Mund herbei.

„Das ist mit weitem Abstand die beste Pizza, die mir je im Leben untergekommen ist!", schwärmte sie, „und wie ihr wisst, esse ich ziemlich oft Pizza ..."

„Tut mir leid, aber das konnte man dieser Mischmasch-Pizza ja nun wirklich nicht ansehen", korrigierte Max seine vorschnelle Kritik, und HAB schloss sich dem mit einem weiteren Kopfnicken kommentarlos an.

„Das ist aber auch eine sensationelle Küche hier – so etwas habe ich wirklich nicht erwartet", geriet jetzt Max ins Schwärmen.

Schöner und zufriedenstellender hätte der Abend nicht verlaufen können.

„Ja, die können wirklich kochen, diese ‚korsischen Piraten'." HAB tupfte sich genüsslich die Mundwinkel mit einer Servierte sauber. „Aber dazu benötigt man auch gute Grundprodukte", fuhr er fort. „Der Pulpo-Salat wird nie so gut und so zart, wenn die Fischer nicht genau wüssten, wie man Tintenfische nach dem Fang behandeln muss!"

Sophie und Max sahen ihn fragend an.

„Die Fischer hier in Korsika schlagen die Tintenfische sofort nach ihrer Rückkehr mindestens zehnmal auf die harten Steine der felsigen Meeresküste. Das ist das ganze Geheimnis eines zarten Tintenfisches. Barbarisch – aber unglaublich gut.“

KAPITEL 17

Am anderen Morgen war Sophie erneut sehr früh aufgestanden und lange über den großen Obst- und Gemüsemarkt gelaufen, der jeden Tag auf dem großen Platz direkt vor dem Hotel abgehalten wurde. Heute war Freitag und die Anzahl der Händler, die von weit her ihre frischen Waren nach Bastia trugen, hatte sich mindestens verdoppelt, und das wiederum zog noch mehr Besucher an als an normalen Werktagen.

Das Gedränge der Menschen auf dem Markt war bereits groß, aber trotzdem erschrak Sophie. Unvermutet war sie von einer festen Hand am Oberarm gepackt und am Weitergehen gehindert worden.

„Hey, was soll das? Lassen Sie mich gefälligst sofort wieder los!"

Sophie hasste es, ungefragt berührt oder gar angefasst zu werden – das war ein absolutes *No-go* …

„Hey, Sophie – ich bin's doch nur! Pierre. Der nette Pierre!"

Da war es wieder, dieses unverschämte Lächeln eines charmanten und leider sehr gut aussehenden Korsen.

„Komm, lass uns auf einen Kaffee gehen", lächelte er Sophie an. „Das macht man hier so – wirklich …"

Sophie hatte eingewilligt. Es war noch früh am Morgen und Max würde mit Sicherheit noch nicht am Frühstückstisch auf sie warten.

Der Espresso schmeckte wunderbar und Sophie begann Pierre alles zu erzählen, was sich am Vortag bei der alten Janine abgespielt hatte.

„Hm, das gefällt mir aber gar nicht ..." Pierre schien verlegen. „Das mit der Janine, das tut mir sehr leid. Es ist wohl auch ein bisschen meine Schuld", erklärte er. „Ich hätte euch natürlich sagen sollen, dass Janine gerade in den letzten beiden Kriegsjahren viel Schlimmes erlebt hat. Da war hier oben in Bastia ja auch so einiges los! Es war Krieg. Ein irrwitziger Krieg, den hier niemand wollte ... jedenfalls auf Korsika. Viele deutsche Soldaten waren hier, vor allem in Bastia. Das Leben wieder einmal zu genießen, das stand auf der Liste der kriegsmüden Soldaten ganz oben. Seltsamerweise war das bei uns damals noch möglich: die ganze Welt im brutalen Endstadium eines tosenden Krieges. Aber genau das war der Nährboden für Janines Geschäft. Plötzlich war sie die unangefochtene Nummer eins in Bastias bis dahin nicht vorhandenem Nachtleben! Von null auf hundert im Überschall!"

Damit war Sophies Neugier endgültig geweckt.

„Wow, das hört sich leider genau so an, als wollte ich das unbedingt genauer wissen!"

„Ich weiß das ja alles auch nur aus Erzählungen", dämpfte Pierre ihre Erwartungen. Aber dann begann er, eine unglaubliche Geschichte zu erzählen.

KAPITEL 18

Max war nicht wirklich hocherfreut, dass Sophie sich schon wieder mit Pierre getroffen hatte. Trotzdem musste er zugeben, dass genau das, was Sophie von Pierre erfahren hatte, ihr gemeinsames *Unternehmen Schatzsuche* jetzt erst so richtig spannend zu machen schien – und das war gut so.

„Also, diese Janine, die muss früher einmal eine bildschöne Frau gewesen sein“, fuhr Sophie mit glänzenden Augen fort, „So ein Typ wie die junge Brigitte Bardot. Vor allem aber war sie eine der schillerndsten Figuren in dieser schweren Zeit. Nur wer Mut und gute Ideen hatte, überlebte das Chaos. Janine hatte gute Ideen. 1942 sah sie ihre Chance gekommen und die packte sie beim Schopf – und zwar mit beiden Händen. Sie pachtete kurzerhand ein ehemals sehr renommiertes Hotel, das *Excelsior* in Bastia. Dort eröffnete sie ihren eigenen Betrieb. Viele Offiziere verspürten einen großen Drang nach mehr Schlafkomfort, und denen bot ihnen ab sofort die geschäftstüchtige Janine. Doch ein lustiges Überleben in Saus und Braus, das sicherten ihr zusätzlich zwei weitere Standbeine: das pikfeine Restaurant und ein nobler Nightclub mit Bar.“

Sophie trank bedächtig ihre halbleere Tasse aus, schwarzen Tee mit frisch gepresster Zitrone.

„Ihre Klientel, das waren hauptsächlich deutsche Soldaten, die sich seit 1942 auf Korsika festgesetzt hatten. Aber in den vornehmen Barbereich und den intimen Nightclub, da kamen nur Leute von Rang und Namen hinein – und die SS-Offiziere natürlich."

„Na ja, ich glaube, heute nennt man das einfach einen Nobelpuff", scherzte Max.

Sophie nickte.

„Ja, aber einer, in dem am großen Rad gedreht wurde. Da wurden die *big Deals* verhandelt. Bei allem war Janine dabei. Immer – ohne Ausnahme. Sie war die unangefochtene *Queen of the night*. In kurzer Zeit hatte sie das verträumte Bastia zu einem wahren Sündenpfuhl umgestaltet."

HAB horchte auf.

„So etwas kostet Geld – viel Geld. Auch damals. Woher hatte sie das?"

„Das haben sich in Bastia wohl viele gefragt. Janine war arm. Sie hatte nichts. Aber dann wurde sie offenkundig die Geliebte eines sehr hohen SS-Offiziers! Damit war ihre akute Geldnot plötzlich beendet"

„Und die von ganz oben, die hatten schon immer genügend Geld, auch in ganz schlechten Zeiten."

HAB wusste, von was er sprach.

„Sex – Drugs and Rock 'n' Roll", brachte Max es sarkastisch lächelnd auf den Punkt. „Das ist es, was die Welt im Innersten zusammenhält – bis heute. Und das wird sich auch sobald nicht ändern ..."

Sophie gab Max recht.

„Genau das ist es, was Pierre auch vermutet. Angeblich war sie mit diesem Typen sogar verheiratet."

„Das muss aber doch brandgefährlich gewesen sein – hier im feindlichen Bastia. Die waren doch alle in der Résistance?" HAB war eher skeptisch, aber Sophie ignorierte ihn einfach.

„Jedenfalls lief damals ohne die *Queen* gar nichts. Sie war an jedem Deal beteiligt und hat wohl die wildesten Dinger mit viel Mut und großer weiblicher Intuition durchgezogen. Zigaretten, Wein, Cognac und vor allen Dingen Sex … was auch immer das Herz begehrte, bei der *Queen* gab es alles."

HAB und Max hörten gespannt zu. Es war wirklich unglaublich, was Sophie herausgefunden hatte.

„Kein Wunder, dass die Alte gestern so ausgerastet ist."

„Ja, die will einfach nichts mehr von damals wissen", pflichtete ihm HAB bei.

Auch Sophie nickte erneut. „Ja, das war es wohl."

„Aber wenn sie seinerzeit über jeden Deal informiert war, dann ist es doch sehr unwahrscheinlich, dass sie von dem Kriegsgold in den Munitionskisten im Kloster nichts mitbekommen haben soll."

Max' Augen strahlten. Das schien tatsächlich eine heiße Spur zu sein!

Sophie lächelte ihn an.

„Es kommt sogar noch viel besser: Unsere *Queen* war keine schnöde Kollaborateurin, die sich einfach auf die Seite der SS-Schergen geschlagen hatte. Nein, sie war gut abgesichert, und hatte mindestens genauso gute Beziehungen zur Résistance. Die Dame ist zweigleisig gefahren, mit Netz und doppeltem Boden: Sie war nämlich zusätzlich auch noch die Braut von Paul Carbone. Ich habe den mal gegoogelt – ein wirklich wilder Korse. Als Führer der Résistance immerhin einer der mächtigsten Männer seiner Zeit."

HAB rutsche unruhig auf seinem Sessel herum. Wie ein kleines Kind konnte er sich vor Neugierde kaum mehr beherrschen.

„Gut, das braucht uns aber heute alles nicht mehr zu interessieren. Erzähl einfach weiter!"

„Na ja." Sophie wurde wieder ernst. „Ob das wirklich eine gute Nachricht ist, weiß ich nicht. Die Résistance auf Korsika – das war damals immerhin niemand anderes als die korsische Mafia. Und dieser Paul Carbone hat bei denen mitgemischt – ganz oben! Wenn nur die Hälfte von dem, was im Internet zu finden ist, auch wirklich den Tatsachen entspricht, dann war er vor allem ein brutal mordender Mafioso – wie aus dem Bilderbuch geschnitten!"

HAB rollte seine Augen und blickte flehentlich an die Decke. Er konnte das Mafia-Thema jetzt wirklich nicht mehr hören.

„Was damals war, ist doch heute völlig egal!" Damit wische HAB die zwischen den Zeilen anklingende Gefahr einfach vom Tisch.

HAB ließ sich nicht beirren und blieb stur.

„Jedenfalls weiß diese alte Tante sehr genau, was damals mit dem Gold passiert ist: entweder von den SS-Typen oder ihrem Mafia-Freund."

Max sah das genauso.

„Diese Janine hatte damals also die Fäden der Macht in der Hand. Und wenn ich das richtig verstehe, dann hat sie auch kräftig an diesen Fäden gezogen."

„Ja", bekräftigte HAB, „das hat sie zweifellos. Und genau deshalb müssen wir noch einmal zu ihr, egal wie! Sie muss uns sagen, was sie weiß! Das ist unsere Chance – vielleicht nicht die einzige, aber sicher die beste, die wir je bekommen werden!"

Max schüttelte den Kopf.

„Schön wär's ja. Aber ich halte das für völlig unmöglich. Wir haben sie gestern erlebt. Nein – aus der bringst du kein Sterbenswörtchen mehr heraus."

Da war sie wieder – die bittere Wahrheit.

★

„Ich glaube, ich bin euch noch einen Gefallen schuldig."

Unbemerkt war plötzlich Pierre Calzerac aufgetaucht, woher auch immer. Max und HAB sahen ihn fragend an.

„Na ja, unsere Familie und die alte Janine – wir sind sehr eng miteinander verbunden. Ich kann sie gerne anrufen. Wenn ich sie um einen Gefallen bitte, wird sie den nicht ablehnen. Da bin ich mir sicher. Dann wird sie mit euch reden!"

Wieder lächelte er Sophie an.

„Heute Mittag weiß ich mehr – aber das wird schon klappen!"

Der Mann war wirklich unglaublich – und dieses Mal hatte er sogar Max überzeugt.

★

„Okay, selbst wenn" – und dabei betone Max das „wenn" besonders stark, denn an solche zufälligen „Wunder" glaubte er schon lange nicht mehr – „also *wenn* Pierre es tatsächlich fertigbringt, dass die *Queen* uns heute Nachmittag zum Tee empfängt, dann haben wir bis dahin ja noch ein paar Stündchen Zeit. Und die, meine Lieben, die sollten wir sinnvoll nutzen!"

Max hatte seine Ressentiments gegen den feschen Hotelier damit zunächst einmal zur Seite gewischt. Dessen unerwartete Hilfe konnte ihnen nur recht sein. Aber untätig darauf warten, das wollte er auf keinen Fall.

„Schnappen wir uns doch einfach mal die Schatzkarte, die wir haben. Also die von diesem Peter Fleig. Schon sein eigener Anwalt hat die schließlich für echt gehalten!"

„Echt oder nicht echt", warf Sophie ein, „gefunden haben die den Schatz damals aber auch nicht!"

„Egal, wir sollten es trotzdem versuchen – dann sehen wir ja, wohin uns seine angeblichen Koordinaten auf der Schatzkarte führen! Lasst uns doch einfach in die Berge fahren. Ein ruhiger Blick von oben, und schon hat man eine neue Perspektive. Wir schauen uns von dort die auf der Schatzkarte angegebenen Peilpunkte an. Die finden wir mithilfe der Navigation im Jeep sicher. Deren Koordinaten übertragen wir dann auf eine hundsgewöhnliche Landkarte von hier – in sehr großem Maßstab, versteht sich!"

Jetzt war auch HAB wieder in seinem Element.

„So eine Karte liegt draußen im Jeep. So eine Art Wanderkarte. Genau das, was wir brauchen. Sonst noch etwas?", blickte er fragend in die Runde.

Sophie kramte umständlich ein Mini-Tablet aus ihrer Handtasche hervor.

„Also, alles, was ich benötige, ist hier drin. In diese Wunderdinger passt verdammt viel hinein!“

HAB und Max sahen sich verständnisvoll an. Hatte Sophie jetzt wirklich das Tablet oder vielmehr das schier unendlich erscheinende Fassungsvermögen ihrer Handtasche gemeint?

Prustend vor Lachen machten sie sich gemeinsam auf den Weg zu ihrem Auto.

KAPITEL 19

Erst am späten Nachmittag war das Trio sichtlich wohlgelaunt ins Hotel zurückgekehrt. Pierre stand offenbar gelangweilt am Tresen, und nur ein sehr aufmerksamer Beobachter hätte erkennen können, dass er die drei bereits sehnsuchtsvoll erwartet hatte.

„Bitte, Pierre, bitte, bitte – mach mir unbedingt noch etwas zu essen. Ich sterbe vor Hunger!“

Ausnahmsweise war es dieses Mal Sophie, die gerade behauptete, „halb verhungert“ zu sein. Es rächte sich, dass sie darauf verzichtet hatte, während der kurzen Tankpause wenigstens eine Kleinigkeit zu essen. Das in ihren Augen kleine, eher schäbige Gasthaus direkt neben der Landstraßen-Tankstelle lud nicht unbedingt zu einem appetitlichen Essen ein. Für einen schnellen Schinken-Käsetoast jedoch reichte es den Männern jedoch völlig aus.

„Oui, oui, Madame“, beeilte sich Pierre lächelnd, ihren Wunsch zu erfüllen, wobei er – wohl eher scherzhaft – sogar kurz zu salutieren schien. „Wie wäre es mit einem schnellen Toast?“

„Einen Toast? Warum hast du dir denn jetzt ausgerechnet hier auch so einen hundsgewöhnlichen Schinken-Käsetoast bestellt?“, wunderte sich Max.

„Aus Solidarität mit euch natürlich", grinste Sophie, „und weil es schnell geht!"

Dann goss sie allen einen kräftigen Schluck Leitungswasser in die großen rustikalen Becher aus braun lasiertem Ton. Kaltes, klares korsisches Wasser. Pierre hatte es ohne zu fragen an den Tisch gebracht.

Sophies Eilbestellung wurde zum Glück prompt und ohne Verzögerung erledigt. Sein Personal hatte Pierre sichtlich fest im Griff. Wie von Zauberhand hatte der Koch ihr eine kleine kulinarische Sensation serviert. Trotz aller noch folgenden Ereignisse würde Sophie noch Jahre später von diesem Geschmackserlebnis schwärmen und behaupten, seitdem nie wieder einen so knusprig saftigen Toast gegessen zu haben.

Jedenfalls aß sie alles bis zum letzten Krümel auf – und das in einer für sie ungewohnten Windeseile. Das lag aber sicher nicht nur an ihrer plötzlichen Heißhungerattacke, sondern vor allem an der gemeinsamen ungebremsten Neugier. Sie konnten es kaum erwarten, endlich mit Pierre zu reden, ob und was er wegen der alten Janine in Erfahrung gebracht hatte.

Als Pierre begann, langsam die leeren Teller vor Sophie abzuräumen, hielt HAB ihn ungeduldig am Ärmel fest.

„Pierre, komm, sag schon, hast du mit Janine reden können? Was sagt sie?"

Sophie und Max nickten zustimmend.

„*Alles paletti* – der gute Pierre hat sein Versprechen natürlich gehalten. Das ist alles schon geregelt", lächelte er selbstzufrieden. „Ihr könnt jederzeit zu ihr. Wann immer ihr wollt. Sie erwartet euch."

Dann zog er einen imaginären Hut vom Kopf und vollführte mit mehrfach verdrehtem Arm eine altertümlich anmutende Geste, wie sie als Verneigung aus Ehrfurcht am Hofe eines französischen Königs üblich war.

„Voilà!"

Max schaute ihn ungläubig an. Erwartet hatte er das nicht im Entferntesten. Aber es war eine gute Nachricht. Deshalb versuchte er, sich seine Skepsis nicht anmerken zu lassen, und stimmte HAB und Sophie zu, die gerade ihrem eigenen inneren Jubel freien Lauf ließen.

„Danke, Freunde, danke. Schon gut!"

Pierre wiegelte ab und unterstützte dies mit einer erneuten, wahrscheinlich gerade von ihm erfundenen höfischen Geste, die seine unglaubliche Loyalität bekräftigen sollte.

„Ich habe das ja wirklich gerne gemacht. Außerdem stand ich schließlich in eurer Schuld."

„Deine gute Nachricht, Pierre – das war für uns einfach nur noch das i-Tüpfelchen auf einem schon bis jetzt extrem erfolgreichen Tag."

HAB wollte offenbar ihre ausgelassene Freude glückselig erklären.

„Weißt du, Pierre, wir haben gestern so viel Schlimmes erlebt, dass wir schon gedacht haben, wir müssten Korsika wieder unverrichteter Dinge verlassen. Aber das, was Sophie heute Vormittag herausgefunden hat … das war dann schon eine ziemliche Sensation!"

„Und dann", fügte HAB redselig hinzu, „dann noch deine wunderbare Nachricht von der alten Janine – das passt schon sehr gut zusammen! Das berühmte i-Tüpfelchen halt, wie gesagt."

Damit hob HAB sein Glas, um auf das Wohl von Pierre anzustoßen.

„Ja, lasst uns alle auf das Wohl von Pierre anstoßen", unterbrach Sophie die Zeremonie, „aber anständig. Mit Wein! Doch nicht mit Wasser – das kann ja nur Unglück bringen!"

„HAB wandte sich Pierre zu. „Sorry", strahlte er ihn an, „dass ich dich belästigen muss, aber du bist der Einzige hier, der uns jetzt eine Flasche von deinem besten Champagner bringen kann. Damit stoßen wir dann auf dich an! Du hast das verdient, und wir haben schließlich auch etwas zu feiern!"

Pierre blieb eine Weile verschwunden. Dann entkorkte er eine wirklich sehr alte, verstaubte Champagnerflasche, deren Etikett kaum mehr lesbar war.

Der *Salut auf Pierre* hätte angemessener nicht ausfallen können.

Pierre war von dieser glückseligen Situation sichtlich berührt und stand auf.

„Und jetzt trinken wir bitte alle auf das Wohl der wundervollen … Sophie!"

Pierre erhob sein Champagnerglas und prostete erst Sophie und dann seinen beiden neuen Freunden zu.

„Ja, auf unsere wunderbare Sophie, die mit ihrer Intuition und ihren grandiosen Ideen heute wieder über sich selbst hinausgewachsen ist."

HAB genoss den Premier-Cru-Champagner sichtlich.

Offenbar erkannte nur Max die Gefahr. Aber da war es bereits viel zu spät, um einzugreifen. Ihm war plötzlich klar, dass HAB in seiner explodierenden Euphorie dabei war, von Ereignissen zu erzählen, die er besser für sich behalten hätte. Aber HAB dabei zu stoppen, hatte sich schon oft als ein sinnloses Unterfangen entpuppt.

Max versuchte es dennoch. Ohne ersichtlichen Grund stand er urplötzlich auf, rückte unnötig laut seinen Stuhl zurecht, um dann seine knapp hundert Kilo Gewicht wieder hart und ungeschickt herunterplumpsen zu lassen.

Durch diese unsanfte Störung hatte er HAB zwar in seinem beginnenden Redeschwall unterbrochen. Leider aber war die Wirkung nur von kurzer Dauer. Ärgerlich über das ungeschickte Benehmen von Max, der ihn mitten im Satz gestört hatte, suchte HAB verzweifelt nach Worten, um mit seinem Bericht fortzufahren.

„Äh, also, Sophie hat …" Jetzt unterbrach er sich selbst und blickte Pierre verschwörerisch in die Augen.

„Pierre, du musst mir jetzt versprechen, dass du darüber mit niemandem redest. Mit niemandem – hörst du! Du musst es schwören – bei allem, was dir heilig ist!"

„Natürlich. Ich bitte dich …!", beteuerte er gestenreich und klopfte HAB dabei mehrfach auf die Schulter, „mein Freund …, mein bester Freund! – natürlich schwöre ich. Bei allem, was mir heilig ist!"

Pierre schien unbedingt wissen zu wollen, was es mit dieser „sensationellen Neuigkeit" auf sich hat. Ein heiliger Schwur – worauf auch immer? Völlig egal. Nein, nichts würde ihn jetzt mehr aufhalten, seine unverhohlene Neugierde zu zügeln.

Max gab auf. Er wusste, dass HAB jetzt nicht mehr zu bremsen war. Dass Pierre jeden erdenklichen Eid auf „was auch immer" geschworen hätte, bemerkte HAB leider nicht, und die Katastrophe würde damit unweigerlich ihren Lauf nehmen.

Doch er hatte sich geirrt. Bevor HAB wieder in Fahrt kam, mischte sich unvermittelt Sophie ein. Vielleicht hatte sie ebenfalls in Pierres

Augen erkannt, dass er diesen seltsamen Schwur etwas zu lässig und vor allem viel zu wort- und gestenreich abgelegt hatte.

„Bitte, lass es mich erzählen – es war ja schließlich auch meine Idee!“ Sophie insistierte fast flehentlich.

HAB war durch die vielen Unterbrechungen aus seiner vorübergehenden Redseligkeit erwacht und schien sogar erleichtert, dass Sophie jetzt das Wort übernehmen wollte.

„Weißt du“, strahlte sie Pierre herzerfrischend an, „wir sind mit so einer Art Schatzkarte hierhergekommen. Eine Karte, die angeblich zum legendären *Rommel-Schatz* führen kann.“

Pierres Augen funkelten listig. Jetzt ging es genau um das, wofür er sich wirklich brennend zu interessieren schien.

„Das berühmte und von jeder Menge Geheimnissen umwobene *Rommel-Gold* soll ja hier draußen irgendwo im Meer liegen!“

Pierre gab sich lässig und zeigte keine Regung.

„Aber“, fuhr Sophie fort, „die Karte ist natürlich nur eine Kopie. Vielleicht ist sie vom Original – vielleicht aber auch nicht! Wahrscheinlich kennt die ohnehin jeder. Also zumindest jeder, der sich hier schon früher einmal auf die Suche nach dem Gold gemacht hat. Jedenfalls glauben wir das.“

Pierre nickte kaum merkbar. Es war bislang die einzige Reaktion, die von ihm kam. Es war offensichtlich, dass er das alles längst wusste.

„Heute Vormittag haben wir festgestellt – alle zusammen im Übrigen“, Sophie strahlte jetzt auch ihre Freunde dankbar an, „dass die Aufzeichnungen auf der Karte gar nicht zur Fundstelle des versenkten Schatzes führen können. Sie sind eindeutig – sagen wir – äh, fehlerhaft! Das herauszufinden, war gar nicht so schwer", erklärte sie weiter, „ich verfüge nämlich über ein völlig neues Computerprogramm. Offiziell ist das noch gar nicht auf dem Markt. Es funktioniert so ähnlich wie *Google-Earth* – nur viel effektiver halt ..."

Wieder nickte Pierre. Er wirkte jetzt eher gelangweilt. Er schien das bereits alles zu wissen.

„Aber, die gute Nachricht ist" – und jetzt sprühten Sophies Augen Feuer – „die Schatzkarte ist trotzdem *keine Fälschung!* Ganz sicher nicht – sie ist keine Fälschung!"

Sophie wiederholte sich sicherheitshalber noch einmal, um der Bedeutung ihrer Worte noch mehr Gewicht zu verleihen.

„Und ja: Es handelt sich wahrscheinlich doch um die originale Karte, die einer der beteiligten SS-Männer angefertigt hat. Natürlich ist es nur eine Kopie davon. Aber diese Karte markiert sehr wohl haargenau die Fundstelle des Goldes – jedenfalls dann, wenn man die Markierungskoordinaten darauf entschlüsseln könnte."

Pierre war plötzlich wie elektrisiert und sah Sophie ungläubig an.

„Das verstehe ich jetzt nicht wirklich!"

„Na ja, Pierre, die Schatzkarte ist zweifellos echt. Aber: Dieser SS-Mann – er hieß wahrscheinlich Peter Fleig – war naturgemäß sehr misstrauisch und extrem vorsichtig. Also hat er seine Schatzkarte mit einem Code verschlüsselt. Ohne diesen Code kann man sie nicht lesen. Das war seine ganz eigene Lebensversicherung."

Pierre blickte Sophie geradlinig in die Augen.

„Und du hast heute diesen Code entschlüsselt?"

Max hielt kurz die Luft an. Aber Sophie dachte gar nicht daran, diese Frage wahrheitsgemäß zu beantworten.

„Leider nicht, Pierre." Jetzt blickte Sophie ihm fest in die Augen. „Diese Verschlüsselung zu knacken, das ist jetzt unser Problem. Ein großes Problem! Die dafür notwendigen Rechenvorgänge kann kein Mensch ausführen. Dazu reichen noch nicht einmal unsere heutigen Spitzencomputer aus. Dafür bräuchte ich einen speziellen Decodierungsrechner. Ein Computersystem mit einer extrem hohen Rechenleistung. Ein *Quantencomputer* wäre dafür grade recht – nur gibt's den leider immer noch nicht."

Sophie zuckte resigniert mit den Schultern.

„Über solche Hochleistungsrechner verfügen derzeit nur spezielle Militäreinheiten in den USA. Doch", fügte sie hoffnungsvoll hinzu, „ich habe da einen wirklich guten Draht zu einem – nennen wir es einmal ‚Institut'. Die brauchen dafür zwar etwas länger, aber finden und entschlüsseln können sollten sie diesen Code. Wann auch immer!"

Pierre wollte es genauer wissen.

„Wie lange, glaubst du, kann das dauern?"

„Ach Pierre, keine Ahnung. Das sind Wissenschaftler, die wollen's immer ganz genau wissen. Das dauert halt. Ein paar Wochen, ein paar Monate? Wer weiß das schon!"

Sophie setzte ihr unwiderstehliches Lächeln auf und sah ihn entwaffnend an.

„Aber sicher, Pierre. Du bist garantiert der Erste, der es von mir erfährt!"

Der Hotelier hätte wahrscheinlich auch einen guten Schauspieler abgegeben. Jedenfalls war ihm die Enttäuschung nicht anzumerken, doch nichts Genaues über den tatsächlichen Fundort des Schatzes erfahren zu haben. Wenige Minuten später verließ er das fröhliche Trio immer noch mit einem Lächeln auf den Lippen.

HAB war heilfroh, dass Sophie ihn davor bewahrt hatte, Pierre allzu viel von ihrer erfolgreichen Suche zu erzählen. Jetzt aber war er voll neuem Tatendrang.

„Okay, bringen wir es hinter uns. Eine *Queen* sollte man schließlich nicht warten lassen!"

Max war bereits im Aufstehen begriffen, doch Sophie zögerte noch.

„Wartet bitte noch. Ich werfe nur schnell noch einen Blick in meine E-Mails."

Max nahm vorsichtshalber wieder Platz. „Schnell" war ein durchaus relativer und in diesem Fall vor allen Dingen auch ein sehr subjektiver Begriff – jedenfalls bei Sophie.

„Wenn die Kanadier gleich heute Morgen ihren Wunderrechner mit der von mir durchgegebenen Zahlenreihe der möglichen Koordinaten gefüttert haben, dann sollte der Code eigentlich schon längst geknackt sein."

Sophie streckte Max den Daumen ihrer rechten Hand genüsslich entgegen. Keine zehn Sekunden später entfuhr ihr ein tiefer, befreiender Seufzer.

„Wahnsinn! Die Kanadier haben's tatsächlich geschafft! Jetzt sind wir die Einzigen, die ab sofort genau wissen, wo genau dieser verdammte *Rommel-Schatz* liegt!"

„Yeah, gimmi five!" HAB und Max jubelten überschwänglich.

Sophie aber dämpfte ihre unverhohlene Lautstärke sofort. „Und genau das darf Pierre natürlich nie erfahren!"

★

Nachdem Pierre seine „neuen Freunde" verlassen hatte, war er zielstrebig in sein kleines Büro direkt hinter dem Tresen gegangen und verriegelte die Tür vorsichtshalber von innen.

Niemand außer ihm wusste, dass man durch dieses Büro in einen weiteren, sehr kleinen, noch weiter hinten liegenden Raum gelangen konnte. Dort schaltete Pierre nacheinander zwei Monitore und einen Lautsprecher ein. Damit wurde er zum heimlichen Lauscher des Gesprächs der drei unerwünschten fremden Besucher, die in Dingen herumwühlten, die sie nichts angingen. Dann nickte er und rieb sich die Hände. Pierre war mehr als nur zufrieden.

Was er soeben gehört hatte, würde seine Auftraggeber hoch erfreuen – und ihm eine saftige Belohnung einbringen!

KAPITEL 20

Um das unter den vielen alten Olivenbäumen wirklich sehr gut versteckte Häuschen von Janine wiederzufinden, musste das Trio erneut die Hilfe des allwissenden Navigationssystems bemühen.

Dieses Mal aber nahm Max deutlich weniger Rücksicht auf die möglichen Befindlichkeiten ihrer pseudoroyalen Gastgeberin und parkte den auffälligen Range Rover direkt vor ihrer Haustüre.

Auf alle Fälle sollten sie hier nur so viel Zeit verbringen, wie unbedingt nötig. Denn auch wenn sie Sophie den seltsamen und nicht gerade angenehmen Besuch dieses aufgeblasenen Möchtegern-Mafiosi „rücksichtshalber“ verschwiegen hatten, war HAB und Max natürlich bewusst, dass sie möglicherweise unter ständiger Beobachtung irgendeiner Organisation stehen konnten. Die unverhohlene Drohung des Besuchers hatte die beiden zwar nicht wirklich beunruhigt, aber unnötige Risiken wollten sie auf keinen Fall eingehen – und Zeitvergeudung gehörte auf jeden Fall dazu.

Während HAB und Sophie ausstiegen, blieb Max noch eine kurze Zeit hinter dem Lenkrad sitzen. Erst als er glaubte, sicher sein zu können, dass ihnen niemand gefolgt war, zog er beruhigt den Zündschlüssel aus dem versperrten Lenkradschloss und ging ihnen rasch nach.

Obwohl Sophie bereits mehrfach mit ihrer Hand gegen die verschlossene Haustür geklopft hatte, war aus dem Haus nichts zu hören.

„Na so was! Und ich dachte, das ist eine Einladung zum Tee? Mit allem Pipapo! Oder ist die *Queen* etwa gerade aushäusig?"

Max zwängte sich gut gelaunt, wenn auch sichtlich ungestüm an Sophie vorbei.

„Lass mich da mal ran, das ist nichts für zarte Frauenhände!", grinste er frech und klopfte energisch mit der Faust gegen die Tür. „Deine Samtpfötchen sind ein bisschen zu zaghaft ..."

Max war wohl einfach nur gut drauf, also lächelte Sophie genauso süffisant zurück. Irgendwann würde sie ihm seine permanenten Frechheiten schon noch heimzahlen.

Max schlug gegen die Tür, schnappte sich dann aber einfach die Türklinke und rüttelte fest daran. Zu seiner Verwunderung war die Tür jedoch nicht verriegelt.

„Was machst du denn da?"

HAB war sichtbar erschrocken. Er stand etwas weiter entfernt und schien gerade mit irgendeiner Nachricht auf seinem Handy beschäftigt zu sein.

„Hast du jetzt etwa einfach die Tür aufgebrochen?"

„Quatsch! Würdest du nicht so viel mit deinem Handy rumspielen, hättest du mitbekommen, dass unsere *Queen* gar nicht zu Hause ist. Aber wenigstens hat sie die Haustüre offen gelassen."

Sophie und HAB zögerten.

„Also, ich betrachte das eindeutig als eine freundliche Einladung, schon mal drinnen Platz zu nehmen, bis Madame hier ist!"

Max hatte die Tür jetzt weit geöffnet und dabei eine ziemlich skurrile Haltung eingenommen, so wie ein vornehmer Diener, der die Gäste seiner Herrschaft ins Haus bittet.

Sophies zögerte immer noch und drängte sich vor Max.

„Hallo, Janine! Sind Sie zu Hause?"

Sie schien höflichkeitshalber die Form wahren zu wollen. Erst, als sie erneut keine Antwort erhielt, betraten sie gemeinsam das Wohnzimmer.

„Wir können hier doch nicht einfach in ihren Sachen rumwühlen!"

Sophie war offensichtlich die ganze Situation einfach nur peinlich.

„Machen wir doch gar nicht", wiegelte HAB ab.

„Nö", ergänzte Max, „wir schauen uns doch nur ein kleines bisschen um!", feixte er, während HAB ungeniert und ohne anzuklopfen die Tür mit dem kleinen Schild *Bain* öffnete.

„Max!" HABs Stimme klang plötzlich seltsam verzerrt. „Max ... komm bitte ... schnell ... hier im Bad!"

Sophie war noch vor Max mit wenigen hastigen Schritten bei HAB. Dort blieb sie abrupt stehen und schlug entsetzt ihre Hand vor dem Mund.

In der randvollen Badewanne trieb der schlaffe Körper der alten Frau, den Kopf friedlich auf die Seite der mit Terrakotta umrandeten weißen Wanne gedreht. So, als ob sie sich dort ausruhen wollte.

Das tief blutrote Wasser jedoch machte eindeutig klar: Janine, die *Queen of the night* des ehemals ebenso lustvollen wie geheimnisumwitterten Bastia, war tot.

KAPITEL 21

Max hatte Janines dürren Körper leicht aus dem Wasser angehoben und dann wieder in die randvolle Badewanne zurückgleiten lassen.

Klar, die Wahrscheinlichkeit, dass die alte Frau noch lebte, war gering, doch Maximilian Prückner war kein Mensch, der einfach davongelaufen konnte, wenn man ihn brauchte. Schon immer hatte Max große Zivilcourage bewiesen. Aber der Anblick einer nackten Toten, die augenscheinlich ermordet wurde, hatte auch ihn tief schockiert. Es war keine überlegte Handlung, sondern eher ein empathischer Reflex. Er musste einfach helfen, sich vergewissern, ob sie tatsächlich tot war – oder noch lebte – und wenn nicht, ob sie sich selbst umgebracht hätte, oder ...

Wie genau sich das alles abspielte, hätte ohnehin niemand sagen können. Es war ein hilfloses Durcheinander, bei dem sich Max mit dem blutgefärbten Wasser aus Janines Badewanne von oben bis unten zugesaut hatte.

Sophie konnte den schrecklichen Anblick der brutal aufgerissenen Wunde am Hals von Janine nicht ertragen. In panischer Angst wankte sie wie in Hypnose todesbleich aus dem Bad. Dann bohrte sich eine übergroße Faust in ihren Magen, presste ihn mit aller Gewalt zusammen und drückte dann den kompletten Inhalt durch die Speiseröhre in den Mund.

HAB war mit zurückgewichenem Oberkörper zunächst wie erstarrt stehen geblieben und hielt lediglich seine Hände leicht abgewinkelt vor sich gestreckt. Eigentlich sah er dabei aus wie immer – nur irgendwie seltsam unbeteiligt. Offenkundig war es eine Schutzhaltung seines Körpers, dem das Gehirn gerade signalisierte, es sei wohl besser, jetzt einfach in Ohnmacht zu fallen.

In seiner nur scheinbar stoischen Ruhe aber gab HAB erstaunlich klare Anweisungen an Max. Offenbar war er der Einzige, der jetzt noch in der Lage zu sein schien, diesem unheilvollen Ort mit dem Jeep so schnell wie möglich zu entkommen.

„Nichts wie … weg … hier!"

und

„Max, du … du fährst!"

Nur diese beiden Sätze – sonst nichts.

Dann tat HAB etwas, was er seit ewigen Zeiten nicht mehr getan hatte: Er schaltete sein Handy aus.

Sophie war vor dem Haus völlig in sich zusammengebrochen und von beiden unsanft in den Jeep bugsiert worden. Kurze Zeit später bog Max vor Bastia auf den überfüllten Parkplatz der omnipräsenten Aldi-Kette ab. Das war unauffällig und würde ihnen eine kurze Verschnaufpause gewähren.

„So eine verdammte Scheiße!", fluchte er leise vor sich hin und schlug dabei mehrmals mit der Faust auf das Lenkrad. „In was, zum Teufel, sind wir da bloß reingeraten!"

Weder HAB noch Sophie antworteten. Der Schock saß offenbar tiefer als bei Max, der selbst immer wieder darüber verwundert war, dass er in der Lage war, gerade bei extrem gefährlichen Situationen besonders überlegt und zielstrebig agieren zu können. Es war seltsam, dass dabei sein Blutdruck sogar signifikant abfiel. Das kam ihm zugute. Aber er wusste, dass sie jetzt eine wichtige Entscheidung treffen mussten – und die duldete keinen Aufschub.

„Also, ich fasse einmal zusammen."

Max repetierte die unglaublichen Ereignisse präzise – sehr klar und deutlich, aber monoton, ohne seine Stimme zu erheben. Dann kam er zum entscheidenden Punkt.

„Irgendwann wird man die Leiche finden – auch ohne unser Zutun. Damit kommt unweigerlich die Polizei ins Spiel. Die aber findet uns sicher schnell, und dann …"

Max legte eine Pause ein, und holte tief Luft.

„… spätestens dann haben wir ein Problem. Wahrscheinlich sogar ein Riesenproblem!"

Zu seinem Erstaunen zuckte HAB auch jetzt nur leicht mit den Schultern und sah Max emotionslos an.

„Und was sollen wir machen? Was schlägst du vor?"

So langsam kehrte gerade ein Teil seiner Lebensgeister wieder in den gestressten Körper zurück.

„Keine Ahnung, HAB. Ins Hotel fahren und gut nachdenken?" – Pause – „Dort sind wir jedenfalls jetzt erst mal sicher." – Pause – „Ja, das wird wohl das Beste sein …"

Max wusste, dass das bestenfalls eine kurze Zwischenlösung sein würde, aber mehr fiel ihm dazu auch nicht ein.

Sophie zwang sich, ihre Augenlider zu heben, aber es gelang ihr nur mühsam. „Ich habe kein gutes Gefühl … kein gutes Gefühl!"

Es war nur ein undeutliches Gemurmel. Ihre Stimme quoll nur leise und schwach aus ihr heraus, so als befände sie sich in einer künstlich herbeigeführten Trance. Voller Erschöpfung schlossen sich ihre Augen erneut.

Der unglaubliche Stress, ausgelöst durch den Fund der Leiche der so blutig hingerichteten Janine, hatte sie körperlich und geistig weit über jedes erträgliche Maß hinaus belastet. Sophie war zu Tode erschöpft.

„Kein gutes Gefühl! Was hat sie denn damit gemeint?"

HAB sah Max fragend an.

„Woher soll ich das wissen? Das werden wir sie wohl selbst fragen müssen."

Max sah die Dinge gerne pragmatisch. Sinnloses Spekulieren lag ihm nicht.

„Aber das muss leider warten. Bringen wir sie erst einmal ins Hotel. Sophie braucht jetzt dringend Ruhe!"

Max verließ den Parkplatz vor dem Discounter und bemühte sich trotz der vielen Schlaglöcher, vorsichtig zum Hotel zurückzufahren.

Dort schien Pierre bereits auf sie zu warten.

„Hallo, meine Freunde! War die Alte dieses Mal lieb zu euch? Alles gut gegangen?"

Aufgekratzt freundlich begrüßte er HAB, der als Erster ausgestiegen war und gerade die Tür für Sophie und Max aufhielt.

„Nein, nicht wirklich", knurrte Max, der Sophie fest in seinen Armen hielt, um sie besser stützen zu können.

„Mein Gott – was ist denn passiert? Sophie ist ja blass wie ein Käse!“ Pierre hatte entsetzt seine Hand vor den Mund gehalten. „Kann ich ... soll ich ... einen Arzt holen?“

„Nein, das wird nicht nötig sein. Nur ein kleiner Schwächeanfall. Der Kreislauf ... Sophie braucht jetzt erst einmal Ruhe, sonst nichts. Das wird schon wieder.“

Max gelang es damit, die gut gemeinte Hilfsbereitschaft des Hoteliers nachdrücklich abzuwehren.

Nachdem sie Sophie in ihr Zimmer gebracht hatten, fiel sie sofort in einen ohnmachtähnlichen, sehr tiefen Schlaf. Dennoch blieben Max und HAB bei ihr. Sie wollten Sophie jetzt auf keinen Fall allein zurücklassen.

Zum Glück besaß das Zimmer einen zusätzlichen kleinen Wohnraum, der sogar durch eine Tür vom Schlafraum abgetrennt war. Dort hatten sie lange überlegt, was jetzt zu tun sei. Die Situation war gefährlich brenzlig und eine schnelle Entscheidung unumgänglich – wenn es sein musste, auch über Sophies Kopf hinweg.

„Wir haben absolut nichts getan, was verboten wäre.“

Je länger die Diskussion dauerte, desto ärgerlicher wurde HAB.

„Eine Leiche zu finden, ist schließlich nicht strafbar! Also, ab zur Polizei. Sollen die das doch regeln!“

Max runzelte die Stirn.

„So einfach ist das leider nicht. Die Polizei wird Fragen stellen. Fragen, die auf der Hand liegen. Und egal, was wir denen erzählen, die können es glauben – oder eben auch nicht! Das ist ein reines Vabanquespiel, und solche Spiele gehen bekanntermaßen selten gut aus!“

Max wusste, wovon er sprach. In seiner Zeit als Strafverteidiger hatte er genügend üble Erfahrungen mit der Justiz gesammelt. Es war leider nichts anderes als die harte Realität, und der standen sie jetzt gnadenlos gegenüber.

„Aber, wir haben nichts getan!" HAB wiederholte sich stur. „Wir haben die Alte nicht umgebracht! Wir sind die Guten! Soll die Polizei sich doch um die wahren Mörder kümmern!"

„Ja, HAB, das weißt du, das weiß ich und Sophie weiß das auch. Aber selbst Kripoleute denken manchmal logisch. Sie brauchen nur zwei und zwei zusammenzuzählen – und ich befürchte, dass sie das auch hier auf Korsika können. Dann sind wir denen auf jeden Fall verdächtig – ziemlich verdächtig sogar. Wir haben schließlich jede Menge Spuren hinterlassen!"

HAB dachte kurz nach und lächelte dann breit.

„Aber dann bist du ja der Hauptverdächtige! An deinen Händen klebt Blut!"

HAB erhob sich kurz von seinem Stuhl und vollführte mit seinen Händen eine groteske Geste – so als wäre er Dracula in Person.

„Ja, natürlich!"

Max pflichtete ihm entnervt bei, obwohl er die gesamte Situation bei Weitem nicht so witzig fand wie sein Freund.

„Ja, und an meiner Kleidung auch. Das Blut dieser Janine ist überall – selbst im Auto werden sie es finden. Von Sophies Kotze ganz zu schweigen! Nur ist das leider überhaupt nicht komisch, mein Lieber!"

„Sei doch nicht gleich so aufgebracht, Max", beschwichtigte HAB. „Aber versteh doch, genau deswegen müssen wir zur Polizei – dann kommen die gar nicht erst auf dumme Gedanken."

Das war ein gutes Argument. Max wurde unsicher.

„Na ja, vielleicht hast du doch recht ...!"

„Außerdem haben wir doch sogar einen prima Entlastungszeugen: ... Pierre!"

Max sah seinen Freund erstaunt an.

„Wieso denn der?"

„Max, denk nach – bitte! Wer hat für uns den Termin bei der Alten möglich gemacht? Ohne seine Hilfe wären wir dort nie wieder hingegangen! Und wenn die alte Janine mit uns reden wollte – freiwillig, ohne Zwang – warum hätten wir sie dann umbringen sollen? Kein Mord ohne Motiv!" – und wir haben kein Motiv!"

Das war ein echtes Totschlagargument. Max war sichtlich erleichtert. Er hatte sich offenbar zu viel Kopfzerbrechen gemacht. Alles, was HAB gesagt hatte, war die logisch analysierte Quintessenz aus diesem seltsam skurrilen, fast unwirklichen Vorgang.

Während Max die schlagkräftigen Argumente HABs noch einmal Revue passieren ließ, vergewisserte er sich vorsichtshalber noch einmal, dass Sophie durch das heftige Gespräch nicht aufgewacht war, aber sie schlief ruhig und entspannt.

„Okay, dann gehen wir jetzt runter zu Pierre. Der weiß sicher, wer und wo bei der Kripo für unsere Selbstanzeige zuständig ist."

KAPITEL 22

Pierre schien zwar ebenfalls höchst erstaunt über die unglücklichen Geschehnisse in Janines Haus, aber genauso wie HAB sah auch er die Sache gelassen.

„Was soll euch denn dabei passieren, meine Freunde?", lächelte er. „Dann könnte es ja genauso gut mir an den Kragen gehen. Ich habe mit ihr dieses Date verabredet. Na und? Sie hat doch sofort zugestimmt … gefreut hat sie sich, sehr gefreut sogar … sie hatte durch meine Vermittlung sogar volles Vertrauen zu euch gefasst. Ich denke, sie wollte jetzt endlich ihr Gewissen erleichtern."

Pierre schüttelte seinen Kopf in schnellem, kurzem Stakkato, so, als ob er heftig zitterte.

„Okay, jetzt ist sie tot. Das ist bedauerlich. Natürlich. Aber was habe ich damit zu tun? Was habt ihr damit zu tun?"

Pierre gab sich die Antwort selbst: „Gar nichts, rein gar nichts haben wir damit zu tun!"

HAB und Max atmeten auf. Sie waren erleichtert, dass Pierre das genauso sah wie sie, und vor allem bereit war, das alles auch der Polizei gegenüber zu bestätigen. Damit war der fesche Korse gerade zum Entlastungszeugen par excellence avanciert. Ein besseres Alibi hätten sie nicht kriegen können.

Die Polizei mussten sie jetzt natürlich dennoch so schnell wie möglich informieren. Da die Französischkenntnisse von Max und HAB sich im Wesentlichen auf banale alltägliche Dinge beschränkten, übernahm Pierre diesen Anruf. Hämisch grinsend schnappte er sich den Hörer.

„Inspektor Richard, bitte!“, verlangte er von der Rezeptionistin der Polizeipräfektur in Bastia. Pierres Stimme hatte plötzlich einen deutlich befehlsgewohnten Ton angenommen. Dann hielt er mit der linken Hand die Sprechmuschel zu.

„Das ist der Leiter der Präfektur“, flüsterte er ihnen zu. „Ein guter Freund.“ lächelnd nahm er den Hörer wieder an sein Ohr.

„François! … Pierre hier. Wie geht es dir, mein Freund? ... Na fein … prima … grüß sie ganz lieb von mir ... ja!“

Dann wurde er sachlich.

„Du kennst doch die alte Janine … ja, *die* Janine … ja, also pass auf, es ist etwas Blödes passiert. Gute Freunde von mir“, wieder lächelte er Max und HAB an. „Ja, meine Freunde waren heute mit ihr verabredet … Ja, ich habe sie vorher angerufen … Aber stell dir vor, sie haben sie vorhin gefunden … tot ... ja, in ihrer Badewanne … Ja, Selbstmord. Das denke ich auch.“

Der Rest des Gesprächs bestand offensichtlich aus wenigen Routinefragen des Polizeiinspektors. Kurze Zeit später legte Pierre den Hörer wieder auf.

„Na, was sagt ihr? Alles erledigt! François schickt jetzt erst mal den Leichenbestatter hin. Der holt sie ab und dann wird sie beerdigt.“

Max und HAB blickten ihn ungläubig an.

„Wie jetzt? Ohne Tatort-Ermittlung, ohne Spurensicherung und so?"

„Nein, wozu sollte das gut sein? Die Alte hat sich sicher selbst umgebracht. Wirklich vermissen wird sie ohnehin niemand. Es gibt keine Freunde, keine Verwandten, niemanden."

Dann setzte Pierre wieder sein ernstes Gesicht auf.

„Nein, ganz so einfach ist das natürlich nicht. Aber François geht – genau, wie ich natürlich – davon aus, dass die Alte heute nur ihren finalen Selbstmord inszeniert hat. Das sieht ihr verdammt ähnlich. Ihr Leben lang hat sie die Leute an der Nase herumgeführt. Na ja – und außerdem war sie ja auch schon fast hundert. Aber Freunde, die hatte sie schon lange keine mehr. Vom Umbringen redete sie schon seit so vielen Jahren. Das alles passt doch wunderbar zusammen!"

Max stand direkt neben Pierre und der klopfte ihm aufmunternd auf die Schulter.

„Also kommt, meine Freunde. Ich spendiere uns ein schönes korsisches Bier! Okay?"

Ohne eine Antwort abzuwarten, verschwand er in Richtung Keller, um kurze Zeit später drei sehr kühle, fast eisige Flaschen auf den Tisch zu stellen.

„Zur Feier des Tages gibt es von mir heute etwas sehr Korsisches." Pierre war immer noch bester Laune. „Eine *Pietra* – die schmeckt zwar nicht jedem, aber für uns Korsen ist sie eine wahre Delikatesse. Also Prost, Freunde!"

Weder Max noch HAB hätten die Frage beantworten können, ob ihnen diese korsische Bier-Spezialität aus gebranntem Kastanienmehl nun gut oder weniger gut schmeckte. Fest stand, dass sich soeben ihr größtes Problem in Luft aufgelöst hatte.

Was sollte da der Geschmack dieses seltsamen korsischen Getränkes noch für eine Rolle spielen!

KAPITEL 23

„Sophie will offenbar, dass wir noch zu ihr kommen – jetzt gleich. Sie wartet auf uns – in ihrem Zimmer."

Max deutete etwas hilflos auf das gelbe *Post-it*-Zettelchen, das er gerade von seiner Tür entfernt hatte. Hoffentlich war das kein schlechtes Zeichen …

Aber HAB strahlte alle Bedenken beiseite.

„Ist das nicht wundervoll! Dann müssen wir wenigstens nicht bis morgen früh warten, bis wir ihr unsere frohe Botschaft überbringen können."

Wider Erwarten saß Sophie genüsslich eingekuschelt und putzmunter in einem großen, dick gepolsterten, bequemen Sessel in ihrem Vorzimmer. Zusätzlich war sie in einen viel zu großen weißen hoteleigenen Bademantel eingehüllt. Die Haare hielt sie lässig unter einem turbanähnlichen Handtuch versteckt. Der Fernseher lief, wenn auch mit kaum hörbarem Ton. Sophie hatte sich ganz offenbar wieder deutlich von ihrem Schock erholt. Zwei große leere Chips-Tüten *l'Ancienne* und eine angebrochene XXL-Schachtel mit restlichen fünf übergroßen Salzstangen sprachen für sich.

„Schön, dass ihr mich noch besucht, ihr Süßen!"

Sophies Appetit war wieder zurück, und der musste groß sein. Sie hatte es jetzt noch nicht einmal für nötig erachtet, die angebissene Salzstange aus ihrem Mund zu nehmen.

„Na, dir schmeckt's ja schon wieder so richtig gut! Gourmet-Salzstangen, nehme ich an", scherzte Max. „Nur für den wahren Genießer …!"

„Rede gefälligst nicht immer so einen Unsinn, Maximilian Prückner."

Sophie sprach immer noch mit ziemlich vollem Mund, zum Glück aber klang ihre Stimme jetzt wieder deutlich entspannter.

„Ich zum Beispiel konnte mir ein Leben als Gourmet nie leisten und musste schon immer das essen, was auf den Tisch kam – im Gegensatz zu euch beiden sogenannten Feinschmeckern!"

„Ja, ja, ich weiß … mit blanker Gewalt dem trauten Heim entrissen … aufgewachsen im hochvornehmen Internat – wie schrecklich! Du hattest eine wirklich schwere Kindheit", grinste Max genauso frech zurück.

„Nein, meine Kindheit war schon ganz okay. Nur das Essen im Internat, das war dann doch eher eine Herausforderung. Das war oft ziemlich übel. Aber mich hat es nur stärker gemacht, denn später, in meinen vielen Uni-Zeiten, da habe dann ich in allen Kantinen dieser Welt irgendwelche Nahrung zu mir nehmen müssen, ohne genau zu wissen, was das eigentlich war."

Sophie lächelte ihn vielsagend. „Das hättet ihr beiden Edelgourmets doch nie überlebt!"

Max überlegte, ob er Sophie für ihren albernen Scherz in den Arm nehmen wollte, aber dann war es zu spät. HAB unterbrach ihn in seinen verlockenden Gedanken, die ihn schon seit geraumer Zeit nicht mehr losließen.

„Hast du wenigstens noch ein kaltes Bier im Kühlschrank?"

HABs Durst war gewaltig heute Abend, aber vielleicht wollte er ganz nebenbei unbedingt den süß-schmalzigen Geschmack dieser grauenvollen *Pietra* wegspülen.

„Schau doch bitte selbst nach – fühl dich einfach wie zu Hause!"

Sophie dachte nicht im Entferntesten daran, ihre gemütliche Kuschelstellung zu verlassen. Außerdem platzte sie gerade vor Neugier.

„Gut, Spaß beiseite. Was gibt's Neues, Jungs? Habt ihr überhaupt etwas erreichen können – so ganz ohne mich?"

Ja – natürlich gab es Neues, viel Neues sogar, aber in ihrem verzweifelten Bemühen, die „frohe Botschaft" so präzise – und vor allem so schnell wie möglich – zu verkünden, waren sich HAB und Max ständig wie kleine Schulbuben ins Wort gefahren.

Den triumphierenden Schlusssatz setzte HAB: „Tja, und deswegen können wir morgen früh einfach weitermachen – mit unserer fröhlichen Schatzsuche!"

Sophie schwieg. Ihr Gesichtsausdruck war angespannt, und man konnte förmlich sehen, wie die Gedanken in ihrem Gehirn herumpurzelten. Dann sah sie HAB und Max ernst an: „Seid mir nicht böse, Jungs. Aber das ist zu schön, um wahr zu sein. Irgendetwas ist doch faul an dieser Geschichte."

Beide waren von dieser Reaktion völlig überrascht und begannen ärgerlich die Stirn zu runzeln.

„Und was, bitte, soll daran faul sein?"

„Ich bitte euch! So dumm und nachlässig handelt doch niemand – und schon gar nicht die Polizei. Auch hier auf Korsika nicht! Dass die Alte Selbstmord begangen haben soll – geht's noch? Das ist doch völlig an den Haaren herbeigezogen! Euch muss ich ja nicht sagen, wie sie umgekommen ist! Selbstmord – das ist hirnrissiger Blödsinn! Irgendjemand hat ihr brutal ein Messer in den Hals gestochen! Das war Mord – ein ganz brutaler, kaltblütiger Mord!"

Sophie schüttelte den Kopf.

„Das kann doch alles nicht stimmen! Ihr seid wirklich wieder einmal viel zu blauäugig. Da muss etwas anderes dahinterstecken."

Wieder schwieg Sophie und schüttelte energisch den Kopf.

„So dümmlich verhält sich kein Polizist – und der oberste Boss von allen schon gar nicht. Diese Geschichte kann nicht stimmen. So viel steht fest."

Sophie war ihrer Sache offenbar sicher und ließ sich auch nicht von den zweifelnden Blicken ihrer Freunde beeindrucken.

„Aber was mir nicht einleuchtet, ist, *warum* hat euch Pierre überhaupt diesen Unsinn erzählt? Das ergibt überhaupt keinen Sinn – zumal ich Pierre schon lange nicht mehr über den Weg traue ..."

Sophie hob die Augenbrauen und sah ihre beiden Freunde mit ernstem Gesicht an. Offenbar versuchte sie genauso zu denken, wie Kripoleute oder Detektive es tun.

„Also, im Grunde genommen ist es ja eh immer die gleiche Frage, die man sich stellen sollte: *Cui bono* – wem nützt es? Wem nützt es, dass Pierre euch diese hanebüchene Geschichte glauben machen will? Wo ist es, das Bindeglied zu Pierre? Es muss eine Verbindung zu ihm geben." Man konnte förmlich spüren, wie sehr sich Sophie mit dieser Frage quälte.

„Aber genau dieses Bindeglied fehlt mir – leider!"

Plötzlich fiel es HAB und Max wie Schuppen von den Augen. Betroffen sahen sie sich an. Sophie hatte ihnen vorgeworfen, etwas zu blauäugig gewesen zu sein. Das war nicht weiter schlimm. Ein Fehler – möglicherweise, ja. Aber das konnte schließlich jedem passieren. In ihrer ersten Freude hatten sie offenbar diese Geschichte auch allzu gerne glauben wollen. Damit hatten sie sich selbst jeden Druck genommen. So etwas glaubt man gerne.

Aber jetzt war klar: Sophie hatte völlig recht. Natürlich gab es eine Verbindung zu Pierre. Und das wirklich Schlimme daran war, dass Sophie es nicht wissen konnte! Sie hatten es ihr verschwiegen. Ganz bewusst!

Schuldvoll sahen sie sich an. HAB nickte kurz, und Max begann ihrer verständnislos dreinblickenden Freundin zu erzählen, was sich am Vorabend in der Bar zugetragen hatte.

„Okay Max ... okay, okay. Du brauchst nicht weiter herumzustottern. Ich habe schon verstanden."

Sophie schwieg. Dann sah sie beiden direkt ins Gesicht: „Ihr seid wirklich die dämlichsten Idioten, die mir seit Langem über den Weg gelaufen sind!"

Ihr Gesicht glühte vor Zorn. „Max – HAB, für wen haltet ihr mich eigentlich? Für irgendeine dahergelaufene Pipimaus?"

Keiner antwortete.

„Eines dieser Weibchen, das mit der Realität nicht umgehen kann – ja?"

Wie eine Furie war sie fuchsteufelswild aus ihrem Sessel herausgesprungen und schleuderte den Bademantel einfach quer durch den Raum. So wütend hatten sie Sophie noch nie erlebt. Diese heftige Reaktion stand in völligem Widerspruch zu Sophies besonnenem Charakter.

„Mit eurem saudummen Verhalten habt ihr gerade unsere gesamte Teamfähigkeit mit Füßen getreten … Nein, im Grunde genommen habt ihr sie ganz und gar infrage gestellt!"

„Aber Sophie – wir wollten doch nur … Rücksicht …"

Sophie unterbrach die hilflose Entschuldigung von Max abrupt. „Noch einmal, ihr Idioten, zum Mitschreiben: *Entweder* wir sind ein Team – *oder* wir sind kein Team. Und *wenn* wir ein Team sind, dann hat keiner vor den anderen irgendwelche Geheimnisse zu haben. Nicht das klitzekleinste Geheimnis. Ist das endlich in euren Gehirnen angekommen?"

Max und HAB nickten hilflos und schwiegen betreten.

„Los, sagt es! Laut und deutlich: *Keine Geheimnisse mehr*! Sonst verlasse ich auf der Stelle dieses Hotel – und ihr seht mich nie wieder!"

Sophie standen Tränen in den Augen.

Max und HAB waren zutiefst betroffen. Schweigend gingen sie zu ihr, umarmten Sophie und schmiegten sich so fest an sie, dass ihre Köpfe sich an den Stirnen berührten.

„Nie mehr – keine Geheimnisse voreinander!"

Alle wiederholten sie jetzt ständig diesen einen Satz.

„Nie mehr, nie mehr. Keine Geheimnisse mehr voreinander!"

Sophie löste den innigen Kreis erst nach einigen Minuten. Ihr schien es, als wankte der Boden unter den Füßen. Sie musste sich unbedingt wieder setzen.

„Also gut, ihr zwei süßen Idioten, reinigende Gewitter sind ja manchmal gar nicht so schlecht. Jetzt ist mir vieles klarer, und vor allem ergibt jetzt alles wieder einen vernünftigen Sinn – und darauf können wir aufbauen!"

Sophie war erleichtert. Jetzt tappten sie wenigstens nicht mehr im Dunkeln. Daraus die richtigen Schlüsse zu ziehen, war für Sophie leicht.

„Natürlich war die Mafia heute bei Janine – vor uns! Und es ging natürlich um den Schatz – um was auch sonst? Auf Korsika geht es offenbar immer um diesen verfluchten Schatz. Jetzt agieren die Nachkommen derjenigen Personen, die von Anbeginn an alles getan haben, um zu verhindern, dass Leute wie wir den Schatz finden. Sie haben damals sämtliche Versuche einer erfolgreichen Schatzsuche verhindert. Bei der Wahl ihrer Mittel war die Mafia nie zimperlich. Die haben auch nicht vor Mord und Totschlag zurückgeschreckt. Die Geschichte von dem Taucher aus der Crew vom SS-Mann Peter Fleig haben wir alle gelesen: Den haben sie auch kaltblütig in Marseille auf offener Straße abgeknallt – einfach so!"

Sophies Resümee folgte unbeirrbar. „Janine war die Geliebte des SS-Goldräubers Walter Rauff und gleichzeitig die Braut von diesem Mafia-Oberboss Paul Carbone. Damit war sie das wichtigste Verbindungsglied zwischen den Fronten. Sie kannte beide, und zwar von deren intimsten Seiten. Ganz einfach: Janine muss gewusst haben, *wo* der *Rommel-Schatz* zu finden gewesen wäre – definitiv. Offenbar aber hat sie bereits vor sehr langer Zeit beschlossen, dieses Geheimnis nie preiszugeben – warum auch immer."

„Na ja, das ist ihr ja ganz gut gelungen", warf Max ein, „nur uns bringt das leider keinen Schritt weiter. Sie ist tot! Was immer die *Queen of the night* gewusst hat, sie hat es mit ins Grab genommen!"

„Ja, Max – den Schatz werden wir über diese Spur natürlich nicht finden, aber wir haben ja noch unsere eigene Entschlüsselung des Geheimcodes. Insofern ist es einfach egal. Aber es erklärt, dass die Mafia Janine ermordet hat – nicht wir! Durch das, was wir Pierre erzählt haben, müssen die plötzlich befürchtet haben, Janine würde jetzt doch ihr Geheimnis preisgeben – an uns! Als Gangsterbraut von Carbone stand sie natürlich immer unter ‚besonderem Schutz'. Bis heute jedenfalls. Irgendjemand hat mit ihrer Ermordung die ‚alte Hierarchie' einfach aufgelöst. Nachdem Janine ihnen auch dieses Mal nichts erzählt hat, haben sie die *Femme fatale* umgebracht, damit sie keine Gelegenheit mehr hatte, uns ihr Wissen zu offenbaren. Das ist die einzig logische Folgerung."

Weder HAB noch Max verstanden auf Anhieb, was Sophie damit meinte.

„Also es gibt zwei gute Gründe, warum die Mafia Janine umgebracht hat: Erstens mussten sie verhindern, dass Janine uns doch irgendetwas über den Schatz erzählt hätte. Logisch?"

Max räusperte sich. „Ein Präventivmord sozusagen?"

„Das kann man nennen, wie man will. Aber zweitens hat der Mord für die Mafia noch einen weiteren äußerst positiven Nebeneffekt!"

„Nämlich?"

HAB und Max hatten fast synchron gesprochen.

„Nun, wir sind ja von selbst daraufgekommen: WIR sind jetzt die Hauptverdächtigen. Die Mafia hat der Polizei sozusagen zum Mord auch die Mörder auf dem Präsentierteller mitserviert und uns damit endgültig aus dem Weg geräumt."

HAB brachte es unerbittlich auf den Punkt. „Die Mörder von Janine – das sind dann wir!"

„Ein Alibi haben wir nicht – und schon gar kein perfektes Alibi, wie es Pierre euch einreden wollte! Er wollte uns nur in Sicherheit wiegen – deshalb hat er diesen Unsinn vom Selbstmord erfunden. Damit die Polizei uns dumme Unschuldslämmer hier in aller Ruhe auf die Schlachtbank zerren kann."

„Ja, und wir haben keine Ahnung, ob es die Schlachtbank der Polizei oder doch die der Mafia ist."

HAB stöhnte.

Beides schien möglich, und nur so ergab die ganze Geschichte überhaupt einen Sinn. Pierre würde nur ein paar Tatsachen verdrehen müssen und das Trio wäre sofort zu brutalen, gierigen Schatzsuchern abgestempelt, die sogar vor einem Mord nicht zurückschrecken. Er hatte ihnen eine Falle gestellt, in die sie ahnungslos hineingetappt und in der sie jetzt gefangen waren – hilflos.

„Na bravo!" Max' Sarkasmus war nichts anderes als Ausdruck totaler Hilflosigkeit.

„Ich befürchte, wir werden hier sehr bald nicht nur die Polizei am Hals haben! Ich will mir lieber nicht vorstellen, was passiert, wenn diese Mafiatypen herausfinden, dass Sophie bereits Mittel und Wege gefunden hat, die Schatzkarte zu entschlüsseln. Die wollen sie dann haben – um jeden Preis!"

Allen war klar: Jetzt gab es nur noch eine einzige Möglichkeit, dieser gefährlichen Situation zu entkommen: Sie mussten schnellstens abhauen. Raus aus diesem Hotel – und vor allem runter von dieser verfluchten Insel.

KAPITEL 24

Sophies wundersame Verwandlung hatte gerade einmal eine knappe Dreiviertelstunde gedauert. Das Ergebnis aber war erstaunlich.

Nicht nur Max musste bewundernd feststellen, dass sie so chic und verführerisch aussah wie schon lange nicht mehr. Ihr festes mittelbraunes Haar, für das man nur sehr schwer eine genauere Spezifizierung der Haarfarbe hätte finden können – Max hatte es gegen den massiven Protest Sophies einmal scherzhaft als „dunkles Kuhschwanzblond" bezeichnet –, war deutlich heller geworden. Es erstrahlte jetzt in einem kräftigen, warmen Goldton, der ihre feinen Gesichtszüge noch weiblicher erschienen ließ.

Obwohl weder HAB noch Max danach fragen wollten, warum sie sich einer derartigen Veränderung unterzogen hätte, lieferte sie die Erklärung mit einem spitzbübischen Lächeln selbst.

„Ich musste unbedingt irgendetwas mit meinen Haaren anstellen – sonst wäre ich am Ende nie mehr aus dieser elenden Janine-Depression herausgekommen!"

Eine weitgeschnittene modische Bluse im Vintage-Stil aus grobem Sackleinen steckte locker in einer zeitlosen jeansähnlichen

Bundfaltenhose aus weichem Nappaleder, deren eng geschnittenen Hosenbeine bequem unter dem Schaft der halbhohen Cowboystiefel verschwanden. Ein sportlich-eleganter Lederblouson rundete das Erscheinungsbild harmonisch ab. Gegen die abendliche kühle Luft trug sie ein lässig über die Schultern geworfenes Cape. Mit einem Wort: Sophie sah aus wie eine gelungene Mischung aus Superwoman der Vierzigerjahre und Michelle Hunziker auf der Titelseite der neuesten Ausgabe der *Vogue*: sehr reizvoll, aber ebenso gefährlich.

Max schlug andeutungsweise seine Handfläche zu einem lautlosen Beifallklatschen zusammen.

„Genau so hätte ich sie mir vorgestellt, die unerschütterlich mutige New Yorkerin Ruth Bond – die *Pantherin* auf der Suche nach dem *Rommel-Schatz*."

„Ja, die hatte wahrscheinlich auch immer ihren ledernen Seesack als Handtasche bei sich", grinste HAB frech, „was schleppst du da drin eigentlich immer mit dir herum?"

„Nur die allerwichtigsten Dinge natürlich, lieber HAB. Du wirst noch froh sein!"

In Wahrheit hatte Sophie nämlich nicht nur ihre Kleidung so gewählt, dass sie die nächsten Tage auch ohne Garderobenwechsel mühelos überstehen konnte. Die bequeme Lederhose war robust und problemlos mit den drei seidenen T-Shirts zu kombinieren, die sie unauffällig nebst weiteren sehr nützlichen Dingen verborgen in ihrer Handtasche mit sich trug.

Die Kurzhaarfrisur war pflegleicht und trocknete sich nach jedem Waschen von selbst wieder in einen modischen Strubbelschnitt. Das Cape aus fester Naturseide würde auch als Decke jederzeit einen passablen Schutz gegen die nächtliche Kälte abgeben, denn wo sie die nächsten zwei, drei Nächte verbringen würden, war völlig unklar. Die robusten Stiefel waren wasserdicht und vor allem mordsbequem. Damit hätte sie mühelos auch einen 50-Kilometer-Marsch absolvieren können.

★

„Na, was treibt euch denn noch so spät aus dem Haus?"

Pierre stand wie immer hinter dem Tresen der Rezeption und schaute die drei neugierig an.

„Was heißt denn hier ‚so spät'? Bastia lebt jetzt doch erst so richtig auf."

Sophie blinzelte Pierre kokett zu.

„Du weißt doch, wir haben einen ziemlich guten Grund, heute Nacht ein bisschen zu feiern – mein schöner korsischer Freund."

„Wow, was für eine Granate diese Sophie doch ist … schade eigentlich!"

Pierre holte sich mühsam aus seiner machohaften Verzückung zurück und warf ihnen ein lässiges „Ciao" hinterher. Dann verzogen sich seine Mundwinkel zu einem verächtlichen Grinsen und er ging langsam zu seinem Tresen zurück. Erst, als er sich peinlich genau vergewissert hatte, dass ihn niemand mehr beobachten konnte, verschwand er erneut in dem geheimen Raum hinter der Rezeption.

KAPITEL 25

Nachdem sie das Hotel verlassen hatten, parkte Max den Jeep nur etwa zwei Kilometer vom *Chez Pierre* entfernt im Untergeschoss der riesigen Tiefgarage am Hafen von Bastia.

Zufrieden stiegen alle drei aus. Jetzt mussten sie nur noch ein für ihre Zwecke geeignetes Lokal suchen. Wenige hundert Meter später hatten sie es bereits gefunden: Der Eingangsbereich des *Gallo Nero* bestand aus einer sehr geräumigen Bar, deren Tresen bereits dicht in Dreierreihen belagert war. Zwar bot das sich dahinter anschließende Nobelrestaurant Raum für geschätzte 90 bis 100 Gäste, aber es schien ebenfalls bis auf den letzten Platz besetzt.

Wie so oft, hatten sie auch hier Glück. Es war jetzt kurz nach 22.30 Uhr, und damit selbst für korsische Verhältnisse schon ziemlich spät, um mit dem Abendessen zu beginnen. Kaum zehn Minuten mussten sie warten, bis die nette Kellnerin ihnen einen Tisch im Lokal zuweisen konnte.

„So, Leute, bevor wir jetzt wieder groß anfangen, unsere Probleme zu wälzen, sollten wir uns erst einmal um unser leibliches Wohl kümmern!“

„Klar, wer weiß, wann wir wieder etwas Vernünftiges zu essen bekommen.“

Sophie pflichtete Max bei.

KAPITEL 26

Nachdem das Trio sein Hotel verlassen hatte, wählte Pierre erneut die Nummer der Polizei-Präfektur in Bastia.

„Hör zu, François. Ich habe heute Abend ausführlich mit Marcello gesprochen. Es wird ernst. *Il Scorpione* wird morgen hier eintreffen. Ab sofort leitet er die *Operation Rauff* selbst – höchstpersönlich!“

Pierre kannte die Wirkung seiner Worte nur allzu gut. Er genoss es, förmlich sehen und riechen zu können, wie der mächtige Polizeichef gerade dabei war, sich in die Hose zu machen.

Grinsend fuhr er fort: Also, wir machen das genau so …“

Dann erklärte er dem Kommandanten der Präfektur in einem äußerst unangenehmen Befehlston, was er jetzt alles zu tun hatte. Punkt für Punkt – wie einem dummen Schulbuben.

François verstand schnell. Der *Skorpion* würde diesen umtriebigen „Goldschnüfflern“ zunächst morgen ein allerletztes Angebot machen. Es hatte nur einen einzigen Grund: möglichst schnell und unkompliziert in den Besitz der entschlüsselten Schatzkarte zu kommen. Sollte dieser Plan scheitern, würde er ihm und seinen Männern, die er in unmittelbarer Nähe des Hotels platzieren sollte, das vereinbarte

Zeichen geben. Was er danach zu tun hatte, war ein Befehl, der an Deutlichkeit nichts zu wünschen übrig ließ.

„Du verhaftest dieses Pack dann sofort. Wegen Mordes und wegen Beihilfe zum Mord. Du steckst sie alle in Haft. In Einzelhaft natürlich. Dann wartest du, bis von mir oder dem *Skorpion* neue Anweisungen kommen – verstanden!"

Der gehorsame Polizist erahnte die dann folgende Prozedur. Er wusste, was das bedeutete.

Sollten die drei wider Erwarten auch in Haft Sophies entschlüsselte Schatzkarte immer noch nicht herausgerückt haben, würde er sie in die *Kanzlei* bringen müssen. Einen Ort, den bislang kein Häftling je lebend wieder verlassen hatte. Keine Frage, dass der für seine exzessive Brutalität bekannte *Skorpion* vor deren schmerzhaften Ableben sämtliche Informationen von ihnen bekommen hätte. *Il Scorpione* bekam immer das, was er wollte. Dazu war Antonio Francisi jedes Mittel recht!

Il Scorpione war ein selbst ernannter korsischer Mafia-Boss des 21. Jahrhunderts. Antonio Francisi war der Neffe des mächtigsten Bosses der dritten Mafiageneration. An einer einzigen Aufgabe nur war er gescheitert: das Nazigold zu finden. Jetzt würde er beweisen können, dass er zu Recht die Führungsrolle an sich gerissen hatte. *Il Scorpione* würde den Ruf seines legendären Onkels weit übertrumpfen.

Dass er jetzt François Sabadeno auf seiner Seite wusste, würde sich endlich auszahlen. Der armselige Polizeichef fristete früher zunächst ein Schattendasein auf der untersten Stufe der Polizeihierarchie – bis ihm die korsische Mafia durch den *Skorpion* ein Angebot gemacht hatte, das er nicht ablehnen wollte. Damit stand er plötzlich im Rampenlicht der Macht und war zum obersten Chef der Polizei-Präfektur gekürt geworden. Das war ein Job auf Lebenszeit unter ständigem Schutz seiner wohlwollenden Steigbügelhalter. Also würde er schon aus Respekt der Mafia gegenüber alles tun, was von ihm je verlangt würde.

Il Scorpione aber war noch ein ganz anderes Kaliber. Vor ihm hatte er mehr als nur großen Respekt. Vor ihm lebte er in ständig anhaltender, großer Furcht.

KAPITEL 27

Das Essen im *Gallo Nero* war ausgezeichnet und es war eine perfekte Idee gewesen, dem Küchenchef die Entscheidung über die Menüfolge vorzubehalten. Schließlich wusste er am besten, was gut, frisch – und teuer war.

„Mann o Mann", jammerte HAB, „ich glaube, ich brauche die nächsten drei Tage überhaupt nichts mehr zu essen."

„Um Gottes willen! Sag doch so etwas nicht! Dein Wunsch könnte schneller in Erfüllung gehen, als du denkst!"

„Nimm das doch alles nicht so ernst, Sophie", grummelte HAB.

„Sophie hat schon recht. Mit solchen unbedachten Wünschen muss man vorsichtig sein. Außerdem gibt es da noch diese scheiß-blöde *self-fullfilling prophecy.* Das wird leider immer wieder unterschätzt – mit oft fatalen Folgen. Also bitte – ab heute immer positiv denken, mein Lieber!"

Max sah HAB lächelnd an und klopfte ihm dazu aufmunternd die Schultern.

„Ja, ja – positives Denken. Natürlich haben wir das jetzt bitter nötig. Alles schön und gut. Aber unsere Situation ist alles andere als berauschend. Klar, wir müssen von der Insel runter. Aber wie? Sobald die Polizei uns wegen Mordes sucht, riegeln die hier alles ab. Dann sitzen wir in der berühmten Mausefalle. Flughafen, Fähre, die großen Verbindungsstraßen – alles ist dann mit einem Schlag dicht."

Das kurze Resümee von HAB klang nicht wirklich verlockend.

Sophie hatte sich bereits während des Essens intensiv mit ihrem Tablet-Computer beschäftigt und eine Suchanfrage nach der anderen eingegeben – bislang jedoch ohne verwertbares Ergebnis.

Max und HAB rangen gemeinsam ebenfalls, aber erfolglos nach irgendeinem Ausweg.

Max versuchte immer wieder gequält wenigstens etwas Optimismus zu verbreiten.

„Keine Angst, wir kommen hier schon wieder raus. Unseren Fluchtplan jetzt, den müssen wir nur besonders fein stricken. Noch haben sie uns nicht. Und überhaupt – in Wahrheit wissen wir noch nicht einmal, ob sie uns überhaupt schon auf den Fersen sind."

Max' Stimme klang zwar nicht wirklich zuversichtlich, aber er gab nicht auf. Gute Lösungen waren am Ende schon immer Teamwork gewesen.

„Pierre glaubt doch, wir lassen uns gerade volllaufen. Dass wir aber gar nicht mehr in sein Hotel zurückkommen und unser Gepäck einfach dort liegen lassen – darauf kommt er nie!"

„Ja", nickte HAB, „und wenn er es morgen früh bemerkt, so haben wir aller Wahrscheinlichkeit bereits einen gar nicht so kleinen Zeitvorsprung – den müssen wir nutzen." Die für ihn logische Lösung lieferte er sofort nach. „In einer halben Stunde sind wir mit dem Auto am Flughafen und dann ist der nächste Flieger unser – egal wohin!“

„Gute Idee, HAB“, seufzte Sophie, „aber leider nicht möglich! Ab Mitternacht streikt das Bodenpersonal an sämtlichen Flughäfen Frankreichs – also auch hier auf Korsika.“

HAB ließ sich entnervt in seinen Stuhl zurückfallen.

„Okay, was bleibt dann?“

„Dann bleibt uns wahrscheinlich nur noch der Weg mit der Fähre übrig – denke ich.“

Sophie war sich auch nicht sicher, aber sie hatte ununterbrochen ihr kleines Notebook befragt und sich dabei zu allen Ergebnissen, die das Internet ausgespuckt hatte, Notizen gemacht.

„Fähren gibt es überall hin. Die meisten Verbindungen gehen rüber nach Italien. Aber du kannst von Korsika aus im Prinzip alle Mittelmeerländer erreichen. Allein von Bastia aus gehen jeden Tag Dutzende Fährschiffe, die sich dann über den gesamten Mittelmeerraum verteilen.“

Sophie seufzte erneut. „Einen winzigen Nachteil hat die Sache schon. Leider ist der aber gravierend: Die meisten Fährverbindungen hier von Bastia gehen erst am späten Vormittag ab.“

Sie dachte kurz nach und runzelte dann die Stirn.

„Ob wir allerdings genügend Zeit bis morgen Mittag haben, ohne dass uns die Polizei oder die Mafia sucht – das wage ich stark zu bezweifeln. Jedenfalls wäre es extrem riskant, darauf zu vertrauen!“

Damit hatte sich der erhoffte Zeitvorsprung gerade nachhaltig in Luft aufgelöst. Jetzt verrannen die Sekunden wie in hypnotischer Trance, ohne dass ein Wort gesprochen wurde. Schließlich unterbrach HAB das bleierne kollektive Schweigen.

„Ich hab's! Die suchen doch alle nach unseren Spuren? Jetzt oder morgen früh?"

Weder Sophie noch Max konnten damit etwas anfangen, obwohl sie beide beflissentlich nickten.

„Na klar, dann müssen wir sie eben auf eine falsche Spur lenken!", strahlte er. „In Wahrheit kann es auch ein Vorteil sein, wenn es derart viele Fluchtwege auf den vielen verschiedenen Fähren gibt. Niemand kann sämtliche Schiffe kontrollieren! Also müssen sie andere Wege gehen. Sie werden versuchen, Spuren zu finden, die wir unvorsichtigerweise hinterlassen haben. Diesen Spuren werden sie folgen."

HAB atmete tief aus.

„Also, dann tun wir ihnen den Gefallen und sind ein bisschen unvorsichtig und hinterlassen solche Spuren. Deutliche Spuren natürlich, damit sie die auch finden!"

HAB war sicher, damit die Lösung ihres Problems gefunden zu haben.

„Mit einer klug gelegten falschen Spur hängen wir sie einfach ab ... Das habe ich mal in einem grandiosen Film gesehen. Mit Gene Hackman – glaube ich ... verdammt, wie hieß der Film doch gleich noch mal?"

HAB fiel der Titel nicht ein, aber Max hatte seine Idee bereits verstanden.

„Du meinst, wir hinterlassen auf unserer Flucht jede Menge Spuren, die aber dann unsere Verfolger in die Irre führen?", griff Max den Gedanken auf.

„Ja, und wir sind dann ganz woanders!"

„Die alte Geschichte vom Hasen und dem Igel – warum nicht?"

„Good idea – give me five."

Obwohl die Geschichte völlig aus dem Ruder lief und jetzt endgültig bitterer Ernst geworden war, wurde das Trio von ungezügelter Abenteuerlust überfallen. Aber gerade durch diese unerklärliche Euphorie war Max plötzlich wieder in der Lage, emotionslos klar und pragmatisch zu handeln. Dann hatte er einen genialen Einfall.

„Ein ganz bestimmter Gedanke lässt mich seit gestern Abend nicht mehr in Ruhe. Er geht mir ständig im Kopf herum. Pierre war seltsamerweise doch immer extrem genau informiert, wo genau wir uns jeweils am Tag aufgehalten haben. Und zwar meistens schon, *bevor* wir es ihm erzählt haben!"

„Jetzt, wo du es sagst …", Sophie und HAB waren offenbar zum gleichen Ergebnis gekommen.

„Ja, und ich glaube auch zu wissen, wie er das angestellt haben könnte …"

Max' Gedanke, dass Piere die Software des vielleicht etwas zu perfekt arbeitenden Navigationssystems im Auto manipuliert haben könnte, war nicht von der Hand zu weisen. Großer IT-Kenntnisse dazu bedurfte es nicht. Sophie hatte aus dieser neuen Erkenntnis erstaunlich schnell einen perfekten Fluchtplan gestrickt.

„Wenn Pierre das Navigationssystem im Jeep tatsächlich gehackt hat, dann ist das für ihn eine ziemlich einfache Gelegenheit, die Sache rumzudrehen. Um herauszufinden, wo wir gerade sind, wird er zuerst versuchen, den Jeep zu orten. Wir brauchen also nur den Jeep auf die Reise nach ... sagen wir Porto-Vecchio zu schicken – allein, ohne uns! Wir bleiben hier in Bastia – heimlich, still und leise. Folglich haben wir wahrscheinlich wieder etwas mehr Zeit gewonnen!"

Max nickte.

„Guter Plan, Sophie. Aber wer zum Teufel zaubert uns jetzt einen willigen Fahrer aus dem Hut? Einen, der die Kiste schnellstens irgendwo in den Süden Korsikas steuert?“

HAB lächelte vielsagend.

„Ich glaube, genau diesen Zauberkurs habe ich schon einige Male mit Erfolg abgelegt.“

Alle hatten den Akku ihrer Handys aufgeladen, ohne diese jedoch wieder in Betrieb zu nehmen. Das wäre nicht nur leichtsinnig, sondern auch viel zu gefährlich gewesen. Schließlich war heutzutage jeder einigermaßen begabte Hobbybastler in der Lage, fremde Handys zu orten. Aber HAB war gerade dabei, sein Telefon wieder einzuschalten, denn dafür gab es einen gutem Grund.

Der angekündigte Streik des Bodenpersonals hatte in dieser Nacht einen gewaltigen Vorteil. Am Flughafen befand sich die Hauptfiliale der Autovermietung, bei der HAB den Range Rover gechartert hatte. Normalerweise hätte man um diese Zeit nur einen verschlafenen Nachtportier ans Telefon bekommen, aber wegen der vielen Flugausfälle war dort schon mitten in der Nacht der Teufel los.

Nach einiger Zeit war der leitende Direktor gerne bereit, das von HAB angemietete Fahrzeug am kommenden Morgen um acht Uhr in Bastia abholen und von einem zuverlässigen Fahrer nach Porto-Vecchio bringen zu lassen.

Lächelnd und ohne Zögern hatte HAB dem Vorschlag des Direktors zugestimmt, dass diese außertourliche Fahrt direkt von dessen Schwiegersohn übernommen werden sollte. Diese Zustimmung bezog sich auch auf die sofortige Abbuchung eines völlig überteuerten Betrages von HABs Schweizer American-Express-Konto, seiner *Black Card*.

Korruption funktioniert dann am besten, wenn alle Beteiligten danach schwiegen. Dadurch war gesichert, dass weder der korrupte Direktor, geschweige denn sein sogenannter Schwiegersohn allzu viel Lust verspüren würden, irgendwelche Details zu diesem *dirty Deal* mit der Polizei zu besprechen.

KAPITEL 28

Die Nacht ohne den Luxus des gewohnten Bettes zu verbringen, war mühsamer als gedacht. Bis kurz nach sechs Uhr hatten sie gemeinsam im Jeep unruhig vor sich hin gedöst – erholsamer Schlaf sah anders aus!

Gegen sechs Uhr begann sich die Tiefgarage langsam zu füllen und sie waren gezwungen, auch dieses – immerhin einigermaßen bequeme – Zwischenlager frühzeitig wieder zu verlassen.

Max programmierte sicherheitshalber auch noch die Navigation auf das Fahrtziel Porto-Vecchio. Dann verriegelte er die Türen, ohne die übliche Fernbedienung zu benutzen, indem er den mechanischen Notfallschlüssel benutzte. Anschließend platzierte er die Autoschlüssel auf dem linken Vorderreifen – auch sicherheitshalber, denn die Autovermietung verfügte natürlich ebenfalls über ein zweites Schlüsselpaar.

Max aber wollte jedes Risiko ausschließen, bevor es überhaupt entstehen konnte.

„Die Verkaufsstellen für die Fahrt mit den Fähren öffnen um acht Uhr. Wir haben also noch genug Zeit für ein schnelles Frühstück."

Sophie verspürte offenbar bereits erneut einen gesunden Appetit.

„Wieso schnell? Wir sollten es genießen", warf HAB sarkastisch ein, „vielleicht ist es ja unsere Henkersmahlzeit!"

Dieses Mal schlug Max ihm deutlich heftiger auf die Schulter als gestern Nacht.

„HAB, bitte – positiv denken, mein Lieber!"

HAB antwortete nicht, sondern verdrehte sichtlich genervt die Augen.

Kurze Zeit später betraten sie die zufällig am Weg liegende Bar *La Zitadelle* oberhalb des Hafens. Von dort aus hatte man einen halbwegs guten Blick auf die Anlagestellen der Fähren – und, wie HAB erneut pessimistisch bemerkte, auch auf das „wunderschön romantische alte Gefängnis von Bastia."

Wenngleich der mittelalterliche Kerkerbau wirklich sehr martialisch bedrohlich wirkte, verkniff sich Max den nächsten Schlag auf HABs Schultern. Es sollte nicht zum *Running Gag* werden.

Obwohl die Bar schon um diese Zeit brechend voll mit Matrosen und Hafenarbeitern war, musste das Trio nicht lange auf das bestellte Frühstück warten. Karg war es: eine große Kanne lauwarmer Pulverkaffee, weiche, nicht mehr ganz frisch riechende Butter, viel zu süße Feigenmarmelade und einige Croissants war alles, was die Bar zu bieten hatte. Aber obwohl die Croissants nicht mehr ganz frisch waren, musste man ihnen zugutehalten, dass sie geschmacklich das eigentliche Highlight des Frühstücks darstellten.

Wie bei McDonald's gab es im *La Zitadelle* papierne Platzteller mit einer aufgedruckten Speisekarte. Sophie schüttelte die restlichen Krümel auf den Marmorboden der Bar. Dann angelte sie einen

Kugelschreiber aus ihrer Handtasche und fing an, die Rückseite zu bekritzeln. Mit ein bisschen Mühe konnten HAB und Max darauf erkennen, wo auf dem großen Vorplatz der Piers sich die einzelnen Verkaufsstellen befanden.

„So, jetzt werden wir es unseren Verfolgern noch ein bisschen schwerer machen. Es kann ja durchaus sein, dass Pierre für sein unerklärliches Wissen andere Quellen benutzt hat. Wer weiß das schon!"

Natürlich hatte Sophie recht. Zufrieden durch die Zustimmung der Männer, fuhr sie entspannt fort.

„Also, da unten gibt es insgesamt fünf Verkaufsstellen für Karten auf den unterschiedlichen Linien. Alle haben einen anderen Betreiber. Es fällt also nicht auf, wenn wir dort mehrfach buchen."

HAB und Max nickten.

„Darum buchen wir nachher bei allen fünf Linien. Jeweils drei Karten für die Überfahrt – egal, wohin", fuhr Sophie fort. „HAB bucht bei Nummer eins und drei, Max bei Nummer zwei und fünf und ich bei Nummer vier."

Sophie deutete bei jeder Nummer mit dem Kugelschreiber auf ihre Kritzeleien, die die Lage der Verkaufsstellen markierten. Offenbar hatte sie Bedenken, dass ihre Freunde dieser Aufgabe vor lauter Aufregung nicht gewachsen sein könnten.

Max und HAB allerdings mussten es sich verkneifen, vor ihr zu salutieren und ein kräftiges „Aye, Aye, Sir!" hinterherzuschmettern. Dazu war die Sache leider viel zu ernst und vor allem viel zu gefährlich. Natürlich mussten sie sich ab jetzt unauffällig normal verhalten. Schließlich stellte die Idee von Sophie, für ihre Passage – auch nur sicherheitshalber – Karten bei allen verfügbaren Linien dieses Mittags zu kaufen, für ihre möglichen Verfolger ein zusätzliches Hindernis dar. Sie selbst konnten dann immer noch kurzfristig entscheiden, welche Fähre sie tatsächlich nehmen würden.

„Okay, wir machen das dann genau so, wie von Sophie vorgeschlagen."

Auch HAB war plötzlich zum Pragmatiker geworden. „Einverstanden, wo ist danach unser nächster Treffpunkt?"

„Hier natürlich – wir treffen uns hier zum Mittagessen ... so gut, wie das Frühstück war!"

Sophie grinste mit herabgezogenem Mundwinkel und versuchte krampfhaft, ernst zu bleiben. Aber als sie die verdutzten Gesichter ihrer Freunde sah brach sie in ein prustendes Lachen aus. Dann winkte sie ab.

„Kleiner Scherz am Morgen, Freunde – ich liebe es, euch beide so leicht aus der Fassung bringen zu können!"

„Na ja, das ist dir jetzt ja prima gelungen – schön, dass du so viel Spaß hast. Aber, wie geht es jetzt weiter?"

Max war nervös und ungeduldig zugleich. Weder er noch HAB verstanden den Grund für Sophies ungewohnte Fröhlichkeit.

Dann verabredeten sie den nächsten Treffpunkt: zwischen 10 und 10.15 Uhr im Café hinter dem Busbahnhof.

KAPITEL 29

HAB und Max verließen die Bar als Erste. Sophie wartete noch eine Weile, dann bezahlte sie die Rechnung und ging ebenfalls langsam zum Ausgang. Offenbar hatte es keiner ihrer Freunde bemerkt, dass ihre Fröhlichkeit leider nur vorgegaukelt war. In ihrem Innersten – ganz tief unten im Bauch – machte sich wieder ein ungewohntes seltsames Gefühl breit. Es war kein heller oder dumpfer Schmerz, kein Brennen und kein Druck, der den Magen zusammenpresst. Sophie konnte es nicht in Worte fassen. Und genau das ergab erst recht kein gutes Gefühl!

Knapp eine Stunde später war Max sehr froh, als Sophie schon kurz nach zehn Uhr das Café betrat. Er stand auf, umarmte und küsste sie links und rechts auf die Wange, so, als ob sie sich schon lange nicht mehr gesehen hätten. Sophie genoss diese Zärtlichkeit des Augenblicks und blieb vielleicht eine oder auch zwei Sekunden länger in Max' Armen, als es für eine rein freundschaftliche Umarmung üblich gewesen wäre. Dann sah sie sich um.

„Ist HAB auch schon da?"

Max zuckte mit den Schultern.

„Nein, aber er ist ja nie pünktlich – der kommt schon noch."

„Okay, kein Problem – wir haben ja noch etwas Zeit."

Sophie fiel es sichtlich schwer, ihre Arme ruhig zu halten. Also winkte sie verzweifelt den Kellner herbei, der bereits zweimal an ihrem Tisch vorbeigelaufen war, ohne auch nur die geringsten Anstalten zu machen, dass er sie bedienen wollte.

„Ich habe eine meiner Karten auf der *Moby Dick* gebucht. Die hätte den Vorteil, dass wir schon um elf Uhr aufs Schiff gehen könnten. Max – ich will eigentlich nur noch weg von hier!"

Max nickte zunächst in Gedanken versunken. Aber dann zogen Sorgenfalten auf seine Stirn.

„Wenn du mich fragst, sollten wir erst in letzter Minute aufs Schiff gehen. Da sind wir flexibler. Wenn wir erst mal drauf sind, kommen wir da nie wieder runter. Dann sitzen wir dort in der Falle."

Sophie wusste natürlich, dass Max immer sehr vorsichtig war. Wahrscheinlich hatte er ohnehin recht.

„Ja, vielleicht ist es besser, wir bleiben noch eine Weile hier. HAB muss jeden Augenblick kommen, dann können wir das immer noch entscheiden. Solange haben wir von hier aus die Piers bestens im Blick."

Sie hatten jetzt mehr Zeit und bestellten sich beide einen heißen Tee. „Abwarten – und Tee trinken", scherzte Sophie und beide prosteten sich erleichtert mit dem zum Tee obligatorisch servierten Leitungswasser zu.

Kurze Zeit später, haargenau, als der Zeiger der nostalgischen Siebzigerjahre-Werbewanduhr von *Pernod* gerade auf 10.48 Uhr sprang, waren Sophies Geduldsreserven offenbar endgültig erschöpft. Verzweifelt sah sie ihren Freund mit weit aufgerissenen Augen an. „Max, wir müssen etwas tun! Jetzt – bitte – ich halte diese ungewisse Warterei einfach nicht mehr aus!“

Max reagierte nicht. Auch Sophies mühsam unterdrückte Tränen, die langsam einzeln aus ihren glasigen Augen rannen, nahm er nicht wahr. Unvermittelt war sein Gesicht aschfahl und runzlig grau geworden – so, als hätte eine unerfahrene Maskenbildnerin in den falschen Pudertopf gegriffen und der Regisseur ihn dann mit einer schimmelgrün leuchtenden Lichtquelle in Szene gesetzt.

Sekunden später erkannte auch Sophie, warum es Max die Sprache verschlagen hatte: Keine hundert Meter von ihnen entfernt hatte eine ganze Armada von Polizeifahrzeugen den Platz vor den Piers umzingelt und komplett abgesperrt.

Grell fuhren ihnen unangenehme, nicht enden wollende blinkende Blaulicht-Blitze in die Augen, um sich schließlich unter stechenden Schmerzen in ihren pulsierenden Gehirnen Platz zu schaffen.

Sie konnten es nicht aussprechen, denn die einzig entscheidende Frage blieb beiden im Hals stecken: *Wo war HAB*?

KAPITEL 30

Seltsamerweise ließ sich das für diese Jahreszeit bereits erstaunlich braungebrannte Mädchen mit dem strohgelben, sonnengebleichten Haar durch die grellen, martialisch wild blinkenden Lichter der vielen Polizeiautos nicht im Geringsten beeindrucken.

Das Mädchen war sicher kaum mehr als zehn Jahre alt. Dass es deutlich älter wirkte als andere Kinder in diesem Alter, lag wohl an seinen klugen, wachsamen Augen, die sich suchend im Café umschauten. Trotzdem hatte es zum Glück niemand beachtet, denn mittlerweile waren die meisten Gäste des gut besuchten Cafés neugierig geworden und beobachteten gaffend die Vorgänge am Kai.

Selbst Sophie hatte den neuen Gast erst bemerkt, als sich die Kleine plötzlich mit trotzig vor der Brust verschränkten Armen direkt an ihrem Tisch postiert hatte und Sophie mit ihren klaren grünen Augen direkt ins Gesicht sah.

Bevor jedoch Sophie oder Max etwas sagen konnte, beugte sich das Mädchen zu Sophie und küsste sie zaghaft zart auf die Wange.

„Mami – entschuldige bitte, Mami, dass du so lange auf mich warten musstest."

Unruhig trat es von einem Bein auf das andere. Seine Stimme klang weinerlich, so als befürchte das Mädchen ein großes Donnerwetter für sein unerlaubt spätes Zurückkommen.

Sophie und Max sahen sich immer noch fragend an, aber bevor Sophie antworten konnte, wurde sie von der Kleinen ziemlich unsanft an der Hand gezogen und festgehalten.

„Bitte Mami, lass uns gehen. Sonst kommen wir alle noch zu spät – Onkel Albert wartet doch auch schon so lange auf uns!"

Max hatte es einen Sekundenbruchteil vor Sophie begriffen und nickte ihr aufmunternd zu. Dann rechnete er überschlägig zusammen, was sie zu zahlen hatten, rundete die Summe großzügig auf und legte das Geld gut sichtbar auf den Tisch.

Nach dem unwilligen Kellner zu fragen, machte wenig Sinn. Dieser stand nach wie vor an vorderster Front der schaulustigen Gäste, die mittlerweile rege darüber diskutierten, was der Grund dieses Großeinsatzes sein konnte, und Max betete inbrünstig, dass niemand von ihnen über den wahren Grund Bescheid wusste.

Währenddessen hatten sich Sophie und ihr kluges Kind Hand in Hand auf den Weg nach draußen gemacht. Max war ihnen Sekunden später nachgefolgt. Dann reichte das Kind auch ihm die Hand. Egal, was das Mädchen je getan hatte – als Schauspielerin würde ihm eine großartige Karriere bevorstehen.

KAPITEL 31

Das Gefängnis hoch über dem Hafen von Bastia stammt aus dem 16. Jahrhundert. Dennoch wurde weder am Grundriss noch an den furchteinflößenden Außenmauern bis heute auch nur das kleinste Detail verändert. Es galt seit jeher als ausbruchsicher und das ist es immer noch. Hochmoderne Technik im Inneren der düsteren Mauern tut ihr Übriges dazu.

Eine weitere Besonderheit liegt darin, dass es sich mit an Sicherheit grenzender Wahrscheinlichkeit um das einzige Gefängnis im EU-Raum handelt, das nicht von gnadenloser Überbelegung gequält wird. Natürlich verfügt der weitverzweigte Gebäudekomplex über eine anständige Kapazität verschiedenster Haftzellen. Belegt sind dennoch nie alle. Kein Mensch weiß, warum das so ist. Aber wie es scheint, fragt auch niemand danach. Offenbar sind wohl alle, die das irgendetwas angehen könnte, darüber einig, dass es besser ist, wenn dort ausschließlich verurteilte Korsen unter sich bleiben.

Wie bei jedem Gefängnis ist der Personaltrakt vom Gefängnistrakt streng abgeschirmt. Eine weitere Besonderheit stellt allerdings der nochmals separat abgeschirmte Trakt des Direktors dar. Dieser besteht aus insgesamt drei großen Räumen: dem Sekretariat, das gleichzeitig als Vorzimmer dient, dem eigentlichen Direktorenbüro und einem dahinterliegenden, etwas größeren Raum, den man als Konferenzraum hätte bezeichnen können.

Wann und warum man ihm den Namen *die Kanzlei* gegeben hat, weiß ebenfalls niemand so genau zu erklären. Aber daraus sollte man keine voreiligen Schlüsse ziehen, denn es mag auch darin begründet sein, dass nur sehr wenige Leute diesen Raum je von innen gesehen haben. Obwohl genau diese Heimlichtuerei natürlich immer wieder zu kruden Vermutungen und teilweise hanebüchenen Geschichten geführt hat. Diese Geschichten zeichnen sich allerdings dadurch aus, dass nie irgendjemand darüber gesprochen hat. Sie werden einfach totgeschwiegen.

Sollte aber einem Besucher dennoch die Ehre zuteilwerden, jenen Raum betreten zu dürfen, würde er später ohnehin nichts Besonderes darüber berichten können – außer der Tatsache vielleicht, dass der Raum fensterlos ist, und nur sensibleren Charakteren wäre möglicherweise aufgefallen, dass an jeder Seite der Längswände jeweils zwölf historische Stiche in jeweils zwölf gleichgroßen Rahmen in akribisch genauem Abstand aufgehängt waren.

Die geschmackvoll arrangierten Stiche aus dem 16. und 17. Jahrhundert zeigen extrem grausame Szenen früherer Foltermethoden, bei deren Anblick sich bei zartbesaiteten Gemütern wahrscheinlich sofort die Nackenhaare aufstellen, ja vielleicht sogar Schlimmeres passieren könnte. Im Vergleich dazu ist das angeblich von der amerikanischen CIA so gerne praktizierte *Waterboarding* ein harmloses Spiel für lustige Kindergeburtstage.

Aber zugegeben: In Anbetracht der Tatsache, dass diese detailgenauen Folterbildnisse lediglich historische Geschehnisse längst vergangener Zeiten zeigen, relativiert sich die Grausamkeit der Darstellungen beträchtlich, zumal die *Kanzlei* von jeher nie öffentlich zugänglich war.

Selbst wenn also ein Gefangener sie heute zu Gesicht bekäme, wäre ihm im schlimmsten Fall sehr schnell bewusst geworden, dass er seine Strafe in einem Gefängnis des 21. Jahrhunderts verbüßen darf, und das würde er sicher als großes Glück empfinden.

Woher auch hätte er wissen können, dass haargenau diese Folterinstrumente in einem geheimen Kerker direkt neben der *Kanzlei* auf jeden warteten, der auf die präzise gestellten Fragen des Inquisitors die falsche Antwort gab?

François Sabadeno, dem ehrenwerten Polizeichef von Bastia, war all das natürlich geläufig. Er gehörte zu den wenigen Personen, die sämtliche Räume in den Gemäuern des Gefängnisses bestens kannten – also auch die *Kanzlei* und den dahinterliegenden Folterraum mit seinen zahlreichen „Spezialeinrichtungen" und den vielen sonstigen kleinen Folterinstrumenten, die in den Händen eines fingerfertigen Knechtes jeder auskunftsunwilligen Person wahrhaft höllische Qualen auf Erden bereiten konnten.

Die wahre Ehre aber war, dass der Polizeichef einem äußerst elitären Personenkreis angehören durfte, nämlich derer, die die Folterkammer bislang immer *lebend* verlassen hatten. Sie diente ansonsten ausschließlich dazu, aus den Delinquenten das herauszupressen, was sie auf gar keinen Fall preisgeben wollten. Hatten sie diese Haltung fatalerweise erst einmal aufgegeben, winkte ihnen nie die versprochene Freiheit. Es war ein ehernes Gesetz, dass kein Delinquent je die Kammer lebend verlassen durfte.

François Sabadeno traf natürlich keinerlei Schuld daran, dass die drei lästigen Schatzsucher seiner penibel durchgeführten Großfahndung entkommen waren. Und das, obwohl seine Leute sogar das Fluchtauto der drei wider Erwarten schnell gefunden hatten. Leider jedoch ohne jeden Erfolg, denn der hätte nur in einer Gefangennahme der Gesuchten bestehen können. Die aber waren wie vom Erdboden verschluckt.

Seine faktische Unschuld war eine Sache – diese unglücklichen Umstände jedoch gegenüber *Il Scorpione* ausgerechnet jetzt hier in der *Kanzlei* eingestehen zu müssen, war eine ganz andere, verdammt gefährliche Sache.

Antonio Francisi hatte gerade völlig regungslos seinem Polizeichef zugehört. Der kauerte wie ein Häufchen Elend vor dem großen Schreibtisch in der *Kanzlei* auf dem unbequem harten Holzstuhl. Jetzt war er völlig in sich zusammengesunken und redete so lange, bis er nur noch sinnloses Zeugs vor sich hin stammelte, um schließlich kein Wort mehr herauszubringen.

Zum Glück musste er nicht allzu lange auf eine Reaktion des *Skorpions* warten. Aber die 10 oder 15 Sekunden dazwischen, die kamen ihm vor, als vergingen die Sekunden in einem langsam neblig wabernden, unwirklichen Zeitlupentempo.

„Aber François, natürlich weiß ich, dass du dein Bestes gegeben hast. Mach dir keine Sorgen. Wir finden sie schon!"

Il Scorpione war offensichtlich bester Laune und den völlig verschwitzten Polizeichef, dessen Uniform schon um zwölf Uhr mittags aussah, als hätte er die ganze Nacht darin verbracht, atmete sichtbar erleichtert auf.

„Danke, Antonio, danke, danke. Du weißt doch, für dich …", versuchte er sich vor lauter Erleichterung erneut stotternd zu entschuldigen, wurde aber sofort unwirsch unterbrochen.

„Lass es einfach gut sein, François. Du bekommst schon noch eine Chance, deine besondere Treue unter Beweis zu stellen."

Bei diesen Worten, deren kryptische Bedeutung sich dem Polizeichef offenbar nicht in seiner vollen Bedeutung erschloss, schien *Il Scorpione* sogar ein Lächeln über sein Gesicht zu laufen.

„Ich muss ja offenbar leider noch etwas länger hierbleiben als geplant."

Der *Skorpion* spielte erneut mit der momentanen Begriffsstutzigkeit seines Gegenübers. Dann verfiel er unvermittelt in einen rauen, unmissverständlichen Tonfall.

„François – ich will einfach nur wissen, ob du das alles wirklich noch im Griff hast – hast du?"

„Ja – aber natürlich – klar doch. Antonio – sicher haben wir das."

Sein abgehacktes Stottern dabei begann dem *Skorpion* sichtlich auf die Nerven zu gehen, aber er ließ ihn ausreden.

„Wir haben jedes Detail überprüft – haarklein, da kannst du sicher sein. Aber weißt du, die drei, die sind ziemlich schlau. Die hatten sogar verschiedene Tickets auf verschiedenen Linien gebucht. Das wissen wir sicher, benutzt haben sie jedoch leider keines davon. Das war auch nur wieder so eine Finte, aber irgendwann schnüren wir den Sack zu – ganz bestimmt!"

„Noch mal – bist DU dir sicher?"

François Sabadeno spürte am ganzen Körper nur noch eine unerträgliche Pein. Seine Mundhöhle war jetzt schmerzhaft ausgetrocknet und das Reden fiel ihm immer schwerer. Der gequälte Polizist konnte nur noch mehrfach, dafür aber erstaunlich schnell mit dem Kopf nicken, sodass die Schweißperlen, die ihm mittlerweile nicht nur auf der Stirn saßen, in dicken Tropfen wegspritzten wie bei einem regennassen Hund, der so sein Fell abtrocknet. Bei dem verzweifelten Polizeichef bewirkte es allerdings genau das Gegenteil: Je mehr er mit dem Kopf nickte, desto mehr besudelte er sich selbst und seine ohnehin schon völlig ramponierte Uniform.

Doch der *Skorpion* ließ nicht locker, denn obwohl es ein völlig ungleiches Spiel war, genoss er die Situation sichtlich.

„Sie sind also noch auf der Insel – definitiv?"

„Natürlich, ja – sie waren ja auf keiner Fähre. Wir haben das alles kontrolliert."

Dann versagte ihm die Stimme endgültig den Dienst.

Il Scorpione aber gab mit keiner Miene zu erkennen, was er dachte, und nur ein winziger Fingerzeig machte dem völlig verängstigten Polizeichef klar, dass die Besprechung zu Ende war – jedenfalls für jetzt!

KAPITEL 32

Jorge Maria Gonzales war ein überzeugter patriotischer Franzose. Leider aber mit spanischer Abstammung. Das hatte früher schon seinen Eltern das Geschäftsleben auf Korsika nicht wirklich leichter gemacht. Er, der von jedermann nur „Gonzo“ genannt wurde, war ein fleißiger Arbeiter. Jeden Auftrag, auch den allerkleinsten, führte er korrekt und zuverlässig mit seiner Spedition aus.

Aber obwohl er das Unternehmen *Gonzales-Trans* bereits in dritter Generation führte, bestand sein kleiner Fuhrpark immer noch aus drei Lkws. Selbst wenn man also einmal davon absah, dass das kleinste der Fahrzeuge ohnehin bloß einen läppischen Dreieinhalbtonner mit offener Ladefläche bildete, war dieser Fuhrpark in jedem Fall nicht groß genug, um rentabel arbeiten zu können. Das Ergebnis seiner mühsamen Arbeit reichte am Monatsende gerade aus, seine Familie einigermaßen ordentlich zu ernähren. Rücklagen zu bilden war unmöglich, geschweige denn, seiner ältesten Tochter die gebührende Ausbildung zu finanzieren. Maria Gonzales-Ortiz war ein äußerst begabtes Mädchen, was die Sache noch schmerzhafter machte, als sie ohnehin bereits war.

Jorge Maria Gonzales, hatte sich nie für eine der ihm von seinen Eltern, Imame, oder Pfarrern angebotenen Religionen entscheiden können. Obwohl er also wahrscheinlich gottlos war, musste er es dennoch als *göttliche Fügung* angesehen haben, dass ihm am heutigen Morgen, kurz vor seiner wöchentlichen Überfahrt nach Livorno, zufällig dieser seltsame Schweizer über den Weg gelaufen war.

Es war offenkundig, dass der in einem Schlamassel steckte. Aber was es auch sein mochte, Gonzo wollte es erst gar nicht wissen. Die Summe, die ihm der Unbekannte für „ein Versteck von drei blinden Passagieren in seinem Lkw“ versprochen hatte, lag deutlich über dem, was er – eine sehr gute Auftragslage vorausgesetzt – in einem ganzen Jahr verdienen würde. Netto und steuerfrei!

Natürlich war ihm sofort klar, dass das riesige Polizeiaufgebot am Hafen zu 99 Prozent der Grund für diese überhastete Flucht sein würde. Aber wenn schon – zum gratis arbeitenden Handlanger der Polizei zu werden, war ohnehin nicht sein Ding.

Anschließend war alles wie am Schnürchen gelaufen: Maria hatte die beiden verlorenen Kumpanen des Schweizers verblüffend schnell gefunden und sicher zu ihm gebracht.

Es stellte sich zwar als äußerst unkomfortabel heraus, wie die Passagiere im Laderaum seines Lkws überhaupt untergebracht werden konnten, aber das Wichtigste jedenfalls war, dass Jorge Gonzales eine der wenigen gewerkschaftlichen Dauergenehmigungen für den Fährtransport hatte. Solche Genehmigungen wurden ausnahmslos nur an Mitglieder der *Nationalen Korsischen Gewerkschaftsvereinigung*, der *NKG* vergeben. Das war für Gonzo leider ziemlich kostspielig, aber seitdem lief sein Unternehmen besser als je zuvor.

Es hatte eine ganze Menge Vorteile, in dieser Gewerkschaft Mitglied zu sein. In diesem ganz speziellen Fall zum Beispiel, dass die mit dem *NKG*-Logo registrierten Lkws nicht mehr von der Polizei kontrolliert wurden – niemals.

Trotzdem geriet die Auffahrt zur Laderampe der Fähre *Moby Dick II* für die drei blinden Passagiere zur unerträglichen Tortur. Sie hatten mit eigenen Augen gesehen, dass die Kontrollen der Polizisten äußerst penibel und genau durchgeführt wurden. Das gesamte Hafengebiet hatten sie zuvor weiträumig abgesperrt und umzingelt.

Dass sie jetzt im hinteren Teil des Laderaumes mehr schlecht als recht auf engstem Raum zusammengepfercht aneinander hockten, stellte also ihr geringstes Problem dar. Die ständige Angst, auf ihrer Flucht zu guter Letzt doch noch von ihren hartnäckigen Verfolgern entdeckt zu werden, hatte mittlerweile eine sehr reale und in letzter Konsequenz vor allem lebensbedrohliche Form angenommen.

Dagegen konnten sie nicht das Geringste unternehmen. Alles, was ihnen blieb, war die Hoffnung, tatenlos auf ein glückliches Ende zu warten. Bis jetzt.

„Polizeikontrolle!"

Die Stimme, die sie schon seit Minuten, wenn auch aus wahrscheinlich noch sicherer Entfernung gehört hatten, war langsam, aber unerbittlich stetig nähergekommen.

Sophie schlug entsetzt die Hand vor den Mund, und Max nahm sie schützend in den Arm. Leider jedoch ohne dabei seine große innere Sicherheit auf Sophie übertragen zu können. Auch Max hatte mit einem Mal sein ansonsten unerschütterliches Selbstvertrauen verloren.

„Papiere, Lizenz!“

Die befehlsgewohnte Stimme klang gereizt und fordernd.

Gonzo konnte sich seine Reaktion auch später nicht erklären. Wahrscheinlich lag es jedoch einfach daran, dass er in der Tiefe seiner so oft von der Polizei gequälten spanischen Seele schon sehr lange auf genau eine Situation wie diese gewartet hatte.

„Kannst du nicht lesen, du Schwachkopf?“, giftete er scharf zurück.

„Papiere, Lizenz – aber sofort, und – aussteigen.“

Der Kontrolleur dachte gar nicht daran, locker zu lassen. Gonzo deutete wütend auf das *NKG*-Logo, das im linken oberen Eck der Frontscheibe vorschriftsmäßig angebracht war. Dann wurde es mucksmäuschenstill.

„*N...K...G...*“, stotterte der beharrliche Polizist langsam die einzelnen Buchstaben herunter. Was ist das? „Das habe ich noch nie gehört.“

„Das bedeutet, dass ich Mitglied der ...“ – und jetzt schleuderte ihm Gonzo jedes einzelne Wort ins Gesicht – „... *Nationalen Korsischen Gewerkschaftsvereinigung* bin. Und du Trottel solltest wissen, was das bedeutet: Wir, die Mitglieder, werden von euch nicht mehr kontrolliert. Weil wir nämlich als besonders *zuverlässig* bekannt sind ... und weil wir sonst unnötige Zeit bei unseren Transporten verlieren.“

Das genügte offenbar, denn der Polizist salutierte plötzlich.

„Entschuldige bitte. Ich bin neu hier – äh, bon voyage!“

„Du lernst es schon noch, mein Freund“, knurrte Gonzo ihm gereizt hinterher.

Dann atmete er erst einmal tief aus. Seine Frechheit hatte gesiegt – wieder einmal.

Gonzo war mit sich sehr zufrieden.

Langsam fuhr der Lkw wieder an und bewegte sich stetig auf die Fähre zu. Lediglich ein zweimaliger grober Ruck, der die Passagiere leicht anhob, so, als ob man einen Querschweller auf einer Straße mit Verkehrsberuhigung überfahren hätte, signalisierte Sophie, HAB und Max, dass der Lkw von Gonzo endlich gänzlich im Bauch der *Moby Dick II* verschwunden war.

KAPITEL 33

Es war bereits kurz nach 16 Uhr, als die Fähre endlich im Hafen von Livorno anlegte. Bis aber die *Moby Dick II* auch die letzten mehrrädrigen Vehikel aus ihrem mächtigen Rumpf wieder ausgespuckt hatte, verging nicht selten eine weitere Stunde. Zum Glück war Gonzo jedoch als einer der letzten Lkws in den Schiffsladeraum eingefahren. Bei der Ausfahrt stand er dadurch ganz vorne, und das ersparte Sophie, HAB und Max die lange unnötige Warterei.

Wie es von Italien aus weitergehen sollte, hatten die drei versucht, während der Überfahrt zu besprechen. Leider vergeblich, und ohne ein klares Ergebnis.

Klar war nur, dass sie alle möglichst bald in die Schweiz zurückkehren wollten. Dort waren sie vor einer Auslieferung sicher. Ein guter Rechtsanwalt könnte sich dann aus sicherer Entfernung sofort um die Sache kümmern. Immerhin waren sie unschuldig. Daran hatte sich auch durch das riesige Polizeiaufgebot in Bastia nichts geändert. Aber all das würde sich erst von der Schweiz aus risikolos aufklären lassen. Bei ihrer Ankunft in Livorno war allerdings noch völlig unklar, ob die korsische Polizei ihre lokale Fahndung bereits europaweit oder wenigstens nach Italien ausgedehnt hatte. Andererseits war die vermutete Verfolgung durch die Mafia damit wahrscheinlich nicht vom Tisch. Es blieb ihnen also nichts anderes übrig, als sich auf dem Weg ihrer Rückkehr in die Schweiz nach wie vor nur mit äußerster Vorsicht fortzubewegen. Dabei durften sie ab jetzt möglichst wenig Spuren hinterlassen.

Allen Vorsichtsmaßnahmen zum Trotz hatte Sophie verzweifelt darauf bestanden, sofort irgendein „scheißverdammtes Hotel“ aufzusuchen.

Sophie war offenbar einer totalen geistigen und körperlichen Erschöpfung so nahe, wie es sonst nur mit einem Folteropfer geschehen konnte, das von seinen Peinigern im Zustand chronischer Orientierungslosigkeit gehalten wird. Die permanente höchstgefährliche Fluchtsituation entsprach sehr genau dem, was Folterknechte ihren Opfern so gerne mit ständig wechselnden Haftbedingungen oder dem Entzug ihrer Sinnesempfindungen antun.

Sophie erkannte mit letzter Anstrengung, dass sie mehr und mehr in diesen Zustand geriet, der auch ihr systematisch alle Hör-, Geruchs- und Sehempfindungen zu nehmen schien. Nur Stille, Ruhe und Geborgenheit würden sie in die gewohnte Orientierung zurückführen.

Jeder unbeteiligte Beobachter hätte wohl unschwer erkannt, dass sich HAB und Max in der gleichen üblen Verfassung befanden wie Sophie. Offenbar verwehrte jedoch ihr anerzogener männlicher Stolz, diese Wahrnehmung zuzulassen und genauso als dringende körperliche Warnung zu verstehen, wie Sophie es getan hatte. Trotzdem sahen sie keine andere Möglichkeit, als Gonzo zu bitten, sie zu einem großräumig angelegten Motel zu bringen, in dem die Gäste ohnehin nahezu anonym blieben.

Gonzo kannte sich in Livorno gut aus. Er wusste, dass auch einige seiner Kollegen gelegentlich dort übernachteten oder auch nur ein Zimmer für wenige Stunden buchten. Entweder, um sich auszuruhen, oder dass eine der vielen Hafennutten ihnen diese Zeit zusätzlich versüßte.

Genau dorthin hatte Gonzo das Trio befördert.

An diesem Ort spielte es absolut keine Rolle, in welcher Kleidung man herumlief – und sei es so verdreckt stinkend wie Sophie, HAB und Max.

Max hielt Sophie erneut fest im Arm und begleitete sie behutsam zu ihrem Zimmer, wo er ihr aus der kurzen Lederjacke half. Wie in Trance befreite sich Sophie von der störenden Lederhose und nestelte sich aus der feinen, jetzt allerdings völlig verdreckten Seidenbluse heraus.

In der Zwischenzeit hatte Max die Decke des großen Doppelbettes aufgeschlagen und half ihr, ins Bett zu kriechen.

„Schlaf dich jetzt einfach aus, Sophie – solange du willst."

Dabei beugte er sich vorsichtig über ihr Gesicht und küsste seine Freundin, die die Augen schon längst geschlossen hielt, sanft auf die Wange. Genau in diesem Moment tastete ihre Hand suchend nach ihm und erwischte gerade noch sein Hosenbein, an dem sie Max schließlich festhielt.

„Nicht weggehen, Max – du musst bei mir bleiben – bitte …"

★

Schon seit ewigen Zeiten benutzen Lkw-Fahrer, die in ihren Fahrzeugen oft weit mehr Zeit zubringen als in ihrem trauten Zuhause, gut funktionierende Funkgeräte. Damit ist jede Nachricht unter Lkw-Fahrern in Windeseile verbreitet. Diese klassische Methode hat jedoch einen entscheidenden Nachteil: Jeder, der sich ein bisschen auskennt, kann solche Nachrichten leicht abhören – und vor allem gerade jene, die nicht für jedermanns Ohren bestimmt waren.

Im Zeitalter moderner Smartphones jedoch erfolgte der Kontakt der *NKG* zu ihren Gewerkschaftsmitgliedern ausschließlich über den segensreichen Kommunikationsdienst *WhatsApp*, zumal der vor Kurzem sogar durch eine *End-to-end*-Verschlüsselung abhörsicher aufgepeppt worden war.

Gonzo hatte bislang sämtliche Anweisungen der Gewerkschaft befolgt, ohne weiter darüber nachzudenken. Die Nachrichten waren stets eindeutig formuliert und ließen niemandem auch nur den geringsten Interpretationsspielraum. Genau das alles traf auch auf die Anweisungen zu, die er soeben im Display seines Handys lesen konnte.

Es war keine gute Nachricht, aber es war das erste Mal, dass Gonzo ernsthaft darüber nachdachte, seiner Gewerkschaft, die ihre Hände so schützend über ihre Mitglieder hielt, den im Gegenzug verlangten Gehorsam zu verweigern.

★

Sophie hatte nahezu 24 Stunden ohne Unterbrechung tief und fest geschlafen. „Das war absoluter Weltrekord!“, wie sie danach lächelnd feststellte. Max und HAB, die sich ebenfalls gut ausgeschlafen hatten, sahen das als klares Zeichen dafür, dass ihre Freundin wieder vollständig bei Kräften war. Ein erfreulicher Umstand, den sie anschließend mit einem großen Appetit nachhaltig bestätigte.

KAPITEL 34

Der Bahnhof von Livorno, der sich in unmittelbarer Nähe des weitläufigen Gebäudekomplexes des Motels befand, hatte Max auf die Idee gebracht, zunächst mit dem Zug in das nahe gelegene Pisa zu fahren. Sollten sie also tatsächlich noch im Visier irgendwelcher Verfolger sein, hätten sie damit eine weitere, hoffentlich verwirrende Spur Richtung Norden gelegt.

Es war eine vorsorgliche Finte und passte immer noch bestens zu HABs weiterem Plan. Sie hatten beschlossen, auf dem relativ weiten Landweg in die Schweiz einen Umweg in Kauf zu nehmen, der ihnen mehr Schutz bieten sollte. Der Plan war, mit einem Leihauto direkt in den Vatikan zu fahren. Der außerordentliche Schutz, den die drei nicht nur beim Kommandanten der Schweizergarde nach der erfolgreichen Rückgabe des *Bozzettos* in die Sixtinische Kapelle genossen, würde es wesentlich einfacher machen, von dort aus endlich wieder in die Schweiz zurückzukehren.

Pisa ist eine kleine, jedoch sehr bedeutende Stadt. Eine wahre „Perle der Toskana", und somit bestens gerüstet, jeden denkbaren Wunsch der vielen Touristen, die dieses schöne Fleckchen Erde von

Jahr zu Jahr bevölkern, zu erfüllen. Keine 150 Meter vom Bahnsteig entfernt konnte man unter mindestens zehn verschiedenen Autovermietungen wählen, und ein passendes Fahrzeug aussuchen. Max entschied sich für einen unauffälligen 3er-BMW.

Dass das letzte verfügbare Modell dieses offenbar sehr beliebten Autos mit einem durchzugsstarken Sechs-Zylinder-Motor ausgestattet war, störte ihn nicht. Im Gegenteil. Max liebte ausreichend kräftig motorisierte Automobile.

„Vorsicht Navigation!", scherzte Sophie, als Max begann, die Adresse vom *Casa Santa Marta* einzugeben.

Das *Casa Santa Marta* ist das Gästehaus des Vatikans, obwohl es bis heute ebenfalls Papst Franziskus beherbergt. Bekanntlich hatte er sich geweigert, in die angestammten Räume der päpstlichen Residenz im Petersdom einzuziehen. Eine bemerkenswerte Tatsache, die von einigen Vatikan-Kennern bis heute immer noch als untrügliches Zeichen dafür gewertet wird, dass der kluge Argentinier damit Vorsorge getroffen hat, nicht zum gezielten Opfer eines „unerwarteten Herzanfalles" zu werden oder den berühmten „Tod beim Tee" zu erleiden.

Max und HAB lachten unbeschwert.

„Dann wissen die wenigstens, unter welchem starken Schutz wir ab jetzt stehen."

Max erinnerte sich nur allzu gut daran, dass die Autobahnen Italiens ausschließlich nach Passieren der einzelnen Zahlstationen verlassen werden können. Unkontrollierte Ausfahrten, wie in den meisten europäischen Ländern, gibt es nicht. Ein Umstand, der ihnen bereits einmal fast zum Verhängnis geworden wäre. Auch wenn sich dadurch die Fahrtzeit nach Rom deutlich verlängerte, hatte er deshalb die Route über die *Strada Statale*, die antike *Via Aurelia* gewählt.

Für den unwahrscheinlichen Fall, dass man erneut versuchen würde, sie aufzuhalten, erschien ihm das als die deutliche bessere Lösung.

Ein zusätzlicher Vorteil bestand darin, dass diese Strecke fast immer am Meer entlangführte – ein Umstand, den zumindest Sophie ganz besonders genoss.

KAPITEL 35

Wie er es auch drehte und wendete: Gonzo befand sich in einer höchst unangenehmen Zwickmühle. Auf der einen Seite hatte er keinen Zweifel daran, dass die drei Flüchtlinge, die er in seinem Lkw nach Italien geschmuggelt hatte, zu ihrem Versprechen stehen würden. Insbesondere die „nette Frau“ und seine Tochter Maria waren durch ihre Begegnung sehr eng miteinander verbunden, und das würden sie auch in Zukunft noch sein.

Gonzo war sich auch völlig darüber im Klaren, wie wichtig eine gute Schulbildung für sein hochbegabtes Kind war, aber die konnte er ihm beim besten Willen nicht finanzieren. Die drei Flüchtlinge jedoch hatten für die beste aller Ausbildungen für Maria garantiert. Damit hätten er und seine Familie ein absolutes Traumziel erreicht. Und es gab für ihn nicht den geringsten Zweifel daran, dass sie dieses Versprechen natürlich auch einhalten würden.

Wie er es auch drehte und wendete, eine Lösung zum Wohle Marias gab es nicht. Natürlich würde man herausfinden, dass er es war, der den drei Fremden höchstpersönlich die Flucht von Korsika ermöglicht hatte. Und dann … Gonzo wagte noch nicht einmal, dieses Szenario zu Ende zu denken. Es hätte ihm wahrscheinlich alles genommen, was ihm lieb und teuer war.

Für ihn war es die Wahl zwischen dem Fortbestand seiner langsam, aber stetig wachsenden Transportfirma oder einer Ausbildung, die bei Maria viele der noch in ihr schlummernden Talente hervorgebracht hätte.

Gonzo entschied sich wohl rein intuitiv richtig, obwohl er zu diesem Zeitpunkt noch nicht einmal wissen konnte, dass er damit wenigstens sein eigenes Leben, möglicherweise aber sogar das seiner gesamten Familie gerettet hatte.

Zu allem Unglück war die ganze Geschichte letztendlich dann doch deutlich komplizierter als gedacht. Als es ernst wurde, war Gonzo gezwungen, nicht nur sämtliche Details der Flucht preiszugeben. Vielmehr verlangte der unangenehme Mensch, den ihm sein Gewerkschaftsboss als Antonio Francisi vorgestellt hatte, zusätzlich alles zu erzählen, was er über die drei wusste.

Auch wenn es ihm nicht den geringsten Vorteil eingebracht hatte, war es Gonzo selbst, der am meisten darüber erstaunt war, wie viel dieser bohrend fragende Mensch aus ihm herausbrachte. Jedes, aber auch das allerkleinste Detail hatte er immer wieder hinterfragt. Dadurch war es ihm sogar gelungen, aus Gonzos hinterster Gehirnschublade Dinge herauszufiltern, von denen dieser zuvor Stein und Bein geschworen hätte, sich daran beim besten Willen nicht erinnern zu können.

Als Gonzo die Befragung nach mehr als drei Stunden endlich hinter sich gebracht hatte, fühlte er sich so elend wie selten zuvor. Gleichzeitig stiegen Zweifel in ihm empor, und er war sich danach nicht mehr sicher, ob er sich tatsächlich für die richtige Seite entschieden hatte.

„Gonzo – Gonzo Gonzales! Was für ein wohlklingender Name!"

Die Stimmlage seines Peinigers hatte sich von der einen auf die andere Sekunde völlig verändert. Der ständig unerbittlichen Druck ausübende, fordernde Wortschwall war in eine sanfte, ja fast gütige Stimmlage gewechselt, die Gonzo vehement aus seinen unglücklichen Gedanken riss.

„Du bist ein sehr braver Mann, Gonzo. Ich werde mich immer sehr genau daran erinnern, was du für uns getan hast. Und", fügte er hinzu, wobei sich sein Blick so tief in die Augen Gonzos bohrte, als könne er dessen Gedanken lesen, „und ich danke dir, Gonzo – von ganzem Herzen. Du hast jetzt einen Gefallen gut. Bei mir persönlich, und glaube mir, das können nur wenige Leute behaupten."

Das hörte sich zwar harmlos, ja sogar äußerst nett an, aber seltsamerweise schauderte Gonzo immer noch, als er das Büro des Gewerkschaftsbosses schon lange verlassen hatte.

Antonio Francisi hingegen griff bestens gelaunt, mit der bekannten melancholischen Melodie eines schweren neapolitanischen Liedes auf den Lippen, erneut zum Telefon und wies den Kapitän seiner ansehnlichen Motoryacht an, ihn in einer halben Stunde am Hafen von Bastia abzuholen.

Sein Ziel: das italienische Civitavecchia. Weit südlich von Livorno, und fast vor den Toren Roms.

KAPITEL 36

„Antonio, wir haben sie gefunden. Das war gar nicht so schwer. Sie sitzen gerade in einem weißen BMW 330i. Es ist ein Leihwagen, und der ist mit einer Satellitenüberwachung gesichert."

„Und – lass mich raten! Du hast sogar bereits die Zugangsdaten, mit denen wir diesen weißen BMW finden?"

„Aber klar doch. Unsere ‚Brüder in Pisa' haben sich darum gekümmert. Sie hatten wie immer die besseren Argumente auf ihrer Seite und die Leihwagenfirma hat das alles anstandslos auf ein mitgebrachtes Tablet übertragen."

Il Scorpione grinste zufrieden. Etwas anderes hatte er von seinen italienischen Brüdern auch nicht erwartet.

Stolz präsentierte der Mafiosi das kleine iPad und hielt es dem *Skorpion* direkt vor die Augen.

„Hier – schau selbst: der kleine, rot pulsierende Punkt – das ist er, der weiße BMW, und da sind sie drin, deine drei unliebsamen Schatzsucher."

„O Wunder der Technik!", schwärmte Antonio Francisi und selbst seine „italienische Verwandtschaft" konnte es bei solchen Bemerkungen nie einordnen, ob es gerade ein Ausdruck echter Bewunderung war oder doch nur reiner Sarkasmus des unberechenbaren *Skorpions*.

„Ja, in zirka einer Stunde werden sie hier in Civitavecchia sein", fuhr er fort, „dann schnappen wir sie uns – wo immer du willst!"

Jetzt schien es eindeutig, dass die Freunde, die gerade über Antonio Francisis Gesicht huschte, nichts anderes als der Ausdruck eines tiefen, ehrlichen Gefühls eines sehr zufriedenen *Skorpions* war.

Viel besser hätte der Tag für ihn nicht laufen können.

KAPITEL 37

Rom ist eine großflächige, weiträumige Stadt. Sie wird von der 68,2 Kilometer langen *Autostrada del Grande Raccordo Anulare* umzirkelt. Kurz nachdem Max bei Fiumicino, dem römischen Flughafen *Leonardo da Vinci* auf die ringförmige Stadtautobahn aufgefahren war, brach um ihn herum die Hölle los. Unvorhersehbar – einfach aus dem Nichts heraus!

Der schwarze *Cadillac Escalade,* ein gefährlich aussehendes, jeepähnliches Monster, wie es in amerikanischen Krimiserien so gerne vom FBI benutzt wird, überholte den BMW derart dicht Seite an Seite, dass Max nicht mehr ausweichen konnte und sich die Fahrzeuge krachend berührten, um dann wie Pingpongbälle voneinander abzuprallen.

Alles sah zunächst aus wie ein missglücktes Überholmanöver eines dämlichen Fahrers. Doch urplötzlich erkannte Max die drohende Falle. Wer auch immer in diesem Jeep saß, wollte ihn auf den nur noch 150 Meter entfernten Parkplatz abdrängen.

Max gelang es intuitiv, sich mit einer unerwarteten Vollbremsung dieser gefährlichen Situation zu entziehen. Der Jeep war dadurch viel zu schnell, und der Fahrer rauschte am Parkplatz vorbei, während Max es mit größter Mühe schaffte, sein Fahrzeug dort zum Stehen zu bringen.

„Verdammter Mist!", fluchte HAB. „War das Absicht? Hier auf der Autobahn!"

Max gelang es, ruhig zu bleiben.

„Keine Ahnung – ich glaube schon. Der am Steuer war der unangenehme Typ in der korsischen Bar."

Dann schüttelte er den Kopf.

„Wir brauchen einen Plan ... einen neuen Plan – dringend."

Sophie war leichenblass ausgestiegen und schnappte nach Luft. Max stand ratlos neben ihr. Nur HAB hatte sich bereits wieder im Griff. Hastig tippte er eine Telefonnummer in sein Handy.

In knappen Worten erklärte er Christoph Graf, dem Kommandanten der Schweizergarde, was geschehen war. Nach kurzer Zeit war das Gespräch beendet.

„Also, passt auf: Christoph selbst ist noch außerhalb vom Vatikan. Aber er kann uns trotzdem helfen. Wir machen Folgendes ..."

Dann erklärte HAB, wie die Sache nach Meinung des gewieften Kommandanten ablaufen sollte.

KAPITEL 38

Der Berufsverkehr spült täglich eine dicht fließende Autokolonne beständig in Richtung Innenstadt – Auto an Auto, ohne Überholmöglichkeit.

Max hatte sich weit hinter den schwarzen Dodge zurückfallen lassen, denn einen weiteren Parkplatz oder eine Pannenspur, auf der sie den BMW hätten abfangen können, gab es vor der Ausfahrt *Roma Centro* nicht mehr.

Natürlich wussten sie, dass der Dodge ihnen irgendwann wieder am Heck kleben würde, aber das sollte ihren Plan nicht gefährden, und einen Überfall im Nachmittagsverkehr auf Roms Hauptstraßen konnten sie ausschließen. So etwas würde niemand wagen – auch die Mafia nicht.

Der Vatikanstaat, der mitten in Rom liegt, ist auch heute noch komplett von einer bestens erhaltenen Befestigungsanlage mit hohen Mauern umgeben. Die wenigen Zugänge werden rund um die Uhr von aufmerksamen Schweizergardisten bewacht. Eine Zufahrt mit einem Fahrzeug, das nicht zum Vatikan gehört, ist aus Gründen der erhöhten Gefahrenlage für den Papst und die Vatikanstadt selbst nicht mehr möglich. Vielleicht waren sich die beharrlichen Verfolger auch deshalb so sicher, dass es den drei „Schatzsuchern“ in keinem Fall gelingen konnte, in den Vatikan hineinzugelangen, ohne vorher ihr sicheres Fahrzeug verlassen zu müssen. Genau auf diese Gelegenheit warteten sie geduldig.

Als Max endlich in eine der wenig befahrenen Seitengassen rund um den Vatikan abbog, nickte *Il Scorpione* selbstzufrieden. Der BMW war in einer Sackgasse gelandet.

„Da haben wir sie ja endlich im Sack!“

Selbst Antonio Francisi liebte lustige Wortspielchen. Doch das, was dann plötzlich ohne jeden Anlass geschah, verunsicherte selbst den abgebrühten *Skorpion* – wenigstens für ein paar fatale Sekunden.

Max hatte den BMW abrupt mitten auf der Straße angehalten und bei laufendem Motor die Warnblinkanlage eingeschaltet.

Dass der BMW dadurch jetzt direkt vor einer schmalen Nische in der Mauer eines mit Backsteinen ummauerten Hauses stand, war genauso wenig zu erkennen wie die dahinter befindliche Holztür, die sich gerade in dem Moment öffnete, als alle drei aus dem Auto herausstürzten und im Inneren der Mauern verschwanden. Genauso schnell rastete die massive Tür wieder hörbar in ihre Verriegelung.

KAPITEL 39

Max war mühsam wie im Zeitlupentempo auf das schmale, harte Bett in seiner engen Kammer gekrochen, um nach einem wenig erholsamen Schlaf zu suchen. Erst jetzt wurde ihm bewusst, wie erschöpft er tatsächlich war – geistig und körperlich.

Die Ereignisse der letzten 36 Stunden begannen, in wirrer Reihenfolge an ihm vorbeizuziehen. Obwohl er seine Augen geschlossen hielt, fühlte er einen unangenehmen, stechenden Schmerz in ihnen, aber die ständig auf ihn einprasselnden, verwirrenden schemenhaften Ereignisse konnte er noch nicht einmal für den Bruchteil einer Sekunde festhalten.

Dann musste er plötzlich in einen tiefen komatösen Schlaf verfallen sein. Als er danach wieder erwachte, gelang es ihm leichter, die fotografisch immer deutlicher erscheinenden vorbeihuschenden Bilder zu verlangsamen und schließlich wie ein Standbild in einzelne Szenen einzufrieren. Erst danach konnte er sie zu einem Ganzen zusammenfügen und anschließend wie einen Film vor seinem inneren Auge abspielen. Es war unglaublich, was sich in derart kurzer Zeit alles abgespielt hatte.

Um bei seinen Verfolgern die drohende Befürchtung aufrechtzuerhalten, dass er jederzeit mit dem BMW wieder hätte losfahren können, war Max ein extrem hohes Risiko eingegangen. Erst in allerletzter Sekunde hatte er das Fluchtfahrzeug verlassen, nachdem Sophie und HAB bereits hinter dem schmalen Spalt der halb geöffneten Tür verschwunden waren.

Die Szenerie, die sich danach in beiden Räumen, in denen sie gelandet waren, abgespielt hatte, war so irrational und gespenstig zugleich, dass Max – selbst jetzt in trügerischer Ruhe und Sicherheit – immer wieder versucht war, die tatsächliche Realität der Ereignisse infrage zu stellen.

Der fast zwei Meter große, hagere, erschreckend dürre Mönch, dessen Gesicht durch die Kapuze seiner Kutte nur zwischendurch im fahlen Licht aufschien, hatte zunächst mit spielerischer Leichtigkeit die schwere, eisenbeschlagene Eichenholztür, durch die sie in den Vatikan hineingelangt waren, wieder verriegelt.

Nie verlor er auch nur ein einziges Wort. Lediglich mittels Gesten und Zeichen, die jedoch an Deutlichkeit nichts zu wünschen übrig gelassen hatten, bedeutete er ihnen den Weg. Das hatte seltsamerweise dazu geführt, dass sowohl Max als auch seine Freunde mit dem Betreten der Räume ebenfalls sprachlos geworden waren.

Soweit sich Max erinnern konnte, bestand diese kleine Wohnung – falls man sie überhaupt als solche bezeichnen konnte – aus zwei Räumen und einer kleinen Nische – einer Art provisorischer Küche –, in der man sich zur Not ein karges Mahl zubereiten konnte.

Ob der hochaufgeschossene Mönch jedoch jemals auf der kleinen Schlafbank daneben seinen Schlaf hatte finden können, bezweifelte

Max zumindest im Nachhinein. Aber gerade dadurch wurde die skurrile Situation eines überdurchschnittlich großen Mönchs in derart niedrigen Räumlichkeiten umso deutlicher betont.

Die beiden großen Räume besaßen nämlich ebenfalls diese ungewöhnlich niedrige Deckenhöhe von wohl kaum mehr als zwei Meter. Sich darin zu bewegen, war für den Mönch nur vorsichtig, in stets leicht gebückter, unbequemer Haltung möglich.

Das Hauptstück dieses Wohnraums bildete zweifellos ein mächtiger Marienaltar, der weit in den Raum hineinragte. Dahinter wurde er von einem übergroßen Bildnis der Heiligen Jungfrau Maria bekrönt. Das Gemälde selbst war von einem prächtigen, sehr massiv aussehenden Rahmen aus dunkler Eiche eingerahmt und ragte damit fast bis auf den mit feinem Mosaik belegten Steinfußboden hinab.

Vor dem Altar bedeutete ihnen der Mönch niederzuknien und ein Gebet zu sprechen. Dabei führte er seine Hand vor die Augen. Es war eine weitere schweigsame Anweisung, mit der er die Augen seiner Gäste verschloss.

Niemand der drei hätte später sagen können, warum sie nach einer Zeit, die keiner von ihnen mehr einschätzen konnte, gleichzeitig, gemeinsam wieder die Augen öffneten.

Wie in Trance erblickten sie den Mönch, der gleichsam wie der „ewig wachsame Ritter“ aus einem Indiana-Jones-Film neben einer hinter dem Marienbildnis verborgen gehaltenen Geheimtür stand. Diese war bereits entriegelt und stand weit offen.

Die eindeutige Geste „des edlen Ritters“ wies die drei auffordernd in einen dunklen Gang hinter der Tür. Wohin dieser Weg führen würde, war völlig unklar. Dann schlug die Tür wieder zu und eine Vielzahl von Riegeln, die in ihren Lagern einrasteten, stellte sicher, dass es ein Zurück nicht geben würde.

KAPITEL 40

Der kleine drahtige Mann, der sich als *Pater Romerio* vorgestellt hatte, trug keine Mönchsbekleidung. Zur herzlichen Begrüßung nahm er zunächst Sophies Hand und formte dann mit beiden Händen eine schützende Muschel über sie. Es war eine sehr empathische Geste und erinnerte an die gütige, ja oft sogar demütige Haltung von Papst Franziskus, die dieser häufig gegenüber Kindern oder bedürftigen Menschen zeigt. Innerhalb der letzten turbulenten 48 Stunden war es das erste Mal, dass sich nicht nur Sophie sicher und beschützt fühlte.

Bevor Pater Romerio HAB und Max die gleiche Herzlichkeit entgegengebrachte, verschloss er den Geheimgang sorgfältig von innen. Dazu benutzte er ein puzzleartig anmutendes, bereits vor ewigen Zeiten fein ausgeklügeltes System aus weiteren drei ineinandergreifenden, verzahnten stählernen Türen. Offenbar waren sie so in den inneren Gebäudekomplex des Vatikans gelangt.

Danach waren sie Pater Romerio wortlos durch verschiedene Gänge gefolgt, die immer wieder treppauf, treppab nach links oder rechts abzweigten. Offenbar war das labyrinthartige Gangsystem bewusst verwirrend gestaltet wie der Irrgarten eines fantasiebegabten Gärtners am französischen Hof.

Max und HAB hätten nie im Leben den Weg zurück zum ursprünglichen Geheimgang gefunden, so viel stand fest. Aber beide konnten nicht ausschließen, ob nicht Sophie dieses Kunststück aufgrund ihres haarscharf genau funktionierenden fotografischen Gedächtnisses gelingen könnte.

Nach einiger Zeit erreichten sie schließlich, am Ende eines immer breiter werdenden Flures, einen zusammenhängenden kleinen Trakt. Offenbar hatte dieser in früherer Zeit als eine Art Mönchsklause gedient.

Hilfreich bemüht, wie ein freundliches Zimmermädchen in einem vornehmen Hotel, öffnete Pater Romerio nacheinander die Türen zu drei winzigen, fensterlosen Räumen. Es war kaum zu glauben, dass so etwas einmal als Schlaf- und Aufenthaltszimmer für lange Zeit verwendet wurde.

HAB schätzte die Größe auf maximal sieben Quadratmeter. Davon jedoch entfiel der größte Teil auf die Liegefläche des Bettes, obwohl man auch hier an Platz und Komfort bis an die Grenze des Zumutbaren gespart hatte. Selbst das Bett war mit 80 x 190 Zentimetern – er hatte es später nachgemessen – äußerst knapp gehalten worden.

Ein winziges Waschbecken mit einem einzigen Hahn für kaltes Wasser sowie ein Tischchen mit Stuhl komplettierten das Interieur. Ansonsten fand man lediglich einen acht bis zehn Liter fassenden Wasserkrug aus weiß gesprenkelter Fayence, wie man sie Ende des 18. Jahrhunderts im alpenländischen Raum gefertigt hatte.

Zum Glück gab es direkt neben dem Zimmertrakt noch einen deutlich größeren Raum mit Toiletten und drei großen Waschbecken. Er war zur gemeinsamen Benutzung geschaffen worden, allerdings zu einer Zeit, in der man nie daran gedacht hätte, dass die Mönchsklause jemals auch Frauen beherbergen könnte.

Alles war spartanisch karg und auf das Allernotwendigste beschränkt, immerhin aber ausreichend für sämtliche Grundbedürfnisse menschlicher Hygiene.

Sophie seufzte innerlich, dass die von ihr bereits eingeplante ausgiebige, erholsame Dusche ausfallen würde – jedenfalls für heute. Aber sie war schließlich ein erfinderisches Chamäleon und tröstete sich schnell mit dem Gedanken an einen „Monster-Waschlappen". Zudem konnte man problemlos eines der großen Handtücher umfunktionieren. Damit würde ihre persönliche „heile Welt" wieder in Ordnung gebracht sein.

Ein weiterer Raum, der ebenfalls direkt an ihr Refugium angrenzte, war offensichtlich erst vor kurzer Zeit weiß gekalkt worden. Die dadurch verstärkte Helligkeit des Lichts ließ diesen Raum größer und alles darin viel freundlicher erscheinen. Selbst der unstabile große Tisch, der mit sieben oder acht unbequem aussehenden Holzstühlen und einer einfachen Holzbank umstellt war, strahlte eine gewisse gesellige Gemütlichkeit aus, so wie man sie hin und wieder noch in original belassenen Bauernstuben sehr alter Wirtshäuser im süddeutschen Raum finden kann.

Auch Pater Romerio schien erfinderisch. Kurzerhand hatte er einen klapprigen Servierwagen aus ehemals weiß lackierten, dünnen Blechrohren an den Esstisch geschoben.

Es war nicht wirklich schön, aber zumindest äußerst praktisch, und nur darauf würde es die nächsten Tage ankommen. Für HAB war es leider nur ein Relikt aus den Dreißigerjahren des letzten Jahrhunderts, wie man es in einem Krankenhaus benutzt haben könnte, und das war ein Gedanke, der ihm gar nicht gefiel.

Gerade in dem Moment, als Pater Romerio mit Sophies Hilfe begonnen hatte, die warme Brotsuppe in tiefe Teller zu verteilen, wurde er von einer nervös wirkenden Nonne, die von irgendwo aus dem Nichts erschienen war, zur Seite genommen.

Romerio sah erschrocken aus, versuchte aber, sich nichts anmerken zu lassen und seine Haltung zu bewahren. „Entschuldigen Sie bitte vielmals. Ich werde an anderer Stelle gebraucht. Aber ich denke, es wird nicht lange dauern, bis ich wieder zurück bin."

Dann nickte er seinen Gästen aufmunternd zu: „Warten Sie mit dem Essen nicht auf mich. Lassen Sie es sich schmecken." Damit eilte Pater Romerio der Nonne, die bereits vorgegangen war, unverzüglich hinterher.

„Also los, ihr beiden Gourmets, dann lasst euch jetzt mal zur Abwechslung hier die Mönchskost schmecken!"

Sophie versuchte, das Gespräch scherzhaft wieder in Gang zu bringen, nachdem sie alle bislang angesichts der vielen neuen Eindrücke in ihrem Refugium geschwiegen hatten.

„Jedenfalls ist das mit Sicherheit wenigstens keine Henkersmahlzeit", konterte HAB, „Henkersmahlzeiten darfst du dir nämlich immer selbst aussuchen!"

„Brotsuppe mit Brot – nicht gerade sehr ideenreich, die Küche hier", murmelte Max vor sich hin, während Sophie unbeeindruckt von dem albernen Geplänkel der beiden Männer begonnen hatte, ihre erste vatikanische Mahlzeit zu genießen – zur Not auch allein.

„Hmmm, erstaunlich. Das war wirklich richtig gut!" HAB tupfte sich genüsslich die Lippen sauber und prostete den anderen mit einem Glas Leitungswasser zu. „Wir sollten aber den netten Pater nachher doch mal fragen, ob es hier irgendwo auch einen guten Messwein gibt. Immer nur Wasser kann ganz schön langweilig werden."

Pater Romerio, der genau in diesem Moment erneut zu der lustigen Runde gestoßen war, überhörte diesen Wunsch geflissentlich. Aus seinem immer noch seltsam blassen Gesicht war jede unbeschwerte Freundlichkeit gewichen. Aber nur, wenn man genau hinsah, hätte man erkannt, dass seine seltsam glänzenden Augen von unterdrückten Tränen herrührten, die er nicht vergießen durfte.

Der Pater bedeutete ihnen aufzustehen und begann mit schwacher, leiser Stimme ein Gebet in lateinischer Sprache. Es war das Totengebet für Pater Ignazius Innozenz, ihren großen, treuen Ritter, der sie so sicher in die Freiheit geführt hatte. Nur wenige Minuten, nachdem er den Geheimgang wieder sicher verriegelt hatte, waren ihre Verfolger in den Raum eingedrungen, über den Pater Innozenz seit einem halben Jahrhundert wachte.

Romerio ersparte dem geschockten Trio zum Glück die genaue Beschreibung, wie sie den armen Pater Innozenz gefoltert und zugerichtet hatten, bevor sie ihn mit einem aufgesetzten Kopfschuss aus einer verchromten italienischen *Beretta 9 mm* mit in feinster Handarbeit hergestellten Griffschalen aus echtem Perlmutt und aufgesetztem Schalldämpfer von seinen Qualen befreiten.

Pater Innozenz hatte seinen Peinigern den Zutritt zum verborgenen Geheimgang in demütiger Erduldung höchster menschlicher Qualen nicht preisgegeben.

Wie auch? Pater Innozenz war taubstumm – von Geburt an!

KAPITEL 41

Am nächsten Morgen erschien Romerio bereits kurz vor 5.30 Uhr. Er wusste, dass seine Schützlinge noch unter dem Schock standen, nur um Haaresbreite ihren mörderischen Verfolgern entkommen zu sein. Auch die Pein durch die Ereignisse der vergangenen Tage saß noch tief in ihnen. Sie hätten Ruhe benötigt. Doch Romerio hatte beschlossen, dass der neue Tag genauso beginnen sollte, wie der Abend geendet hatte: mit einem Gebet für den tapferen Pater Innozenz, von denjenigen, deren Leben er gerettet hatte. Dafür gab es keinen geeigneteren Ort als die Frühmesse in ihrer kleinen unterirdischen Kapelle, in der sich jeden Morgen eine Handvoll Nonnen und Patres sowie die wenigen Vatikan-Angestellten, die für Sauberkeit und die Küche Sorge trugen, versammelten.

Romerio befürchtete erneut Schlimmes, da er ihre Zimmer leer vorfand. Kurz darauf jedoch traf alle drei erneut zusammen in dem weiß getünchten Raum, in dem er sie am Vorabend allein zurücklassen musste.

Max und Sophie hatten noch stundenlang beisammen gesessen, ohne viel zu reden, nur darauf bedacht, den anderen zu schützen und zu trösten, sodass in beiden die kurzfristige Illusion entstanden war, dieser so aussichtslos erscheinenden Situation entkommen zu können oder – besser noch – schnell und vor allem gemeinsam aus diesem Albtraum in Endlosschleife aufzuwachen.

Im ersten Morgengrauen aber hatte sie die brutale Realität bereits wieder eingeholt und nach und nach waren sie, ohne sich dazu verabredet zu haben, dort wieder zusammengetroffen.

HAB schien mit der Situation noch am besten klarzukommen.

„Wir müssen hier einfach nur auf Kowalski warten. Der wird sicher bald bei uns sein und das alles wieder in Ordnung bringen!"

Max konnte diese ständig wiederholten Beteuerungen kaum mehr ertragen. An Wunder glaubte er schon lange nicht mehr, auch nicht im Vatikan. Doch dann war es plötzlich so weit. Nach der Bitte, ihn zur Frühmesse zu begleiten, wandte sich Pater Romerio HAB zu: „*Don Pavel* will Sie heute Morgen treffen. Nach der Frühmesse."

HAB war plötzlich wie elektrisiert.

„Ich habe es euch ja doch immer wieder gesagt: Sobald Kowalski kommt, dann sind wir auch schnell aus dem Schlamassel hier raus!"

Trotz aller Begeisterung reagierten Sophie und Max völlig emotionslos. Wie mechanische Roboter mit einem uralten, schlecht geölten Federzugwerk folgten sie HAB und Romerio nach.

Hätten sie gewusst, dass Pavel Kowalski, den nur einige Eingeweihte *Don Pavel* nennen durften, nicht nur ein jahrzehntelanger, treuer Diener des Vatikans war, sondern darüber hinaus auch über ein riesiges, elitäres Netzwerk an Kontakten verfügte wie kein zweiter Mensch im Vatikan, wären sie wahrscheinlich ebenso gut gelaunt zur Frühmesse gegangen wie HAB.

Pavel Kowalskis Alter zu schätzen, war nahezu unmöglich. Fest stand nur, dass er älter war als 40 und genauso sicher noch keine 70 Jahre alt. Dazwischen war alles möglich, zumal sein kräftiges, fast schwarzes Haar nur ganz wenige graue Strähnchen aufwies, obwohl ihn das wohl noch attraktiver gemacht hätte.

Seine wahre faszinierende Ausstrahlungskraft lag jedoch ohnehin in seinem enormen Wissen. Wie ein wandelndes kunsthistorisches Fachlexikon gab es offenbar keine Frage, die Kowalski – zumindest in Bezug auf die Geschichte Roms und des Papsttums – nicht hätte beantworten können. Im Gegenteil kamen die Antworten stets, ohne zu zögern, und mit so vielen Details und genauen Datierungen gespickt, dass er seine staunenden Zuhörer meist schon quantitativ, also mit der Menge der geschichtlichen Tatsachen überforderte. Von den damit verbundenen wissenschaftlich fundierten Informationen natürlich ganz zu schweigen. Eine immerfort sprudelnde Quelle mannigfaltiger Informationen, die Generationen an Studierenden gerne angezapft hätten. Zum Glück aber hatte Kowalski beschlossen, seine Talente auch in andere Dienste zu geben. In diesem Fall an einen besonders guten Freund – Hans Albert Bilgrin, genannt HAB.

Dass Pavel Kowalski zudem nicht nur beste Kontakte zum berühmt-berüchtigten *Opus Dei* besaß, sondern dort auch über eine ranghohe Stelle innerhalb dessen Hierarchie einnahm, vermutete HAB bereits seit einiger Zeit. Wenn man dann noch zusätzlich unterstellen würde, dass der Vatikan – wie alle Staaten dieser Erde – über einen eigenen Geheimdienst verfügt, hätte er mit der Vermutung, dass *Don Pavel* dann wohl der *007 des Vatikans* wäre, sicher nicht über das Ziel hinaus geschossen.

Allerdings hätte diese Annahme die Frage aufgeworfen, wer im Vatikan dann die Rolle von *M* innehat. Und – der kleine Scherz sei an dieser Stelle gestattet – natürlich *Miss Moneypenny* nicht zu vergessen!

Die entscheidende Frage war also nicht, ob Kowalski ihnen helfen konnte, sondern ob *M* es zulassen würde.

KAPITEL 42

„Lass es gut sein, Hans Albert."

Kowalski war nicht nur ein Mann klarer Worte, sondern vor allem immer darauf bedacht, die Dinge möglichst schnell auf den Punkt zu bringen. Sofort hatte er HAB, der gerade begann, ausführlich ihre Erlebnisse auf Korsika zu schildern, abrupt unterbrochen.

„Lass es gut sein, HAB. Ich weiß das natürlich bereits alles – und zum Glück sicher auch wesentlich detaillierter als ihr drei zusammen. Das gehört schließlich zu meinem Job."

Mit diesen Worten, „mehr zu wissen als sie", hatte Kowalski selbst Sophie und Max aus ihrer agoniegleichen, fatalistischen Stimmung herausgeholt.

„Also", fuhr Kowalski ungerührt fort, „die schlechte Nachricht zuerst: Ihr habt da in ein verdammt großes Wespennest gestochen. Ihr steht derzeit auf einer äußerst unschönen Abschussliste. Leider ist es die Liste der ehrenwerten Mafia, die euch darauf sogar an allererste Stelle gesetzt hat. Für die seid ihr sozusagen zum Staatsfeind Nummer eins geworden. Alle Achtung, das gelingt heutzutage nur noch wenigen Auserwählten!"

Obwohl die letzte Bemerkung Kowalskis natürlich rein sarkastisch gemeint war, nickte HAB so beflissen zustimmend, als wäre es eine Ehre, diesen zweifelhaften ersten Rang eingenommen zu haben.

Sophie und Max sahen sich erneut in ihrer fatalen Einschätzung der Situation bestätigt. Immerhin konnte sich Max zu der Frage aufraffen, was denn dann noch die „gute Nachricht" wäre.

„Die gute Nachricht ist die, dass ihr jetzt erst einmal hier bei uns in Sicherheit seid. Außerdem pflegen wir einen ziemlich guten Draht zu dieser – nennen wir es mal ‚weltumspannenden Organisation'. Das ist", beeilte er sich hinzuzufügen, „nicht nur hier in Italien unumgänglich – leider! Es ist immer von Vorteil, wenn man den Feind kennt. Noch besser ist es allerdings, wenn man auch mit ihm reden kann. Genau das wird euch nämlich weiterhelfen."

Dann beschrieb Kowalski präzise die Lösung des Problems – sozusagen auf höchster Diplomatenebene. Eine Lösung, die alle Seiten zufriedenstellte und bei der das Trio mit dem Leben davonkäme.

Das klang vielversprechend und machte vor allem den einzigen Wermutstropfen an dieser Geschichte deutlich erträglicher: Kowalski hatte unmissverständlich klargemacht, dass ihre blutrünstigen Verfolger derart gefährlich waren, dass sie sich auf eine weitere Zeit im vatikanischen Versteck einrichten müssten. „Ein bis zwei Wochen – mindestens!"

Kowalski hatte sich seltsamerweise in nur schwer verständlichen kryptischen Ausführungen herumgewunden, aber wenn sie ihn richtig verstanden hatten, lag es wohl daran, dass er unbedingt vermeiden wollte, dritte Personen im Vatikan in diese Sache hineinzuziehen. Im Klartext hieß das wohl, dass er HAB und seinen Freunden unkonventionell, über die Köpfe seiner Vorgesetzten hinweg aus der Patsche helfen wollte. Das warf allerdings erneut die Frage auf, wer war *M*, oder anders ausgedrückt: Warum durfte *M* nichts von den drei Flüchtlingen erfahren?

In jedem Fall aber behielt HAB recht: Das Warten auf Kowalski hatte sich gelohnt. Offenbar war er der Einzige, der ihnen helfen konnte.

Ihr gemeinsamer Traum aber, nach der gelungenen Flucht von Korsika und einem Kurzaufenthalt im Vatikan wieder in die Schweiz zurückkehren zu können, hatte sich damit leider gerade in Luft aufgelöst.

KAPITEL 43

Sophie hatte sich an die unangenehme, aber unausweichliche Situation erstaunlicherweise so schnell angepasst, wie ein Chamäleon die Farbe wechseln kann.

Als Erstes war sie darangegangen, ihr gemeinsames neues Zuhause wohnlicher und gemütlicher zu gestalten. Plötzlich stand in jedem Zimmer eine kleine Vase, die eine rosa Nelkenblüte zierte. Blassrosa und unattraktiv – aber immerhin.

Dass es jetzt wenigstens Kleiderbügel gab, wenn auch nur aus billigem Draht gebogen, fanden die pragmatisch gesteuerten Männer dann schon angenehmer, zumal Romerio zwischenzeitlich ihre eigene, nur sehr knapp bemessene Fluchtkleidung mit Neuem aufgestockt hatte. Dass diese in Wahrheit nicht neu, sondern eher dem Fundus einer Altkleidersammlung entnommen schien, störte – außer HAB – niemanden.

Die größte Veränderung betraf jedoch den Raum, in dem sie, so oft es ging, zusammen saßen. Sophie hatte ihn kurzerhand umgetauft. Es war jetzt das *Refektorium*. Sie fand den altertümlichen Namen durchaus passend für ihr gemeinsames Wohn- und Speisezimmer.

So bezeichnet man den Saal für die Mönche eines Klosters, in dem sie gemeinsam ihre Mahlzeiten einnehmen – auch wenn heutzutage das Refektorium nur noch an Sonn- und Feiertagen benutzt wird.

Ab jetzt würden sie dort ihre Mahlzeiten einnehmen – dreimal täglich. Wie bittere Pillen, die man schlucken muss, um gesund zu werden.

HAB und Max hatten nie danach gefragt, woher diese Dinge stammten. Aber es war offensichtlich, dass es sich dabei um Mitbringsel von Sophies häufigen Spaziergängen handeln musste, obwohl diese Spaziergänge nichts anderes waren als neugierige Erkundungen im unterirdischen Labyrinth rund um ihr Refugium.

Die Erlaubnis dazu hatte sie von Kowalski höchst persönlich bekommen. Er hatte diesem Ansinnen nur zögerlich und schließlich nur unter der Auflage zugestimmt, „nie weiter zu gehen als bis zur kleinen Küche", in der derzeit ausschließlich ihre Mahlzeiten zubereitet wurden.

Schwester Anna, die Köchin, war eine grundgütige, äußerst empathische Frau. Sophie empfand bereits bei der ersten Begegnung mit ihr eine Verwandtschaft der Seelen, wie sie es selten zuvor gespürt hatte. Unglaublich schnell fasste sie tiefes Vertrauen zu ihr. An den sehr persönlichen Gesprächen war leicht zu erkennen, dass dies offenkundig auf Gegenseitigkeit beruhte. Dass jedoch Schwester Anna eine direkte Nachfahrin der Augustinerschwester Anna Katharina Emmericks war, würde sie ihr jedoch erst wesentlich später offenbaren – leider auch mit unvorhersehbaren Folgen.

Die Visionen der stigmatisierten Mystikerin hatten schon den deutschen Dichter Clemens von Brentano dazu inspiriert, ihre unglaublichen und vor allem unglaublich präzisen „Eingebungen" für die Nachwelt aufzuschreiben und zu erhalten.

Viele ihrer Prophezeiungen hatten sich mittlerweile in beängstigender Weise erfüllt. Im besonderen Fall jedoch die Vision vom 10. August 1820, in der Anna Emmerick zwei Päpste zur gleichen Zeit voraussagte und auch, dass einer von ihnen nicht mehr im Apostolischen Palast residiert.

Es war haargenau jene Konstellation, die es Sophie und ihren Freunden überhaupt erst ermöglicht hatte, die dunkle Seite des *Bozzettos* dadurch zu entmachten, dass sie ihn in die Obhut beider Päpste in den Vatikan zurückführen konnten. Denn Papst Franziskus bewohnt nach seiner Ernennung zum Papst nicht den Apostolischen Palast, sondern lebt und wohnt heute noch in Santa Marta, dem vatikanischen Gästehaus – genau wie von ihr 200 Jahre zuvor vorausgesagt.

Die Frage also, ob Anna Emmerick zumindest einen Teil ihrer hellseherischen Fähigkeiten auf ihre Nachfahrin Anna übertragen haben konnte, stellte sich für Sophie zu diesem Zeitpunkt noch nicht.

Die nächsten Tage verliefen ereignislos. Die dadurch aufkommende Langeweile konnte auch durch die Lektüre der sich im Refektorium anhäufenden Magazine und Tageszeitungen nicht wirklich kompensiert werden.

Aber vielleicht war es gerade diese dröge anhaltende Fadesse immer gleicher Abläufe, die Sophies wache Aufmerksamkeit auf Romerio lenkte.

Dass der Pater jeden Tag immer exakt zu der gleichen Zeit zum Abendessen im Refektorium erschien, hatte sie zuvor schon als durchaus merkwürdig eingestuft, jedoch schnell als „Marotte eines alten Mannes“ abgetan. Natürlich war es für sich allein gesehen auch völlig ohne Bedeutung, zumal es häufig Menschen gibt, die großen Wert darauf legen, immer zur gleichen Zeit mit ihren Mahlzeiten zu beginnen.

Die Tatsache jedoch, dass Romerio das Refektorium jedes Mal auch zur gleichen Zeit wieder verließ – und zwar so genau, dass man sprichwörtlich seine Uhr danach hätte stellen können –, empfand Sophie dann doch als äußerst ungewöhnlich.

Insgesamt ergab das eine derart außergewöhnlich penible Genauigkeit, für die es auch einen außergewöhnlichen Grund geben musste – und den wollte Sophie herausfinden.

KAPITEL 44

Warum sie ihre Freunde dann doch nicht über ihre seltsamen Wahrnehmungen bei Pater Romerio informiert hatte, konnte Sophie auch im Nachhinein nicht erklären. Vielleicht wollte sie die beiden intuitiv beschützen oder es war vielleicht einfach nur die Gunst der Stunde, die sie beim Schopf gepackt hatte. Wie auch immer war es jedenfalls eine gute Gelegenheit gewesen, das Männertrio noch während des Abendessens im Refektorium unauffällig verlassen zu können.

Sophie sah an diesem Abend müde und erschöpft aus. Niemand wäre auf die Idee gekommen, dass ihre „migräneartigen Kopfschmerzen" nur vorgetäuscht sein könnten, und es war verständlich, dass sie deshalb „früher ins Bett" gehen wollte.

Die Tür zu ihrem Zimmer hatte sie danach bewusst so geräuschvoll geschlossen, dass man es im Refektorium auch sicher hören würde. Wenige Minuten später jedoch schlich Sophie leise in das gegenüberliegende Bad. Dort wartete sie auf Romerio, der prompt auch dieses Mal HAB und Max zu exakt der gleichen Zeit verließ wie an jedem anderen Abend zuvor auch – fast auf die Sekunde genau! Sophie war ihm heimlich nachgefolgt und hatte es hinweg durch ein ständig wechselndes Auf und Ab verwinkelter Gänge tatsächlich geschafft, bei ihrer Verfolgung völlig unbemerkt zu bleiben.

Der Tatsache, dass dieses unterirdische System einem mittelalterlichen Irrgarten glich, in dem man sehr leicht die Orientierung verlieren konnte, maß Sophie ebenso wenig eine bedrohliche Bedeutung bei wie der noch ungewöhnlicheren Tatsache, dass Romerio und sie in den nur schummrig beleuchteten Gängen bislang keiner einzigen Menschenseele begegnet waren.

Gierig wie ein Spürhund seiner Fährte war sie Romerio immer tiefer in das Labyrinth hinein hinterhergeschlichen.

Der Pater blieb schließlich vor einer unscheinbaren, niedrigen Tür stehen. Zum ersten Mal, nachdem sie ihm hinterhergelaufen war, blickte er sich jetzt vorsichtig um, als wolle er sich vergewissern, dass ihm tatsächlich niemand gefolgt war. Dann zog er einen eisernen Ring hervor und schloss mit dem größeren der daran befestigten beiden uralten Schlüssel die Tür auf. Ehe Sophie sich versah, verschloss er sie sofort wieder hinter sich.

Sophie, die es instinktiv geschafft hatte, seinem kritisch prüfenden „Blick zurück" auszuweichen, verharrte zunächst eine Weile in der dunklen Nische, in der sie Platz gefunden hatte. Dann siegte ihre Neugierde und bekam die Oberhand über ihre aufkeimende Ängstlichkeit. Zaghaft klopfte sie an die verschlossene Holztür, durch die Romerio gerade verschwunden war. Dann noch einmal. Nachdem sie keine Antwort erhielt, fasste sich Sophie erneut ein Herz und drückte zögerlich die Klinke hinunter.

Zu ihrem Erstaunen öffnete sich die wider Erwarten unversperrte Tür und gab den Blick frei auf einen seltsam anmutenden Raum.

Er war nicht allzu groß und spartanisch eingerichtet, wie offenbar sämtliche Räume und Zimmer in diesem seltsamen Trakt des Vatikans. Offenbar aber handelte es sich um eine kleine Kapelle, denn es befand sich ein unscheinbarer Altar darin. Er war ohne jeden Prunk gestaltet und lediglich mit einem übergroßen Jesusbild geschmückt.

Merkwürdigerweise jedoch fehlten die sonst üblichen Gebetsstühle vor dem Jesusaltar. Aber auch die übrige Einrichtung passte in Sophies Augen nicht wirklich zu einem Altar, neben dem lediglich ein großer, viereckiger Tisch mit einer sehr dicken Platte aus Holz stand. Darüber hing von der hohen Decke ein überdimensionaler schmiedeeiserner Leuchter herab, der Sophie wegen seiner handwerklichen Ausführung an ähnliche Arbeiten aus dem hohen Mittelalter erinnerte.

Ein einzelner, sehr stabiler Stuhl umgab den Tisch zusammen mit einer schäbigen Eckbank aus gebogenen Metallrohren. Sie war bereits angerostet und sah aus, als wäre sie in den Zwanzigerjahren des letzten Jahrhunderts irgendwann einfach irgendwie dazugestellt worden. Zusammen passte das alles jedenfalls nicht – aber wer im Vatikan würde darauf auch schon besonderen Wert legen?

Sophie riss sich aus ihren Überlegungen heraus, denn das größere Rätsel würde sie damit nicht lösen können: In der Kapelle selbst war niemand – auch Romerio nicht. Sophie suchte nach einer weiteren Tür im Raum, durch die Pater Romerio den Altarraum wieder hätte verlassen können. Aber eine solche Tür gab es nicht.

Sophie verstand nicht, was geschehen sein konnte. Doch plötzlich erinnerte sie sich an den Raum, den sie auf ihrer Flucht in den Vatikan betreten und kurz darauf durch eine Geheimtür in andere

Gänge wieder verlassen hatten. Sie hatte dieses nur wenige Tage alte lebensbedrohliche Erlebnis mit all ihren Sinnen wahrgenommen. Niemals würde sie es vergessen.

Nachdem ihnen Pater Innozenz die Geheimtür in ihre Freiheit geöffnet hatte, war sie sorgfältig darauf bedacht gewesen, sich all jene kleinen verräterischen Spuren einzuprägen, die einen Hinweis auf geheime Verstecke geben können. Sophie begann nach genau diesen Hinweisen zu suchen. Aber es war vergebens. Solche Spuren gab es nicht!

Sophie stand erneut vor einem Rätsel: Sie hatte mit ihren eigenen Augen gesehen, dass Pater Romerio hineingegangen war. Jetzt schien er verschwunden zu sein. Es war wie ein Paradoxon. Unlösbar und nicht mit der Realität in Einklang zu bringen. Aber wo war er?

Sophie begann an ihrer Wahrnehmung zu zweifeln. War sie selbst Opfer ihrer eigenen Fantasie geworden? Alles schien möglich, aber wie konnte …? Sophie taumelte kurz, und für einen stillen Beobachter hätte es den Anschein erweckt, als wandte sie sich flehentlich dem Altarbild zu, so als ob sie Hilfe von Jesus erhoffte.

Für einen Moment hatte sie das Gefühl, als zöge man ihr die Füße vom Boden, aber in letzter Sekunde gelang es ihr, sich an einem der beiden schweren Bronzeleuchter auf dem Altar festzuklammern.

Es waren barocke Kerzenleuchter, wie man sie auf fast allen katholischen Altären findet. Aber bei dem, was Sophie jetzt sah, begann sie erneut an ihrer Wahrnehmung zu zweifeln.

Begleitet von einem unheimlichen, ächzenden Knarren, senkte sich plötzlich genau derjenige Teil der Decke nach unten, an dem der schwere Kronleuchter befestigt war. Innerhalb von einigen

Sekunden stoppte der Leuchter und gab in halber Raumhöhe eine Art Plattform frei.

So erschrocken Sophie auch war, durch Zufall hatte sie die von ihr bereits vermutete Geheimtür gefunden. Sie befand sich versteckt in der heruntergelassenen Decke. Der darüber befindliche, durch die Hebelmechanik des Leuchters jetzt freigegebene Einstieg nach oben war jedoch immer noch unerreichbar. Die auf knapp halber Raumhöhe zum Stillstand gekommene Plattform zu besteigen, schien ohne weitere Hilfsmittel undenkbar.

Sophie zögerte erneut. Sie war sich sicher, dass sie bislang nur einen Teil des Mechanismus der Geheimtür entdeckt haben konnte.

Dann hatte sie eine Idee, denn mit einem Mal machte es plötzlich Sinn, dass sich nur noch die drei vorher sinnlos erschienenen Möbelstücke im Raum befanden.

Es war ein geniales Puzzle: Man musste das Ensemble von Stuhl, Bank und dem Tisch so zusammenstellen, dass die einzelnen Teile gemeinsam eine Art Treppe bildeten – hinauf zur Plattform.

Immer noch zögerlich und ängstlich, aber immer noch von ihrer eigenen unerbittlichen Neugier getrieben, bestieg Sophie die ziemlich stabile Treppenkonstruktion. Dann wagte sie entschlossen den Schritt auf die Plattform.

Sie erschrak erneut heftig und es gelang ihr kaum, ihren Schrei zu unterdrücken, denn genau in dem Moment, als sie die Plattform mit ihrem Gewicht belastet hatte, setzte sich diese sofort wieder in Bewegung. Langsam und unangenehm ruckartig stieg die Plattform nach oben, und nur wenige Sekunden später war die versteckte Öffnung wieder verschlossen.

Sophie landete abrupt in einem Raum, der so dunkel war, wie es die Natur selbst in einer sehr finsteren Nacht nicht zustande bringt. Verstört war sie in zusammengekauerter Stellung am Boden erstarrt. Aber bevor sie auch nur die geringste Chance gehabt hätte, ihre Augen an die extreme Dunkelheit zu gewöhnen, um ihre Umgebung wenigstens in Umrissen erkennen zu können, wurde sie plötzlich von kräftigen Männerhänden gepackt, die ihr sofort brutal den Mund zuhielten, um so ihren Aufschrei zu ersticken.

Sophie verlor endgültig die Besinnung.

KAPITEL 45

HAB und Max waren einfach bis tief in die Nacht hinein im Refektorium sitzen geblieben. Die Gesellschaft von Sophie fehlte ihnen ganz und gar nicht. Im Gegenteil fanden sie es beide äußerst erfrischend, wieder einmal allein zu sein.

Es war ein Gespräch unter Männern geworden, wie sie es schon lange nicht mehr geführt hatten.

Am anderen Morgen konnte sogar HAB länger schlafen, als man es von ihm gewohnt war. Im Grunde genommen hatte er es Romerio zu verdanken, der sich an diesem Morgen in der Früh ungewöhnlicherweise nicht blicken ließ – warum auch immer.

Dass aber Sophie nirgends zu sehen war, beunruhigte Max schließlich doch. Nicht wirklich besorgt, aber ungeduldig nervös klopfte er schließlich an ihre Zimmertür – erst sanft, dann deutlich fester. Max wusste, dass Sophies Schlaf sehr tief sein konnte, aber das war um diese Zeit ziemlich unwahrscheinlich. Dann öffnete er die Tür. Max erschrak. Das Zimmer war leer und das Bett sah unbenutzt aus, so als ob Sophie in der vergangenen Nacht nicht darin gelegen hätte.

„Max, mach dir doch nicht immer gleich solche Sorgen um Sophie. Die ist ein großes Mädchen."

HAB war Max langsam nachgefolgt und wiegelte ab.

„Außerdem", ergänzte er, „sie ist viel ordentlicher als du. Sophie macht jeden Morgen ihr Bett frisch. Meines sieht genauso unbenutzt aus, und wie du weißt, habe ich darin heute sogar besonders lange geschlafen."

Max sah widerwillig ein, dass er wohl erneut auf sein angeschlagenes Nervenkostüm hereingefallen war.

HAB lag da wahrscheinlich mit seiner Vermutung, dass Sophie einen ihrer neugierigen unterirdischen Spaziergänge unternommen hätte, sicher besser. Also folgte er ihm zurück ins Refektorium. Dort lagen schließlich noch genügend Magazine und Zeitschriften herum, die nur darauf warteten, endlich gelesen zu werden.

Etwa eine halbe Stunde später erschien Romerio, frisch bewaffnet mit einem dicken Packen aktueller Tageszeitungen. HAB überreichte er zusätzlich einen verschlossenen Briefumschlag. Es war eine Nachricht von Kowalski, die HAB erstaunt zur Kenntnis nahm. „Er sei ab jetzt für die nächsten 24 Stunden nicht erreichbar." Kein Warum und vor allem auch leider kein Hinweis darauf, ob es ihm gelungen war, bereits Kontakt zur Mafia aufzunehmen. Kurz und knapp – halt so, wie es wahrscheinlich immer seine Art war.

Romerio schien in Eile und wollte das Refektorium ungewohnt schnell verlassen. Max hielt ihn jedoch am Ärmel seines Gewandes fest.

„Verzeihung, Pater. Haben Sie Sophie heute Morgen schon irgendwo getroffen?"

Sein Gedankengang war einfach: Falls HAB recht behalten sollte und Sophie tatsächlich auf Erkundungstour war, müsste sie dabei zwangsläufig auf Romerio gestoßen sein – wahrscheinlich jedenfalls.

Romerio überlegte einen Augenblick, verneinte dann leider – wenn auch zögerlich.

„Was ist mit Ihrer Freundin? Suchen Sie sie etwa?

Max erklärte Romerio, dass er befürchte, dass mit Sophie irgendetwas nicht stimme. Doch auch Romerio versuchte, seine Bedenken zu zerstreuen und gab sofort HAB recht. Beide zusammen fanden jede Menge logischer Erklärungen für ihre – wie sie es beide nannten – „vorübergehende Abwesenheit".

Max überzeugte keine davon. Schließlich versuchten sie, ihn mit einem Kompromiss zu beruhigen: „Erst wenn Sophie sich bis zum Mittagessen, und wider Erwarten, nicht gemeldet haben sollte", würden sie nachforschen – und dann der Sache auf den Grund gehen wollen. Besonders gründlich natürlich!

Jetzt platzte Max endgültig der Kragen.

„Entschuldigen Sie bitte, Pater Romerio. Ich weiß, dass wir hier nur Gäste sind. Also möchte ich wirklich nicht unhöflich werden. Aber ich muss sicher sein, dass Sophie nichts passiert ist. Hinter ihr ist die Mafia ganz besonders her. Sie ist bislang die Einzige, die das Geheimnis zum *Rommel-Schatz* entschlüsselt hat und den Fundort kennt."

Max holte tief Luft, um seine Emotionen unter Kontrolle zu halten, aber es gelang ihm nicht wirklich.

„Eure sogenannten Vermutungen könnt ihr euch also ab sofort irgendwo hinstecken. Wenn Sophie entführt worden ist, dann ist sie in akuter Gefahr. Ich werde keine Minute länger warten. Entweder wir suchen sie jetzt gemeinsam oder ich gehe alleine los – und zwar jetzt sofort."

Max ließ nicht den geringsten Zweifel daran, dass ihn keine Macht der Welt von seinem Plan abbringen würde. Niemand konnte ihn hindern, HAB nicht und dieser seltsame Pater schon gar nicht.

Romerio gab nach. „Gut, wir werden Ihre Freundin finden. Da bin ich mir ganz sicher. Weit kann sie ja nicht gekommen sein!"

Warum Pater Romerio dabei so unendlich gütig lächelte, wollte Max gar nicht erst wissen. Für ihn zählte nur, dass die Suche jetzt endlich beginnen konnte.

KAPITEL 46

Mit Romerios ortskundiger Hilfe hatten sie stundenlang nach Sophie gesucht. Sie war jedoch wie vom Erdboden verschluckt.

Irgendwann musste selbst Max sich eingestehen, dass es schier unmöglich war, eine Person zu finden, die sich in dem kilometerlangen unterirdischen Labyrinth des Vatikans verlaufen hatte oder gar versteckt hielt. Jedenfalls dann nicht, wenn die Person dies aus Angst möglicherweise gar nicht wollte – oder nicht konnte. Letzteres beflügelte wiederum Max' Fantasie, was seine fatalistische Grundstimmung nicht gerade aufhellte. Für ihn war nach wie vor irgendetwas faul in dieser Sache.

Dann aber gaben sie tief beunruhigt die Suche auf. Sophie blieb verschwunden.

HAB konnte sich nicht erinnern, seinen Freund jemals in einer solchen Verzweiflung erlebt zu haben – ganz zu schweigen davon, dass Max dabei völlig die ihm sonst so wichtigen Zeiten für Mittag- und Abendessen vergaß, was ein besonders schlechtes Zeichen für seinen Gemütszustand war. Max ging es schlecht. Die Angst um Sophies Leben begann sich langsam, aber stetig in seine Seele hineinzufressen. Für ihn stand damit endgültig fest, dass es die Mafia war, die sich Sophie geschnappt hatte. Ihre krakenartigen Verbindungen reichten offenbar viel weiter, als er es je vermutet hatte. Sie hatten es ohne Weiteres geschafft, ihr Geheimversteck im Vatikan aufzuspüren und, was noch viel schwerer wog, offenbar unbemerkt in dessen geheimste Gemächer einzudringen. Sophie zu kidnappen, war für diese Organisation wahrscheinlich ein Kinderspiel gewesen.

Auch HAB konnte diesem Gedanken nichts mehr entgegensetzen. Die logische Schlussfolgerung jedoch, die er daraus zog, war hoffnungsvoll.

„Max, wenn du recht hast – und daran zweifele ich jetzt auch nicht mehr – und Sophie tatsächlich von der Mafia gekidnappt worden ist, dann bedeutet das wenigstens, dass sie noch lebt. Die wollen nicht Sophies Tod. Sie wollen nur das, was sie endlich zu diesem gottverdammten *Rommel-Schatz* führt! Sie wollen den von ihr entschlüsselten Code."

Langsam kehrte ein kleiner Funken Hoffnung in Max' wirre Gedankenwelt zurück.

„Und du meinst, den hat Sophie nicht mit sich herumgeschleppt, als sie entführt wurde?"

„Nein, das hat sie sicher nicht."

Jetzt flog ein verschmitztes Lächeln über HABs Gesicht.

„All die Papiere und den Code, das hat Sophie alles mir zur Aufbewahrung gegeben. Schon in Bastia, als wir zusammen in Gonzos Lkw gestiegen sind. Unserem klugen Kind war damals schon klar, dass sie dieses Papier natürlich zuerst bei ihr suchen würden!"

Max atmete hörbar aus.

„Und du hast das alles auch jetzt noch?"

Er wollte noch einmal nachhaken – sicherheitshalber.

„Aber klar doch. Bestens versteckt – in meinem kleinen gemütlichen Zimmerchen. Und dort ist es immer noch."

HAB schlug Max aufmunternd auf die Schulter.

„Jedenfalls bis vor fünf Minuten. Ich habe gerade nachgeschaut!"

„Dann ist es also nur noch eine Frage der Zeit, bis wir von den Entführern etwas hören werden! Darauf sollten wir vorbereitet sein – oder?"

Sorgfältig überlegten Max und HAB, wie sie sich gegenüber den Entführern verhalten wollten.

Beide waren zufrieden. Die Grundidee war geboren – noch kein wirklich ausgereifter Plan zwar, aber es konnte funktionieren!

Dann beschlossen sie klugerweise, Romerio nicht über ihre Pläne zu informieren. Romerio hatte sich in den letzten Stunden zwar weitgehend kooperativ gezeigt. Sein Verhalten jedoch war seltsam anders geworden als zuvor.

Unabhängig voneinander hatten HAB und Max den Eindruck gewonnen, dass Romerio ihnen irgendetwas verschwieg. Die Quintessenz war zweifellos die, dass Romerio in Bezug auf Sophie gelogen hatte. So viel schien klar. Aber warum?

Die Antwort lag für sie offen auf der Hand: Der ehrenwerte Pater Romerio stand auf der Gehaltsliste der Mafia. Ohne ihn wäre wohl tatsächlich niemand an Sophie herangekommen. Romerio war ein Verräter.

HAB und Max waren auf sich allein gestellt, denn ausgerechnet jetzt war Kowalski nicht erreichbar.

KAPITEL 47

HAB und Max versuchten auch am anderen Morgen, sich ihr Misstrauen gegenüber Romerio nicht anmerken zu lassen. Wie gewohnt, wartete er bereits vor ihnen im Refektorium.

Die beste Nachricht, die er mitbrachte, war leider nur jene, dass Kowalski bald wieder zurück im Vatikan sein würde. Schon am Nachmittag wollte er sich mit dem Trio treffen. Über die Geschichte mit Sophie wusste er also offenbar noch nicht Bescheid. Zum Glück aber würde es bis zu dieser Begegnung mit der einzigen Vertrauensperson, die sie noch hatten, nicht mehr lange dauern. Denn auch das *Wo* und *Wann* standen schon fest: Punkt 14 Uhr an einem ganz besonderen Ort, der *Lacrima*, direkt hinter dem Wandfresko der Sixtinischen Kapelle.

Aber noch bevor die Details der Verabredung besprochen waren, kam es zu einem seltsamen Ereignis, das den gesamten Ablauf der Dinge erneut infrage stellte. Ohne anzuklopfen, stand plötzlich eine Nonne oder Ordensschwester im Refektorium. Sie war eine nicht nur für vatikanische Verhältnisse pompöse Erscheinung, mit feuerrotem, gekräuseltem Haar und einer Tracht, die sich jedenfalls von allem anderen unterschied, dem sie bislang im Labyrinth begegnet waren. Eines war sicher: HAB und Max hatten sie vorher noch nie gesehen.

Ohne den beiden auch nur die geringste Achtung zu schenken, eilte sie zu Romerio, beugte sich dicht zu ihm hinunter und begann, in sein Ohr zu flüstern.

Hastig stand Romerio auf. „Ich komme sofort wieder – so schnell es eben geht!“ Romerio entschuldigte sich und verließ dann übereilt das Refektorium.

Irgendetwas stimmte nicht. Max und HAB hatten keine Ahnung, was passiert war – leider.

KAPITEL 48

Mit allem hatten Max und HAB gerechnet, und sie glaubten, auf alles vorbereitet zu sein. Sie hatten sich geirrt, denn was sie sahen, als Romerio knapp eine Stunde später wieder im Refektorium erschien, verschlug ihnen vollends die Sprache.

Es war unglaublich. Sophie war wieder da!

Gestützt von der feurig roten Ordensschwester, die Pater Romerio so ungestüm aus dem Refektorium herausgerissen hatte, wankte Sophie ihren Freunden entgegen.

Max, der als Erster seine Fassung wiedergefunden hatte, sprang sofort auf sie zu und schloss Sophie behutsam fest in seine Arme, in denen sie völlig entkräftet versank.

Dann ließ Max seine Freundin vorsichtig in einen uralten, wackeligen Rollstuhl gleiten, den Romerio offensichtlich hinter sich hergezogen hatte. Wo immer er das vorsintflutliche Ding auch herhaben mochte, jetzt war es eine große Hilfe, es hier zu haben.

Sophie war kaum wiederzuerkennen. Ihr Gesicht war wächsern und leichenblass. Verstärkt von großflächigen, fahlgrünen Ringen um ihre Augen, wirkte es völlig ausdruckslos. Bislang hatte sie kein einziges Wort gesprochen. Sie hielt nur die Hand von Max fest umklammert, und in ihren Augen standen Tränen, die sie nur mühsam unterdrückte.

Max schossen wirr tausend Gedanken durch den Kopf. Was hatten die Gangster mit ihr angestellt? Welche Rolle spielte plötzlich diese seltsame Ordensschwester? Wie und wo hatte man Sophie versteckt? Und wie war sie jetzt wieder hierhergekommen? Hierher zurück zu ihnen?

„Romerio, du Hund – ich werde dich umbringen!"

Dann ging er wütend auf Romerio los.

„Wo war Sophie? Wo war sie eingesperrt?"

Romerio schreckte vor der spürbaren Aggressivität seines Gastes zurück und sah ihn ungläubig an.

„Herr Prückner, beruhigen Sie sich doch bitte. Schwester Agnes, die Äbtissin … sie hat Ihre Freundin gefunden. Bewusstlos. Auf dem Boden einer Kapelle …"

Max war wütend. Er glaubte Romerio kein Wort.

„Und … warum haben *wir* Sophie dann gestern nicht gefunden? Ich denke, wir haben alle Gänge und Räume durchsucht! Gründlichst … das haben Sie selbst gesagt!"

„Das haben wir doch auch, Herr Prückner. Sie waren doch dabei. Aber diese Kapelle – die wird nicht mehr benutzt. Sie ist verschlossen ... immer. Noch nicht einmal ich habe dazu einen Schlüssel. Den hat nur Schwester Agnes, die Oberin."

Max gab sich lange noch nicht zufrieden und fuhr Romerio erneut an. „Wieso eine Äbtissin? Seit wann gibt es im Vatikan ein Kloster für Nonnen? Was hat sie hier zu suchen? Was hat sie mit Sophie zu tun?"

Der Gedanke, dass diese arrogante Person für Sophies Leid verantwortlich sein könnte, brachte Max völlig aus der Fassung. Er war sichtlich unfähig zu erkennen, dass er sich gerade massiv in administrative Belange des Vatikans einmischte, die ihn in Wahrheit nicht das Geringste angingen.

Aber Pater Romerio versuchte, Max zu beruhigen und mit seiner Güte zu überzeugen.

„Die Äbtissin ist eine enge Mitarbeiterin des Vatikans. Sie leitet das Kloster San Ambrogio. Das liegt nur einen Steinwurf von hier entfernt."

Dann fixierte Romerio Max fest mit den Augen.

„Ich verstehe gar nicht … warum freuen Sie sich eigentlich nicht, dass Ihre Freundin wieder wohlbehalten aufgetaucht ist? Alles ist gut! Und das Drumherum, das können wir doch später immer noch klären. Einverstanden?"

Max nickte entnervt. Im Grunde genommen war er froh, Romerio und diese seltsame Äbtissin endlich wieder loszuwerden. Es gab schließlich Wichtigeres zu tun.

Wortlos setzte er sich an den Tisch und zog seinen Stuhl näher an Sophie heran. Dankbar strich sie zärtlich über seine Hand und hielt sie dann so fest, als wolle sie nicht nur die Hand sondern auch diesen Moment mit Max für immer festhalten.

HAB war Romerio auf den Flur hinaus gefolgt und bat ihn, noch einen Augenblick zu bleiben.

„Entschuldigen Sie, Pater. Nehmen Sie Max das in seinen Zorn nicht übel. Wir alle haben viel durchgemacht. Die letzten Tage waren grauenhaft. Da kann man schon mal die Nerven verlieren!"

„Aber natürlich. Es ist ja auch alles gut ausgegangen. Ihr hitzköpfiger Freund wird sich auch wieder beruhigen."

Dann sah er HAB gütig lächelnd an.

„Ich denke, er liebt diese Frau. Verliebten muss man vieles verzeihen. Liebe macht ja bekanntlich blind."

HAB runzelte die Stirn.

„Na ja", fügte Romerio hinzu, „ich glaube, er weiß es selbst noch nicht. Aber ich irre mich in solchen Dingen selten."

Offenbar wollte er vom eigentlichen Thema ablenken und das Gespräch auf eine andere Ebene lenken. Damit jedoch war jetzt HABs Neugierde geweckt. Für solche Spielchen war er zu raffiniert.

Eigentlich war die Sache schon erledigt gewesen, aber gerade jetzt wollte auch er wissen, durch wen, wo und wie Sophie aufgefunden wurde.

HAB hinterfragte jedes Detail akribisch. Im Grunde genommen quetschte er Romerio nach allen Regeln der Kunst aus – wie ein geübter Barkeeper seine Zitronen. Sein gezieltes Vorgehen hätte jedem psychologisch geschulten Befragungsspezialisten zur Ehre gereicht.

Am Ende aber war HAB erneut von der Unschuld Romerios überzeugt.

In einem war er jedenfalls ganz sicher: Die Mafia hatte mit Sophies Verschwinden zum Glück nichts zu tun – todsicher!

KAPITEL 49

Max hatte Sophie natürlich auf gar keinen Fall allein zurücklassen wollen. Ihr Zustand besserte sich zwar von Stunde zu Stunde, aber das war offenkundig nur seiner Anwesenheit zu verdanken. Also war HAB allein zu Kowalski gegangen – notgedrungen.

Die *Lacrima* ist einer der unauffälligsten, aber sicher zugleich auch einer der geschichtsträchtigsten Plätze im Vatikan.

Den auch für vatikanische Verhältnisse sehr kleinen Raum kann man direkt von der *Sixtinischen Kapelle* aus betreten. Links vom *Jüngsten Gericht* befindet sich eine unscheinbare Türe, die jedoch stets versperrt ist. Zusätzlich wird sie wegen des permanenten Besucherandrangs von der omnipräsenten Aufsicht ständig überwacht. Kein Besucher der Sixtina hat diesen Raum je betreten dürfen.

Natürlich gibt es auch einen zweiten Eingang, dieser ist jedoch nur über den vatikanischen Palast und nur für einige wenige hochgestellte Persönlichkeiten des Vatikans zu erreichen.

Romerio hatte HAB erneut durch ein verwirrendes Puzzlespiel aneinandergereihter kleinerer und größerer Räume geführt, um ihn dann mit Kowalski allein zu lassen.

Kowalski saß völlig entspannt auf einem der beiden Hochlehnstühle, die in der *Lacrima* vor dem kleinen Schreibtisch als Besucherstühle platziert sind.

HAB bot er den etwas höheren Sessel auf der gegenüberliegenden Seite an. Es war der Platz, an dem in den letzten 400 Jahren jeder Kardinal nach seiner Wahl zum Papst durch das Konklave seine Ernennungsurkunde als Oberhaupt der katholischen Kirche unterfertigt hatte. Aber woher sollte HAB auch wissen, auf welchem geschichtsträchtigen Sessel er soeben Platz genommen hatte?

Natürlich war Kowalski bereits über das Verschwinden und die Rückkehr der Sophie Freise informiert. Wirklich zu interessieren schien ihn die Sache nicht.

„Das wird sich schon alles noch klären. Die Hauptsache ist doch, dass Sophie unbeschadet wiederaufgetaucht ist – oder?"

Damit erstickte er jede weitere Diskussion darüber bereits im Keim. Was er zu erzählen hatte, war dann auch deutlich wichtiger.

„Also, HAB, pass auf! Ich habe tatsächlich einen Deal mit dieser ‚ehrenwerten Gesellschaft' aushandeln können. Einen ziemlich guten sogar, wie ich meine. Aber ehrlich gesagt, war es viel komplizierter, als ich dachte. Ihr seid in Korsika einem wirklich unangenehmen Zeitgenossen mächtig auf die Füße getreten. Wenn ich das richtig verstanden habe, habt ihr nicht nur die korsische Polizei an der Nase herumgeführt, sondern leider auch seine schöne Organisation hübsch durcheinandergewirbelt. Das hat ihn an seiner empfindlichsten Stelle getroffen. Er ist persönlich beleidigt. Sehr beleidigt. Er will Rache. Sein Daumen zeigte also immer stur nach unten – wie ein römischer Imperator bei Gladiatorenkämpfen."

HAB verspürte ein unangenehmes heftiges Kribbeln im Magen. Das hörte sich nicht wirklich gut an.

„Ein gefährlicher Typ ist das. Man nennt ihn ehrfürchtig nur *Il Scorpione*, den *Skorpion*. Vor ihm haben offenbar selbst die Chefs der neapolitanischen Clans großen Respekt, obwohl sie in der Hierarchie deutlich über ihm stehen. Derzeit jedenfalls noch – wie man hört."

Offenbar wusste Kowalski schon mehr über die Zukunft der Bosse in Neapel als sie selbst.

„Aber zu guter Letzt hat man ihn schließlich überreden können. An diesem Sinneswandel war ich nicht ganz unschuldig. Aber egal. Ehre hin – Ehre her. Finanziell zahlt sich das für ihn natürlich sehr wohl aus."

HAB fiel ein Stein vom Herzen.

„*Don Pavel*, du bist der Größte! Ich, äh … wir werden dir das nie vergessen."

Kowalski unterbrach den beginnenden Wortschwall. Lobeshymnen waren ihm unangenehm. Er war ein äußerst zurückhaltender Mensch, der seine Kraft vor allem daraus schöpfte, stets möglichst unauffällig zu agieren. Das war schon immer sein Erfolgsrezept, und so sollte es auch bleiben.

„Also gut, Pavel. Wie soll er ablaufen, dieser lebensrettende Deal?"

„Auf einen Nenner gebracht, ist es ganz einfach: Ihr tauscht euer Leben gegen den *Rommel-Schatz*."

Kowalski korrigierte sich schnell.

„Also natürlich euer gesamtes Wissen über den *Rommel-Schatz*. Mit allen Unterlagen, die ihr zusammengetragen habt. Alles, ohne Ausnahme."

Kowalski holte erneut tief Luft und präzisierte die Forderung weiter.

„Sie wollen natürlich nicht nur die Decodierungsunterlagen, sondern von Sophie dazu die komplette Entschlüsselung zum genauen Fundort, mit allem Pipapo. Keine Kopien, keine Informationen an Dritte, et cetera pp. und – selbstredend – absolutes Stillschweigen darüber zu bewahren. Für immer und ewig – basta!"

„Nur eine Frage bitte noch – nur für mich, bitte."

HABs Bewunderung war immer noch grenzenlos. Kowalski nickte nur leicht. Er würde jede Frage beantworten.

„Der Deal ist perfekt, klar. Aber wie hast du das hingekriegt – gegen den Willen von diesem mächtigen *Skorpion*? Was war es, dein Ass im Ärmel?"

„Das ist eine gute Frage, HAB. Der *Skorpion* hat wirklich bis zum Schluss darauf herumgeritten, dass er euch und eure Unterlagen auch ohne Deal bekommt ... Da hatte er gar nicht so unrecht. Verstecken könnt ihr euch nicht ewig. Auch nicht bei uns. Er hätte euch gefunden. Sein Arm ist lang und reicht weit – egal wohin."

Kowalski sah HAB prüfend an.

„Also habe ich ihnen ein Angebot gemacht, das sie nicht ablehnen konnten ..."

Kowalskis Lächeln passte nicht wirklich zu seiner gekünstelt tief krächzenden Stimme, mit der er gerade Marlon Brando imitierte.

„Als zusätzliche Gegenleistung habe ich ihnen angeboten, den feigen, bösartigen Mord an unserem taubstummen Priester nicht öffentlich zu machen. Solche Publicity fürchten sie wie der Teufel das Weihwasser. Einen Priester zu töten – das ist ein Sakrileg. Es zu verletzen, ist schlimmer, als den Tod eines Polizisten zu riskieren. Also ist Pater Innozenz offiziell eines natürlichen Herztodes gestorben."

Kowalski zog gelassen seine Schulter hoch.

„Mein Gott, nächste Weihnachten wäre er 91 Jahre alt geworden …"

HAB nickte anerkennend.

„Dafür waren sie mir einen Gefallen schuldig. Und genau das hat dem *Skorpion* dann verboten, euch einfach die Kehle durchschneiden zu dürfen."

„Im Übrigen", und damit beendete Kowalski das Gespräch endgültig, „auch wegen der korsischen Kripo müsst ihr euch natürlich keine Gedanken mehr machen – das habe ich gleich miterledigt!"

HAB schauderte. Offenbar würde er nie dahinterkommen, welche Rolle im Vatikan Kowalski wirklich spielte. Wahrscheinlich war es sogar besser, wenn er es gar nicht erst wusste.

Allerdings war ihm nach diesem Gespräch die Organisation des geheimnisumwitterten *Opus Dei* nicht mehr aus dem Kopf gegangen.

KAPITEL 50

Erst als HAB von Romerio zu seinem Treffen mit Kowalski abgeholt worden war, hatte Sophie vorsichtig begonnen, mit Max zu reden – sehr leise und mit brüchiger Stimme.

„Max, du musst mir helfen … ich habe gehört, was Romerio und diese Äbtissin erzählt haben. Aber Max …“

Sophies Stimme stockte erneut. „Aber Max – das stimmt alles nicht. Was sie erzählt haben, stimmt nicht … es kann gar nicht stimmen!“

Wieder griff sie nach Max' Hand und wieder hatte sie Tränen in den Augen.

„Dann erzähl sie mir doch einfach – die Wahrheit.“

Sophie zögerte. Es schien ihr eine enorme Energie abzuverlangen, weiterzureden.

„Aber du wirst das alles sehr merkwürdig finden. Max – ich weiß ja selbst nicht, ob ich mir glauben kann. Es war alles so unwirklich, aber auch so unwirklich schön – vielleicht habe ich ja auch nur geträumt? Vielleicht …“ Max nahm Sophies Kopf zwischen seine Hände und küsste sie zärtlich auf die Stirn.

„Fang einfach an – ich werde dir zuhören. Jetzt haben wir alle Zeit der Welt."

„Max, sie können mich gar nicht auf dem Fußboden dieser Kapelle gefunden haben."

Sophies Stimme zitterte immer noch.

„Eines weiß ich ganz genau: Ich habe nicht auf dem Boden gelegen. Ich habe in einem Bett gelegen. Für lange Zeit. Genau dort, in diesem Bett hat mich diese Äbtissin abgeholt. Aus dem Bett heraus. Sogar gegen den Willen von Anna ... weil ich noch so schwach war, und weil ... ich glaube ... Anna hat diese Frau sehr gefürchtet. Sie hatte so große Angst vor ihr ..."

Sophie schloss die Augen. Es fiel ihr schwer, weiterzureden.

„Aber Anna, die weiß das alles auch. Sie war immer bei mir."

Dann erst fand Sophie die Kraft, die ganze Geschichte ihrer Leiden zu erzählen.

Wie nach der Betäubung für eine schwere Operation sei sie in einem weichen Bett aufgewacht. In einem kleinen Raum. Schweißgebadet hätte sie dort gelegen. Aber sie könne sich noch sehr genau an das gütige Gesicht von Schwester Anna erinnern. Sie sei es gewesen, die ihr immer wieder das Gesicht mit einem feuchten Tuch abgetupft hätte ...

Sophie konnte gar nicht aufhören, immer wieder von Schwester Anna und ihrem gütigen Gesicht zu erzählen. Sophies Geschichte war nachvollziehbar und verständlich. Max glaubte ihr jedes Wort, vor allem auch, dass Schwester Anna zu Sophies Zeugin geworden war. Zu einer Leumundszeugin, die „man unbedingt befragen müsse, denn schließlich sei sie immer bei ihr gewesen."

Denn auch das klang für ihn sehr plausibel.

Max begann sofort, sich seinen eigenen Reim darauf zu machen, und das gipfelte in einer unangenehmen Frage: Warum, um Himmels willen, hatten Romerio und die Ordensschwester so dreist gelogen?

Sophie wollte ihm zwar unbedingt ihre Geschichte weitererzählen, aber erneut musste sie hemmungslos weinen.

„Max, bitte schnell … bring mich in mein Zimmer. Mir ist so schlecht – ich muss mich übergeben – glaube ich. Bitte, Max!"

Es dauerte eine ganze Weile, bis sich Sophie einigermaßen wieder beruhigt hatte. Dann erst konnte sie mehr von ihren seltsamen Begebenheiten berichten.

Danach aber verstand Max erst richtig, warum es Sophie so schwergefallen war, ihre Erlebnisse so detailgenau wie möglich und in voller Tragweite zu erzählen.

Zwischen ihren kurzen Aufwachphasen war Sophie offenbar immer wieder hin und her gependelt zwischen Tiefschlafphasen und einem tranceähnlichen Wachzustand.

Ob sie aber diese seltsame, äußerst angenehme, fast außerirdisch anmutende Musik nur geträumt oder sie tatsächlich gehört hatte, konnte sie leider kaum mehr unterscheiden.

Es war eine Musik, die sie so noch nie gehört hätte. Kaum zu beschreiben – wie auch, so mystisch schön … verbunden mit einer unglaublich wohltuend wärmenden Gefühlswelt voller Liebe. Mit außerirdischen Klängen und Schwingungen.

Sophie glaubte fest daran, sich in einer Art „überirdischen Zwischenwelt" befunden zu haben, vielleicht aber auch, den Übergang in eine andere Welt gefunden und bald darauf wieder verlassen zu haben.

Max hielt es für eine Nahtoderfahrung, über die er schon früher sehr viel gelesen hatte. Das aber würde bedeuten, dass Sophie ihren eigenen Tod erlebt hatte und danach wieder zurückgekehrt war. Ja, es musste ein sehr starkes, aber vor allem sehr beruhigendes Erlebnis gewesen sein. Erneut stieg die blanke Wut in Max hoch: Wer hatte versucht, seine Freundin umzubringen?

Sophie erzählte weiter, schluchzte zwischendurch immer wieder hemmungslos, so sehr war sie auch jetzt noch von diesen mystischen Klängen ergriffen.

Max erlebte in dieser Phase eine Sophie, wie er sie noch nie erlebt hatte. Vielleicht deshalb gab es für ihn auch nie den geringsten Zweifel, ihre Geschichte anzuzweifeln. Selbst als sie ihm erzählte, dass sie zusammen mit den mystischen Klängen der Musik auch Stimmen gehört habe, Stimmen, die zu ihr gesprochen hätten …

Das wirklich Besondere daran war jedoch, dass Sophie die Sprache als Altaramäisch einstufen konnte. Es war eine Sprache, mit der sie im Laufe ihrer vielen Studien in Verbindung gekommen sei. Leider nur am Rande, denn gelernt hatte sie diese Sprache nie. Sie konnte sie weder sprechen noch verstehen. Sie war sich völlig sicher, dass man direkt zu ihr gesprochen habe. Denn – dabei stockte Sophie erneut der Atem – diese Stimme in Aramäisch, die hätte sie verstehen können. Ganz klar, Wort für Wort. Wie aus einer anderen Welt seien die Worte in ihr Gehirn und in ihr Auffassungsvermögen hinein „übersetzt" worden. Max war bewusst, dass das, was Sophie ihm gerade erzählte, immer noch sehr genau dem entsprach, was er oft über Menschen gelesen hatte, die ihre ganz persönlichen Erlebnisse an der Schwelle des Todes beschrieben hatten. Die Berichte solcher Personen unterschieden sich aber in einem wesentlichen Punkt von dem, was mit Sophie geschehen war: Von einer solchen Musik und Stimmen aus einer anderen Welt hatte er noch nie gehört.

Als Max schließlich erkannte, dass alles seinen Lauf genommen hatte, als Sophie Romerio in diese mysteriöse, geheime Kapelle gefolgt war, begann er zu ahnen, dass Sophie möglicherweise einer Sache auf die Spur gekommen war, die – von wem auch immer – mit aller Macht vertuscht werden sollte.

Zur Gewissheit wurde diese Vermutung, als Sophie ihm haarklein von einem seltsamen Geheimgang in der Decke der Jesuskapelle erzählte. So etwas konnte selbst Sophies übergroße Fantasie nicht erfinden. Dieser Geheimgang musste also existieren – genauso, wie der Gang existierte, durch den sie wenige Tage zuvor in den Vatikan gelangt waren.

Es war die einzig logische Erklärung für das sonst tatsächlich unerklärliche Verschwinden Romerios aus der Kapelle: Er selbst musste diesen Weg benutzt haben.

Für einen kurzen Moment war Max sogar bereit, darüber nachzudenken, ob es sein konnte, dass Sophie durch ihren „Aufstieg nach oben" unbewusst ein erster Schritt in eine „transzendentale vierte Dimension" gelungen war.

Dann verwarf er diesen Gedanken jedoch genauso schnell, wie er gekommen war. Denn er war sicher, dass diese Dimension für das menschliche Gehirn nicht erreichbar war.

KAPITEL 51

Schon am nächsten Tag konnte Kowalski die von Sophie penibel zusammengestellten und mit einer ausführlichen „Bedienungsanleitung“ versehenen Aufzeichnungen über den Fundort des *Rommel-Schatzes* in Empfang nehmen.

Sorgfältig verstaute er die dadurch entstandene „echte Schatzkarte“ in seiner ziemlich abgetragenen ledernen Aktenmappe. Am Nachmittag wollte er sie an den *Skorpion* übergeben. Zum Glück würde er dabei mit einem extra angereisten Aufpasser des neapolitanischen Mafia-Clans zusammen sein.

Großes Vertrauen konnte und wollte Kowalski diesem korsischen Mafiaboss immer noch nicht entgegenbringen. Psychopathen sind und bleiben gefährlich. Das wusste er nur zu gut.

„Mein lieber Pavel, was du da so locker in deinem dünnen Mäppchen verstaust, das ist verdammt viele Millionen wert. Pass gut darauf auf – auch in Rom soll es Taschendiebe geben.“

„Und nicht zu vergessen, unser Leben hängt davon ab – drei Leben sozusagen!“, ergänzte Max seinen Freund.

Kowalski lächelte vielsagend!

„Keine Sorge. In dieser altgedienten Ledermappe habe ich schon viele Dokumente unerkannt durch Rom getragen – und glaubt mir, die wenigsten davon waren für die Öffentlichkeit bestimmt!"

Damit würde am Nachmittag endlich auch die letzte Hürde auf dem Weg zu ihrer heiß ersehnten Freiheit genommen sein.

Die frohe Botschaft, dass es Kowalski so schnell gelungen war, eine Lösung mit den Granden der Mafia herbeizuführen, relativierte alle bisherigen Probleme nachhaltig. Jetzt zählte nur noch eine einzige Sache: Sobald Sophie wieder voll bei Kräften sein würde, konnten sie den Vatikan verlassen. Wohin auch immer sie gehen wollten. Jederzeit, und endlich wieder ein sorgenfreies Leben genießen – in Luzern oder sonst wo!

Letztlich schienen also Romerio, Kowalski und, wenn man es genau nimmt, sogar HAB recht zu behalten. Sophie war unbeschadet zurück, etwas anderes zählte nicht.

Sogar die Tatsache, dass unter dem Strich gesehen dabei einige seltsame Ungereimtheiten zurückgeblieben waren, spielte absolut keine Rolle. In zwei oder drei Tagen würde die abgedunkelte Gästelimousine des Vatikans sie alle zum *Aeroporto Fiomucino*, einem der beiden Flughäfen von Rom, bringen. Und dann ...

Arrivederci, bella Italia – a la proxima volta!

KAPITEL 52

Auch Romerio war hochzufrieden, die neugierigen Schatzsucher endlich wieder aus dem Haus zu bekommen.

Um Haaresbreite wäre ihm diese „entsetzliche kluge Frau“ auf die Spur gekommen. Nur das schnelle Eingreifen der Äbtissin hatte ihn vor einer grausamen persönlichen Katastrophe bewahrt.

Es war nicht das erste Mal, dass sich ihre Entscheidungen als richtig herausgestellt hatten. Dafür würde er ihr immer dankbar sein müssen. Ihren Plan, die unliebsame Entdeckerin des Geheimnisses völlig vom Erdboden verschwinden oder es wie einen Unfall mit letalem Ausgang aussehen zu lassen, erschien zunächst alternativlos.

Zum Glück war es ihm dann doch noch in letzter Sekunde gelungen, die Äbtissin von einem besseren Weg überzeugen zu können. Er war sicher, dass der Tod von Sophie Freise im Vatikan zumindest ein kleines Erdbeben ausgelöst hätte. Aber auch die ihr verabreichten Drogen hatten schließlich die gewünschte nachhaltige Amnesie bewirkt.

Dennoch war Romerio sicher, dass bei einem längeren Aufenthalt der drei im Vatikan er die Äbtissin nicht mehr davon hätte abhalten können, die Frau endgültig ins Jenseits zu befördern. Romerio war mit der Äbtissin schicksalhaft verbunden, und er wusste, dass nur sie ihn von dieser Rolle wieder entbinden konnte. Aber er war sich genauso sicher, dass sie das nie tun würde.

Die Äbtissin hieß mit vollem Namen Maria Agnese Firao, und nur hinter vorgehaltener Hand munkelte man, dass sie dem Konvent der Franziskanerinnen in *San Ambrogio della Massima* entstammte, einem Frauenkloster in unmittelbarer Nähe zum Vatikan, von dem man – ebenfalls hinter vorgehaltener Hand – zu wissen glaubte, dass beide Orte durch einen unterirdischen Geheimgang verbunden sein könnten. Auch dafür war man bislang aber jeden Beweis schuldig geblieben.

Hinzu kam, dass dieses Kloster nach einem aufwendigen Inquisitionsprozess wegen obskurer Praktiken, sexuellem Missbrauch von Schutzbefohlenen, lesbischen Initiationsriten und Geschlechtsverkehr der Nonnen mit Priestern für immer geschlossen wurde.

Wie also hätte das heute zusammenpassen sollen, denn das alles war bereits im Jahre des Herrn 1859 geschehen!

KAPITEL 53

Noch nie zuvor war Kowalski ohne die Ankündigung Romerios im Refektorium oder in anderen Räumen ihres Zufluchtsortes aufgetaucht.

Ohne ein *Grüß Gott* und ohne drum herumzureden, hatte er mit einigen wenigen Worten seine Schützlinge in eine nachhaltige Schockstarre versetzt.

„Es sieht so aus, als hätten wir ein Problem – ein neues Problem!"

Alle drei schwiegen betroffen. Keiner von ihnen hatte auch nur die geringste Vorstellung davon, was Kowalski damit meinen konnte.

„Heute Morgen, in aller Früh, ist hier im Vatikan ein gewisser Adrian von Stetten aufgetaucht – ihr erinnert euch sicher noch an ihn?"

Erschrocken nickten alle drei. Wie hätten sie Adrian von Stetten je vergessen können? Schließlich war allein er es, der ihnen mit Martin und Lotte Schumann zwei brutale Killer quer durch die Schweiz und durch halb Italien hinterhergejagt hatte.

Damals war der magische *Bozzetto* das Objekt seiner unersättlichen Gier nach Macht und Reichtum gewesen. Martin und Lotte

Schumanns skrupellosem Vorgehen konnten sie nur mit viel Glück und letztendlich sogar dem Tod nur um Haaresbreite entkommen.

Zum Glück war von Stetten ohne seine Killer gekommen. Die beiden hatte damals nämlich die nicht gerade zartbesaitete italienische Militärpolizei geschnappt und danach für viele Jahre hinter ebenso ungemütliche wie sichere Gitter weggesperrt.

Damals wie heute stand von Stetten an der Spitze eines mächtigen Geheimbundes, der sich bereits direkt nach dem Ende des Zweiten Weltkrieges vornehmlich aus ehemaligen NS-Größen und hohen SS-Offizieren unter der Bezeichnung *NAD* gegründet hatte.

NAD, das war der immer noch weitgehend unbekannte geheime Codename für *Nationalsozialismus Adolf Hitler Deutschland*.

Heute lag die Macht in den Händen von deren Nachfahren. Adrian von Stetten war zum allmächtigen Führer der NAD avanciert. Zielstrebig hatte er es geschafft, den nächsten großen Schritt für die spätere Machtübernahme in der Europäischen Union zu verwirklichen.

Es war ihm zwischenzeitlich tatsächlich gelungen, eine neue Partei zu gründen – die deutsche *DfD*. Die offizielle Abkürzung stand für *Deutsche für Deutschland*.

Die Partei war nichts anderes als ein stark nationalistisch ausgeprägtes Konglomerat selbsternannter „Wutbürger". Aber genau damit war es der Partei auf der Welle allgemeiner bürgerlicher Empörung gelungen, bereits bei der allerersten Landtagswahl mehr als zehn Prozent Stimmenanteil auf sich zu ziehen. Und zwar sozusagen aus dem Stand heraus – nach noch nicht einmal zehn Monaten ihres Bestehens. Dass seiner Partei der Einzug in den Deutschen Bundestag bevorstand, würde von Stettens Erfolge krönen. Diese

Machtposition zu erreichen, darauf hatte er sein ganzes Leben ausgerichtet.

So wie es aussah, war von Stetten gerade massiv damit beschäftigt, seinen Ruf als „Saubermann der Nation" aufzupolieren. Offenbar war es ihm gelungen, seine kriminelle Vergangenheit in der Nazinachfolgeorganisation des NAD nachhaltig zu vertuschen. Objektiv gesehen bestand also kein Grund, sich wegen der Anwesenheit ihres ehemaligen „Todfeindes" im Vatikan große Sorgen zu machen.

„Mein Gott … mein Gott, die sind bestimmt wegen uns hier! O mein Gott!"

Sophie schlug entsetzt die Hand vor den Mund und verbot sich damit, weiter herumzustammeln.

Kowalski ignorierte die verunsicherten Blicke seiner Schützlinge.

„Das eigentliche Problem ist sicher nicht dieser Herr von Stetten. Der kann hier im Vatikan kein großes Unheil anrichten. Anders sieht die Sache leider dann aus, wenn er tatsächlich unter dem Schutz von Kardinal Jodok steht. Er hält sich angeblich auf dessen ausdrücklicher Einladung hier auf. Das besagt zwar noch gar nichts, aber vor Kardinal Jodok muss man immer auf der Hut sein. Er ist nicht nur einer der mächtigsten Kardinäle, mit Dauerwohnsitz im Vatikan, er ist auch gefährlich!"

Kowalski unterbrach sich bei diesen Worten abrupt. Dann bewegte er bedeutsam den Kopf hin und her, auf und ab, als wollte er die Tragweite seiner Beschuldigung noch einmal überprüfen und gegebenenfalls sogar relativieren. Das Gegenteil kam dabei heraus.

„Ich persönlich denke, er ist sogar brandgefährlich!"

HAB zögerte.

„Sorry, *Don Pavel*, ich verstehe das nicht. Was meinst du mit ‚brandgefährlich'? Jodok ist Kardinal! Ich weiß natürlich, dass zwischen den mächtigen Kardinälen nicht immer alles nur eitel Sonnenschein ist, aber ..."

Kowalski versuchte zu lächeln, was ihm jedoch kaum gelang.

„HAB, du hast leider keine Ahnung! Jodok ist, wie soll ich das sagen ... er ist nicht nur *anders als alle anderen* ..."

Kowalski rang nach Worten.

„Nur aus meinen Quellen weiß ich, dass einige seiner Kollegen ihn sogar für ein Ungeheuer halten. Und zwar für eines, das über Leichen geht. Beweise dafür gibt es nicht, natürlich nicht. Es gibt jedoch einige Gerüchte über ihn ... doch auch das sind eben nur Gerüchte. Also lassen wir das beiseite. Trotzdem: Wann und wo auch immer Jodok auftaucht, seid bitte vorsichtig – sehr vorsichtig."

Kowalski schwieg vielsagend.

Es schien klar, dass Jodok einer der wenigen Kardinäle war, mit denen Kowalski nicht klarkam. HABs Interpretation war eher pragmatisch. Einen im üblichen Sinne „brandgefährlichen" Kardinal im Vatikan konnte es für ihn per se nicht geben. Kowalski mochte ihn nicht, und der Kardinal mochte Kowalski nicht. So etwas kam in den besten Kreisen vor.

Kowalski zuckte mit der Schulter.

„Natürlich hast du recht. Diese verschiedenen Gruppierungen innerhalb des Konklaves und der Kardinäle, die gibt es schon. Nur – leider gehört Jodok keiner von denen an. Dann wüssten wir wenigstens ein bisschen mehr über ihn. Aber so ..."

Trotzdem bohrte HAB nach.

„Ist es denn normal, dass ein einzelner Kardinal sich, ohne zu fragen, den Vorsitzenden einer Partei einlädt? Ausgerechnet auch noch den einer rechtspopulistischen Partei, wie von Stettens *DfD*. Große Politik – hier im Vatikan?"

Kowalski runzelte die Stirn.

„Nein, das ist es nicht. Natürlich nicht. Aber gerade das bereitet mir ja solche Kopfschmerzen. Bei diesem Kardinal ist nichts normal. Er kocht einfach sein eigenes Süppchen – und bekanntermaßen tut Jodok nie etwas ohne Grund."

„Na ja, wie auch immer", mischte sich Max energisch ein. „Wir sollten jetzt erst einmal klären, ob durch das Auftauchen dieser rechten Filzlaus überhaupt eine neue Gefahr für uns besteht. Ich halte das für bloßen Zufall – was denn sonst?"

Max grinste betroffen. Er hatte bemerkt, dass er gerade seinem eigenen Credo widersprochen hatte. Schnell korrigierte er sich.

„Okay, okay, ich glaube immer noch nicht an Zufall – zugegeben. Aber das heißt doch noch lange nicht, dass es keinen Zufall gibt!"

Es war das erste Mal, dass selbst Sophie lächeln musste.

Dann wandte er sich direkt an Kowalski.

„Bitte finden Sie doch erst einmal heraus, ob von Stetten überhaupt etwas von unserer Anwesenheit hier weiß – das glaube ich nämlich nicht. Alles, was Sie uns erzählt haben, deutet in meinen Augen vielmehr auf ein Techtelmechtel zwischen Kriminalität und Politik hin – vatikanischer Politik natürlich!"

Kowalski stimmte zu. „Ja, Max, ich denke, da könnten Sie recht haben. Aber vergessen Sie nicht, mein Freund: *Politik und Kriminalität, das läuft unter dem Strich meist auf ein und dasselbe hinaus.*"

HAB grinste breit. Er wusste, dass Kowalski soeben Al Pacino in *„Der Pate Teil III"* zitiert hatte. Es war einer seiner absoluten Lieblingsfilme und er konnte es sich nicht verkneifen, das Zitat fortzuführen:

„‚Der reichste Mann ist immer der, der die mächtigsten Freunde hat' – Antwort: ‚Lassen Sie mich Ihr Freund sein. Auch der stärkste Mann braucht Freunde!' und so weiter und so fort … Ende des Zitates."

HAB war stolz auf seine Fähigkeit, solche Passagen aus seinen Filmfavoriten haargenau wörtlich zitieren zu können.

„Und außerdem", fuhr er belustigt fort, „kommt hier im Vatikan letztendlich dann sicher doch der Heilige Geist über beide, was kann da schon Böses geschehen."

Kowalski verzog keine Miene. Er fand diesen absurden Vergleich völlig deplatziert.

Das Wichtigste für Max aber war, dass er Sophie beruhigen konnte.

Sie fürchtete weniger von Stetten als sein brutales Nazi-Killerpärchen Martin und Lotte. Die hatten schon einmal versucht, sie allesamt umzubringen.

Dafür jedoch schmorten die beiden in einem äußerst unangenehmen italienischen Militärgefängnis. Dort ging es ähnlich brutal zu wie in Guantánamo, dem berüchtigten Marinestützpunkt der US Navy in der Guantánamo-Bucht auf Kuba.

Nur mit dem kleinen, aber entscheidenden Unterschied, dass es so etwas in Italien noch nicht einmal gab – offiziell jedenfalls!

KAPITEL 54

In Wahrheit interessierte es ab sofort niemanden mehr, welche Ereignisse sich rund um das Verschwinden von Sophie abgespielt hatten. Das galt natürlich auch für die immer noch nicht aufgeklärten seltsamen Umstände ihrer Rückkehr.

Die Einzige, die sich jedoch immer tiefer in dieses Thema hineinfraß, war Sophie selbst. Je mehr Abstand sie von den vorgeblichen Fantasie-Ereignissen nach ihrer Ohnmacht bekam, desto mehr erschienen ihr sämtliche Erlebnisse so, als hätte sie diese in Wahrheit tatsächlich erlebt. Alles nahm reale Formen an, und schließlich war sie fest davon überzeugt, dass sich alles so abgespielt haben musste, wie sie es Max erzählt hatte.

Nachdem sich aber alle anderen schon in freudiger Aufbruchstimmung befanden und nur noch auf einen genauen Zeitpunkt für die Abreise warteten, beschloss Sophie, möglichst bald Kontakt mit Anna aufzunehmen. Schwester Anna war die Wahrheit heilig – sie würde Sophie nie belügen!

Für Sophie jedoch war eine objektive Bestätigung über ihre Wahrnehmungen zur Bewältigung ihres daraus entstandenen Problems nahezu lebensnotwendig. Sie musste unbedingt Klarheit über sich selbst bekommen, über ihren seelischen und über ihren geistigen Zustand. Für sie gab es dafür nur eine einzige Möglichkeit, und die führte über Anna.

Dieses Mal weihte sie jedoch HAB und Max in ihr Vorhaben ein. Die Aufgabe der beiden würde es sein, ihr unbedingt Romerio vom Hals zu halten. Denn der durfte von Sophies Plan nichts erfahren.

Zu ihrer Überraschung bestand das erste größere Problem jedoch darin, dass Schwester Anna seit Sophies Rückkehr plötzlich nicht mehr in der Küche arbeitete. Von ihr fehlte jede Spur. Sie war wie vom Erdboden verschluckt.

Auch wenn die Sache eilte und nach Sophies Einschätzung innerhalb der nächsten 36 Stunden – vor ihrer Abreise aus dem Vatikan – erledigt sein musste, durfte sie nicht übereilt handeln. Aber schnell wurde ihr klar, dass sie ohne fremde Hilfe keine Chance besaß, an Anna heranzukommen.

Es gab nur eine einzige Lösung: Sie musste wiederum Kowalski bemühen.

★

Pavel Kowalski war alles andere als begeistert. Der Gedanke, dass Sophie erneut allein ins unterirdische Labyrinth gehen und dort ungeschützt herumlaufen wollte, gefiel ihm gar nicht. Auf der anderen Seite sah er auch keinen Grund, es ihr zu verweigern. Denn der hätte einzig und allein darin bestehen können, dass Schwester Anna selbst ein Risikofaktor war und die Äbtissin über Sophies Vorhaben informieren würde. Das aber konnte er völlig ausschließen: Schwester Anna Kowalska war seine Mutter!

KAPITEL 55

Das Gespräch mit Schwester Anna Kowalska verlief völlig anders, als Sophie es erwartet hatte. Ihrem Wunsch, alles über ihren Trancezustand zu erfahren, war Anna erst einmal nicht nachgekommen. Die Begründung dafür klang allerdings recht seltsam.

„Dafür sei die Zeit noch nicht reif!“ Das war alles, was sie ihr dazu entlocken konnte.

Dennoch war die Sache damit noch lange nicht erledigt. Sophie wollte nicht locker lassen und beschwor Anna, zu helfen, ihr „Seelenheil wiederherzustellen“.

Anna überlegte lange, und nach einiger Zeit unterbreitete sie Sophie einen Vorschlag: *„Wenn Sophie in der Lage wäre, ein kompliziertes Rätsel zu lösen, dann …“*, und das „dann“ hatte Anna offen gelassen, aber es war klar, dass sie „dann“ alles unternehmen würde, um Sophie von ihrer Last zu befreien.

Jedenfalls war das Sophies Interpretation. Auf den Gedanken, dass diese neue Erkenntnis ihr gesamtes weiteres Leben nachhaltig beeinflussen könnte, würde sie erst viel später stoßen. Trotz allem war es eine klare Absage an ihren direkten Wunsch.

Obwohl also Sophie die Bedeutung dieses kryptischen Angebotes nicht wirklich klar war, fühlte sie sich von Anna stark angezogen. Es war nicht das erste Mal, dass sie zu dieser alten und zugleich sehr weisen Frau eine fast greifbar nahe, sehr tiefe Verbundenheit wahrnahm. Also begab sich Sophie vertrauensvoll in ihre Obhut und nickte ihr sprachlos zu: Ja, sie wollte sich auf dieses Experiment einlassen – egal, was es bedeutete.

Anna jedoch bestand zwingend darauf, dass sie es laut und deutlich aussprechen musste. Jedes einzelne Wort wollte sie von ihr hören, bis Sophie ausdrücklich zugestimmt und zugesichert hatte, „mit ganzer Kraft ihr Bestes zu versuchen".

Erst dann begann Anna ihrer Seelenverwandten von einem sehr persönlichen Geheimnis zu erzählen.

Bereits vor mehr als 70 Jahren, in den Nachkriegswirren des Zweiten Weltkrieges, hatte man die blutjunge Novizin erstmals selbst in die geheimen Einzelheiten zu einem der bestgehüteten Orte im Petersdom eingeweiht.

Der von Papst Pius XI. Jahrzehnte zuvor als „Hüter des Geheimnisses" eingesetzte Schweizergardist hatte ihr auf dem Totenbett in einem vatikanischen Kriegslazarett die Schlüssel zu einem geheimnisvollen Tresor anvertraut. Es waren die Schlüssel zum Tresor, in dem das Tuch der heiligen Veronika aufbewahrt wurde. Jenem Schweißtuch, das immer schon als eine der am meisten verehrten Reliquien der Christenheit galt.

Bereits um 700 wurde es der Überlieferung nach in der alten Peterskirche verehrt. Aber schon seit dem Jahre 1506 wird die Reliquie in einem der vier Hauptpfeiler des neu erbauten Petersdoms im Vatikanstaat aufbewahrt. Der nach dem Tuch benannte „Veronika-Pfeiler“ steht direkt über dem Grundstein der Kirche und beherbergt es seitdem unzugänglich in einer Art uneinnehmbarem Hochsicherheitstresor.

Dass die *Wahl des treuen Hüters* auf Schwester Anna fiel, hatte einen triftigen Grund: Sie war die Einzige, die es, ohne praktische Einweisung und ohne schriftliche Aufzeichnungen zu verwenden, geschafft hatte, den großen Schlüsselbund so zu benutzen, dass sich die komplizierte Schließanlage letztlich geöffnet und den Blick auf die bedeutendste Reliquie der katholischen Kirche freigegeben hatte.

Seitdem war Schwester Anna die *geheime Hüterin des Schweißtuches,* mit dem die heilige Veronika den Schweiß von der Stirn des sterbenden Jesus abgewischt hatte. Jetzt war sie offenbar davon überzeugt, in Sophie eine legitime Nachfolgerin gefunden zu haben.

Die Aufgabe von Sophie war dieselbe, wie sie seinerzeit von Schwester Anna verlangt worden war. Also beschrieb ihr Anna den Weg zum Inneren der Säule und erklärte ihr haarklein, wie man die jeweiligen Schlösser an den Türen der Zugänge mit den einzelnen Schlüsseln öffnen konnte.

Sophie erschauderte. Für jeden normalen Menschen würde es unmöglich sein, diese komplizierten Abläufe im Kopf zu behalten.

KAPITEL 56

Als Sophie schließlich tief in der Nacht durch die verwinkelten Geheimgänge den gesuchten Zugang gefunden hatte, stellte sie fest, dass sie plötzlich wieder zu ebener Erde im Innenraum des Petersdomes stand – direkt vor der Gruft, die hinauf zum größten Geheimnis des Vatikans führen sollte.

Sie war überrascht, dass sich dieser Eingang direkt neben einem Seitenaltar, aber in unmittelbarer Nähe vom Hauptaltar des Petersdomes befand.

Allein zum Aufsperren der unterhalb liegenden Eingangstür benötigte Sophie drei verschiedene Schlüssel. Ihre Aufgabe war es, sie nach einem bestimmten, von Schwester Anna vorgegebenen System einzustecken und mehrfach in der jeweils richtigen Reihenfolge umzudrehen.

Schriftliche Aufzeichnungen dazu anzufertigen, hatte ihr Schwester Anna jedoch strikt verboten. *„Wenn du eine Auserwählte bist, wird Gott dir die Hand führen."*

Ohne Probleme öffnete sich schließlich die erste Tür. Danach führten sie die Stufen einer kleinen Schneckentreppe steil nach oben.

Die Treppe besaß nur ein dickes Tau an der rechten Seite, das ihr beim beschwerlichen, steilen Aufstieg Halt bieten konnte.

Die Form und die Anordnung der Treppe erinnerte Sophie an die berühmte *Schneckentreppe*, die einst Michelangelo hinauf zu seinem Atelier geführt hatte. Im Gegensatz zu dieser Treppe aber war jene zu dessen Atelier so gebaut, dass die sehr geringe Steigung der Stufen es erlaubte, dass sich der alternde Michelangelo direkt auf einen Esel gekauert in seine hoch unter der nach Norden gerichteten Kuppel des Petersdomes gelegenen Werkstatt hinauftragen lassen konnte – dort, wo sich auch heute noch das ebenfalls bestens gehütete *Geheimarchiv Michelangelos* befindet.

Am Ende dieser steilen Treppe erreichte Sophie schließlich den durch eine niedrige Eisentür versperrten nächsten Zugang. Nur mit ihren Händen ertastete sie den passenden Schlüssel zu einem unscheinbaren, schmalen Vorraum.

Sowohl die Wände als auch die hohe Decke des dahinter beginnenden Raumes waren mit einem aufwendigen, golden übertupften Fresko und unendlich vielen Bienenmotiven geschmückt.

Sophie kannte dieses in Blau getauchte Wappen mit den drei Bienen. Es war ein deutlicher Hinweis auf Papst Urban VIII., der für seine schwelgerischen Extravaganzen berühmt war.

Die Zeit seiner Amtsperiode dauerte erstaunlich lange 21 Jahre und war gekennzeichnet von einer schier unerträglichen persönlichen Prunksucht, unter deren Bürde immens hoher Ausgaben das römische Volk schwer leiden musste. „Kein Wunder", sinnierte Sophie, „dass das Volk bei der Nachricht seines Todes im Juli 1644 in stürmischen Jubel und große Freude ausgebrochen war ..."

All das schoss Sophie wie schmerzhafte Blitze durch den Kopf, als sie schließlich zögerlich den inneren Vorraum betrat. Ihr Herz schlug jetzt noch schneller, als es zuvor der beschwerliche Aufstieg über die steile Wendeltreppe verursacht hatte.

Aber ihre Gedanken wurden wieder klarer. Sie wusste genau, wo sie die nächste, reich verzierte Sicherheitstür finden würde. Sophie ging nach rechts und schob den prunkvollen, roten samtenen Wandvorhang, der sie verborgen hielt, vorsichtig zur Seite.

Wie bei den übrigen Türen vorher, hatte sie auch hier keine Probleme, sie zu öffnen.

Das letzte knifflige Hindernis stellte der eigentliche Tresor dar. Er war mit einem kryptisch ausgeklügelten *Schloss-Schiebe-Drehsystem* ausgestattet. Obwohl es dem 16. Jahrhundert entstammte, wäre es schlichtweg unmöglich gewesen, diese letzte Tresortür ohne die genauen, wenn auch unglaublich komplizierten Anweisungen Annas zu öffnen.

Selbst blanke Gewalt wäre hier an ihre Grenzen gestoßen. Es sei denn, man hätte versucht, die Tür mit einem hochmodernen Sprengstoff zu knacken. Aber wer wollte das schon? Eine praktikable Option wäre das nie gewesen. Die fatalen Folgen hätten nicht nur den Tresor, sondern auch den wertvollen Inhalt unwiederbringlich zerstört.

Sophies Hände waren vor Aufregung schweißnass. Zu allem Überfluss zitterten sie dazu auch noch derart, dass sie sich quasi an den im Tresor steckenden Schlüsseln selbst festhalten musste. Nur mit der ganzen Kraft ihres extrem hohen Vorstellungs- und Erinnerungsvermögens gelang es ihr, die drei unterschiedlichen Schlüsselsysteme langsam mit den fünf separaten Hebeln, die – wie bei einem modernen Tresor – ebenfalls mit einer Links-rechts-Drehkombination versehen waren, zu öffnen.

Doch Sophie war immer noch nicht am Ziel: Alles, was sie zu sehen bekam, waren zwei etwa 60 Zentimeter hohe Prunkmonstranzen, die wie zum Schutz vor der nächsten Verhüllung des Schweißtuches platziert waren.

Von der linken Seite nahm sie vorsichtig eine der schweren, aus Gold und Silber getriebenen, reich verzierte Monstranzen heraus.

Der Mittelteil beherbergte einen derart reinen Bergkristall, wie er heutzutage nirgends mehr zu finden ist. Der glasklare Kristall bildete das Schutzglas für die dahinter aufbewahrte Reliquie: die abgebrochene Eisenspitze der Lanze, die einer der beiden römischen Bewacher dem gekreuzigten Jesus in den Leib gestochen hatte!

Auch die zweite Monstranz auf der rechten Seite des Tresors nahm Sophie ehrfürchtig heraus und stellte sie ebenso vorsichtig auf den links neben dem Tresor befindlichen kleinen Beistelltisch.

In ihr wurde eine weitere heilige Reliquie des Vatikans aufbewahrt: das größte heute noch erhaltene Holzstück vom Kreuze Jesu. Man hatte diese beiden Teile zu einem kleinen Holzkreuz verzinkt und zusammengefügt.

Beide Monstranzen strahlten in einer so beeindruckenden Aura, die jetzt dabei war, auch Sophie gänzlich zu umfangen.

Mit einem Mal zitterten nicht nur ihre Hände. Ihr gesamter Körper begann zu beben, und sie schien wie in Ehrfurcht erstarrt.

Aber schon den Bruchteil einer Sekunde später wurde Sophie von einem unglaublichen Gefühl aus totalem Frieden und sanfter Stille berauscht.

Jetzt erst erkannte sie das mit feinen Mustern aus Goldfäden verzierte Brokattuch an der Hinterwand des Tresors. Dahinter würde sie das wahre Geheimnis finden.

Sophie nahm das Brokattuch vorsichtig ab und befestigte es im Inneren der geöffneten Tresortür an den extra dafür angebrachten Aufhängungen. Selbst Anna hatte ihr davon nichts erzählt, aber es kam ihr vor, als hätte sie dies schon hundertfach getan.

Instinktiv schloss Sophie in dieser unbeschreiblich mystischen Situation die Augen. Es war unglaublich, bis hierhin ohne Problem vorgedrungen zu sein.

Nach einer Weile gelang es ihr, die unterschwellige Angst vor dem Ungewissen zu überwinden. Wie in Trance öffnete sie vorsichtig blinzelnd ihre Augen, zu einem Anblick, den sie nie vergessen würde: Das geheimnis- und sagenumwobene *Tuch der Veronika* lag vor ihr. Fest eingeschlossen in ein vergoldetes, durch ein prunkvolles, glasgeschütztes Behältnis, das sie behutsam aus dem Tresor hervorziehen konnte.

Das Mittelteil hatte man seiner Bedeutung gemäß durch eine rahmenähnliche Konstruktion deutlich hervorgehoben und dann den breiten Rahmen zu den Seiten hin wieder flach auslaufen lassen.

Das halbrund aufgebrachte Rahmenaußenteil bestand aus fein ziseliertem, mit feinroten Rubinen verziertem Gold. Gekrönt wurde es von einem wertvollen, daumengroßen Smaragd von heller, leuchtend grüner Farbe. Der ganze Prunk verblasste jedoch im Vergleich zur Schlichtheit des deutlich erkennbaren Kopfumrisses von Jesus auf dem unscheinbaren Tuch.

Alles war für Sophie so tief beeindruckend, dass sie erneut zu wanken begann. Ihre Knie zitterten und versagten schließlich ganz ihren Dienst.

Sophie sank kraftlos zu Boden und verharrte dort kniend in aller Ehrfurcht. Die Situation hatte sie endgültig überwältigt.

Das Einzige, was Sophie spürte, war die Liebe von Jesus Christus, die ihren gesamten Körper umfing und neu beseelte.

Vorsichtig fasste sie den Rahmen an den beiden seitlich angebrachten Messinggriffen, hob ihn an, bis ihre Lippen das schützende Glas direkt über dem Kopf Jesu berührten.

Sophie konnte später nie sagen, wie lange sie dort verweilt hatte. Aber irgendwann schwebte sie tief beeindruckt die steile Schneckentreppe hinab – frei, wie auf Wolken!

KAPITEL 57

Dafür, dass Adrian von Stetten auf Einladung des ungeliebten Kardinals Jodok zu Gast im Vatikan war, gab es einen simplen, rein geschäftlichen Grund. Von Stetten besaß etwas, was für ihn schon lange wertlos geworden war: ein unscheinbares, uraltes Büchlein.

Es hörte auf den Namen *Idola* – und genau hinter diesem kleinen unscheinbaren Büchlein war Kardinal Jodok her, wie der Teufel hinter der guten Seele. Es war in einer bis heute nicht decodierbaren Schrift über mehrere Jahrhunderte fortgeführt worden, gespickt mit mystischen Zauberformeln.

Jodok war sicher, mithilfe der *Idola* die überirdische Macht, die immer noch im *Bozzetto* Michelangelos schlummerte, erlangen zu können. Es war ein schändlicher Missbrauch, denn der Kardinal wollte die böse Seite dieser mächtigen Waffe für seine eigenen Zwecke dienstbar machen.

Schon damals, als es seine verräterischen Helfershelfer Martin und Lotte nicht geschafft hatten, den Transport des *Bozzettos* in die rettenden Räume des Vatikans zu verhindern, war er zum ersten Mal mit Jodok in Kontakt geraten. Adrian von Stetten hatte sich jedoch stets geweigert, dem Kardinal auch nur irgendetwas über die *Idola* preiszugeben, geschweige denn, sie ihm zu verkaufen.

In der Zwischenzeit aber hatte sich das Blatt gewendet. Sowohl der *Bozzetto* selbst als auch die *Idola* waren für von Stetten kaum mehr von Interesse. Jodok hingegen hatte derzeit etwas in seinem Verfügungsbereich, dem Adrian von Stetten, genauso wie seine Vorgänger innerhalb des *NAD*, schon immer auf der Spur war. Sobald er es in den Händen hielt, würde das seine eigene Stellung für immer festschreiben – bis zu seinem Tode.

Zur Erreichung dieses Ziels waren Martin und Lotte für ihn unentbehrlich geworden. Obwohl ihn die beiden damals, auf ihrer tollkühnen selbsternannten *Mission zur Rettung des „Führers"* schändlich verraten hatten, waren ihre Beweggründe, die ausschließlich in einer tiefen Verehrung ihres *einzig wahren Führers* bestanden, zumindest nachvollziehbar. Vor allem aber waren sie nie gegen ihn persönlich gerichtet.

Schließlich musste er sich irgendwann eingestehen, dass ihm die beiden in seiner Organisation an allen Ecken und Enden fehlten.

Martin war ein kongenialer IT-Spezialist, wie er nie wieder einen zweiten gefunden hatte. Auch eine zielstrebigere Auftragskillerin wie Lotte würde es nie wieder geben. Unzählige Male hatten sie ihm zusätzlich bewiesen, dass sie gemeinsam unschlagbar waren.

Also hatte er ihnen ihren Ungehorsam vergeben. Anschließend war es ihm gelungen, mithilfe seiner Verbindungen, die auch bis in die höchsten Spitzen des italienischen Militärs hineinreichten, Martin und Lotte unbemerkt aus ihrer langjährigen Haft zu befreien. Letztendlich war das noch nicht einmal sonderlich schwierig, da die beiden offiziell noch nicht einmal in den Akten des Militärs existierten.

Danach hatten sich Martin und Lotte wieder voll und ganz den Zielen des NAD verschrieben. Erneut waren sie zu von Stettens wichtigsten Vasallen geworden – treuer als je zuvor. Das einzige Problem, das von Stetten derzeit mit den beiden hatte, war die Tatsache, dass sie immer noch einen gewaltigen Hass gegen Sophie, HAB und Max verspürten. Das barg deutliche Gefahren in sich, denn purer Hass war eine so starke Emotion, dass sie schnell den klaren Verstand vernebeln konnte. Adrian von Stetten wusste, dass es schwer sein würde, sie von ihren tödlichen Rachegedanken abzuhalten.

Bislang aber zeigte der Hass nur seine gute Seite. Martin war manisch getrieben hinter den beiden her. Er hatte niemals aufgehört, die Telefonate zwischen HAB und Max abzuhören und, was noch viel schlimmer war, sich in ihre persönlichen PCs eingeschlichen. Über die beiden wusste Martin jederzeit Bescheid.

Es war also kein Zufall, sondern das Ergebnis seiner unnachgiebigen Hartnäckigkeit, dass Martin alles über die Pläne dieses gehassten unsäglichen Schatzsuche-Trios auf Korsika wusste. Martin wusste demzufolge auch, dass ein kanadisches Militärforschungsinstitut den Code zum Lageplan des *Rommel-Schatzes* geknackt hatte. Ohne die dazugehörige Schatzkarte jedoch konnten sie damit nichts anfangen, denn die war von den Amerikanern so klug verschlüsselt worden, dass selbst Martin nicht in der Lage war, sie zu decodieren. Ohne das Original ging nichts, es musste also unbedingt *besorgt* werden.

Adrian von Stetten hatte sich folgerichtig an seinen schon lange so brennenden Interessenten für die *Idola* erinnert. Kardinal Jodok war sofort auf das Angebot Adrian von Stettens eingegangen, einen klaren Tausch zu vollziehen: Im Gegenzug für dessen *Idola* würde er dafür sorgen, dass man von Stetten die Schatzkarte zum *Rommel-Schatz* auf dem Präsentierteller überreichen würde.

Das wiederum sollte für den Kardinal ein Kinderspiel werden. Die Person, die die Karte besaß, stand längst unter scharfer Bewachung der Äbtissin – seiner treuesten Mitstreiterin in seinem uralten Kampf um die Vorherrschaft im Vatikan.

Es war ein Deal, bei dem es auf beiden Seiten nur Gewinner geben konnte.

Adrian von Stetten verfolgte im Vatikan keinerlei politische Absichten. Er war auch nicht als Vorsitzender der von ihm neu gegründeten *DfD*-Partei (*Deutsche für Deutschland*) hier, sondern immer noch als das, was er jetzt schon mehr als drei Jahre war: als rechtmäßig gewählter Oberbefehlshaber des NAD.

Damit herrschte er über die mächtigste weltübergreifende Geheimorganisation. Einer sorgfältig strukturierten Organisation, die den Zweiten Weltkrieg bis heute überlebt hatte und die – wie auch immer – allen Geheimdiensten dieser Welt entgangen war. Eine im Verborgenen wirkende Organisation, die es geschafft hatte, mit ihren nahezu unerschöpflichen Geldmitteln nicht nur Deutschland an den empfindlichsten Stellen zu unterwandern und massiv zu beeinflussen. Der Weg dorthin war dornig und nur durch ein hartes Regiment zu erreichen. Intrigen, Korruption, Mord und Folter gehörten schon immer zum Tagesgeschäft des NAD. Der Grund, dass ihre dunklen Machenschaften nie aufgeflogen waren, lag schlicht und ergreifend daran, dass von Stetten stets dafür gesorgt hatte, die Spur auf eine der „üblichen Verdächtigen" zu lenken – und davon gab es in der ganzen Welt mehr als genug. *Fake News* inklusive.

Natürlich hatte auch seine generalstabsmäßig geplante *Mission Vatikan* nur ein einziges Ziel: dem Reichtum des NAD ein weiteres riesiges Vermögen hinzuzufügen. Ein legitimes Nazivermächtnis, das der NAD bereits seit fast 75 Jahren für sich reklamierte. Adrian von Stetten war auf der Jagd nach dem legendären *Rommel-Schatz* – der Beute des skrupellosen SS-Schergen Walter Rauff.

Er wollte ihn „nach Hause holen" und dem NAD-Vermögen einverleiben. Jetzt – und um jeden Preis!

Auch dem Kardinal hatte von Stetten vorsichtshalber verschwiegen, dass er nicht allein, sondern mit seinen treuesten Gefolgsleuten angereist war.

Auch vor einem Mord würden sie nicht zurückschrecken. Wann auch immer konnte er sie jederzeit in Windeseile in den Vatikan abberufen.

KAPITEL 58

Trastevere ist der XIII. Rione von Rom. Das ehemalige Arbeiterviertel gilt als der volkstümliche Bezirk der Stadt.

Dennoch ist es ausschließlich den vielen Studenten und den noch zahlreicheren Touristen zu verdanken, dass sich dort mehr Restaurants, Bars, Nachtclubs und verräucherte Spelunken angesammelt haben als anderswo in Rom sonst. Es ist ein Ort, der niemals schläft. Langeweile gibt es nicht. Wer sucht, der findet – und zwar alles, was das Herz begehrt. Und wer dann noch weitersucht, der findet dort auch noch viel mehr.

Trotz dieser verlockenden Vielfalt hatte es das junge Ehepaar vorgezogen, seine Zeit in Trastevere überwiegend in einem engen, stickigen Zimmer der *Albergo Donna Erica* zu verbringen.

Das Leben von Lotte Schumann war derzeit gekennzeichnet von einem langweiligen Mix aus „Sex, Pizza und Opern von Richard Wagner".

Es entsprach somit in etwa dem Leben ihres genervten Ehemannes Martin Schumann. Sein Leben in Trastevere unterschied sich von ihrem lediglich darin, dass dieser es vorzog, auf seiner kleinen, aber feinen IT-Ausrüstung herumspielen, anstatt Wagnermusik zu hören.

Was er damit anstellen konnte, dem würden Worte wie „erstaunlich", „großartig", „unglaublich" und was einem sonst noch alles an majestätischen Adjektiven einfallen könnte, nicht annähernd gerecht werden. Martin Schumann war ein unglaubliches IT-Genie. Es war sicher, dass sogar die meisten NSA-Agenten froh gewesen wären, sich nur halbwegs mit ihm messen zu können – von den sogenannten Spezialisten des deutschen *BND* einmal ganz zu schweigen.

Die derzeitige Aufgabe Martins forderte ihn allerdings kaum. Er musste lediglich das Bewegungsprofil seiner Zielperson Sophie Freise aufzeichnen. Dass es ihm zwischenzeitlich allerdings gelungen war, die Bewegungen einer Zielperson nicht nur linienförmig, also *eindimensional* zu erfassen, sondern sogar die Höhendifferenzen erkennen und messen zu können, war ein Nebenprodukt seiner Langeweile und schon deutlich anspruchsvoller.

Weiterbringen konnte ihn diese Konfiguration jedoch bislang nicht. Sophie Freise hatte sich die letzten 46 Stunden stetig auf einer Ebene von sechs bis acht Metern bewegt – allerdings unterhalb des Vatikangeländes!

Erst wenn sie wieder auftauchen würde, hätten sie eine Chance bekommen, ihre Zielperson zu erwischen – jedenfalls dann, wenn Adrian von Stetten den dazu erforderlichen Befehl geben würde.

Aber genau seinen Befehl gab es an diesem Morgen um 4.46 Uhr nicht.

Das entscheidende akustische Warnsignal war von Martin auf 80 Zentimeter unterhalb der Oberfläche programmiert worden, und das wurde langsam, aber stetig lauter. Es war das gleiche Geräusch, wie man es vom Zirpen männlicher Grillen im Sommer gewohnt ist. Sie signalisieren damit den Weibchen ihre Paarungsbereitschaft, um endlich ihre schwere, mühsam mit Spermien gefüllte Begattungsröhre wieder loszuwerden.

Martin amüsierte dieser Gedankengang köstlich, denn natürlich war es im Grunde genommen einigermaßen riskant in den südlichen Gefilden Italiens, im Zirpenrausch Hunderttausender paarungsbereiter Grillenmännchen ausgerechnet deren notgeile Geräuschkulisse als Alarmzeichen zu wählen.

Allerdings wurde diese Leichtsinnigkeit ausreichend durch die Tatsache kompensiert, dass Lotte ohnehin nahezu ununterbrochen auf den Bewegungsbildschirm starrte.

Egal, ob Pizza, Wagner oder Sex: Diese Sophie Freise war zu ihrer Obsession geworden. An ihr wollte sie ihre persönliche Rache nehmen: erst schmerzhaft – dann tödlich.

Und jetzt war es endlich so weit.

„Martin, wach auf, du Schlafmütze – die Schlampe kommt gerade aus ihrem Mauseloch heraus!"

„Na und?", knurrte Martin unwillig zurück. „Adrian hat ausdrücklich befohlen, sie nur zu beobachten – sonst nichts!"

„Aber jetzt ... jetzt könnten wir sie uns schnappen ..."

Lotte war kaum mehr zu bremsen. Aufgeben? Jetzt – warum?

„Lotte, bitte. Informiere einfach Adrian – und gib jetzt endlich Ruhe! Ich – will – schlafen."

Martin musste ihr natürlich nicht erst in Erinnerung rufen, was passieren würde, wenn sie sich noch einmal gegen ihren Führer stellten. Also gab Lotte unwillig nach und schickte eine Whats-App-Nachricht an Adrian von Stetten.

Dann starrte sie erneut auf den kleinen Punkt auf dem Bildschirm von Martins Tablet. Er zeigte ihr gerade, dass sich Sophie Freise im Petersdom befand – und zwar haargenau wo!

Plötzlich hatte Lotte die Nase voll! Es war eine Zumutung erster Güte! Die fette Beute war im Visier – und sie durfte nicht abdrücken.

„Ich geh jetzt joggen! Ich halte das in diesem stinkenden Zimmerchen nicht mehr aus."

Wütend knallte sie die Tür hinter sich zu. Martin registrierte es kaum.

Müde zog er sich die Decke über den Kopf.

KAPITEL 59

Zur gleichen Zeit beschloss Sophie, den Petersdom nicht durch den unterirdischen Pfad zu verlassen, der ihr als Zugang gedient hatte. Sie wusste, dass es einen weiteren, ebenfalls um diese Zeit unversperrten Ausgang gab. Da dieser direkt in den Bereich der Mannschaftsräume der Schweizergarde führte, war eine Bewachung nur zu besonderen Anlässen nötig. Max hatte ihr erzählt, dass man von dort leicht auf die an das Gebäude angrenzende hohe Mauer gelangen könnte, und genau da wollte sie jetzt hin.

Es war verboten, na ja – aber es war schließlich ungefährlich. Jedenfalls für Sophie, die immer noch von der Leichtigkeit ihrer glücklichen Seele getragen wurde. Um diese Zeit sprach nichts dagegen, in die luftige Höhe hinauf zu wollen.

Keiner Menschenseele würde sie dort begegnen, denn der ehemals alte Fluchtweg zur Engelsburg auf den Zinnen der Mauer war schon lange für die Öffentlichkeit unerreichbar, und von allen Seiten versperrt.

Über die steinerne Freitreppe stieg Sophie sportlich und flott wie selten auf den hinter den Zinnen verborgenen Weg. Nach etwa

50 Metern blieb sie erneut stehen. Glückselig schloss sie ihre Augen und holte so tief Luft, als wollte sie die ganze Frische des kommenden Tages wohlig tief in sich aufsaugen.

Entspannt öffnete sie wieder ihre Augen und blinzelte dem hellen Licht der aufgehenden Sonne entgegen.

Dann stand Lotte vor ihr.

Jedem stillen Beobachter hätte sich aus der Ferne eine skurrile Stummfilm-Szenerie geboten, die jedoch nichts von der tatsächlichen massiven Bedrohung erkennen ließ, die durch die Begegnung zweier Frauen von sehr unterschiedlicher Körpergröße entstanden war.

Die unmittelbar darauffolgende Schlussszene hätte ein solcher Beobachter mit großer Sicherheit sogar als zutiefst unfair bewertet. Es wäre ein Fehlurteil gewesen, das er bei näherem Hinschauen sicher nicht gefällt hätte.

„Na, du alte Schlampe!"

Lotte hatte sich breitbeinig vor Sophie aufgebaut – mit einem fies grinsenden Lächeln, wie es Regisseure so gerne ihrem überheblich bösen Revolverhelden bis zum Erbrechen aufsetzen. Bei solchen Filmen allerdings kann der Zuschauer ziemlich sicher sein, dass dem „bösen Mann" genau dieses fiese Grinsen kurz vor dem Abspann aus dem Gesicht geschossen wird.

Aber auch wenn Sophie die kleine, drahtige Kampfsportlerin sicher um mehr als eine gute Kopfgröße überragte, hatte Lotte solcherlei Gemetzel nicht zu fürchten. Vielleicht war sie deshalb auch so leichtsinnig sicher, dass sie nicht im Ansatz die Hand von Sophie kommen sah, die den Bruchteil einer Sekunde später so hart und direkt auf das Ohr ihrer linken Kopfhälfte knallte, dass Lotte zur Seite taumelte, ihr Gleichgewicht verlor und zu Boden ging.

Die wütenden Worte, die Sophie ihr nachschleuderte, hörte sie nur noch dumpf, wie unter Wasser auf- und abschwellende Töne.

Als Lotte sich wieder hochgerappelt hatte, war Sophie verschwunden.

KAPITEL 60

Die Äbtissin zählte zu einem durchlauchten Kreis einiger weniger Personen, die immer und jederzeit zu Kardinal Jodok vorgelassen wurden.

Jetzt schäumte sie förmlich vor Wut. Ohne anzuklopfen, riss sie die schwere Tür auf, die Jodoks Arbeitszimmer vom übrigen Trakt des Hauses abtrennte, um sie sofort mit aller Wucht wieder in den Türrahmen zurückzuwerfen.

Ihre Stimme überschlug sich vor Zorn.

„Warum hast du das getan, du Mistkerl?"

Der Kardinal zeigte nicht die geringste Regung. Solche Auftritte der jähzornigen Äbtissin war er gewohnt. Sie ließen ihn für gewöhnlich kalt. Sie neigte immer wieder zu unbeherrschten Reaktionen, aber schlussendlich war es ihm stets gelungen, die Sache so zu regeln, wie es ihm in den Plan passte.

Maria Agnese Firao war schließlich nichts anderes als „Äbtissin von seinen Gnaden". Genauso schnell, wie er sie in diesen erlauchten Stand hineingebracht hatte, konnte er sie wieder aus dem Spiel nehmen. Es war ungefähr so wie bei einem guten Schachspieler, der immer einen Plan B im Ärmel haben sollte, um das Spiel doch noch herumzureißen – und sei es um das Leben der Dame.

Jodok hatte stets einen Plan B parat. In diesem Fall bestand er zwar lediglich aus ein paar Blättern Papier, aber die waren für die Äbtissin höchstgefährlich und hätten alles zerstört, was sie sich im Laufe von Jahrzehnten aufgebaut hatte.

Sein Ass im Ärmel war das Original eines ärztlichen Berichtes über den „Geisteszustand der Patientin M. A. Firao". Verfasst und unterzeichnet worden war der ärztlich mehrfach abgesicherte Befund ihrer außergewöhnlich beängstigenden multiplen Persönlichkeitsstörung von Prof. Dr. Josip Ivanescu, dem leitenden Direktor der geschlossenen Psychiatrie an der Universitätsklinik im rumänischen Sibiu. Das Gebäude glich deutlich mehr einem Gefängnis als einer medizinischen Heileinrichtung. Aber genau dort hatte man sie damals bereits seit vielen Jahren einfach weggesperrt.

Dass ihr schließlich dennoch die Flucht gelungen war, hatte sie ihm genauso zu verdanken wie die Tatsache, dass sie danach ausschließlich auf sein Geheiß hin zur Novizenmeisterin und damit zur Leiterin einer bis dahin völlig unbedeutenden Ausbildungsstätte für rumänische Novizinnen beordert wurde.

Die unantastbare, von ihm geschützte Stellung war zur perfekten Tarnung geworden, hinter der es ihr gelungen war, sich für den Rest der Welt zu verstecken.

Auch dass sie sich schließlich selbst zur Äbtissin, ihrem Alter Ego befördert hatte, wurde von ihm konsequent unterstützt. Danach hatte niemand mehr nach der Herkunft ihres Titels gefragt. Er war zu einer tief in Stein eingemeißelten Tatsache geworden.

Als Äbtissin von Jodoks Gnaden hatte es die begnadete Intrigantin M. A. Firao im Laufe vieler Jahre geschafft, sich selbst mit einem hochinformativen Netzwerk zu umgeben. Sie war dabei nach dem „Prinzip aller Paten" vorgegangen: „Sei einfach nett zu möglichst vielen Personen und tue ihnen einen Gefallen – aber nur so, dass sie dir danach ebenfalls einen Gefallen schulden ..."

Die Äbtissin hatte ihr „System erfolgreicher Erpressung" zusätzlich noch verfeinert und erheblich schlagkräftiger dadurch gestaltet, indem sie umfangreiche Dossiers über alle Personen anlegte, an die sie näher als nur bis zum Händeschütteln herangekommen war.

Heute waren diese Dossiers reines Dynamit. Damit wäre sie in der Lage gewesen, im Vatikan jederzeit eine deutlich spürbare seismografische Reaktion auszulösen – mit unabsehbaren Folgen.

Die Äbtissin war zu einer mächtigen Person geworden, aber zum Glück hätte Jodok sie mit einem einzigen kleinen Fingerschnipp jederzeit wieder dorthin befördern können, wo sie hergekommen war.

Beide wussten um diese Situation, aber darüber gesprochen hatten sie nie. Warum auch? Bislang war alles zu seiner besten Zufriedenheit gelaufen. In letzter Zeit jedoch schien es dem Kardinal allerdings so, als ob die „Frau Äbtissin" ihre dunkle Vergangenheit so nachhaltig verdrängt hatte, dass es einem Totalvergessen gleichkam. Noch bestand keine Notwendigkeit, Gegenmaßnahmen zu ergreifen – aber solche theatralischen Auftritte nervten ihn gewaltig.

„Was meinst du damit?"

Jodoks Gegenfrage war Provokation pur. Er nahm nicht mal seine Augen von dem Schriftstück, mit dem er sich gerade beschäftigte.

„Versuche ja nicht, mich für blöd zu verkaufen, du scheinheiliger Kardinal ..."

Dabei presste sie ihre Hände zu Fäusten geballt fest auf die Schreibtischplatte, so als stünde sie unmittelbar davor, auf den Kardinal einzuschlagen. Die Äbtissin, die sich wütend direkt vor ihm aufgebaut hatte, sah genauso aus, wie man sich für gewöhnlich eine Furie vorstellte.

„Ganz ehrlich, meine Liebe, ich habe wirklich nicht die geringste Ahnung, wovon du redest. Warum regst du dich eigentlich so auf?"

Langsam versuchte Jodok, auf seine bewussten Provokationen zu verzichten. Sein Plan war wieder einmal aufgegangen. Durch das in Wahrheit völlig unnötige Vorgeplänkel war es ihm gelungen, den Spieß umzudrehen. Jetzt war er es, der die Fragen stellen würde.

„Du hast diesem Nazibonzen verraten, dass ich der ‚Schatzsucherin' einen Chip verpasst habe!"

Jodok drehte sich halb zu seiner Freundin herum, zog die Brille etwas von der Nase und sah ihr direkt in die Augen.

„Na und?"

„Was heißt hier ‚na und'? Du hast es mir versprochen. Es war unser Geheimnis. Unser höchster Trumpf, Menschen zu manipulieren!"

Tatsächlich war es der Äbtissin gelungen, aus einem Forschungslabor die komplette Ausrüstung zu bekommen, die nötig ist, um einem beliebigen Menschen programmierte Chips zu injizieren. Die neugierige Schatzsucherin war ihr erstes Opfer geworden. Nur Jodok wusste von der Brisanz und den Möglichkeiten, die sich aus dieser genialen „Chipping-Methode" für beide zukünftig ergeben würden. Beide hatten geschworen, niemandem auch nur das Geringste darüber preiszugeben. Und dann dieser schändliche Wortbruch bei erster Gelegenheit – es war unglaublich!

Der Kardinal schob jedoch nur gelangweilt seine Brille mit einem Finger wieder auf die Nase zurück und starrte ihr immer noch in die Augen.

„Ich habe das tun müssen – weil es gut für unsere Sache ist. Damit habe ich denen doch nur bewiesen, wie hochqualifiziert wir sind. Du weißt doch, ich brauche diese *Idola*. Dringend. Aber zuerst brauche ich von Stettens Vertrauen!"

Jodok war noch immer die Ruhe in Person. Was er hier mit logischen Argumenten zu rechtfertigten versuchte, war und blieb ein Wortbruch ihr gegenüber. So schnell würde sie nicht aufgeben!

„Das ist schon wieder so ein Unsinn von dir! Du musst mit diesem Nazitypen keine Geschäfte machen. Nimm ihnen die *Idola* doch einfach ab. Die Macht dazu haben wir nur hier – hier im Vatikan!"

Immer noch schwieg der Kardinal.

„Außerdem sehe ich es überhaupt nicht ein, warum wir diesen sagenhaften Schatz nicht für uns behalten sollten!"

Jetzt wirkte die intrigengeschulte Äbtissin eher wie ein schmollmündiges, zu Tode beleidigtes Schulmädchen, dem man angedroht hatte, die Lieblingswurst von Brot zu nehmen.

„Aber Agnieszka – mein lieber Schatz. *Du* bist doch mein Schatz, mein einziger Schatz! Und ich bitte dich, sei nicht so gierig. Auf ein bisschen Geld mehr oder weniger kommt es überhaupt nicht an. Jedenfalls dann nicht, wenn wir die Macht über den *Bozzetto* gewinnen. Du weißt sehr genau, dass mir das mithilfe der *Idola* gelingen wird. Dann steht uns die ganze Welt offen!"

Jodok wusste sehr genau, welche Gefühlsausbrüche er durch das Vorgaukeln gemeinsamer Machtspielchen in ihr hervorrufen würde.

Die Äbtissin sah ihn lange schweigend an. Dann atmete sie tief aus.

„Ich würde dir so gerne glauben, mein heißgeliebter Kardinal. Aber warum habe ich bei dir jetzt schon wieder dieses blöde Gefühl im Bauch, dass du immer dann, wenn du von *wir* sprichst, immer nur *ich* meinst?"

Jodok hatte ihrem Blick so lange standgehalten, bis sie schließlich selbst die Augen gesenkt und zur Seite geschaut hatte.

„Aber Liebes, ohne dich, da bin ich ein Niemand – ein Nichts ..."

Gütig wie ein „guter Hirte" nahm er ihre beiden Arme und zog sie für einen kurzen Moment näher zu sich heran.

„Wir beide – wir sind schließlich miteinander verbunden auf Leben und Tod!"

Es klang wie ein besonders kitschiger Treuschwur in einem noch kitschigeren Liebesroman der Sechzigerjahre. Aber Jodok kannte seine Gespielin nur zu gut. Er hatte genau das gesagt, was sie hören wollte.

„Ja, aber ..." Dann gab die Äbtissin endgültig auf.

Wie die Ruhe in Person war Jodok zwischenzeitlich aufgestanden und reichte ihr über den Schreibtisch hinweg seine Hand.

Langsam, wie der triumphale Einzug des Helden zur Ouvertüre, führte er sie mit hoch erhobener Hand auf die andere Seite des Schreibtisches. Dann nahm er ihr Gesicht vorsichtig zärtlich mit beiden Händen und fuhr dann im Zeitlupentempo hinunter bis zur Brusthöhe, wo sie den Schlitz unter der schwarzen Verhüllung fanden und dort auf einen bereitwilligen Körper trafen, der schon bei der leisesten Berührung anfing, zu beben. Die Äbtissin war kurz davor, ihrer sexuellen Lust ungebändigten freien Lauf zu lassen.

Aus heutiger Sicht der katholischen Kirche würde man dieses Verhältnis genauso schwer verdammen wie den Inzest zwischen Vater und Tochter. Aber darum scherte der Kardinal sich nicht im Geringsten. Er tat schließlich nichts anderes, als es die Mehrheit aller seiner Zeitgenossen getrieben hatte.

Selbst das höchste Amt, das der Vatikan zu vergeben hat, war davon nicht ausgenommen, denn selbst der berühmt-berüchtigte Borgia-Papst war insofern auch nur ein *Primus inter Pares*.

KAPITEL 61

So sehr sich die Äbtissin dem intensiven Liebesspiel mit dem Kardinal auch hingegeben hatte, verließ sie ihn anschließend fast genauso schnell, wie sie gekommen war – allerdings in deutlich verbesserter Stimmungslage.

Ganz besonders jedoch gefiel ihr der Gedanke, dass die Tatsache, von Jodok hintergangen worden zu sein, auch ihre positive Seite hatte. Beide waren schließlich gleichberechtigte Partner in einem Spiel mit hohem und äußerst riskantem Einsatz von Geld, Macht und Magie.

Die Äbtissin befand die Erkenntnis ihrer Schlussfolgerung, die sie auf dem Höhepunkt ihrer weltlichen Lust getroffen hatte, als konsequent und richtig: Wenn es sich der Kardinal mit der prinzipiellen Begründung von „dringenden Notwendigkeiten" herausnehmen konnte, gegen klare Absprachen zu verstoßen, dann stand ihr das natürlich ebenfalls zu.

Damit war klar: Auch sie konnte ab sofort ebenfalls immer das tun, was „notwendigerweise sofort getan werden musste" – also nötigenfalls gegen jede Absprache. Damit schaffte auch sie Fakten und Positionen, die nicht rückgängig gemacht werden konnten. Im Grunde genommen aber war es ein sehr gutes Prinzip unter „gleichwertigen Partnern mit uneingeschränktem Vertrauen" – und genau damit hatte Jodok sein Verhalten begründet.

Diese komplizierte „verwinkelte" Argumentation sich selbst gegenüber wäre allerdings nicht wirklich nötig gewesen. Die Äbtissin hätte sich lediglich selbst eingestehen müssen, dass sie ihrerseits Jodok nie die ganze Wahrheit offenbart hatte. Aber zu dieser Einsicht war sie offenkundig nicht fähig.

KAPITEL 62

Jodok hatte Adrian von Stetten sogar preisgegeben, dass der geniale Zukunftsforscher Giuseppe Petersoli die Mikrochips mittlerweile sorgsam weiterentwickelt und deren Reichweite so deutlich gesteigert hatte, dass eine präzise Personenüberwachung überhaupt erst möglich geworden war.

Was Jodok jedoch bislang immer noch nicht wusste, war die Tatsache, dass diese bahnbrechende Entwicklung von niemand Geringerem als M. A. Firaos eigenen Sohn stammte. Und schon gar nicht würde sie ihm verraten, dass Giuseppe die Frucht ihres Leibes war, die sie neun Monate nach der ersten Begegnung mit dem Kardinal heimlich zur Welt gebracht hatte. Das war seine infame Bedingung für ihre Befreiung aus den Fängen der Nervenklinik gewesen. Unwürdig für jeden Gottesmann – aber darum scherte sich Jodok nie.

Zunächst hasste sie diese Ausgeburt der brutalen Vergewaltigung durch Jodok und schob Giuseppe sofort nach der Geburt in ein Waisenhaus ab. Zehn Jahre später war es immer noch weniger die Mutterliebe als bloßes Kalkül, dass sie ihrem Sohn in einem berühmten

Schweizer Nobelinternat die beste Ausbildung zukommen ließ, die möglich war. Die Investition war lohnend und das Ergebnis beeindruckend. Giuseppe Petersoli war nicht nur zu einem hochtalentierten Zukunftsforscher geworden, sondern einer der besten seiner Zunft – weltweit!

Dass er dabei immer noch unter dem unheiligen Einfluss seiner machtgierigen Mutter stand, war eine Tatsache, die er in Wahrheit sehr genoss. Er verehrte seine Mutter mehr als jedes andere weibliche Wesen, das ihm je begegnet war.

Giuseppe war gerade 23 Jahre alt geworden und er war das, was man gemeinhin als einen schönen Jüngling bezeichnen würde. Ihm liefen die Frauen zwischen 15 und 85 Jahren förmlich hinterher. Sie hätten ihm alles gegeben. Aber Lust auf Sex mit ihnen hatte der Schönling nicht. In seinen sexuellen Gelüsten begehrte er nur seine Mutter. Für sie würde er alles tun – Mord und Totschlag inbegriffen!

Seinen Vater kannte er nicht, aber nach dem, was ihm seine Mutter erzählt hatte, sank das Bedürfnis, ihn kennenlernen zu wollen, erheblich. Danach begann er ihn zu hassen.

Alles das schoss der Äbtissin durch den Kopf, denn es war für sie ein äußerst beruhigendes Gefühl, mit dem nach Hause geholten Sohn ein Druckmittel gegen den mächtigen Kardinal in der Hand zu halten. Es war ein Druckmittel, mit dem sie ihn jederzeit vernichten könnte.

Von der allerneuesten Entwicklung zum *Mikro-Chipping* ihres Sohnes würde in Zukunft auch Jodok nichts mehr erfahren. Die Chips bestanden jetzt aus winzigen Nano-Teilchen, die noch nicht einmal mehr die Größe des Viertels der Breite eines Frauenhaares besaßen. Solche Nano-Chips musste man nicht einmal mehr injizieren. Eine Übertragung war mühelos möglich. Mit den eigenen Händen, die man zuvor mit den programmierten Chips kontaminiert hatte. Überall dort, wo ihre Hände Jodok berührten, würden diese Chips noch wochenlang unbemerkt an seinem Körper kleben.

Danach könnte Giuseppe den Kardinal nach Belieben lenken, überwachen und – wenn es ein musste – auch vernichten.

Aber jetzt, nach dem Wortbruch des Kardinals, sah sie erst einmal die Grundlage geschaffen, einen schon lange notwendigen Schritt in die Tat umzusetzen, und zwar heute noch.

Das Einzige, was sie dazu benötigte, war eine winzige Menge *sanctum finitum*, das bewährte Giftpulver aus San Ambrogio.

Wohlweislich besaß die Äbtissin selbst noch nicht einmal die Schlüssel zu dieser wohlgehüteten Geheimapotheke des ehemaligen Nonnenklosters. Es war Teil ihres von langer Hand vorbereiteten perfiden Planes, und genau diese Vorsichtsmaßnahme würde sich heute auszahlen. Denn allein dieser Umstand schützte sie bereits vor jedem Anfangsverdacht. Wenn sie ihr Vorhaben in die Tat umgesetzt hatte, würde Pavel Kowalski hinter ihr her sein wie der Teufel hinter der guten Seele. Auch wenn sie den alternden Geheimagenten dem *Opus Dei* zurechnete, fürchte sie ihn nicht sonderlich. Trotzdem war Vorsicht durch nichts anderes zu ersetzen als durch noch mehr Vorsicht.

Zugang zur Apotheke hatte sie natürlich dennoch jederzeit. Die bildschöne Krankenschwester Marie Giuseppa Ridofi war ihr schon lange hemmungslos verfallen. Marie Giuseppa besaß die begehrten Schlüssel zur Klosterapotheke hochoffiziell – und ebenso natürlich das Rezept für die genaue Mixtur des Giftes, dessen Wirkung bislang stets so wundervoll zuverlässig eintrat. Das Gute an dieser mörderischen Todesart war darüber hinaus, dass es bereits vor 400 Jahren einen natürlichen Tod vorgegaukelt hatte. Selbst heute, mit den Mitteln modernster Pathologen, war es nach mehr als 18 Stunden im Körper der Toten nicht mehr nachweisbar.

Alles in allem waren das lediglich zusätzliche Vorsichtsmaßnahmen. Aus dem Umfeld des Vatikans war bislang nicht eine einzige Leiche obduziert worden.

Warum sollte es dieses Mal anders sein?

KAPITEL 63

„Was hat du getan? Du hast diese Killertante tatsächlich k. o. geschlagen? Wie geht denn so was?"

HAB und Max starrten ihre Freundin ungläubig erstaunt an.

„Na ja, k. o. geschlagen, das ist wahrscheinlich ein bisschen übertrieben."

Sophie hatte lange geschlafen und jetzt großen Hunger. Dennoch löffelte sie seelenruhig in ihrem Joghurtbecher herum.

„Es war eher ein Reflex – unkontrolliert halt", nuschelte sie, in Gedanken versunken. „Sie stand plötzlich hinter mir, grinst blöd und nennt mich auch noch ‚Schlampe'. Da habe ich ihr eine geknallt. Ganz einfach. So war das."

„Du hast ihr eine geknallt – so ganz einfach?"

Max wiederholte Sophies Worte kopfschüttelnd, so als würde das an ihrem Wahrheitsgehalt irgendetwas ändern.

„Du hast das getan? Ich denke, du bist die Inkarnation von Friede und Pazifismus?"

Sophie sah Max erstaunt an.

„Na und? Das eine hat mit dem anderen wirklich nichts zu tun!"

Sorgsam kratzte sie den restlichen Joghurt aus dem Becher.

„Wenn mich jemand lange genug reizt, dann knallt es halt irgendwann – auch bei mir! So einfach ist das eben! Genauso war das damals bei uns im Internat auch."

Sophie schnappte sich den zweiten Joghurtbecher. Ihr Appetit war ungebrochen.

„Aber was ihr sagt, stimmt schon irgendwie. Und warum ich zugeschlagen habe, weiß ich auch nicht so genau. Wie gesagt – es war wohl ein Reflex."

Sophie war aufgestanden und kramte einen größeren Löffel aus der Lade einer laienhaft mit hellblauer Ölfarbe angepinselten Fünfzigerjahre-Anrichte.

HAB schwieg immer noch. Dann lächelte er Sophie an und begann langsam, fast zärtlich leise seine Handflächen aneinanderzuschlagen.

„Sophie – du bist meine Heldin!"

Max nickte.

„HAB hat recht. Du bist gerade zu unserer Heldin geworden."

Dann überlegte er kurz.

„Aber irgendwie werde ich das Gefühl nicht los, dass die Begegnung mit Anna daran nicht ganz unschuldig ist."

Sophie überlegte kurz. Dann stellte sie den Joghurtbecher zur Seite und führte ihre und die Hände von Max und HAB auf dem Tisch zusammen.

„Ich glaube, dass ich einfach keine so schreckliche Angst mehr habe wie früher."

Sie lächelte vielsagend.

„Warum auch immer – es ist ein wunderbares Gefühl!"

Langsam lösten sie ihre Hände wieder voneinander.

„Sagen wir es so: Unsere Situation ist nicht einfacher geworden, aber wenigstens deutlich übersichtlicher."

Max versuchte, nicht sarkastisch zu werden, obwohl es durchaus so klingen konnte.

„Jetzt kennen wir wenigstens unsere Feinde. Wir wissen, wer sie sind, wo sie sind. Darauf können wir uns vorbereiten und entsprechend reagieren."

HAB stimmte ihm zu.

„Ja, es wird genauso hart, wie wir es befürchtet haben. Wenn ihr mich fragt, müssen wir sofort mit Kowalski reden. Vielleicht können wir irgendwie ja doch aus dem Vatikan raus. Sophie ist gesund ..."

„... und stark!", unterbrach ihn Max lächelnd.

„Aber ja, du hast schon recht, mein Freund. Fragen wir am besten Kowalski."

★

„Was kann ich für euch tun?"

Alle erkannten seine sonore Stimme, aber sie waren so in ihr Gespräch vertieft, dass Kowalski zwischenzeitlich völlig unbemerkt das Refektorium hatte betreten können.

Vielleicht war das der Grund dafür, dass selbst Sophie auch während des weiteren Gesprächs seine verschwollenen, trüben Augen nicht bemerkte. Es hätte ein für jedermann deutlich erkennbares Zeichen dafür sein müssen, dass mit ihrem Vatikan-Beschützer irgendetwas nicht stimmte.

Aber leider bemerkte niemand die Veränderung. Alle hatten es eilig, Kowalski auf den neuesten Stand der Dinge zu bringen. Er hörte ihnen eine ganze Weile schweigend zu. Aber eine einfache Lösung, auf welchem Weg sie den Vatikan unauffällig und unerkannt verlassen könnten, schien er ebenfalls nicht parat zu haben. Offenkundig sah er die Sache deutlich diffiziler.

„Ich war heute Morgen auch nicht ganz untätig. Was ihr mir gerade erzählt habt, passt ganz gut zu meinen Informationen, die ich vorhin zugespielt bekommen habe."

Kowalski runzelte die Stirn.

„Und die sind leider nicht wirklich gut für euch. Dieser undurchsichtige deutsche Naziboss ist gestern Abend noch eine etwas seltsame Geschäftsverbindung mit Jodok eingegangen. Wir wissen noch nicht so genau, was Jodok von ihm haben will. Aber jedenfalls hat Jodok ihm in die Hand versprochen, sämtliche Unterlagen zum *Rommel-Schatz*, und vor allem Sophies decodierte Schatzkarte, zu übergeben."

Kowalski legte eine kurze Pause ein.

„Versteht ihr, was das bedeutet?"

Max schluckte betroffen.

„Sie meinen, der Kardinal will genau diejenigen Unterlagen haben, die Sie letzte Woche dem *Skorpion* übergeben haben, um den Mafia-Deal zu erfüllen?"

Es war eine unnütze, rein rhetorische Frage. Aber sie unterstrich die brisante Situation mehr als deutlich.

„Ja." Kowalski nickte erneut zustimmend. „Und ich brauche wohl nicht extra zu betonen, dass der Kardinal alles unternehmen wird, um seinen Teil der Abmachung einzuhalten. Jodok bekommt immer genau das, was er will!“

Max blickte kurz zu Sophie und HAB.

„Diese Forderung können wir gar nicht mehr erfüllen – selbst wenn wir das wollten. Umso schneller müssen wir uns hier aus dem Staub machen. Hier im Vatikan sitzen wir doch auf seinem Präsentierteller.“

„Und natürlich nicht zu vergessen, ihr habt jetzt noch eine neue Feindin: die Äbtissin! Sie arbeitet intensiver mit Jodok zusammen, als sich das irgendjemand hier im Vatikan vorstellen kann.“

Kowalski klang deutlich besorgt.

„Die Äbtissin ist genauso gefährlich wie der Kardinal – mindestens!“

„Viel Feind – viel Ehr.“

Sophie schien der Gefahr mit einem Lächeln begegnen zu wollen. Doch dann wurde sie zum Glück schnell wieder ernst.

„Nein, ich sehe das natürlich genauso wie HAB und Max. Wir sollten möglichst schnell von hier verschwinden. Je eher, desto besser.“

Kowalski hatte jetzt plötzlich tiefe Sorgenfalten auf der Stirn. Sie waren ein sicheres Zeichen dafür, dass die Situation tatsächlich noch erheblich brisanter geworden war als zuvor. Dass jetzt plötzlich Kardinal Jodok zusammen mit der Äbtissin im Spiel aufgetaucht war, schien für ihn einem Super-GAU gleichzukommen.

Aber er wiegelte beschwichtigend ab.

„Ich werde alles tun, was ich kann. Bleibt ab jetzt bitte unbedingt immer zusammen. Trennt euch nicht mehr. Wenn ich einen Weg gefunden habe, euch hier herauszubringen, wird alles sehr schnell gehen müssen – wenn es jetzt überhaupt noch eine Möglichkeit gibt, zu entkommen."

„Aber ich muss unbedingt noch mit Ihrer Mutter ..."

Sophie blickte Kowalski verzweifelt an.

Der schüttelte jedoch nur mit dem Kopf. Kowalskis Gesicht war wie versteinert, und langsam quollen zwei dicke Tränen nebeneinander aus seinem rechten Auge.

„Meine Mutter ist tot. Sie ist heute Morgen verstorben!"

KAPITEL 64

Kowalski konnte anhand der Videoaufzeichnungen den Weg der Äbtissin von den Gemächern Kardinal Jodoks hinüber zum Tiber bis hin zur Engelsburg exakt nachvollziehen. Nach der Tiberbrücke verlor sich ihre Spur dann jedoch, etwa 800 Meter vom Kloster San Ambrogio entfernt. Dort war sie hinter der schweren Flügeltüre des *Palazzo dei Virginale* verschwunden.

Erst nach mehr als einer Stunde hatte die Kamera sie wieder eingefangen. Sie war genau an der gleichen Stelle herausgekommen, wo sie hineingegangen war – allein. Was genau sie dort getan oder mit wem sie sich getroffen haben könnte, blieb für ihn damit verborgen.

Hätte Kowalski jedoch gewusst, dass vom Keller des Palazzos aus ein versteckter, geheimer unterirdischer Gang direkt zur Basilika des Klosters San Ambrogio führte, wäre das – zumindest für ihn – der Beweis gewesen, dass die Äbtissin die Mörderin seiner Mutter war. Für ihn war San Ambrogio seit jeher eine Brutstätte des Bösen.

Kowalski gehörte damit zu den wenigen Eingeweihten, die mit der unerhörten Geschichte von San Ambrogio bestens vertraut waren. Ein Mitte des 19. Jahrhunderts stattfindender Inquisitionsprozess hatte den Skandal über unglaublich exzessive Vorgänge innerhalb der Klostermauern aufgedeckt.

Am Ende des Prozesses verurteilten die Richter der Inquisition lediglich die dort als Heilige verehrte Novizenmeisterin des Klosters, Marie Luisa, zu 20 Jahren Haft. Selbstbewusst hatte sie, ohne zu zögern – und nicht ohne Stolz – zwei Morde sowie den mehrfachen Mordversuch an Katharina Fürstin von Hohenzollern-Sigmaringen gestanden.

Im Gegensatz zur heute gängigen Rechtsprechung blieb bei der Strafzumessung ihr sozialer Hintergrund genauso unberücksichtigt wie die Tatsache, dass man Marie Luisa mit nur 13 Jahren in einem Kloster brutal vergewaltigt hatte.

Nach Verbüßung der vollen Strafe landete Marie Luisa zunächst hilflos in der Gosse und danach gradlinig in einem bewachten Irrenhaus im fernen Rumänien.

Das Kloster schließlich wurde im Auftrag der päpstlichen Inquisition im Jahre 1862 geschlossen.

Alles das kannte Kowalski bestens. Aber in Wahrheit wusste er nicht das Geringste über die unglaublichen Vorgänge, die sich im Geheimen bis heute in San Ambrogio abspielen.

Nachdenklich schaltete er die Überwachungsmonitore nacheinander wieder aus. Die Videoaufzeichnungen liefen ohnehin in Endlosschleife weiter.

Solange er keine Beweise für den Mord an seiner Mutter besaß, waren Kowalski die Hände gebunden. Erst wenn er den Täter durch lückenlose Beweise überführt hätte, konnte er die Sache einem vertrauenswürdigen Staatsanwalt übergeben. Erst dann würde die

Gerechtigkeit ihren Lauf nehmen können, denn Staatsanwalt Georgios Sorbano gehörte zweifelsfrei zu den Unbestechlichen seiner Zunft. Aber in einem war Kowalski ganz sicher: Für ihn stand es außer Frage, dass die Äbtissin bei dem Mord an seiner Mutter ihre Finger im Spiel hatte.

Jetzt aber galt es, schnellstens eine angemessene Beerdigungszeremonie für seine Mutter vorzubereiten, denn Kowalski war es nicht schwergefallen, auf eine Obduktion zu verzichten.

Auch wenn er der festen Überzeugung war, dass sie nicht eines natürlichen Todes gestorben war, wollte er auf keinen Fall die Mörderin durch eine gerichtlich angeordnete Obduktion warnen. Es schien ihm deutlich klüger, jedermann, der damit zu tun haben könnte, in Sicherheit zu wiegen.

Unabhängig davon wusste er natürlich, dass man gerade im Umfeld des Vatikans Giftmorden bereits seit Jahrhunderten eine gewisse Tradition nicht absprechen konnte. Er war überzeugt, dass es Gifte gab, die zumindest mit den gängigen Mitteln einer gerichtsmedizinischen Untersuchung ohnehin nicht nachgewiesen werden konnten.

Nein, seine eigene Mutter „aufschneiden" zu lassen, kam für Kowalski nicht infrage.

KAPITEL 65

HABs Gesichtsausdruck und seine fast unterwürfige Körpersprache ließen nichts Gutes erahnen. Mit ungewohnt blassem, verschwitztem Gesicht war er gerade von einem weiteren kurzen Gespräch mit Kowalski wieder zu seinen Freunden zurückgekehrt.

„Wir müssen uns auf das Schlimmste gefasst machen."

Nervös versuchte er, die feinen Schweißperlen, die immer mehr Platz auf seiner hohen Stirn einnahmen, Herr zu werden, was ihm jedoch mit dem Handrücken nur schlecht gelang.

„Kowalski hat alles versucht – aber er sieht derzeit keine Möglichkeit, uns hier rauszubringen ..."

Max hatte sich mit einem gestöhnten „Das gibt's doch nicht" hart in seinen Stuhl zurückfallen lassen.

Sophie jedoch zeigte keine auch nur im Ansatz erkennbare Reaktion.

Der unerwartete Tod von Schwester Anna hatte ein tiefes Loch in Sophies Seele gerissen. Zum ersten Mal in ihrem Leben war sie einer Person begegnet, mit der sie auf Augenhöhe über ihre transzendentalen Begabungen reden konnte.

Sehr schnell war klar geworden, dass Anna über ähnliche Fähigkeiten verfügen musste wie sie selbst. Insbesondere die Fähigkeit, sich alles merken zu können, war mehr als das hinlänglich bekannte *fotografische Gedächtnis*. Nein, auch Anna war eine HSP, eine „highly sensitive person“ – genau wie sie selbst.

Obwohl Sophie nie auf die Idee gekommen wäre, nach einem Mentor zu suchen, hatte sie genau das in Anna gefunden: ihre persönliche Mentorin, eine, die gewillt war, sich voll und ganz auf sie einzulassen.

Es war einfach nur ein nie gekanntes, unbeschreibliches Gefühl. Anna hatte Sophie vertraut und Sophie vertraute ihr.

Jetzt aber konnte sie ihrer Mentorin noch nicht einmal von der wunderbaren Begegnung mit dem Tuch der Veronika berichten.

Genauso wenig aber würde Sophie je erfahren, was mit ihr nach dem Aufstieg aus der verborgenen Kapelle in die Dunkelheit tatsächlich geschehen war. Auch dieses Geheimnis hatte Anna mit in ihr Grab genommen. Sophie war unendlich traurig, aber schon der Gedanke an ihre Freundin Anna schien ihr weiterhin diese neue großartige Kraft zu geben, die sie bislang nie gespürt hatte. Anna würde sie nie vergessen!

Angst vor der Zukunft hatte Sophie keine. Geschweige denn, dass sie wegen des unlösbaren Paradoxons, die Forderung Jodoks nicht erfüllen zu können, in Panik geraten wäre. Im Gegenteil, Sophie war sich sicher, auch ohne den Rat und die Hilfe von Schwester Anna würde sich dieses Problem lösen lassen.

Nach nur erstaunlich kurzer Diskussion untereinander stand für alle fest, dass es nur eine einzige praktikable Lösung gab, den Fängen

Jodoks zu entkommen: Sophie musste die Schatzkarte und sämtliche weiteren Unterlagen zum *Rommel-Schatz*, die Kowalski dem *Skorpion* übergeben hatte, neu anfertigen. Kopieren – aus dem Kopf heraus.

Sophie war *die Frau, die nicht vergessen konnte*. Ihr enormes Gedächtnis sortierte alles, was sie je gehört, gelesen oder gesehen hatte, in zigfache, computergleiche Ordner und Unterordner. Haarklein und haargenau. In kurzer Zeit würde Sophie alles genauso rekonstruiert haben wie das Original. Dann hätten sie eine „echte" Kopie, mit der man der Forderung Jodoks unschwer nachkommen könnte.

Die Gedankengänge dazu folgten einer einfachen Logik:

„Geben wir der Meute genau das, was sie will. Dann macht sie sich über die Beute her – und wir haben sie vom Hals. Soll die sich doch mit der Mafia in Korsika herumschlagen!"

Genau diesen Plan erläuterten sie jetzt Kowalski, der pünktlich zum Abendessen zurückgekehrt war.

Kowalski musste nicht lange über diesen Vorschlag nachdenken, dann schüttelte er energisch den Kopf.

„Das ist doch kindischer Unsinn! Mit dieser Lügengeschichte könnt ihr vielleicht die Deutschen überzeugen."

Dann schüttelte er erneut heftig den Kopf.

„Alleine nur der Versuch, Jodok oder die Äbtissin zu hintergehen, ist hochgefährlich. Zum einen können beide auf fast übersinnliche Weise spüren, ob jemand lügt oder nicht. Sie haben Fähigkeiten wie ein Lügendetektor. Aber die Äbtissin hält dazu auch noch ständig Kontakt zu einem jungen, sogenannten *Zukunftsforscher*. Ein undurchsichtiger Typ, von dem wir allerdings glauben, dass er in Wahrheit ein gewiefter Abhörspezialist ist. Er ist ständig in Kontakt mit der

Äbtissin. Mit seiner wissenschaftlichen Hilfe hat sie wahrscheinlich schon den halben Vatikan ausspioniert.

Damit ist es doppelt gefährlich, sie anzulügen. Solange wir nicht ausschließen können, dass sie mehr wissen, als uns lieb sein kann, sollten wir es in jedem Fall besser lassen und ehrlich bleiben. *Die Wahrheit, das ist unsere einzige Waffe, die wir haben!*"

„Aber Sophie kann die Unterlagen haarklein genauso aufschreiben, wie sie es bereits getan hat. Ihr Gedächtnis ist ..."

HAB griff verzweifelt nach dem Strohhalm einer Lösung, die so einfach ausgesehen hatte. Aber Kowalski unterbrach ihn abrupt.

„Ja, alles schön und gut, Hans Albert. Unterstellen wir meinetwegen einmal, dass euer Täuschungsmanöver tatsächlich gelingt. Und dann? Habt ihr darüber nachgedacht, was mit euch geschieht, wenn der *Skorpion* herausfindet, dass ihr euer ausdrückliches Versprechen gebrochen habt?"

Sophie blickte Kowalski einige lange Sekunden direkt in die Augen. Dann nickte sie zustimmend.

„Sie haben recht! Ja, wir sollten die Wahrheit sagen – das ist sicher besser."

HAB und Max waren zu unbeteiligten Zuhörern degradiert, aber beiden war klar, dass Sophie das letzte Wort hatte. Die Entscheidung war gefallen!

Trotzdem stand ihnen die Ratlosigkeit im Gesicht.

„Keine Angst", Kowalski war zuversichtlich, „ich werde mich sobald wie möglich mit Jodok oder der Äbtissin treffen – je nachdem. Dann sehen wir ja, was wird. Und ihr bleibt bis dahin natürlich hier in eurem Versteck – bis jetzt ist es hier jedenfalls immer noch sicher."

Kowalski neigte immer dazu, die *Macht der Wahrheit* zu heroisieren, obwohl ihn die Vergangenheit schon oft genug eines Besseren belehrt hatte. Aber immerhin waren ihm deutlich mehr Beispiele bewusst, bei denen am Ende schließlich doch die Wahrheit gesiegt hatte.

Genau darin lag seine ganze Hoffnung, selbst der Überbringer dieser schlechten Nachricht zu sein.

KAPITEL 66

„Das hast du wirklich sehr gut gemacht, meine liebe Agnieszka. Trotz seiner unverfrorenen Lügerei. Wenigstens ist der Sauhund nicht misstrauisch geworden, dass du ihm seine Lügengeschichte natürlich nicht abkaufst.“

Wenige Sekunden, nachdem Kowalski die nur in den beiden vorderen Bereichen bescheiden eingerichtete Wohnung der Äbtissin wieder verlassen hatte, glitt ein mannshoher Wandspiegel lautlos zur Seite. Aus der kleinen, dahinter versteckten Kammer reckte sich Jodok heraus. Als heimlicher Beobachter hatte er das Gespräch von Beginn an aufmerksam belauscht.

„Was bildet sich dieser Hurensohn eigentlich ein? Er, ein Mann Gottes. Er, der unzählige Eide auf die Bibel geschworen hat, immer die Wahrheit zu sagen – die Wahrheit und nichts als die reine Wahrheit!“

Jodok steigerte sich hochtheatralisch immer mehr in die Rolle eines Moralapostels hinein – sehr zu Amüsement der Äbtissin, die sich allerdings sofort bemühte, diese Gefühlsregung nicht zu deutlich zu erkennen zu geben.

„Und jetzt lügt er dir geradewegs direkt ins Gesicht hinein. Wie ein abgefeimter Lügenbaron – als sei es für ihn völlig normal!“

Jodok glühte vor Zorn. Zuvor war er sicher gewesen, von dem Geheimdienstmann des Vatikans endlich die Papiere zu bekommen, die er so dringend für den erfolgreichen Abschluss seines Geschäftes benötigte.

Jodok giftete weiter gegen Kowalski.

„Du weißt, ich war immer dagegen, Schwester Anna aus dem Weg zu räumen, aber jetzt bin ich sogar froh, dass du es getan hast.“

Die Äbtissin verzog keine Miene. Wenn man sie aber in genau diesem Moment fotografiert hätte, wäre die Ähnlichkeit mit dem Lächeln der Mona Lisa unverkennbar gewesen. Sie war jedenfalls ihrem Ziel erneut ein ganzes Stück nähergekommen.

„Natürlich lügt er! Was denn sonst? Weiß der Teufel, welchen Anteil sie ihm an diesem riesigen Schatz versprochen haben. Auch Gottesmänner sind nicht unfehlbar.“

„Und? Warum schaust du mich dabei so komisch an? Ich bin alles andere als ein Gottesmann – das weiß niemand besser als du!“

Jodok tobte weiter.

Die Äbtissin spitzte die Lippen, konnte aber nicht widerstehen, diesen Gedanken weiterzuspinnen.

„Die Rolle des Kardinals steht dir aber wirklich ziemlich gut! Wenn du noch ein bisschen übst …“

Die abfällige Geste Jodoks war eindeutig. Aber es lenkte ihn ab, denn immerhin hatte er aufgehört, sich wie ein Irrer zu benehmen. Jetzt musste sie ihn nur noch auf den richtigen Weg führen, die Sache zu einem guten Ende zu bringen – zumindest aus ihrer Sicht.

„Was regst du dich denn eigentlich so auf, mein Lieber? Du bekommst schon noch, was du willst! Nur die Drecksarbeit – die sollten jetzt erst einmal deine deutschen Freunde erledigen. Soweit ich weiß, gibt es da eine junge Frau, die nur darauf brennt, ihre mittelalterlichen ‚Überzeugungskünste' endlich unter Beweis stellen zu dürfen."

Jodok war schon immer starken Stimmungsschwankungen unterlegen. Jetzt strahlte er. Der Gedanke schien ihm zu gefallen.

„Eine sehr gute Idee ist das, mein allerliebster Schatz. Dann mach das Maß deiner Güte voll und sorge bitte dafür, dass dieser Herr von Stetten mir möglichst bald seine Aufwartung macht."

Jodok hatte sich wieder völlig beruhigt. Zum Glück war er leichter zu beeinflussen, als er ahnte.

Generell gesehen hatte Jodok natürlich recht, Kowalski als infamen Lügner einzustufen. Während des gesamten Gespräches mit der Äbtissin zeigte er ständig eine ganze Reihe typischer unbewusster Stressreaktionen, die jeden Menschen ziemlich sicher als Lügner entlarven. Eindeutiger wäre nur der Pinocchio-Effekt einer größer werdenden Nase. Aber den gibt es leider nur im Märchen.

Die Äbtissin jedoch wusste, dass selbst gehäuften Hinweisen auf Stressreaktionen nicht zwangsläufig eine Lüge zugrunde liegen muss. Jedenfalls dann nicht, wenn die befragte Person im Gesprächsverlauf unter massiven Druck gesetzt wird. In Wahrheit kam das Gespräch ohnehin eher einem Verhör unter Anwendung von FBI-Methoden gleich.

Als Kowalski für die Freilassung seiner Freunde sogar einen irrwitzig hohen Lösegeldbetrag anbot, hatte sie ihn offen einen Lügner genannt. Genau so etwas bewirkt oft diejenigen Stressreaktionen, von denen Jodok sich hatte täuschen lassen.

Die Äbtissin glaubte Kowalski uneingeschränkt, zumal er zwar ein abgebrühter Hund war, aber natürlich immer auch ein Mann Gottes – einer, der niemals log.

Aber warum hätte sie mit Jodok darüber streiten sollen?

So wie es jetzt war, würde alles viel besser laufen, jedenfalls dann, wenn die Deutschen mitspielten und nach ihrem Willen für sie die Drecksarbeit erledigten.

Zum Schein war sie natürlich auf Kowalskis Angebot eingegangen. Sie hatte ihm einfach vorgegaukelt, dass er sie letztendlich „doch überzeugt" habe. Es war auch nicht die reine Geldgier, die sie dazu getrieben hatte – obwohl sie jetzt doch bereits darüber nachdachte, wie sie den größten Batzen davon sich selbst unter den Nagel reißen könnte. Nein, damit war es ihr vor allem gelungen, Kowalski in trügerische Sicherheit zu wiegen.

Denn ab sofort würden sich seine drei „Schutzbefohlenen" deutlich unvorsichtiger bewegen als zuvor.

KAPITEL 67

Adrian von Stetten verstand ebenso wenig von moderner Kommunikationstechnik wie der Kardinal. Kurzerhand hatten sich beide Unterstützung geholt.

Jetzt erklärte die Äbtissin Martin und Lotte sämtliche Details, die dazu notwendig waren, das Minichipsystem, das sie Sophie unter die Haut gespritzt hatte, in allen Einzelheiten zu verstehen. Schließlich händigte sie ihnen einen winzigen Hochleistungsempfänger aus. Damit konnten sie, quasi durch alle Mauern hindurch, auf den Zentimeter genau nach „Sophie & friends“ suchen.

Martin war begeistert.

„Wer zum Teufel ist denn auf diese Idee gekommen? Das ist einfach genial.“

Obwohl die Äbtissin seine Frage komplett ignoriert hatte, war es ein gefundenes Fressen für ihn: Denn das *Ding* war um Klassen besser als jeder Detektor, den er zuvor gesehen hatte. Dass diese arrogante Äbtissin ihn weiterhin ignorierte, störte Martin nicht. Wenn er Zeit finden würde, sich näher mit dessen Innenleben zu beschäftigen, dürften sich alle Fragen dazu von selbst erledigt haben.

Mit diesem *Ding* die drei jetzt aufzuspüren, war damit jedenfalls erheblich leichter, zumal das von ihm in aller Eile selbst zusammengebastelte Ortungssystem im Dauerbetrieb anfälliger war, als gehofft.

Einzig Lotte stand die Enttäuschung über den neuen Auftrag ins Gesicht geschrieben.

Was zu Beginn nach einem Freibrief geklungen hatte, mit den dreien „alles" anstellen zu dürfen, hatte ihr Boss plötzlich deutlich eingeschränkt. Insbesondere hatte er ihr ausdrücklich verboten, „irgendjemand durch die Folter schwer zu verletzen oder gar zu töten".

Wie immer war für ihn ausschließlich das Ziel maßgebend. Tot würden sie ihm nichts mehr nutzen. Er brauchte Sophie und selbst ihre Freunde lebend.

„Macht ihnen das erst einmal unmissverständlich klar!"

Dann gab ihnen ihr Boss sogar den Bluff wörtlich vor.

„Sagt denen einfach: ‚Wir wissen, dass ihr lügt!' Gebt ihnen dann noch ein bisschen Zeit – sagen wir 24 Stunden. Danach könnt ihr die Gangart verschärfen … Sie werden einknicken – das ist sicher!"

Adrian von Stetten wollte diese Schatzkarte. Um jeden Preis. Damit würde das ohnehin sehr beträchtliche Vermögen des *NAD* und damit vor allem seiner neu gegründeten Partei *Deutsche für Deutschland*, der *DfD* auf einen immensen, unglaublich hohen Milliardenbetrag anwachsen. Diese Milliarden waren der Köder dafür, den die übrigen rechtsradikalen Parteien innerhalb von Europa annehmen und schlucken würden. Die EU verweigerte ihnen bis heute eine angemessene Parteienfinanzierung. An deren Stelle stand jetzt

„seine" *DfD*. Sie würde diese Parteien finanzieren und im Rahmen einer Kooperationsvereinbarung unter seiner Führung zu einer völlig neuen, großen europäischen Partei heranwachsen lassen.

Adrian von Stettens großes Ziel bestand darin, möglichst bald die Macht über ganz Europa zu übernehmen.

Es war ein lohnenswertes Ziel, und am Ende war es Martin gelungen, Lotte wieder zu beruhigen. Beide wollten im Grunde ihres Herzens den Machtplan Adrians mit aller Kraft unterstützen.

Langsam hatte Lotte sogar wieder Gefallen an der Vorstellung gefunden, die Feinheiten ihre Folterkünste bald wieder auffrischen zu können. Auch wenn sie Sophie nicht sichtbar verletzen durfte, gab es Mittel und Wege …

Bald würde sie es der Schlampe heimzahlen. So viel war sicher.

KAPITEL 68

Obwohl alles sehr schnell ging, schien es Sophie, als spielte sich die Szene in einem schmerzhaften Zeitlupentempo ab, bei dem sogar die Sprache in unendlich langen verzögerten Wortwürsten aus Martin und Lotte herausquoll.

Martin hatte die Tür zum Refektorium sofort nach dem abrupten Betreten wieder von innen versperrt. Während er HAB seelenruhig fest am Hals packte und auf seinen Stuhl zurückdrückte, war Lotte auf Sophie zugeschossen.

Nur Max reagierte trotz allem blitzschnell und brachte seinen Körper gerade noch schützend vor seine Freundin. Im gleichen Moment stoppte ihn jedoch ein unglaublich gekonnter *Roundhouse-Kick* von Lotte. Der Tritt traf Max direkt in seine Leberspitze und warf ihn hart zu Boden, wo er stöhnend verkrümmt liegen blieb.

Mit einem schmerzhaften Ruck riss sie Sophies Haare fest nach hinten.

„So Schlampe, jetzt bist du dran."

Trotz ihrer Schmerzen und obwohl Sophie den Irrsinn in Lottes Augen sah, zuckte sie mit zugekniffenen Lippen verächtlich mit der Schulter. Dann zischte sie die durchtrainierte Kampfsportlerin wütend an.

„Was willst du tun, du feige Mörderin! Willst du mich umbringen? Jetzt? Na los, mach es – mach schon!"

Widerspenstig spie sie auf den Boden.

Lotte zuckte kaum merklich und löste dabei ungewollt den Griff an Sophies Haaren. Mit dieser Reaktion hatte sie nicht gerechnet.

Martin bemerkte erstaunt die kurze Unsicherheit seiner Lebensgefährtin. So verunsichert hatte er sie bislang noch nie erlebt.

„Jetzt hört ihr mir mal gut zu, ihr drei Schwachköpfe. Wir wissen, dass ihr lügt. Also schafft jetzt endlich diese Schatzkarte herbei!"

Martin legte eine kurze Pause ein, ohne seinen entschlossenen Blick von Sophie zu wenden.

„Dafür habt ihr ab jetzt genau 24 Stunden Zeit. Keine Sekunde länger. Es ist nämlich aus mit euren saublöden Spielchen. Verstanden!"

Dabei drückte er HABs Kopf ein paar Mal schnell nach unten, sodass es aussah, als würde der so seine Zustimmung bezeugen.

Max lag immer noch stöhnend am Boden und rang nach Luft. Reden konnte er nicht.

„Okay, ich werte das jetzt einmal als ein klares Ja."

Lotte hatte erneut das Kommando übernommen.

„Eines sag ich euch noch: Wenn ihr uns wieder irgend so eine Fantasiegeschichte auftischt … dann werden wir …"

Lotte schwieg bedeutsam grinsend, als spiele sie gerade eine wichtige Nebenrolle in einer schlecht besetzten Daily-Soap.

„Martin, sag du es ihnen. Manchmal habe ich das blöde Gefühl, die glauben dir mehr als mir …"

Martin genoss die Situation.

„Aber gern doch, mein Schatz", strahlte er seine Geliebte mit aufgerissenen Augen an.

„Ja, wenn ihr das tut, dann wird dieser Herr hier", wieder ließ er HAB ein paar Mal nicken, „dann werden wir diesen Herrn hier dazu bringen, sich selbst einen Finger abzuschneiden – freiwillig natürlich."

Max war es zwischenzeitlich gelungen, seinen Körper in eine einigermaßen bequeme Sitzposition zu bringen. Das arrogant aufgesetzte, widerliche Lächeln dieses schmächtigen Neonazis war zum Kotzen. Für ihn war es fast noch unerträglicher als die Vorstellung, man könne seinen Freund mit einer sicher ausgeklügelten Foltermethode dazu bringen, sich nach Yakuza-Art von einem seiner zehn Finger zu trennen.

Aber noch bevor er seiner Wut Luft machen konnte, hatte Lotte ihn erneut mit ihrem Fuß zu Boden gedrückt und der unerträgliche Leberschmerz brachte nur mehr ein erbärmliches Stöhnen aus ihm heraus.

Wortlos drehte Martin den Schlüssel nach rechts und öffnete die Tür.

Lotte blieb kurz davor noch einmal stehen und drehte sich erneut zu Sophie um.

„Und dir … dir werde ich Schmerzen zufügen, wie du sie dir selbst in deinen schlimmsten Träumen noch nicht einmal vorstellen kannst!"

Dann schlug die Tür hart zurück in die Zarge.

Der Spuk war vorüber.

KAPITEL 69

Jodok war mit dem Verlauf der Ereignisse des Tages und vor allem mit sich selbst äußerst zufrieden. Die Äbtissin hatte ihn wohlgelaunt bis an die Tür zu seinen Räumlichkeiten im Vatikan begleitet. Auch sie genoss den Erfolg ihrer sorgsam eingefädelten Intrige. Es waren genau diese Erfolge, die bei ihr seit einiger Zeit so etwas wie einen unerwarteten Hormonschub auslösten. In der freudigen Erwartung, die Nacht mit Jodok verbringen zu können, wollte sie jetzt so schnell wie möglich diese ungezügelte Lust, die sie ständig durchzuckte, in einer totalen sexuellen Befriedigung enden lassen.

Doch wieder einmal hatte Jodok andere Pläne. Gütig lächelnd verabschiedete er sie mit einem auf die Stirn sanft hingehauchten und nur angedeuteten Kuss. Gleichzeitig führte er seine Hand vorsichtig tastend von ihrem Oberschenkel zum Unterbauch, sodass sie für den Bruchteil einer Sekunde der Hoffnung erlag, dass er seine Meinung doch wieder geändert haben könnte.

Genauso plötzlich aber, wie er sie berührt hatte, ließ Jodok wieder von ihr ab, um Sekunden später hinter der Eingangstür zu verschwinden. Mit einem für ihr Gehör nahezu unerträglichen, schrill quietschenden, eher einem menschlichen Schrei ähnelnden Geräusch rastete der eiserne Türriegel in die ebenfalls massive, eiserne Halterung.

Die Äbtissin wusste nicht, was sie mehr hasste: dieses schreiende Geräusch, das sich gerade wie ein spitzer, haarnadelfeiner Pfeil durch die Schläfe in ihre Gehirnwindungen bohrte, oder die unmenschliche Kälte ihres Liebhabers, welcher der Einzige war, der sie von ihren sexuellen Zwängen hätte befreien können. Die Tränen, die aus ihren Augen schossen, waren Tränen des Zorns.

Selbst wenn Jodok ihre Reaktion hätte vorausahnen können, wäre es ihm völlig gleichgültig gewesen. Sexuelle Exzesse mit der Äbtissin konnte er jederzeit haben – nach seinem Belieben natürlich. Doch das, was er jetzt vorhatte, duldete keinen Aufschub. Dabei aber konnte er weder eine Gesellschaft, geschweige denn einen Mitwisser brauchen.

Seine persönlichen Gemächer gehörten zu den wenigen Orten im Vatikan, die vollkommen abhörsicher waren. Dennoch fuhr er zunächst den Computer seiner modernen Sicherheitsanlage hoch, um irgendwelche unerlaubten Zugriffsversuche auszuschließen. Erst als auch diese Prüfung zu seiner Zufriedenheit ausgefallen war, begann er mit seinem eigentlichen Vorhaben.

An der linken Längsseite seines Schlafzimmers erstreckte sich über die gesamte Seite ein schon vor Jahrhunderten installierter Holzverbau im protzigen Stil des Hochbarocks. Erst in diesem monströsen Möbel mit seinen vielen unübersichtlichen Knöpfen und Schiebhebeln für kleine oder größere Türen und Schubladen verbarg sich der Zugang zu einer merkwürdigen Kammer, in der er eine ganz besondere private Sammlung zusammengetragen hatte. Dort fand sich eine Vielzahl magischer Artefakte. Jodok war es gelungen, alles im Laufe von Jahrhunderten planmäßig auszusuchen und aufzuspüren – wo immer es sich befunden haben mochte und was immer auch der Preis dafür war.

Jetzt endlich würde er die Zeit finden, sein neues Prunkstück dieser Sammlung hinzuzufügen. Eine gefühlte Ewigkeit hatte er darum gekämpft. Aber es in den Händen zu halten, war unumgänglich, um sein letztes großes Ziel zu erreichen – nun besaß er ihn, den *Codex Gigas*, die größte jemals angefertigte Handschrift.

Schon immer war dieser Codex ein Objekt allseitiger Begierde. Eine unbezahlbare Kostbarkeit, die jeder besitzen wollte. Sogar als „achtes Weltwunder" war er gepriesen worden. Der Volksmund aber hatte dieser Schrift einen unheilschwangeren Namen gegeben. Er nannte das Werk ehrfurchtsvoll nur „die Teufelsbibel".

Der Grund dafür war nicht nur das auf der 290. Seite zu findende farbige Abbild des Teufels. Die Legende erzählte zudem, dass dieses monströse Werk vom Teufel höchstpersönlich verfasst worden war, und nicht nur Jodok wusste, dass der Volksmund damit nichts anderes als die Wahrheit überliefert hatte.

Die Bündelung des mächtigen Codex mit der bösen Seite des *Bozzettos* würde die Macht der beiden Werke ins Unermessliche steigern. Eine Macht, die ihm in Kürze zu Diensten sein musste, sobald er über die *Idola* samt den darin enthaltenen Zaubersprüchen verfügen würde.

Je länger sich Jodok in die Betrachtung des wundersamen Werkes vertiefte, desto mehr geriet er in einen wirren, tranceähnlichen Zustand, der ihm vorgaukelte, dass sich mit einem Mal die gesamte

Welt nur noch um eine einzige Person drehte – um ihn selbst! Denn diese Welt würde ihm, dem 1480 geborenen und anno 1540 feige ermordeten *Johannes Georg Faust,* das längst verdiente ewige Leben bescheren. Schweißgebadet, in sich verkrümmt, sank Jodok zu Boden, wo er in ein irres, schrilles, nicht mehr enden wollendes Gelächter ausbrach. Schon bald, sehr bald würde er endlich auf der höchsten erreichbaren Stufe der Erkenntnis stehen – direkt neben Gott und dem Teufel.

Alles würde genau so kommen, wie es sein Mitstreiter, der große Gelehrte und Magier Agrippa von Nettesheim vorausberechnet hatte!

Jodoks Körper begann sich wie von selbst zu drehen. Erst langsam, dann immer schneller. Er sah dabei aus wie ein Derwisch, der sich in allerhöchster Ekstase von *rechts nach links* dreht, um in vollkommener Liebe symbolisch die gesamte Menschheit zu umarmen, in Harmonie mit der Natur, bis in die kleinsten Zellen seines Körpers und den größten Sternen am Himmel. Der Tanz der Derwische diente ausschließlich dazu, sich immer weiter zu drehen, um am Ende Zeugnis abzulegen für die Existenz und Allmacht des Schöpfers in seiner unerreichbaren Höhe.

Doch Jodoks wahnwitzig schneller Dreh führte in die entgegengesetzte Richtung, die ein Derwisch einschlägt: von *links nach rechts.* Damit nur würde er dem Teufel näherkommen, näher als Gott.

Es war ein wahnsinniger Gedanke – und der raubte ihm schier den Verstand. Dann verlor Jodok das Bewusstsein.

KAPITEL 70

Der *Codex Gigas* ist nicht nur irgendein Buch, sondern das mit Abstand größte je per Hand geschriebene Buch der Welt.

Das Wort „Gigas“ ist dem Griechischen entlehnt und ist wohl mit dem deutschen Wort „Gigant“ am besten übersetzt. An diesem Werk ist nämlich alles gigantisch, unglaublich, unfassbar, mystisch.

Allein um die 312 Pergamentseiten herzustellen, hatten mehr als 150 Esel ihre Haut hergeben müssen. Bei seiner Fertigstellung war das Werk dann etwa 89 Zentimeter hoch, 49 Zentimeter breit, 22 Zentimeter dick und mit 75 Kilogramm so schwer, dass nur ein extrem kräftiger Mensch in der Lage war, es allein zu transportieren.

Nach einhelliger wissenschaftlicher Meinung ist der Codex Gigas zirka 800 Jahre alt und wurde im 13. Jahrhundert im böhmischen Benediktinerkloster Podlažice geschrieben. Man ist sich auch einig, dass der Verfasser wohl ein Mönch dieses Klosters war, der möglicherweise den Namen Hermanus führte. Jedenfalls steht fest, dass dieser Hermanus – oder wer auch immer das Werk geschrieben haben mag – ein unglaublich fleißiger Mensch gewesen sein musste. 20 Jahre oder mehr, so lange wird er gebraucht haben, diese unglaubliche Datenmenge in den Codex hineinzuschreiben. Eine beachtliche Lebensaufgabe.

Dennoch ist der Codex Gigas zunächst einmal nichts anderes als eine Bibel – wenn auch eine ziemlich ausgefallene. So enthält sie neben einer frühen lateinischen Fassung des Alten und Neuen Testaments zusätzlich auch sogenannte „Ethymologiae", eine Sammlung sowohl christlicher als auch nichtchristlicher Autoren. Fakt ist aber auch, dass sich darin zumindest Teile einer Übersetzung eines Lucifer von Cagliari aus dem vierten Jahrhundert befinden. Jedoch war es für die bislang den Codex und dessen Geheimnisse erforschenden Wissenschaftler offensichtlich ein Tabu, diesem Vornamen eine unheilschwangere Bedeutung beizumessen. Das liegt sicherlich auch daran, dass jener Lucifer bis zum Jahre 371 Bischof von Cagliari war und dort bis heute als Heiliger verehrt wird.

Aber nicht nur aus der Johannesoffenbarung kennen wir die Geschichte von Luzifer, dem gefallenen Engel. Heutzutage jedenfalls steht Luzifer als Synonym für niemand anderen als den Teufel.

Um das Thema „Magie" scheinen aber die „Damen und Herren Historiker" zumindest heutzutage einen weiten Bogen zu machen.

Intensiv hingegen hat man sich wiederum mit dem Schriftbild des Verfassers auseinandergesetzt und ist hier zu eindeutigen Ergebnissen gekommen. Die Schrift besteht aus karolinischen Minuskeln. Dabei handelt es sich um eine Schriftart, die zwischen dem 9. und 12. Jahrhundert gebräuchlich war. Damit also hat der Verfasser eine Schrift gewählt, die bereits über hundert Jahre nicht mehr gepflegt wurde. Eine Antwort darauf, warum er diesen eher „umständlichen" Weg gewählt hat, konnte bis heute niemand geben.

Auch die weitere Erforschung der Handschrift und vor allem des Schriftbildes des Verfassers führt zu einem weiteren unerklärlichen Mysterium.

Es steht außer Zweifel, dass der gesamte Text des Codex Gigas ausschließlich von einer einzigen Person verfasst wurde. Diese Ansicht gründet sich zum

Beispiel auf das absolut einheitliche Schriftbild der jeweils unterschiedlichen Texte, deren Buchstaben stets exakt drei Millimeter hoch sind. Wenn aber eine einzige Person über einen Zeitraum von mindestens 20 Jahren an diesem Text gearbeitet hat, ist es aus graphologischer Sicht völlig ausgeschlossen, dass sich über jenen langen Zeitraum hinweg keinerlei Ermüdungs- oder Alterserscheinungen des Verfassers finden lassen.

Vielleicht steckt also doch mehr dahinter als nur ein Mönch, dessen Schriftbild sich erstaunlicherweise über 20 Jahre hinweg trotz Stimmungs- und Temperaturschwankungen, Krankheit oder dem Älterwerden nicht verändert hat.

Die einzige Veränderung im Schriftbild, die es tatsächlich gibt, führt geradewegs zu neuen Fragen, die bislang ebenso wenig beantwortet werden konnten.

In einer einzigen Ausnahme zeigt das Schriftbild eine deutliche Veränderung in der Größe der Buchstaben, und die gibt es nur an dieser einen Stelle: nämlich genau vor der Seite mit dem berühmten Abbild des „doppelzüngigen Teufels", dem ein „fotografisches" Abbild von Jerusalem direkt gegenübergestellt ist. „Groß" geschrieben sind sowohl ein heiliges Sündenbekenntnis als auch heidnische Zaubersprüche.

Es bedarf nicht einer wirklich großen Vorstellungskraft, darin einen deutlichen Hinweis des Verfassers auf die Bedeutung dieser Stelle zu sehen.

„Der Teufel und Gott" – Gut und Böse" … was eigentlich sonst?

Der Codex selbst musste einiges über sich ergehen lassen. Rechtzeitig vor der Zerstörung des Benediktinerklosters Podlažice wurde er 1245 ins Zisterzienserkloster Sedlec und über 200 Jahre später, um 1477 ins Kloster Broumov gebracht. Vielleicht aber hat der Codex auch selbst eine Spur des Grauens hinter sich hergezogen. Bevor er anno 1593 kurzerhand in die berühmte Sammlung von Kaiser Rudolf II. verbracht wurde, die dieser in Prag besaß, befand er sich im Kloster Broumov. Die Stadt wurde in den letzten Jahren des Aufenthalts der

Teufelsbibel im Kloster von derart brutalen Überschwemmungen, Hungersnöten und Seuchen heimgesucht, dass die Einwohner auf einer Votivtafel gepeinigt aufschrien, „Gott möge seinen Zorn von der Stadt wenden ...“

Rudolf II., der Kaiser mit den vielen Gesichtern hingegen mag dies aus anderer Sichtweise aufgefallen sein. Er pflegte ein ganz besonderes Faible für Magie. Ein Studienfach, das zu jener Zeit immerhin als Wissenschaft an den Universitäten gelehrt wurde – Okkultismus mit eingeschlossen. Dieser Leidenschaft frönte der Kaiser besonders gerne in seinem eigenen Labor auf dem Prager Hradschin. Vielleicht also hat er den Codex seiner Sammlung mit einem konkreten Hintergedanken einverleibt?

In den Wirren des Dreißigjährigen Krieges schließlich wurde der Codex Gigas leichtes Beutegut der schwedischen Armee. Seitdem befindet er sich in der Königlichen Biblothek in Stockholm.

Der lange Weg hatte seinen Tribut gefordert. Vom Text selbst fehlen heute acht Seiten. Sie gelten als verschollen. Auch der prunkvolle Einband ist nicht mehr original, er wurde 1818 ersetzt.

So viel zum Ergebnis wissenschaftlicher Feststellungen.

Die Legende hingegen besagt, dass ein Mönch aus dem Benediktinerkloster Podlažice vom dortigen Abt verurteilt worden war, lebendig eingemauert zu werden. Um dieser drakonischen Strafe zu entgehen, versprach der Mönch in seiner Verzweiflung, in einer einzigen Nacht ein Buch zu verfassen, in dem sich das gesamte menschliche Wissen wiederfinden sollte. Warum auch immer: Der Abt ließ sich darauf ein. Da jedoch der Mönch diese Herkulesaufgabe nicht bewältigen konnte, soll er in höchster Not den Teufel angerufen und ihm seine Seele verkauft haben. Im Gegenzug vervollständigte der Teufel höchstpersönlich das bereits begonnene Manuskript – wie verlangt in nur einer einzigen Nacht. Der Mönch, so wird schließlich berichtet, fügte lediglich noch das Abbild des Teufels hinzu.

Quasi als Signatur des wahren Verfassers?

KAPITEL 71

Natürlich war es auch für Jodok keine allzu leichte Aufgabe gewesen, selbst in den Besitz des begehrten und unermesslich wertvollen Codex zu gelangen.

Bereits vor mehr als einem halben Jahrhundert hatte er begonnen, sich auf den Raub der Teufelsbibel vorzubereiten. Obwohl er schon immer mit außergewöhnlichen magischen Fähigkeiten ausgestattet war, schien es ihm unmöglich, sein Vorhaben in der bestens bewachten schwedischen Königlichen Bibliothek durchführen zu können. Zu gut bewachten die Verantwortlichen diesen größten Schatz, den ihr Heer im Dreißigjährigen Krieg an geraubter Kunst erbeutet hatte. Das monströse Werk stand somit unter deren besonderer Obhut.

Die Chancen für Jodok begannen sich schlagartig zu verbessern, als der *Codex Gigas* zum ersten Mal im Jahre 1970 sein geschütztes Reich in Schweden verließ und nach New York zu einer Ausstellung gebracht wurde. Ab diesem Zeitpunkt der Reise begann er, seinen Plan in die Tat umzusetzen und eine komplett mit dem Original identische Replik der Teufelsbibel herzustellen. In New York war er dann das erste Mal dem Objekt seiner Begierde so nahe gekommen wie nie zuvor. Die Sicherheitsvorkehrungen damals waren jedoch eher lasch und ermöglichten ihm, quasi bis „ins Innere des Codex" vorzudringen.

Jodok beherrschte eine Magie, die man am ehesten mit einer Mischung aus dem „Beamen" (Teleportation) und der Macht einer Bilocation vergleichen könnte. Eine Fähigkeit, die die katholische Kirche bis heute einigen ihrer wichtigsten Heiligen, wie zum Beispiel dem unvergleichlichen Pater Pio, zugesteht. Jodok war es dadurch gelungen, seinen entmaterialisierten Geist den kompletten Inhalt des Codex haarklein in sein eigenes Gehirn transportieren zu lassen.

Die Einzigen, denen sich eine seltsam anmutende Zaubereinlage geboten hätte, wären die Wachmänner gewesen. Hätten sie sich die Bilder der zu dieser Zeit noch in zittrigem Schwarzweiß daherkommenden Überwachungskameras angeschaut, wären sie Zeuge von etwas angeblich Unmöglichem geworden: der Wandlung eines Menschen zur Unsichtbarkeit – und wieder zurück. Letztendlich steht aber zu vermuten, dass niemand von ihnen diese Geschehnisse als real angesehen hätte. Es kann halt nicht sein, was nicht sein darf…

Kurz danach konnten Jodoks Kopisten bereits an die Arbeit gehen. Durch Jodoks Informationen waren die Künstler bis ins Detail bestens gerüstet.

Für einen allerletzten Abgleich zur Korrektur jedoch war ein weiterer intensiverer Augenschein unumgänglich. Da der Codex in Stockholm dafür zu gut abgesichert war, musste Jodok dieses Mal mehr als weitere 20 Jahre warten. Erst im Jahre 1999 wurde der Codex erneut auf die Reise geschickt – dieses Mal in die Hauptstadt der deutschen Wiedervereinigung, nach Berlin.

Ein knappes Jahr später war schließlich eine absolut perfekte Kopie entstanden, die ab sofort nur noch auf den Austausch mit dem Original wartete. Jodoks große Stunde war dann schließlich Ende 2007 gekommen.

In Prag wollte man den Codex einer breiten Öffentlichkeit präsentieren – genau an jenem Ort, wo er seiner Ruhe beraubt worden war.

Diesem Vorhaben war ein langer diplomatischer Kleinkrieg vorangegangen, an dessen Ende die tschechoslowakische Regierung im Gegenzug schließlich (in einem unveröffentlichten Geheimdokument) auf die Geltendmachung von Ansprüchen an den geraubten Codex endgültig verzichtet hatte.

Damit war für den Codex der Weg frei, an den Ort zurückzukehren, an dem er die lange Zeit von der Entstehung bis zum Raub durch die schwedische Armee verbracht hatte.

In Prag angekommen, gehörte der *Codex Gigas* plötzlich zu den dort am besten geschützten Gegenständen der Stadt. Offensichtlich befürchtete man einen Diebstahl durch nationale Patrioten des Landes, die es nie akzeptieren wollten, dass die Schweden sich weigerten, die unrechtmäßig erlangte Kriegsbeute herauszugeben. Man hatte die Ausstellung also kurzerhand in eine tresorartige Kammer verlegt und den Codex selbst zusätzlich durch bruchsicheres Glas gesichert – von den übrigen, hochsensiblen elektronisch gesteuerten Sicherheitsmaßnahmen einmal ganz zu schweigen.

Die Sicherheitsleute hatten an alles gedacht und sogar den Zutritt zur Kammer nur für jeweils Gruppen von 60 Personen gestattet. Diese Gruppen wiederum wurden von fast ebenso vielen Sicherheitsleuten strengstens bewacht und nach genau zehn Minuten wieder hinausgeführt. Dann wartete man weitere fünf Minuten, um anschließend den Vorgang mit weiteren 60 Personen zu wiederholen. Es war also völlig unmöglich, an den Codex heranzukommen, um ihn zu entwenden.

Zu Jodoks Glück aber lag genau in diesem ausgeklügelten Sicherheitssystem während der Ausstellung auch dessen größte Schwäche. Die hermetisch abgeriegelte Kammer musste exakt temperiert und klimatisiert werden. Dies war der Empfindlichkeit des Codex gegenüber einer ganzen Reihe von Umwelteinflüssen geschuldet. Die notwendige konstante Klimatisierung wiederum hatte zur Folge, dass die Ausstellungsräume in einem genau festgelegten Turnus von zwei Tagen pro Woche nicht vom Publikum betreten werden durften. Der Grund war einfach: Das Raumklima musste jeweils komplett gereinigt werden – von bösen, bücherfressenden Bakterien und den vielen anderen, von Menschen mitgebrachten Umwelteinflüssen, die jedes Raumklima verändern.

Während dieses zeitraubenden Vorgangs musste natürlich auch die Einbruch hemmende Verglasung jedes Mal für mehrere Stunden entfernt werden.

Nun ja, mehr als „ziemlich viel Geld" zu investieren war für Jodok nicht nötig. Zumindest zwei Personen war es unschwer möglich, während dieser Zeiten das Original gegen eine wirklich perfekte Kopie auszutauschen.

Viele Binsenweisheiten sind wahr. So auch diese, dass „jeder Mensch seinen Preis hat". Manche hatten dabei in ihrer Forderung nach „noch mehr" jedes Maß verloren. Aber Jodok war stets bereit gewesen, auch den höchsten Preis zu zahlen, mochte er noch so unverschämt hoch sein. Geld war ihm ohnehin einerlei, zumal keiner der käuflichen Helfershelfer je Gelegenheit bekommen hatte, den schändlichen „Judaslohn“ wieder auszugeben. Alle beide verschwanden auf unerklärliche Weise unmittelbar nach der Rückkehr des Codex in Stockholm.

Vielleicht ist es auch deshalb nie bekannt geworden, wann die schwedischen oder andere Kunsthistoriker herausgefunden haben, dass ihnen irgendwann irgendjemand eine Kopie ihres *Codex Gigas* untergejubelt hatte. Die Schande, diesen Umstand eingestehen zu müssen, wäre an sich schon schmerzhaft genug gewesen, der Verlust einer unerschöpflichen Einnahmequelle allerdings noch viel mehr. Also hat man sich *nolens volens* dafür entschieden, es beim *Status quo* zu belassen. Immerhin mit dem Erfolg, dass auch heute noch Tag für Tag reges Interesse am Codex besteht und massenhaft menschliche Ströme in die Stockholmer Königliche Bibliothek leitet.

Das schadet ja auch niemandem, denn die Kopie ist nun wirklich vom Original nicht zu unterscheiden!

Eine einzige Konsequenz hat es dann aber dennoch gegeben: Der *Codex Gigas* darf seitdem nicht mehr auf Reisen gehen. Damit will man wohl vorsichtshalber wenigstens ausschließen, dass er zu guter Letzt doch noch von irgendjemandem als Fälschung enttarnt wird.

Jodok hingegen würde sehr bald darangehen können, dem Codex selbst seine ganz persönliche Ehrerbietung zu erweisen: Schließlich besaß er seit langer Zeit sowohl den originalen ledernen Einband als auch die seit Jahrhunderten verschollen geglaubten fehlenden acht Seiten. Erst in seinem ursprünglichen Zustand würde der *Codex Gigas* wieder zu dem werden, was er wirklich ist: *des Teufels Bibel* …

KAPITEL 72

„Wenn die Äbtissin und Jodok allerdings die Wahrheit für eine Lüge gehalten haben, dann wollen sie vielleicht lieber an die Unwahrheit glauben. Die beiden sind von einer unglaublichen Gier besessen. So etwas trübt ein klares Urteilsvermögen schnell!"

Kowalski runzelte missbilligend die Stirn. Ihm gefiel ganz und gar nicht, worauf der Commandante der Schweizergarde da gerade hinauswollte. Der Lüge den Vorzug vor der Wahrheit zu geben, passte nicht in Kowalskis persönliches Weltbild. Er, der so sehr auf die „Wahrheit" vertraute, hatte seinen drei Schutzbefohlenen geraten, sich an die Wahrheit zu halten und der Äbtissin keine Lügengeschichte aufzutischen. Das war seine Taktik, und mit der waren sie grandios gescheitert. Im Ergebnis hatte es wohl sogar dazu geführt, dass das Trio sich jetzt einer äußerst ernst zu nehmenden Todesdrohung ausgesetzt sah. Es war ein Problem, das jetzt schnellstens gelöst werden musste, und zwar um jeden Preis – also möglicherweise sogar um den Preis einer vorsätzlichen Lüge.

Jedenfalls tat sich Kowalski seitdem mit neuen Ratschlägen schwer. Auch deshalb hatte er dem Drängen von HAB nachgegeben, Christoph Graf zu diesem Gespräch hinzuzuziehen. Er war es, der gerade dabei war, die so aussichtslos scheinende Situation gerade pragmatisch zu analysieren. Jetzt noch auf Befindlichkeiten Kowalskis Rücksicht zu nehmen, war für den Commandante der Schweizergarde jedenfalls der falsche Zeitpunkt gewesen.

Während das Trio ihm aufmerksam zuhörte, nickte plötzlich sogar Kowalski geflissentlich mit dem Kopf – so, als wolle er dem Grafen seine Zustimmung signalisieren.

„Lügenmärchen oder Wahrheit? Alles schön und gut", mischte sich Max ein. „Das ändert aber leider nichts an unserer aktuellen Gesamtsituation. Die ist gefährlicher denn je. Wir haben am eigenen Leib erfahren müssen, wozu dieser Nazigangster und seine Helfershelfer fähig sind. Die haben uns sogar hier drinnen gefunden. In unserem ach so sicheren Versteck! Und das, obwohl außer uns niemand wissen konnte, in welchen geheimen Räumen wir gerade waren! Vielleicht werden wir doch abgehört?"

Kowalski verstand die Aufgeregtheit von Maximilian Prückner sehr gut, versuchte aber dennoch, ihn zu beruhigen. Sie mussten jetzt alle klaren Kopf bewahren.

„Nein, das ist unmöglich. Die Räume, in die wir euch bringen, sind nicht verwanzt. Kein einziges Zimmer ist das. So etwas können wir kategorisch ausschließen. Zugegeben, es ist zwar alles ein bisschen seltsam. Ja, natürlich. Aber auch dafür wird es ganz sicher eine logische Erklärung geben!"

„Nur kennen wir die leider nicht!" Max flüchtete sich in ungewohnten Sarkasmus – auch wenn diese Eigenschaft ganz und gar nicht zu ihm passte.

Ungerührt von solchen Bedenken fuhr der Graf mit seiner Analyse fort und beugte sich jetzt stark nach vorne, um Max direkt in die Augen zu schauen. So, als wolle er ihn auf dem unbequemen Küchenstuhl mental fixieren.

„Ja Max, Sie haben recht! Wir wissen vieles noch nicht. Aber wir werden auch das herausfinden. Wir werden alles aufklären. Wirklich wichtig in dieser verfahrenen Situation ist jetzt vor allem anderen aber erst einmal, *nicht* in Panik zu geraten. Verstehen Sie? Egal wie – nur so werden wir Sie alle beschützen können. Das Wichtigste jedoch, was wir dazu ebenfalls noch benötigen, ist, ein kleines bisschen Zeit zu gewinnen."

Der Graf legte eine kurze Verschnaufpause ein.

„Ich werde mich ab jetzt jedenfalls persönlich um euch kümmern. Dennoch will ich keinen Hehl daraus machen, dass ihr da möglicherweise in etwas hineingeraten seid, was wirklich gefährlich werden kann. Don Kowalski befürchtet genauso wie ich, dass diese ganzen seltsamen Geschehnisse um Jodok eine viel größere Dimension angenommen haben könnten, als es zu Anfang aussah. Wir beobachten ihn schon lange, aber erst jetzt sind wir einer sehr gefährlichen Intrige auf die Spur gekommen, die …"

Grafs Worte waren zögerlich langsam geworden und man sah ihm an, dass er wegen der Tragweite dessen, was sich unter Umständen gegen Papst und Kurie abspielen könnte, auch persönlich äußerst betroffen schien. Fast stotternd rang er verzweifelt nach Worten. Offensichtlich kannte er selbst noch zu wenige Fakten, und die wollte er möglicherweise zum Schutz der drei Freunde noch nicht preisgeben.

Wie auch immer: Kowalski erlöste ihn aus dieser unangenehmen Situation, indem er erneut abwiegelte: „Macht ihr euch darüber jetzt nicht allzu viele Gedanken. Das bisschen Zeit, das wir benötigen, um klarer zu sehen, werden wir mit Grafs Hilfe schon bekommen."

Sophie und Max hatten den Grafen währenddessen sehr genau gemustert. Ein wenig kannten sie ihn ja bereits. Er hatte ihnen schon einmal geholfen. Nur mit seiner Hilfe war es gelungen, den *Bozzetto* nach ihrer wilden Flucht in den Vatikan zurückzubringen. Das war zwar schon eine Weile her, aber das Erscheinungsbild des Commandante war seitdem nahezu unverändert geblieben. Es lag maßgeblich wohl daran, dass er immer ein Vorbild für seine Gardisten sein wollte. Ganz besonders galt dies für ein sehr sportliches Ausbildungstraining, bei dem er selbst teilnahm. Nie verlangte er von seiner Mannschaft etwas, was er nicht selbst vormachen konnte. Der Graf war ein gelernter Soldat, der sich über viele Jahre in der Schweizergarde von der Pike auf emporgearbeitet hatte. Heute stand er an der Spitze ihrer Hierarchie und war zur unangefochtenen Vertrauensperson des Papstes avanciert. Für ihn war er bereit, durchs Feuer zu gehen – jederzeit und ohne Zögern.

HAB wusste das schon sehr lange, und auch Sophie und Max war klar, dass ihnen diese Haltung ebenfalls nützlich sein würde. Es war gut zu wissen, ab jetzt zwei Vertrauenspersonen zu haben, die sich um ihr Wohlergehen kümmerten. Die Chancen, dass die Sache gut ausgehen würde, waren dadurch deutlich gestiegen.

HAB wandte sich erneut an den Commandante.

„Okay, Christoph, das haben wir ja alles verstanden. Aber habe bitte auch Verständnis dafür, dass wir gerne konkret wissen möchten, was ihr jetzt unternehmen wollt? Die Gefahr solcher überfallartigen ‚Besuche', die müsst ihr unbedingt nachhaltig verhindern. Das halten wir nicht mehr aus – niemand hält das aus! Es geht hier schließlich um nichts Geringeres als unser Leben …"

HABs Nerven lagen blank. Er wollte eine Lösung – am besten jetzt … sofort. Untätig wartend herumzusitzen, das konnte er noch nie, also insistierte er weiter.

„Christoph, bitte sei ehrlich – was kannst du tun? Was könnt ihr beide für uns tun?"

Kowalski sah Graf mit regungslosem Gesicht an. Kaum erkennbar zuckte er mit den Schultern. HAB bemerkte diese Geste noch nicht einmal, denn er schien gerade endgültig die Nerven zu verlieren und redete einfach weiter, ohne überhaupt eine Antwort abzuwarten. Verzweifelt schrie er den Grafen an.

„Warum schmeißt du eigentlich diese angebliche politische Delegation nicht einfach raus? Schmeiß sie einfach alle raus – bitte, Christoph …"

Flehentlich wandte er sich plötzlich Kowalski zu.

„Wenn dieser Jodok wirklich eine Revolution anzetteln will, dann verhafte ihn doch einfach! Warum kannst du ihn nicht in ein Gefängnis stecken? So etwas habt ihr hier doch auch? Oder warum geht das alles nicht? Willst du nicht? Kannst du nicht? Pavel … Christoph …"

Dann brach sein Wortschwall einfach ab. HAB war völlig verzweifelt.

Sein ungewohnter emotionaler Ausbruch erschreckte offenbar alle zutiefst. Niemand konnte und wollte diese Fragen beantworten: ob das alles so „einfach" war oder ob es einfach nur „lächerlich einfach" klang. Denn das war es nämlich beides nicht: Es war weder „einfach", geschweige denn „lächerlich".

Graf unterbrach schließlich die unangenehme Stille. Er hatte zu seinem gradlinigen Pragmatismus zurückgefunden.

„Ja, HAB, du hast recht. Ja, und natürlich will ich das auch genau so machen, wie du sagst. Beide gehören aus dem Verkehr gezogen – selbstverständlich. Aber das ist jetzt erst mal nur mein Ziel, und an dem bin ich leider noch nicht angekommen."

Dann sah er zu Kowalski hinüber. „Das ist unser Ziel, unser gemeinsames Ziel. Wir aber stehen beide gerade einmal am Anfang! Jodok ist ein außergewöhnlich mächtiger Kardinal. Er verfügt über ein weitreichendes Beziehungsgeflecht. Ich werde also sehr gute Beweise benötigen, um ihn auf Dauer aus dem Vatikan zu entfernen. Das ist schwierig – um das vorauszusehen, muss man kein Prophet sein. Genau deswegen benötigen wir ja noch mehr Zeit, um den Hintergrund dieser recht merkwürdigen Umstände lückenlos aufzuklären."

Dann blickte er HAB fest in die Augen. „Und wie wir diese Zeit gewinnen und euch damit schützen können, dazu habe ich einen ganz konkreten Plan."

HAB fuhr sich über die Stirn, so als ob er sich einen fiktiven Schweiß abwischen würde. Es war wohl eher eine Verlegenheitsgeste, obwohl ihm natürlich niemand der Anwesenden auch nur im Ansatz einen Vorwurf gemacht hätte.

„Wir müssen diesem Nazi geben, was er will. Damit schaffen wir euch seine Bluthunde erst einmal zumindest für eine Weile vom Hals …"

„Und Jodok damit natürlich ebenfalls", ergänzte Kowalski. „Der will nicht euren Tod – der will nur dieses seltsame Dokument, die *Idola*. Genau das bekommt er vom Nazi, wenn ihr dem gehorcht. Ein Geschäft auf Gegenseitigkeit: Ich gebe dir etwas, und du gibst mir etwas. Das klassische *do ut des*!"

Kowalski war froh, dass es dem Grafen soeben gelungen war, eine kollektive Panik des Trios zu verhindern. Dafür würde er es auch in Kauf nehmen, Grafs weiteren Plan zu unterstützen, selbst dann, wenn der auf einer Lüge aufbauen würde. Eine Lüge, für deren erfolgreiche Weitergabe leider wiederum er zu sorgen hatte.

Letztendlich war es darauf hinausgelaufen, dass Sophie die vollständigen Unterlagen zum Fundort des *Rommel-Schatzes* erneut anfertigen musste – aus dem Gedächtnis heraus natürlich.

Das allerdings stellte für sie nicht das geringste Problem dar. Am Ende würden diese Unterlagen denjenigen, die Kowalski an *Il Scorpione* gegeben hatte, so ähnlich sein, wie es eineiige Zwillinge sind. Auf das i-Tüpfelchen haargenau gleich!

Damit war klar, Grafs Plan musste funktionieren. Denn wie gesagt: *„Wer die Wahrheit für eine Lüge hält, der gibt sich gerne auch schnell einmal mit der Unwahrheit zufrieden."*

KAPITEL 73

Sophie hatte nur wenige Stunden benötigt, den ihr zufallenden Teil der anstehenden Aufgaben zu erledigen.

Nicht der Umstand, sich *„haarklein an die Fundstelle des Schatzes zu erinnern"*, war so zeitaufwendig gewesen, sondern alles haargenau so zu Papier zu bringen, dass sämtliche Unterlagen auch genauso authentisch wirkten wie die Originale. Erst nachdem sie ein bisschen Kaffee und dreckigen Staub, den sie hinter einem nicht mehr funktionsfähigen Küchenofen hervorgekehrt hatte, zu einer Mixtur verrührt und die neuen Papiere damit patiniert hatte, war sie mit dem Ergebnis zufrieden. Alles sah jetzt genauso aus wie die Originale, die Sophie von Korsika gut versteckt mit sich herumgeschleppt und so in den Vatikan mitgebracht hatte.

„Wenn ich es nicht besser wüsste, würde ich glatt Stein und Bein schwören, dass der *Skorpion* die Unterlagen, die ich ihm vor ein paar Tagen gegeben habe, wieder zurückgebracht haben muss!"

Kowalski sah sich gerade Sophies Werk an. Er konnte kaum glauben, in welcher beeindruckenden Qualität ihr die Fälschungen gelungen waren.

„Jetzt muss ich der Äbtissin nur noch irgendwie erklären, warum ich sie beim letzten Mal so schamlos angelogen habe."

Bei diesen Worten huschte sogar über Kowalskis Pokerface so etwas wie der Hauch eines Lächelns.

„Oder genauer gesagt", fuhr er fort, „muss ich wohl eher herausfinden, ob ich tatsächlich auch ein guter Lügner sein kann!"

Max grinste ihn einen Augenblick lang frech an.

„Machen Sie sich nicht daraus. Selbst ein Don Pavel kann schließlich nicht völlig fehlerfrei sein!"

Auch Max lächelte jetzt. Die Stimmung war ziemlich gelöst, und fast hätte man den Eindruck gewinnen können, alle Sorgen seien mit einem Mal verflogen – oder hätten sich sogar in Luft aufgelöst.

Dass dem leider nicht so war, beeilte sich der Graf klarzumachen, nachdem er sich nur wenige Minuten nach Kowalski dem Frühstücks-Quartett im vatikanischen Versteck des Trios angeschlossen hatte.

„Ich will ja nicht schon wieder zum Spielverderber werden, aber ihr wisst hoffentlich schon noch, dass unser Problem nicht dadurch gelöst wird, dass unser lieber Don Pavel hier der Äbtissin eine gefälschte Schatzkarte unterjubelt!"

HAB ignorierte den Hinweis auf die Rückkehr zur Realität, die sie alle so gerne vergessen hätten – wenn auch nur für einen kurzen, aber äußerst genießerischen Moment.

„Apropos – wer bekommt jetzt eigentlich die Unterlagen? Jodok oder die Äbtissin?"

„Niemand von beiden bekommt von uns irgendetwas. Einziger Ansprechpartner ist dieser von Stetten. Nur er kann seine blutrünstige Kampfmaschine davon abhalten, sich an Sophie zu rächen. Ich werde diesen Teil übernehmen. Irgendwie kriege ich den Kerl schon zu Gesicht."

Der Graf klang zuversichtlich. Er schien sich auf die Begegnung mit von Stetten regelrecht zu freuen. Allerdings auf eine recht seltsame Art.

„Und ich knöpfe mir die Äbtissin vor. Jodok sollte schnellstens erfahren, dass der Nazi diese unheilvolle Schatzkarte endlich bekommen hat."

Auch für Kowalski schien es eine Aufgabe zu sein, die er gerne erledigen wollte.

Beide waren sich sicher, damit eine Maschinerie in Gang zu setzen, die als Erstes den erfolgreichen Abschluss eines ungewöhnlichen „Tauschgeschäfts" zur Folge haben würde.

„Ja, das ist gut", stimmte Sophie zu, „denn zum Glück werden die sich selbst untereinander misstrauen und sich mit Argusaugen beobachten. Das wird dauern, und damit sind sie alle erst einmal eine ganze Weile mit sich selbst beschäftigt. Da ist er dann – unser Zeitgewinn!"

Max ließ seinen Kopf unstet skeptisch hin- und herpendeln.

„Hoffentlich wird es mehr werden als nur eine kurze Verschnaufpause."

„Aber auch die haben wir schließlich doch alle auch dringend nötig – oder?"

HAB war immer noch bestens gelaunt, und fast hätte man glauben können, als hecke er einen Plan aus.

KAPITEL 74

Der Graf hatte sich fest vorgenommen, die Übergabe der Papiere an Adrian von Stetten „klassisch diplomatisch“ zu regeln.

Christof Graf zeichnete sich seit jeher durch einen klaren Verstand aus. Mit der Zeit war er zu einem kühl kalkulierenden Diplomaten geworden, der gelernt hatte, persönliche Emotionen von sich fernzuhalten. Auch wenn es ihm schwerfiel, würde er dem Fraktionsvorsitzenden seiner DfD-Partei genau auf dieser Ebene gegenübertreten. Völlig emotionslos würde er ihm dann diese unsäglichen „Rommel-Schatzunterlagen“ übergeben. Es war ein sehr kluger Vorsatz, denn der Graf wusste eines sehr genau: *„Wenn wir unser Handeln persönlichen Gefühlen unterwerfen, zeigen wir Schwäche“*, und – das war sein Credo – *„wer Schwäche zeigt, der ist auch schwach“*, und *„der Schwächere verliert“*. Insofern würde er sogar zum Überbringer einer frohen Botschaft werden, wenn auch für einen deutschen Politiker mit äußerst unehrenhaften Absichten.

Dass er schließlich für die Übergabe der Dokumente an von Stetten deutlich weniger als 60 Sekunden benötigte, warf dies alles mit einem Schlag über den Haufen.

Ob es an dem arroganten Gehabe dieses – wie er ihn später einmal nannte – „Nazi-Fatzken“ lag oder doch nur an der Tatsache, dass dieser unerlaubt in seinen „vatikanischen Sicherheitsbereich“ eingedrungen und gerade dabei war, ungestraft seine Freunde mit dem Tode zu bedrohen, wusste er später selbst nicht mehr zu sagen. Zum Schluss jedenfalls spielte es auch keine Rolle mehr.

Unvermittelt und blitzschnell hatte der Graf den in einem feudalen Schreibtischsessel herumlümmelnden von Stetten an seiner Krawatte gepackt und ihn „Gesicht an Gesicht“ direkt vor sich herangezogen.

„Wenn du es wagst, meinen Freunden noch einmal auch nur das Geringste anzutun, dann ist das dein Todesurteil!“ Damit stieß er ihn mit voller Wucht in den ledernen Sessel zurück. „Aber vorher wirst du hoffentlich an deiner Gier nach diesem verfluchten Schatz ersticken.“

Gleichzeitig schmiss der Graf die von Sophie so sorgfältig ausgefertigten Blätter einfach vor ihn auf den Boden. Aber genau dieser letzte Satz in einem heißer geflüsterten Stakkato sollte dem im Gesicht krebsrot angelaufenen, offenbar völlig geschockten von Stetten noch sehr lange im Gedächtnis hängen bleiben.

★

Kowalski lächelte während der Erzählung Grafs verständnisvoll und versprach dem Commandante, über diesen gegen jede Regel verstoßenden diplomatischen Auftritt gänzliches Stillschweigen zu bewahren.

Im Grunde genommen beruhte dies irgendwie auf Gegenseitigkeit: Auch Kowalskis Auftritt bei der Äbtissin war etwas anders ausgefallen als geplant.

Herrisch von oben herab hatte sie ihn einfach „abgeschmettert".

„Warum sollte ich Ihnen denn jetzt glauben?" Es war genüsslicher Sarkasmus, in dem sie sich dabei wohlig zu suhlen schien. „Sie wissen doch, wer einmal lügt, dem glaubt man nicht, auch wenn er tausendmal die Wahrheit spricht."

Kowalski war nicht rachsüchtig. Zumindest nicht im landläufigen Sinne. Aber offensichtlich hatte ihn dieser „dämlichste aller dämlichen Sprüche" seine gute Erziehung vergessen lassen.

„Einer notorischen Lügnerin fehlt jedes Recht. Das münzen Sie jetzt einmal schön auf sich selbst, werte Äbtissin", dann holte er tief Luft.

„Glauben Sie es oder glauben Sie es nicht! Aber eines sollten Sie wissen: Ab jetzt müssen Sie sich vor mir in Acht nehmen. Denn ich kenne Ihre Lügengeschichten, und ich werde sie alle aufdecken! Schön langsam. Stück für Stück – Lüge für Lüge. So lange, bis Sie froh sind, dass ich Sie im tiefsten Kerker Roms eingepfercht habe."

Kowalskis Stimme bestand nur noch aus einem heiseren Flüstern. Dann setzte er sein schönstes Lächeln auf, das jemals eine Frau gesehen hatte.

„Oder glauben Sie etwa, Sie könnten ungestraft meine Mutter töten?"

Kowalskis sanftes Gesicht hatte für Sekundenbruchteile einer dämonischen Fratze weichen müssen, aber dann lächelte er die stoisch ruhige Äbtissin erneut an.

„Nein, Gnädigste, das werden auch Sie nicht schaffen – Auge um Auge, Zahn um Zahn!"

Alles in allem jedenfalls hätte man sagen können, dass es ein Vorteil sein konnte, die Karten jetzt offen auf dem Tisch liegen zu sehen – jedenfalls dann, wenn es alle Karten waren.

Aber war das wirklich so, wie es schien?

KAPITEL 75

Die Äbtissin war sichtlich angespannt und äußerst nervös. Natürlich hatte sie Jodok sofort ausführlich über den Besuch Kowalskis und den weiteren Verlauf der Geschehnisse während des Besuchs berichtet.

Sie misstraute von Stetten zutiefst. Die Tatsache, dass dieser schmierige Möchtegern-Politiker wider Erwarten jetzt plötzlich sowohl die *Idola* als auch die Schatzkarte in seinen Händen hielt, betrachtete sie als ein übles *Worst-case-Szenario.*

„Aber Agnieszka, das ist nun doch eine wirklich gute Nachricht! Es geht schließlich nur darum, dass diese widerborstigen Schatzsucher die Karte endlich herausgerückt haben. Das war das Problem – und das ist jetzt perfekt gelöst!“

Jodok schien wie immer die Ruhe in Person.

„Solange er als mein Gast hier im Vatikan weilt“, fuhr er fort, „kann er mit seiner Beute – falls er die *Idola* überhaupt als solche betrachtet, was ich im Übrigen sehr bezweifle – nicht das Geringste anfangen. Das könnte er doch nur, wenn er diese heiligen Mauern zusammen mit diesem Schätzchen wieder verlassen könnte.“

Dann lächelte er seiner Geliebten vielsagend ins Gesicht.

„Und das, meine Liebste, das kann er schließlich nur mit meiner ganz persönlichen Erlaubnis. Aber wie auch immer, ich bin auf jeden seiner Schritte vorbereitet …"

Plötzlich unterbrach das impertinente Schnarren seines internen Telefons das Gespräch abrupt.

Jodok legte die Muschel des auf den ersten Blick uralt erscheinenden, aber mit modernster Technik ausgestatteten Telefonhörers aus schwarzbraunem Bakelit genüsslich an sein Ohr.

Jodok nannte nie seinen Namen, wenn er ein Telefonat entgegennahm. Stattdessen zischte er jedem Anrufer nur ein knappes „Ich höre" entgegen. Es war eine Mischung aus Selbstgefälligkeit und arrogantem Zynismus, die längst zu einer für sein Umfeld nur schwer erträglichen Attitüde geworden war.

Nach einigen wenigen kurzen „Ja … gut …", die er ohne erkennbaren Sinn vor sich hin murmelte, legte er den Hörer zufrieden auf.

„Siehst du – alles ist gut. Dieser von Stetten wartet bereits unten auf seine Audienz. Bei mir natürlich – mit der *Idola*, wie ich annehme."

Die Äbtissin war sichtlich erleichtert. Dennoch verließ sie Jodok mit dem gleichen unguten Gefühl, mit dem sie gekommen war. Auch wenn sich von Stetten jetzt gerade als Ehrenmann herausgestellt hatte, spürte sie, dass irgendetwas mit ihm nicht stimmen konnte. Das wog umso schwerer, als sie wusste, dass sich ihre Vorahnungen bislang nur sehr selten als falsch erwiesen hatten.

Als sie jedoch von Jodok wenig später darüber verständigt wurde, dass der Deal mit von Stetten perfekt abgewickelt worden sei, war sie froh, sich geirrt zu haben.

★

Auch Kowalski und der Graf waren bereits bestens über das Ergebnis der Verhandlungen, die von Stetten mit dem Kardinal geführt hatte, informiert.

Beiden war es jetzt erst einmal völlig einerlei, was dieser deutsche Politiker mit irgendeiner angeblichen Schatzkarte anstellen wollte. Selbst wenn er dabei sehr wahrscheinlich mit *Il Scorpione* in einen Konflikt geraten würde. Immerhin bestand sogar eine gute Chance, dass sich diese beiden unheilvollen Machtmenschen gegenseitig aus dem Rennen nehmen würden.

Die Hauptsache aus Sicht der beiden Beschützer war, dass von Stetten jetzt möglichst bald zusammen mit diesem unberechenbaren Killer-Pärchen endlich aus Rom verschwinden würde.

Welche Bedeutung allerdings die *Idola* für den umtriebigen Kardinal Jodok haben könnte, darüber tappten beide völlig im Dunkeln. Davon hatten sie nämlich nicht die leiseste Ahnung.

Obwohl damit zwar mit einem Mal auch für Sophie und ihre Freunde die akute Gefahr gebannt schien, wollten Kowalski und der Graf trotz der offenkundig schnellen Einigung von Kardinal und Parteichef an ihrem Plan festhalten und die drei Freunde vorerst an ein neues, noch sichereres Versteck bringen.

Zwei Dinge standen nämlich unabänderlich fest: Der Graf konnte zum einen ohne jeden Zweifel ausschließen, dass die Verstecke, in denen sie sich bisher aufgehalten hatten, verwanzt gewesen sein könnten. Zum anderen jedoch waren die Verfolger immer haargenau informiert gewesen, wo Sophie sich gerade aufhielt – und zwar so minutiös genau, dass diese Tatsache für den Grafen nur einen einzigen Schluss zuließ: Sophie selbst musste diese „Wanze" sein!

Wie auch immer das möglich war, durch implantierte Sender oder gar ein Micro-Chipping – es musste so sein. Eine andere Antwort auf die Frage nach dem Wie konnte es nicht geben.

Zumindest Sophie also würde immer noch ein leicht aufzufindendes Opfer sein. Dieser Gefahr mussten und wollten sie Rechnung tragen.

Nur sehr tief unterhalb des Vatikans würde Sophie vor Lottes und Martins Rache sicher sein.

KAPITEL 76

Obwohl es dafür keinen nachvollziehbaren Grund zu geben schien, lebte offensichtlich jeder der vier durchaus kampferprobten Besatzungsmitglieder der *Ponde Rosa* in ständiger Angst vor dem Mann, den der Kapitän ehrfurchtsvoll nur als *Don Antonio* vorgestellt hatte. Das allein hatte ausgereicht, der aus allen Ländern dieser Erde zusammengewürfelten Mannschaft von Anfang an klarzumachen, dass jeder von ihnen alles genau so zu tun und zu lassen hatte, wie jener Mann es befehlen würde.

Nicht auszudenken, wie es ihnen ergangen wäre, hätten sie gewusst, dass der durchtrainierte 50-Jährige bereits als 18-jähriger Jüngling ein gefürchteter „Allfighter“ bei verbotenen Käfigkämpfen und schon damals berüchtigt für seine ungebremste Brutalität war. Bis heute strahlte er so viel Selbstsicherheit aus, dass nie wieder irgendjemand nur auf die Idee gekommen war, sich mit ihm anzulegen.

Antonio Francisi war bereits zu Lebzeiten eine Legende geworden. Er war niemand anderes als der gefürchtete *Il Scorpione*. Aber all das wussten diese Männer nicht. Es waren erfahrene Taucher, die man für einen schnellen, gut bezahlten Job angeheuert hatte, und die es sich längst abgewöhnt hatten, Fragen zu stellen. Ihr Job war es, sich in dem nur etwa 30 Meter tiefen Wasser, wenige Meilen östlich der korsischen Stadt Bastia, auf die Suche nach sechs verschweißten Stahlkisten zu begeben. Angeblich waren sie mit verschollenem Kriegsgerät gefüllt, das gegen Ende des Zweiten Weltkrieges an dieser Stelle in einem Sturm über Bord gegangen war.

In Anbetracht der vielen vergangenen Jahrzehnte war dies eine Sisyphusarbeit, mit ungewissem Ausgang. Aber das scherte die vier Männer wenig: Ihr Lohn war kein Erfolgshonorar – sie würden ihn in jedem Fall erhalten.

Der Kapitän verließ sich deshalb auch nicht nur auf das Gespür seiner Taucher. Er benutzte für seine Suche eine völlig neu entwickelte Laser-Sonartechnik namens „LIDAR". Damit konnte man den Meeresboden mit einer bislang unbekannten Präzision quasi abtasten. Das LIDAR-System drang wie Röntgenstrahlen auch tief in die unsichtbaren Schichten unter der Oberfläche ein. Am Ende setzte sich wie von Zauberhand per Computer-Knopfdruck ein dreidimensionales Abbild des untersuchten Meeresbodens aus Abermillionen Laserimpulsen zusammen. Dieses Bild gab den Blick auf alles frei, was der sandige Grund im Laufe der Zeit in sich verborgen hatte.

Die einzige Voraussetzung für eine erfolgreiche Suche war lediglich die Kenntnis eines möglichst genauen Ortes auf dem Meeresboden, wo die Objekte der Begierde versunken waren. Genau diese Koordinaten hatte der Kapitän zum Glück bereits von seinem furchteinflößenden Auftraggeber erhalten. Es würde also noch wenige Stunden Zeit in Anspruch nehmen, bis die Männer mit der

Bergung der im Schlick auf dem Meeresboden versunkenen Stahlkisten beginnen konnten.

Il Scorpione war schließlich auf den Erfolg der Bergungsaktion dringend angewiesen, denn er hatte in die Suche und die Bergung des *Rommel-Schatzes* vorab ein beachtliches Vermögen investieren müssen. Die sündteure technische Ausrüstung war eine modifizierte Einzelanfertigung und stammte von einer erfolgreichen Goldgräbertruppe aus Guatemala, die allein für den Zeitraum der Suche im Mittelmeer eine irrwitzige Summe gefordert und erhalten hatte. Die komplette Bootsbesatzung musste aus Neuseeland und Polynesien eingeflogen und gut bezahlt werden. Es war für die Männer vom anderen Ende der Welt ein unbekanntes Terrain, und das war gut so: Je weniger sie wussten, wo überhaupt sie sich befanden, desto besser war es für ihre ebenfalls teuer erkaufte Verschwiegenheit.

Zusammen mit einem unternehmenstauglichen Bergungsschiff war in Summe ein Betrag zusammengekommen, der die finanziellen Möglichkeiten seiner Organisation deutlich an ihre Grenze gebracht und damit dem operativen Geschäft erheblich geschadet hätte.

Prinzipiell stellte so etwas natürlich nie ein Problem dar. Befreundeten Familienclans aus dem nahen Italien waren stets unbürokratisch zur Stelle und halfen in solchen Situationen gerne schon mal aus – gegen eine lukrative Gewinnbeteiligung natürlich. In diesem speziellen Fall würde sie ganz besonders hoch ausfallen, denn eines wussten nicht nur die obersten Mafiabosse zwischen Mailand und Palermo sehr genau: Der lang ersehnte Fund des *Rommel-Schatzes* würde aller Vermögen kräftig vermehren. Und da nun alle Familienclans über die finanziellen Investitionen miteinander verbunden waren, würde auch niemand leer ausgehen müssen. Es war insofern eine erfreuliche Tatsache, als dass sie sicherstellen würde, schwebende interfamiliäre Zwistigkeiten darüber gar nicht erst neu zu entfachen. Das *Unternehmen Rommel-Schatz* hatte alle wieder geeint. Auch insofern war der Plan des *Skorpions* generalstabsmäßig bis in das kleinste Detail perfekt durchdacht.

★

Es geschah am späten Nachmittag des dritten Tages der Suche, als der Kapitän sämtliche computergesteuerten Laser- und Sonarprogramme herunterfuhr und damit die Suche vor den Augen des *Skorpions* für beendet erklärte.

„Glauben Sie mir, *Don Antonio*, dort unten ist im Umkreis von mehr als einer Seemeile nichts, was auch nur im Entferntesten nach den gesuchten Stahlkisten aussehen könnte."

Schulterzuckend blickte er *Il Scorpione* direkt ins Gesicht, ohne daraus auch nur die geringste Gemütsregung ablesen zu können.

Hilflos stammelnd versuchte der dadurch verunsicherte Kapitän seine Entscheidung weiter zu begründen.

„Da unten ist nichts! Es ist völlig sinnlos, hier weiterzumachen!"

Der *Skorpion* nickte kaum merklich mit dem Kopf. „Sorgen Sie dafür, dass die Männer wieder heil nach Hause kommen."

Diese Anordnung verstieß diametral gegen die ursprüngliche Abmachung. Der eigentliche Plan wäre gewesen, alle vier Taucher einen tödlichen Tauchunfall erleiden zu lassen. Aber das schien nunmehr ja nicht mehr notwendig zu sein.

Dem *Skorpion* waren die fleißigen Taucher aus dem fernen „Irgendwo" völlig egal. Dass sie allerdings ihre „Mission Korsika" glücklicherweise überlebt hatten, bereitete ihm jedoch eher großes Unbehagen. Hätte er sie töten lassen müssen, hätte ihm das sämtliche Probleme erspart, die ab jetzt beginnen würden, gradlinig und unaufhaltsam auf ihn zuzurasen.

KAPITEL 77

Das neue Versteck, das der Graf für das Trio bereitgestellt hatte, bestand aus einer ungemütlichen Aneinanderreihung unterirdischer Räume. Die Bezeichnung „Zimmer“ verdienten sie in keiner Weise. Kaum vorzustellen, ob und wer je dort vor ihnen gehaust haben sollte. Alles war auf das Notwendigste beschränkt, was ein Mensch zum nackten Überleben benötigt. Essen – trinken – schlafen. Kein Tageslicht. Kein Nichts.

Es sei „nur für ein paar Tage“, hatte der Graf versichert. Vor allem aber auch deshalb, weil die Räume, wie der Graf fast entschuldigend mehrfach betonte, absolut sicher und für niemanden von außerhalb zu betreten seien. Das war ein kleiner Trost – aber es war auch der einzige.

Trotzdem war es sicher nicht nur dieses triste Ambiente, das erneut HAB in seiner notorischen Ungeduld auf den Plan rief.

„Mein Gott! Wir können doch nicht schon wieder nur dumm hier rumsitzen und nichts tun!“

Er lief bereits seit über einer halben Stunde rastlos quer durch sämtliche Räume. Trotz allem schien er voller Tatendrang.

„Ich wette", fuhr er vor sich hin sinnierend fort, „dieser von Stetten hat bestimmt ganz schön viele Leichen im Keller! Wir müssten eigentlich doch irgendetwas finden, mit dem wir ihn unter Druck setzen können. Wenn es wirklich wichtig ist, was wir herausfinden, dann wird ihm die Lust, uns ständig zu verfolgen, endgültig vergehen."

Max runzelte schlecht gelaunt die Stirn. „Was sollte das denn sein? Wir selbst wissen doch eigentlich schon genug über den Scheißkerl. Schließlich hat er Bruno Lohse umgebracht. Völlig kaltblütig, mit seinen eigenen Händen!"

Max war hilflos wütend.

„Aber wir wissen auch: Sogar dieser Mord ist unter den Tisch gekehrt worden. Mit unserem Wissen können wir gerade einmal nichts anfangen – das können wir uns irgendwo hinschmieren ..." Max hatte sich wieder einmal in einen wilden Sarkasmus hineingesteigert. „Außer", fuhr er fort, „dass es uns zeigt, dass er äußerst einflussreiche Beschützer haben muss." Er schien einfach zu resignieren. „Wir sollten lieber die Finger von ihm lassen."

HAB war hell wach und offenbar nicht gewillt, vorschnell zu kapitulieren.

„Max, was ist los? Der Mord an Lohse ist Vergangenheit. Natürlich ist das längst abgehakt. Was wir jetzt brauchen, sind Beweise, mit denen wir ihn für die Zukunft unter Druck setzen können. Sei ein bisschen kreativ, bitte."

HAB packte Max am Arm, als wolle er ihn wachrütteln.

„Max – erinnerst du dich denn nicht mehr an unseren Informanten? Der mit dem guten Draht zu dieser kleinen Ansammlung ehemaliger DDR-Agenten? Die wussten doch so ziemlich alles über den NAD und seine Ziele. Vergangene und zukünftige Ziele. Das heißt, sie wissen wahrscheinlich auch vieles über den NAD-Führer. Nur hat uns das damals nicht interessiert."

Jetzt mischte sich Kowalski ein.

„Ja, das hast du mir auch erzählt – und wenn ich mich recht entsinne, mögen die den NAD so gar nicht. HAB hat recht, Max. Vielleicht erfahren wir von denen etwas, das wir von Stetten zwischen die Füße werfen können!"

Kowalski dachte noch einmal kurz nach, ob er nicht gerade dabei war, vorschnell zu urteilen, aber dann nickte er nochmals zur Bekräftigung.

„Ein Versuch kann nicht schaden. Das ist es allemal wert!"

Sophie war näher an Max herangerückt und sah ihn verzweifelt an. Sie wusste, dass die selbstverordnete Zwangsquarantäne im Grunde genommen logischerweise nur für sie selbst galt. Natürlich hätten sich die Männer – zumindest mit Kowalski oder dem Grafen – frei im Vatikan und wahrscheinlich sogar auch in der weiteren Umgebung aufhalten können. Selbst ein kurzer Ausflug in eine andere Stadt schien nicht ausgeschlossen.

Max spürte, dass Sophie offenbar fürchtete, allein gelassen zu werden, und das wahrscheinlich zu recht. Also reagierte er sofort.

„Nein Sophie, keine Angst. Ich bleibe jetzt erst einmal bei dir – natürlich. Zumindest so lange, bis dieser ganze Zauber hier vorbei ist. Ich lasse dich nicht allein. Darauf kannst du dich verlassen."

Wie zur Bestätigung hatte er seinen Arm um sie gelegt und sie näher an sich herangezogen.

Dann blickte er erneut zu Kowalski und HAB hinüber.

„Aber das gilt nur für mich. Ich komme hier schon klar. Deine Idee, HAB, ist in Wahrheit schon brillant. Wir müssen alles tun, um wenigstens in Zukunft sicher vor diesem Wahnsinnigen zu sein."

Dann sah er ihn verständnisvoll an. „Mach schon, dass du endlich verschwindest! Auf nach Dresden, mein Lieber – und lass uns hier nicht allzu lange auf deine Rückkehr warten!"

Auch Kowalski schien mit dem Ergebnis sehr zufrieden.

„Ich werde schon dafür sorgen, dass er möglichst bald zurückkommt. Denn ohne meine Begleitung wird er den Vatikan weder verlassen noch wieder betreten können. Von allem anderen einmal abgesehen ..."

Nach weniger als zwei Stunden war alles geregelt: HAB hatte unendlich lange Telefonate mit dem Informanten geführt. Der wiederum war offensichtlich heilfroh, dass es noch andere Leute gab, die von Stetten ebenfalls an den Kragen wollten. Danach war sichergestellt, dass sein Gewährsmann in Dresden dafür Sorge tragen würde, die wichtigsten Leute dieser kleinen, im Untergrund arbeitenden Gruppe am anderen Morgen zu dem verabredeten Treffpunkt zu bringen. Das vereinbarte Code-Wort lautete *Gorisont* und galt nur für jenes eine Treffen.

Gorisont war russisch und bedeutete insofern nichts anderes als „Horizont". Dass Gorisont aber auch die Bezeichnung für ein bedeutendes russisches Satellitenprogramm war, wussten sie alle nicht. Ebenso wenig, wie es eine bis zum heutigen Tag geheim gehaltene Tatsache war, dass genau ein solcher Gorisont-Spionagesatellit der DDR-Führungsspitze bereits 1978 zur Verfügung stand.

Was auch immer das bedeutete: Es sicherte den freundlichen Zugang zu dieser Gruppe, deren wirklicher Name nur einem kleinen Kreis Gleichgesinnter bekannt war.

Währenddessen hatte Kowalski zusammen mit dem Grafen einen Weg gefunden, wie die beiden unerkannt das Vatikangelände verlassen konnten. Im Grunde genommen war es sehr einfach: Der vatikanische Hubschrauber würde HAB und Kowalski im Direktflug nach Dresden bringen – Rückflug inklusive!

KAPITEL 78

Obwohl von Stetten es sich auch am kommenden Tag im Vatikan noch gemütlich gemacht und keine Anstalten getroffen hatte, Rom zu verlassen, war der Abflug von Kowalski und HAB nach Dresden dennoch unbemerkt geblieben.

Martin begnügte sich damit, in mehr oder weniger großen Abständen sein technisches *Wonder Notebook* aufzuklappen, um nachzuschauen, ob Sophie wieder aufgetaucht war. Da er deren Überwachung lückenlos geführt hatte, war ihm klar, dass sie genauso reagiert haben musste, wie er es selbst getan hätte: in die „vatikanische Tiefe" hinabzusteigen, dorthin, wo die Reichweite des Senders nicht hingelangen konnte.

Im Übrigen war aus Sicht des NAD-Teams alles perfekt gelaufen, sodass Martin und Lotte die Lage äußerst entspannt sahen. Selbst also, wenn sie das Verschwinden des Schweizers bemerkt hätten, wären sie dem ohnehin wahrscheinlich nicht nachgegangen. Warum auch? Wirklich wichtig wäre ihnen nur diese Sophie gewesen.

Lotte hätte das wahrscheinlich anders gesehen, da sie ihr so gerne an die Kehle gegangen wäre. Aber das war für sie nun erst einmal tabu. Leider – auch wenn Sophie jetzt so wunderschön in der Mausefalle saß und Lotte immer wieder mit dem Gedanken spielte, sich einfach über die Anweisung Adrians hinwegzusetzen. Die Abreise war ohnehin bereits für den nächsten Tag geplant, was die Sache schon etwas schwieriger machte. Aber für sie bedeutete es sowieso nichts anderes, als dass sie die Verwirklichung ihrer Rachegelüste auf einen späteren Zeitpunkt verschieben musste. Irgendwann würde diese „Schnepfe" auch Adrian egal sein, und ihre Zeit wäre gekommen.

Auf diese eisgekühlte Rache, serviert auf einem Tablett *à la surprise,* freute sie sich allerdings schon jetzt wie ein kleines Kind.

★

Der Einzige, dem diese nur auf den ersten Blick so einfach glatt gebügelte Situation immer noch massives Unbehagen bereitete, war der Graf.

Auch wenn die Ausreise von HAB und Kowalski völlig problemlos abgelaufen war, hatte ihn dies bei der Lösung seines dringendsten Problems keinen Schritt weitergebracht: Er hatte immer noch nicht den blassesten Schimmer einer Ahnung, was Jodok tatsächlich mit der *Idola* vorhatte.

Der Kardinal lebte in letzter Zeit völlig zurückgezogen, und selbst bei größeren Festakten begegnete man ihm nie. Allein dieser Umstand war äußerst beunruhigend, zumal der Kardinal seine Eitelkeit bei jedem denkbaren Anlass nur allzu gerne öffentlich zur Schau trug.

Auch wenn er keine Details wusste, war der Graf sicher, dass jener unheimlichen Ruhe vor dem Sturm schon in Kürze erneut unheilschwangeres Handeln von Jodok folgen würde.

Solche Auseinandersetzungen hatten schon immer massiv an den Machtpositionen des Vatikans gerüttelt – und damit vor allem auch an seiner Person. Er war sich im Klaren, dass Jodok dabei offensichtlich ein sehr klares Ziel hatte: ihn aus seiner Position des Commandante der päpstlichen Schweizergarde hinauszudrängen. Natürlich mit dem klaren Ziel, seinen Posten mit einem Mann seines Vertrauens zu okkupieren – auch gegen den Willen des Papstes!

Eines war somit jedenfalls klar: Der Graf musste ab jetzt noch wachsamer sein als je zuvor.

KAPITEL 79

In Wahrheit war es wohl reiner Zufall, dass Sophie und Max diese kleine, unscheinbare Tür überhaupt finden konnten.

Tatsächlich aber lag dieser winzige Einstieg von ihrer derzeitigen „Unterkunft" nur wenige Schritte entfernt. Dennoch kamen weder Sophie noch Max auf die Idee, diesen „Zufall" mit vorherigen Ereignissen in Verbindung zu sehen.

Dass sie es anschließend überhaupt gewagt hatten, in dieses unheimliche, enge Loch hinabzusteigen, lag wohl eher an der aufkommenden Langeweile, die gerade dabei war, sich mit einem mittlerweile wohl fast zwangsläufig beginnenden Fatalismus zu paaren.

Sophie sah Max schulterzuckend mit einem seltsam hoffnungslosen Lächeln an. „Irgendwie erinnert mich das Ganze langsam an die Mär von den Bremer Stadtmusikanten – etwas Besseres als den Tod finden auch wir überall!"

Max fand den Vergleich gar nicht so schlecht. „Dann wollen wir mal – was kann uns schon noch passieren?!"

Obwohl die extrem niedrige Holztür mit verrosteten Eisenbeschlägen fest verschlossen schien, trat Max mit dem Fuß dagegen.

So fest, wie er nur konnte. Mochte sie zersplittern oder nicht – es war ihm genauso egal wie der Lärm, den seine Tritte verursacht hatten. Hauptsache, das „Ding“ würde endlich nachgeben.

„Und sie bewegt sich doch!“

Sophie hatte den kleinen Spalt am unteren Rand der Tür bemerkt, der sich jetzt schnell vergrößerte und mit einem Mal den Blick auf einen dunklen Treppenabstieg freigab.

Keine Frage – genau dort würden sie jetzt hinuntersteigen.

Der Tunnelweg, den sie wenig später erreichten, erhielt sein schummriges Licht lediglich durch steil nach oben ragende Schächte. Sie mussten sich jetzt ziemlich tief unter dem Vatikan befinden.

Beim näheren Hinsehen stellte Sophie jedoch fest, dass man nicht geradlinig bis zum oberen Ende schauen konnte. Da dennoch genügend Licht nach unten durchdringen konnte, kamen Sophie und Max zu dem Schluss, dass der Schacht ähnlich aufgebaut sein musste wie ein Periskop eines U-Bootes. Die Mannschaft konnte damit ja bekanntlich auch um die Ecke schauen. Also mutmaßten sie, dass auch hier der Lichtstrahl wohl mit Spiegeln umgeleitet wurde. Das war also deutlich komplizierter als ein gerader Licht- und Luftschacht von oben. Nur warum war das so?

„Wer auch immer diese Konstruktion geschaffen haben mag, er hat es fertiggebracht, dass der Tunnel von oben nicht verschmutzt werden kann.“

Sophie nickte nachdenklich. Max’ Vermutung war nachvollziehbar.

„Ja, auch, aber da man die Schächte auch von oben sieht, glaube ich, dass der eigentliche Zweck der war, durch diese Konstruktion die Struktur dieses unterirdischen Tunnelsystems an der Oberfläche zu verbergen."

Max sah sie ungläubig an.

„Und wie bitte soll das funktionieren?"

„Ganz einfach. Durch die mehrfache Verwinkelung kann man die Schachtausgänge an der Oberfläche so verwirrend verlegen, dass man nie im Leben auf den Gedanken kommen könnte, darunter befände sich ein unterirdischer Gang."

„Hm – denkbar ist das schon, aber warum?", sinnierte Max. „Allerdings ist ein unterirdischer Tunnel ja bereits verborgen. Ihn sozusagen mehrfach zu verbergen, wäre schon seltsam. Da müsste jemand wirklich großes Interesse daran gehabt haben, einen ohnehin geheimen Tunnel noch besser zu verstecken."

„Ja", nickte Sophie, „das müsste er wirklich haben. Aber es gibt schließlich genug Dinge, die man vor den Augen der anderen gar nicht gut genug verstecken kann."

Max nahm Sophie vorsichtshalber fest an der Hand, denn der Tunnelweg wurde nun zusehends enger, und er hatte keine Ahnung, wie sich das auf Sophies Psyche auswirken würde.

„Dann lassen wir uns doch einfach mal überraschen. Klingt jedenfalls ziemlich spannend!"

Je weiter sie in das Innere vordrangen, desto mehr diesig-dunkle Stellen mussten sie passieren, und teilweise konnten sie sich nur noch tastend vorwärtsbewegen.

„Das ist leider ziemlich benutzerunfreundlich hier unten", stöhnte Sophie leise vor sich hin und schob sich an Max so dicht heran, wie es nur ging.

Mit einem Mal wurde jedoch klar, dass sie sich auf einem Weg befanden, der noch vor nicht allzu langer Zeit hell erleuchtet gewesen sein musste. In größeren Abständen konnte man Fackeln aus Jute und Pech erkennen, die in altertümliche eiserne Wandhalterungen eingesteckt waren. Die Fackeln jedoch waren neueren Datums und sicherlich noch intakt.

Zum Glück hatte Max ein einfaches Wegwerffeuerzeug bei sich, sodass er eine der nur halb abgebrannten Fackeln von der Wand nehmen und anzünden konnte. Sophie erschrak erneut. Dieser Ort war wirklich gruselig. Jetzt erst konnte man sehen, dass sie immer wieder seitliche Nischen passieren mussten, die den Blick freigaben auf mumifizierte Skelette, Berge von einzelnen Knochen und teilweise große Schädelanhäufungen. Es bot sich ein martialischer Anblick, und beide waren sich nicht sicher, ob es sich nur um Skelette der vatikanischen Katakomben handelte oder ob diese zusätzlich angehäuft wurden und lediglich der Abschreckung für unerwünschte Besucher dienten.

Sophie hielt sich immer noch fest an Max herangedrückt. Am meisten ekelte sie sich vor den umherschwirrenden Fledermäusen und riesigen Spinnengeweben, die seit Urzeiten offensichtlich nicht mehr berührt worden waren.

Sophies Fantasie gaukelte ihr extrem große Exemplare dieser unangenehm gefährlich wirkenden Spinnen vor, die in ihrem Netz bewegungslos auf Beute warteten. Zum Glück bekam sie die großen Kanalratten, die sich dort unten in Massen aufhielten, kaum zu Gesicht. Diese fürchteten die Menschen von Natur aus und rannten erschreckt davon.

Während der Tunnelweg die ersten 200 Meter völlig gerade verlaufen war, erreichten sie jetzt eine Stelle, wo der Weg noch enger wurde und scharf nach rechts abzweigte. Wenige Meter danach wussten sie nicht mehr weiter, denn plötzlich trafen sieben Gänge sternförmig aufeinander.

„Okay, jetzt können wir noch nicht einmal eine Münze werfen, ob wir links oder rechts weitergehen sollen! Jede Münze hat leider nur zwei Seiten!"

Max hatte Sophies Hand kurz losgelassen und seine Arme nachdenklich an seine Hüften gestemmt.

Sophie stand jetzt Max direkt gegenüber, den Kopf leicht nach unten gebeugt, aber er war wohl selbst viel zu angespannt, um zu bemerken, dass es genau der Moment gewesen wäre, sich zu küssen.

„Wir haben kein Ziel – da ist es doch auch völlig egal, welchen Weg wir nehmen."

„Hey Max – das ist ja ein Zitat aus *Alice im Wunderland* … ich liebe diese Geschichten. Die sind sooo schön …"

Dann berührten ihre Lippen ganz zart seinen Mund.

KAPITEL 80

Einer der größten Gegner des NAD und der durch Adrian von Stetten neu gegründeten DfD-Partei war die im Verborgenen arbeitende „Görlitzer Truppe", kurz GT.

Deshalb schien es ausgesprochen seltsam, dass HABs Verbindungsmann zur GT für das konspirative Treffen ausgerechnet ein Dresdner Luxushotel vorgeschlagen hatte, das als bekannte „Hochburg" des NAD galt. Schnell wurde jedoch klar, dass die wenigen Mitglieder des GT zwischenzeitlich sogar hochoffiziell zum internen Kader des NAD zählten.

Warum das so war, erklärte Karl Friedrich Schützeneder gerade seinem Besuch aus Rom. Die Gruppe lebte generell nach dem Motto: *„Keep your friends close – but keep your enemies closer"*.

Genau mit diesem Zitat begann er Kowalski und HAB von sich und seiner Zeit bei der früheren Staatssicherheit der DDR zu erzählen.

„Das ist ein sehr praktisches Motto", erklärte er lächelnd, „und es hat fast immer zum Erfolg geführt. Im Übrigen war das eines der wenigen Dinge, die wir uns bei den amerikanischen Kollegen abgeschaut haben." Dann grinste er breit. „Wobei ich sagen muss, dass die von uns wahrscheinlich deutlich mehr kopiert haben als wir von ihnen!"

Es war erstaunlich, wie klein die Welt auch dieses Mal war. Kowalski und Schützeneder waren sich schon einige Male zuvor begegnet, und von Kowalski wusste HAB bereits, dass dieser nur knapp mehr als einundeinhalb Meter messende kleine Mann leitender Major einer Spezialeinheit beim Ministerium für Staatssicherheit der DDR gewesen war. Auch dort hatte er eine ausgesuchte Truppe von Leuten seit 1974 ausgebildet und geleitet. Seine Abteilung war so etwas wie der geheime Geheimdienst der DDR. Es war eine Abteilung für „besondere Fälle". Offiziell existierte sie jedoch gar nicht. Aber genau deswegen konnte sie äußerst schlagkräftig und effizient agieren. Alles, was sie tat, besaß allerhöchste Priorität. Besonders natürlich dann, wenn die Abteilung sich außerhalb gängiger Rechtsnormen bewegte – was eigentlich fast immer der Fall war.

Karl Friedrich Schützeneder, den alle ehrfurchtsvoll nur „KF" nannten, war schon zu DDR-Zeiten ein mächtiger und vor allem gefährlicher Mann, der tun und lassen konnte, was er wollte. Seine Machtposition endete jedoch abrupt mit der von ihm verfluchten Wiedervereinigung zweier Staaten, die außer der Sprache so gut wie nichts gemeinsam hatten.

Aber KF dachte gar nicht daran, seine Tätigkeit nach der „großen Verbrüderung" einzustellen. So, als ob nichts geschehen wäre, machte er einfach weiter. Im Verborgenen – also genau wie vorher! Im Grunde genommen hatte sich damit für ihn weder am Tag der Wiedervereinigung noch die vielen Jahre danach irgendetwas geändert. Insgesamt waren damals mehr als eine Handvoll seiner ehemaligen Mitarbeiter ebenfalls nicht bereit gewesen, in den Ruhestand zu wechseln. Alle waren ausgesuchte Spezialisten mit Einzelfähigkeiten und Kenntnissen in Überwachungs- bzw. Verschlüsselungsverfahren, ebenso wie Sprengstoff-Experten und abgefeimte Giftmischer. Sie alle waren ehemalige Bürger der DDR und als solche fühlten sie sich auch heute noch.

Die einzige Ausnahme bildete Sergej Karloff, der ebenfalls die Gunst der Stunde genutzt hatte und vom KGB zur GT gewechselt war. Karloff war eine Art Universalwaffe. Als skrupelloser Agent, der „Mann fürs Grobe" und trotz seiner 74 Jahre noch genauso gefährlich wie eh und je.

Für niemand also gab es Veränderung, außer dass sie jetzt wesentlich besser bezahlt wurden als zu DDR-Zeiten.

Die GT übernahm „Arbeiten", die für die Auftraggeber meist brisant, immer aber von größter Wichtigkeit waren. Gegen Bezahlung natürlich – und die war wie gesagt stets überdurchschnittlich hoch. Die GT galt schnell als Garant für jeden gewünschten Erfolg.

Zunächst arbeitete die Gruppe nur für ihre russischen Freunde. Dann für deren Freunde, und später auch für andere Gruppierungen, sofern deren Ziele nicht im Widerspruch zu ihren eigenen standen. Mittlerweile jedoch gab es dem Anschein nach immer weniger Vorbehalte gegen die Annahme von Aufträgen, jedenfalls dann, wenn die Kasse stimmte.

KF selbst vertrat auch heute noch uneingeschränkt die Interessen der DDR. Insofern stand er den Zielen des NAD bereits seit Jahren äußerst skeptisch gegenüber und beobachtete sie genau. Das war nicht immer einfach gewesen und hatte sich erst geändert, nachdem Adrian von Stetten ihn vor einiger Zeit persönlich in seinen *Inner Circle* rekrutiert hatte: als persönlichen Sicherheitsberater seiner Partei, der DfD.

Besser hätten die Chancen für HAB nicht stehen können, über diesen zwielichtigen Politiker genau das zu erfahren, was er benötigte: detaillierte Informationen über dessen dunkle Vergangenheit.

Doch leider kam alles anders. KF hatte nur leicht mit der Schulter gezuckt, wie zum Bedauern, und seine auseinandergebreiteten Arme mit den Handflächen nach oben vor sich gestreckt.

„Dabei kann ich euch allerdings nicht wirklich helfen – leider!", erklärte er. „Selbstverständlich wissen wir so ziemlich alles über diesen schwulen Obernazi, der …" Erneut zuckte er mit beiden Schultern.

„Das ist natürlich alles *top secret*. Vor allem aber wissen so wenige Leute über diese Dinge Bescheid, dass es sehr leicht wäre, zurückzuverfolgen, von wem die Informationen gekommen sind. Diese Spuren aber, die führt immer zu mir. Also sorry, Leute. So sehr ich mich auch jedes Mal darüber freue, wenn ihm irgendwer ans Bein pinkelt – ich kann und darf mich und unsere eigene Sache nicht gefährden."

Er legte eine kurze Pause ein. „Das versteht ihr doch sicherlich, oder?"

Kowalski nickte ihm verständnisvoll zu: „Natürlich – natürlich verstehen wir das."

HAB allerdings war mit einem Mal wie erstarrt und unfähig zu reden. Er hatte beide Hände vor die Augen geschlagen und es schien, als wolle er sich seine große Enttäuschung nicht vom Gesicht ablesen lassen. Es dauerte eine gefühlte Ewigkeit, bis er wieder in der Lage war, sich aus dieser Schockstarre zu befreien. Langsam wischten beide Hände die Augen trocken und fuhren dann über den Kopf, als wolle er mit einem imaginären Waschlappen jede Pore reinigen. HAB war kurz davor, völlig die Nerven zu verlieren.

„Das ist jetzt gerade unser Todesurteil!", stammelte er ständig und völlig kraftlos vor sich hin, und Kowalski war schließlich aufgestanden, um ihn zu trösten, was aber in einer unbeholfenen Geste endete, da HAB wie felsenfest mit seinem Stuhl verbunden schien.

Schließlich unterbrach KF mit seiner kräftigen, befehlsgewohnten Stimme die zunehmend peinliche Stille. Das war zwar ziemlich unsubtil, es sorgte jedoch zumindest dafür, dass HAB aus seiner fast komatösen Stimmung mit einem Schlag herausgerissen wurde.

„Todesurteil? Todesurteil! Was denn für ein Todesurteil – was soll der Unsinn? Kann mir bitte jetzt mal einer von euch sagen, worum es hier überhaupt geht?"

Nachdem Kowalski die Geschichte des Trios in knappen Worten zusammengefasst hatte, stand KF lächelnd auf und ging bestens gelaunt auf HAB zu. Dann schlug er ihm mit beiden Händen kräftig gegen seine Oberarme.

„Wach auf, mein Freund! Dieses Problem kann der *Kleine Fritz* für dich lösen. Warum sagst du mir nicht gleich, auf welche unsicheren Pfade ihr euch da begeben habt?"

HAB und Kowalski waren mit einem Mal hellwach, auch wenn beide irgendwie das Gefühl überkam, alles sei nur ein Traum, aus dem sie jederzeit aufwachen könnten. Aber der *Kleine Fritz* fuhr unbeeindruckt fort: „Wo der *Rommel-Schatz* liegt? Das weiß ich genau –

verdammt genau sogar!"

Mit diesen Worten kramte er eine Kiste Zigarren hervor und reichte sie zunächst Kowalski, der sie an HAB weitergab.

„Und einen schönen alten Cognac gibt's gleich auch noch dazu", freute sich KF.

Als sich jeder von ihnen eine der wirklich extrem seltenen und sündhaft teuren *„Gurkha HMR His Majesty's Reserve"-Zigarren* stilgerecht mit einem Fidibus angezündet hatte, begann KF, der sich selbst offenbar ab und zu scherzhaft als der *Kleine Fritz* bezeichnete, eine unglaubliche Geschichte zu erzählen.

KAPITEL 81

Sophie und Max waren schließlich dem in Stein geritzten, einfachen Symbol gefolgt. Es erinnerte von der Form her an die Silhouette eines stilisierten Fisches. Letztlich war es jedoch eine rein intuitive Entscheidung, die Sophie getroffen hatte. Auch wenn der unterirdische Gang bereits nach wenigen Metern noch enger wurde, was für Max darauf hindeutete, dass dieser Weg wohl in Kürze im „Nichts des Nirgendwo" enden würde.

„Irgendwie bin ich mir sicher, dass wir hier nicht auf ein abruptes Ende des Ganges im *Nirgendwo* stoßen werden. Ein Gefühl in mir sagt, dass wir erst am Anfang stehen, und dass sich dahinter etwas wirklich Besonderes verbergen könnte."

Max verließ sich ab jetzt völlig auf Sophie, die ihr ausgeprägtes Gespür für mystische Dinge schon so oft beweisen konnte.

„Wo du hingehst, da will auch ich hingehen … ich folge dir auf Schritt und Tritt!"

Max benutzte bewusst ein kitschiges, theatralisch klingendes Zitat als Antwort. Er war sich sicher, dass es helfen würde, die immer unheimlicher werdende düstere Umgebung mit seinem Lächeln ein bisschen erhellen zu können. Sophie drückte ihm dankbar die Hand. „Ohne dich wäre ich noch nicht einmal halb so mutig", flüsterte sie leise.

Genau in diesem Moment machten sich merkwürdige Gerüche im Gang breit und begannen, mit ihrem Geruchsempfinden Pingpong zu spielen. Einmal roch es wie in einer Küche nach kräftig Gebratenem, in das sich leider immer wieder ein Schwall übler Gerüche mischte – wie nach faulen Eiern etwa – ekelhaft.

Kaum hatten sie die in ihren Mägen aufsteigende Übelkeit überwunden, erschrak Sophie heftig.

Sie blieb abrupt stehen und deutete aufgeregt in einen der Nebengänge, die immer wieder vom Hauptweg abzweigten.

„Was ist das, Max?"

Max hatte die vorbeihuschenden Gestalten schon vor einiger Zeit bemerkt. Sie waren im schummrigen Licht des Tunnels nur schemenhaft erkennbar und ziemlich weit entfernt. Offenbar waren sie froh, nicht selbst belästigt zu werden. Er wollte es vermeiden, Sophie damit zu belasten.

„Keine Ahnung, wer die sind. Aber wir scheinen sie nicht wirklich zu interessieren."

Max' Stimme klang so beruhigend, dass Sophie hörbar aufatmete.

„Die sind harmlos, Sophie. Sie hätten uns schon längst aufhalten können – am besten, wir ignorieren sie einfach. Mach dir keine Sorgen!"

Da Sophie sich immer noch fest an Max geklammert hielt und er einfach begann, sich weiter ins Innere des Ganges zu bewegen, musste auch sie zwangsläufig mit ihm weitergehen. Sich von Max zu lösen, kam für sie nicht infrage.

Der Gang verlief bereits seit einiger Zeit in einer Art Zickzackkurs und knickte jeweils nach etwa 10 bis 15 Metern in scharfen Winkeln ab. Mal nach links, mal nach rechts. Es war verwirrend, aber beileibe kein Irrgarten. Der Hauptweg blieb jedenfalls immer klar erkennbar.

Vielleicht lag der Grund für diese seltsame Wegführung darin, die Akustik einzudämmen und nur jeweils in bestimmten Abschnitten zu halten, denn die erkennbare Kirchenmusik im Rahmen der Liturgie, die unvermutet auf sie einströmte, konnte man bereits nach dem nächsten Richtungswechsel nicht mehr hören.

Sophie und Max blieb ohnehin keine Zeit mehr, sich über die seltsamen Gestalten dieses unterirdisch verborgenen Weges Gedanken zu machen. Kaum waren sie erneut in einem fast 180-Grad-Winkel nach rechts abgebogen, fanden sie sich plötzlich direkt vor einer äußerst massiven eisernen Doppelflügeltür, die mit zwölf großen Bolzen verschlossen war.

„Mein Gott! Was ist denn das für eine gewaltige Tür …“

Es war das Einzige, was Max herausbrachte.

Sophie hatte sich wie in Trance von Max gelöst. Sie stand jetzt dicht vor der fest verriegelten Tür und strich mit beiden Händen über die Bolzen, so, als wolle sie das Geheimnis von deren Mechanik erfühlen.

„Ich habe es gewusst, Max. Ich habe es immer gewusst … dahinter verbirgt sich etwas ganz Großes. Es ist das Licht am Ende des Tunnels …“

Sophie hatte sich wieder Max zugewandt und ging langsam auf ihn zu. Zärtlich strichen ihre Hände über sein Gesicht. Max kam es vor, als ob ein Engel sein Gesicht berührte. Dann kauerte Sophie sich dicht an ihn und begann hemmungslos zu weinen. So sehr sie sich aus bemühte, den geheimen Öffnungsmechanismus zu decodieren – die Tür, hinter der sie das Ziel all ihrer Träume vermutete, blieb eisern verschlossen.

KAPITEL 82

Natürlich kannte der *Kleine Fritz* sämtliche Versionen über den angeblich vor Korsika versenkten Schatz, der es so gut verstanden hatte, sich über 70 Jahre jedem Bergungsversuch zu entziehen.

Für ihn gab es dafür die einfachste Erklärung der Welt und jeder, der danach gesucht und nichts gefunden hatte, müsste sich schließlich als der größte Idiot der Welt fühlen, nicht selbst darauf gekommen zu sein: *Denn dieser Goldschatz, den der SS-Mann Rauff zusammengeraubt hatte, war niemals auf Korsika gelandet.* So einfach war das – jedenfalls für diesen Mann, der mehr darüber zu wissen schien als jeder der daran gescheiterten Schatzsucher.

Lediglich der Transport dieser ominösen, verschweißten Kisten, der habe stattgefunden. Nur seien jene sechs Kisten, die so gut bewacht im Kloster San Antoine versteckt waren, nicht mit wertvollen Pretiosen, sondern mit irgendwelchem völlig wertlosen Kriegszeug gefüllt worden.

„Wie bitte?" HAB wollte ihm diese Version nicht abnehmen. „Soll das etwa heißen, die Geschichte von den Raubzügen Rauffs sind reine Hirngespinste? Schauermärchen der Siegermächte, oder von wem auch immer?“ Weder HAB noch Kowalski waren bereit, KF diese abenteuerliche Version vom *Rommel-Gold* abzukaufen.

„Na ja“, räumte der grinsend ein, „wie man’s nimmt. Ein Teil davon ist wahr – ein anderer Teil ist Legende.“

KF nahm einen Schluck aus dem übergroßen Cognacschwenker und zog genüsslich an seiner Zigarre. Dann schwieg er.

„Fritz, spiel doch bitte hier nicht das Orakel von Dresden. Alles, was wir wissen wollen, ist doch, ob es diesen seltsamen Schatz je gegeben hat!“

Kowalski blickte dem *Kleinen Fritz* fest ins Gesicht. Der jedoch verzog keine Miene.

„Aber es ist doch absolut sicher, dass es diesen Schatz tatsächlich gegeben hat!“, fuhr Kowalski fort. „Also, KF, raus mit der Sprache, was ist denn dann mit ihm passiert?

Für ihn war es kaum denkbar, dass seine Freunde sich bei der Recherche derart geirrt haben sollten. Es konnte also nicht sein, dass alles, was man objektiv dazu wusste, nun zu dem Ergebnis führen sollte, dass die SS um völlig wertlose Kisten ein derart großes Geheimnis gemacht hat. Für ihn war sicher, dass mehr dahinterstecken würde.

Erneut aber dachte der *Kleine Fritz* offenbar nicht daran, darauf zu reagieren.

„Dieser Transport“, setzte Kowalski seine Rede fort, „von Afrika nach Korsika, der war gefährlich! Er hat Menschleben gekostet!“ Kowalski war jetzt sichtlich erregt. „Und das alles für …“, Kowalski rang nach Worten, „… das ergibt doch erst recht keinen Sinn!“

HAB stimmte ihm ungehalten zu.

„Die haben in Afrika vielleicht einen sinnlosen Krieg geführt – aber für sinnlose Transporte waren weder die Nazis, geschweige denn die SS berühmt."

„Ich sagte ja: teils, teils!"

KF genoss es sichtlich, die beiden auch weiterhin noch ein bisschen an der Nase herumzuführen. Irgendwann würden sie ihm schon Glauben schenken.

„Also", setzte er fort, „dann alles noch einmal der Reihe nach: Rauffs Gold, das gab es natürlich. Er hat es geraubt, geplündert, wo er nur konnte. Es war genau so, wie ihr es herausgefunden habt. Richtig ist auch, dass diese ja wirklich unglaublich wertvolle Kriegsbeute von Afrika nach Berlin zu Hitler transportiert werden sollte."

Langsam begann er offenbar die Katze aus dem Sack zu lassen. HAB und Kowalski jedoch verstanden immer noch nicht, worauf es hinauslaufen könnte. Ihnen blieb nichts anderes übrig, als weiterhin aufmerksam zuzuhören – vielleicht war ja doch etwas daran, auch wenn es bis jetzt wenig glaubhaft klang.

„Und natürlich stimmt es auch, dass dieses Gold nie bei Hitler in Berlin gelandet ist."

KF, der jetzt schon sehr lange gesprochen hatte, nahm einen Schluck kaltes Leitungswasser.

„Trotzdem ist für die SS damals alles nach Plan gelaufen", fuhr er fort. „Rauff war ein ziemlich hoher SS-Offizier. Aber er durfte nie direkt an Hitler berichten. Diese Berichte bekam nur sein oberster Vorgesetzter, und das war der SS-General Hans Kammler. Der wiederum war klammheimlich nach Himmler zum ranghöchsten und vor allem zum wichtigsten Mann in den letzten beiden Kriegsjahren aufgestiegen. An ihm führte kein Weg vorbei. Kammler leitete das Reichssicherheitshauptamt (RSHA) in geheimer Mission. Dort hatte die SS aber bereits seit 1942/43 begonnen, ihr eigenes Süppchen zu kochen. Das hieß vor allem, eigenes Vermögen für die SS anzuhäufen. Ja, ihr versteht richtig", kommentierte KF die erstaunten Gesichter seiner Zuhörer.

„Die haben hohe Vermögenswerte an Hitler vorbeigeschleust. Kammler und Himmler wussten wohl sehr genau, dass der Krieg nicht mehr zu gewinnen war. Für die Zeit danach aber würde die SS Bargeld benötigen. Viel Geld, mit dem man schon 1944 plante, hohe SS-Offiziere aus dem Land zu bringen …"

Plötzlich begannen Kowalski und HAB die ihnen bislang verborgene Dimension dieser Geschichte zu erkennen.

„Willst du damit etwa sagen, dass Rauff Befehl hatte, seine Kriegsbeute aus Afrika nicht nach Berlin, sondern an einen Ort zu bringen? Einen Ort, der nur für die SS zugänglich war?"

Der *Kleine Fritz* hielt seine Zigarre bei offenem Mund nur noch mit seinen Zähnen, schlug wie zum Beifall seine Handflächen langsam ineinander. Dabei strahlte er Kowalski unverschämt frech an.

„Kowalski, Kowalski – ich wusste schon immer, dass du auch ein hervorragender Geheimdienstler sein könntest!"

Kowalski hatte den Nagel auf den Kopf getroffen und KF begann, die Geschichte des sagenumwobenen Dr. Hans Kammler zu erzählen. Es war die Laufbahn eines Mannes, der völlig unauffällig von Hitlers Chefstrategen zum drittmächtigsten Mann des Dritten Reiches aufgestiegen sowie zum SS-Brigadeführer und *Generalmajor* der Waffen-SS ernannt worden war.

Kammler war es, der für Hitler auf die Suche nach der alles entscheidenden „Superwaffe" gegangen war. Er hatte Experimente angeordnet und geleitet, die der „normalen" Denkweise des menschlichen Gehirns nicht zugänglich waren und als völlig irrational abgetan wurden. Gegen jede Vernunft, aber mit äußerster Energie hatte er nie aufgegeben, intensiv daran zu arbeiten – im Übrigen, wie der KF bezüglich Hitlers Superwaffe mehrfach andeutete, leider wohl mit deutlich mehr Erfolg, als je bekannt geworden ist.

Als Realist und klarer Denker aber hatte Kammler stets die Geldhorte seiner SS gefüllt und zur Requirierung des *Rommel-Goldes* für die SS einen Plan ins Rollen gebracht, der bis heute nicht entschlüsselt wurde.

Kammler war ein wahrer Magier, oder besser gesagt, ein großartiger Illusionist. Ein großer Meister im Täuschen und Verstecken. Aber er war auch jener Mann, der es geschickt verstanden hatte, die gesamte Kriegsbeute aus Afrika verschwinden zu lassen – vor den Augen der gesamten Welt.

KAPITEL 83

Während alle Zeichen noch auf Entwarnung standen, rollte jedoch auf den Vatikan unbemerkt eine Monsterwelle der Gewalt zu, die das Zeug hatte, sich zu einem gigantischen Tsunami auszubreiten.

Il Scorpione musste zunächst seine Wut gegen die drei verräterischen Schatzsucher leider im Zaum halten. Der oberste Familienrat hatte ihm befohlen, alle drei so schnell wie möglich – aber unversehrt – nach Mailand in das Hauptquartier des Sforza-Imperiums zu schaffen.

Für diese Leute spielten persönliche Rachegelüste schon lange keine Rolle mehr. Das Einzige, was für sie im heutigen Geschäftsleben zählte, waren Erfolge. Wirtschaftliche Erfolge. Und die maßen sich ausschließlich daran, ob sich ein Investment am Schluss auch auszahlte.

Wenn also die drei ihr Geheimnis nicht preisgeben wollten – bitteschön! Auch gut. Aber dann würden sie für die finanziellen Folgen ihres Unwillens einzustehen haben. Für die Familie war jetzt die Sache ganz einfach geworden: „Geld oder Leben!“ hieß die Formel, und die Clanchefs waren sicher, dass alle drei ihr Leben behalten wollten. Dieser exzentrische Schweizer hatte schließlich genug Vermögen, und die Einbringlichkeit war für die ehemals „Ehrenwerte Gesellschaft" auch heute wahrlich kein Problem. Darin galten sie immer noch als äußerst konservativ.

Wie gesagt: „Geld oder Leben"!

★

Adrian von Stetten hingegen sah sich jetzt mit zwei neuen Problemen konfrontiert. Natürlich war die Nachricht vom erfolglosen Bergungsversuch des Schatzes durch die korsische Mafia auch zu ihm vorgedrungen. Damit war klar, dass diese seltsame Crew den Meeresboden haargenau an der Stelle abgesucht hatte, die er ebenfalls aus den dreien herauspressen konnte. Die Schlussfolgerung daraus war naheliegend: Auch er war auf deren dreiste Geschichte reingefallen. Gegen das Gespür und die Warnungen von Lotte, die nie aufgehört hatte, ihm ununterbrochen damit die Ohren vollzuplärren. Sie saß ihm jetzt triumphierend gegenüber und streckte ihm ihre in enge Hotpants verpackten, von der Sonne deutlich rot eingefärbten Beine ordinär provozierend entgegen.

„So, jetzt hast du den Salat!", fauchte sie ihn wütend an, als hätte sie völlig vergessen, dass sie gerade mit einem der mächtigsten Männer Europas sprach. Aber Lotte hatte leider recht – und das wusste von Stetten auch. Seine Reaktion beschränkte sich deshalb knapp auf das Wesentliche.

„Ihr könnt sie haben – macht mit ihnen, was ihr wollt!", knurrte er schlecht gelaunt. „Aber macht es wenigstens unauffällig!"

Lotte grinste Martin an.

„Dann auf zum fröhlichen Jagen!" Lotte begann, den Text eines uralten Liedes fröhlich vor sich hin zu summen, und Martin kommentierte das mit einem salutierenden *Halali*.

Das entsprach zwar nicht dem Liedertext des 18. Jahrhunderts, beschrieb dafür aber sehr genau, wie sich beide das Ergebnis dieser „Jagd" bildhaft vorstellten.

Adrian von Stetten hatte damit eines seiner beiden Probleme mit einem Fingerschnipp gelöst. Jetzt musste er nur noch einen Weg finden. Jodok war verpflichtet, ihm die *Idola* zurückzugeben. Schließlich hatte er seinen Teil der Vereinbarung nicht eingehalten.

Aber ihn davon zu überzeugen, dass er die *Idola* besser freiwillig wieder herausgeben sollte – das würde nicht leicht werden.

KAPITEL 84

Beim letzten Gespräch hatte der Graf Sophie und Max nur kurz und knapp darüber informiert, dass die „Mission Dresden" bei der „Görlitzer Truppe" erfolglos verlaufen war.

„Leider", wie er hinzufügte, aber in Kürze würde er Max und HAB zurückerwarten.

Es war eine völlig emotionslos gehaltene Mitteilung des völlig überfordert wirkenden Grafen.

Zumindest Max war damit klar, dass sie auf seine Hilfe kaum mehr zählen konnten. Irgendetwas braute sich über dem Vatikan zusammen und der Graf beobachtete Jodok inzwischen Tag und Nacht. Was es auch immer sein mochte: Es hatte absoluten Vorrang vor dem persönlichen Schutz von Sophie und Max. Möglicherweise waren sie sogar bereits zu ungebetenen Gästen im Vatikan geworden. Jedenfalls mussten sie offenbar froh darüber sein, derzeit noch geduldet und nicht offiziell zur *persona non grata* erklärt zu werden.

Max fluchte leise vor sich hin. „So eine elende Scheiße ...", was zumindest für seine unkontrollierbare Wut immer noch besser war, als sich völlig in depressives Nichtstun zu vergraben.

Unerwartet kündigte die blinkende Kontrollleuchte einen bevorstehenden Besuch an und riss Max aus seinen Gedanken.

Die grüne Leuchte bedeutete zwar so viel wie „keine Gefahr", dennoch weckte er Sophie vorsichtig auf. Sie hatte es irgendwie fertigbekommen, trotz der ganzen Aufregung einschlafen zu können. Im Sitzen – wenn auch so dicht bei Max, dass sie immer Körperkontakt halten konnte.

„Uhhmm?", schnurrte sie leise, ohne jedoch die Augen zu öffnen.

„Wir bekommen Besuch – willst du dir den nicht wenigstens anschauen?"

Max versuchte sie zu locken.

„Nein, sag mir einfach später, wie er aussah ..."

Sophie suchte sich eine neue bequeme Kuschelstellung und strich Max sanft über den Arm.

Dann plötzlich drang ein kalter Luftzug durch die geöffnete Tür, sodass Sophie ungewollt erschreckt ihre Augen aufriss. Dann erkannte auch sie, wer die unerwarteten Gäste waren. Nur wenige Sekunden später lagen sich alle drei in den Armen. In ihrer überschwänglichen Freude war es Sophie sogar gelungen, Kowalski in den Kreis hineinzuziehen. Solche Gefühle zu zeigen, war für ihn sichtlich ungewohnt, aber – wie er später für sich selbst feststellte – deutlich weniger peinlich jedoch, als er es selbst vermutet hätte. Im Gegenteil war es wohl eines der wohltuendsten Gefühle, die er seit Langem wieder einmal erleben durfte.

Max war der Erste, der sich aus dem engen Kreis seiner Freunde herauslöste.

„Was wäre das für ein Freudentag, wenn ihr auch noch etwas

Brauchbares über von Stetten herausgefunden hättet, etwas, mit dem wir ihn dann abschießen könnten!", stöhnte er und riss damit leider auch Sophie aus ihrer verträumten Wohligkeit, die sie gerade so sehr genossen hatte.

„Ja", ergänzte sie, „ihr könnt es noch nicht wissen, aber wir glauben, dass wir selbst hier in unserem Versteck nicht mehr lange sicher sein werden. Der Graf", holte sie tief Luft, „der Graf ist ..."

„Ich weiß", griff Kowalski ein, „es könnten unruhige Zeiten werden hier im Vatikan. Aber", fuhr er fort, „lasst jetzt erst einmal HAB erzählen, welche Neuigkeiten wir wirklich aus Dresden mitgebracht haben. Ich denke, dann sieht die Welt schon wieder ganz anders aus!"

„Und wie anders sie aussehen wird", begann HAB und ließ auch sofort die Katze aus dem Sack: „Wir wissen nämlich jetzt, wo dieser *Rommel-Schatz* tatsächlich liegt!"

Ohne auf die ungläubigen Gesichter seiner Freunde einzugehen, begann HAB in aller Ruhe von dem Treffen mit Karl Friedrich Schützeneder und den Zielen der „Görlitzer Truppe" zu erzählen. Dabei genoss er es, den Clou der Geschichte von der „doppelt versteckten Kriegsbeute" geschickt immer wieder hinauszuzögern und damit die Spannung ins Unerträgliche zu steigern. Jedenfalls so lange, bis es selbst Kowalski zu viel wurde.

„Also passt auf", unterbrach er HAB energisch, „im Grunde genommen hat dieser Hans Kammler einen ganz einfachen Trick angewandt. Er hat Rauff angewiesen, zwei Transporte auf den Weg zu schicken. Rauff wusste um die Macht Kammlers und es blieb ihm keine andere Wahl als ihm zu gehorchen. Wahrscheinlich aber hatte er sich als SS-Mann sogar gern für dessen Plan einspannen lassen, und das ging so: Es gab natürlich den *Transport Nr. 1*, den kennen wir alle ja schon zur Genüge. Es sind jene sechs Kisten, die schließlich in Korsika und später dann im Meer versunken sind.

Der Inhalt dieser Kisten war allerdings nur wertloses Zeug. Sein einziger Zweck war: eine ausgeklügelte falsche Fährte zu legen. Für all jene, die irgendwann auf die Idee kommen würden, danach zu suchen.

Viel spannender jedoch ist der *Transport Nr. 2*.

Nachdem es Kammler mithilfe Rauffs gelungen war, die Aufmerksamkeit geschickt auf Transport Nr. 1 zu lenken, war es ein Leichtes, die echte Beute still und unerkannt zu verladen. Dieses Mal in ein gutes halbes Dutzend Holzkisten verpackt, wurden die dadurch deutlich leichteren Kisten in zwei Flugzeuge verladen und ausgeflogen. Ihr sorgfältig geplantes Ziel war die Südküste Sardiniens. Dort wurden die beiden Flugzeuge samt Ladung von der SS in einem der vielen Bergstollen versteckt."

Kowalski lehnte sich zurück und wartete. Es sollte eine Weile dauern, bis alle begreifen würden, was sich damals tatsächlich abgespielt hatte.

„Und warum hat man dann nie etwas davon gehört – dass der Schatz dort auf Sardinien aufgetaucht ist?"

Max war skeptisch – wie immer.

„Ganz einfach", grinste HAB, „weil er dort nicht aufgetaucht ist. Niemand hat den Schatz je auf Sardinien vermutet, also ist dort auch nie danach gesucht worden. So einfach ist das!"

„Aber", warf Max erneut ein, „die beiden Flugzeuge … so etwas findet man doch immer …"

Kowalski beendete auch dieses Versteckspiel abrupt.

„Hätte Deutschland den Krieg gewonnen, so hätte die SS die Flugzeuge geborgen und die Kriegsbeute sofort für sich requiriert. Als aber klar wurde, dass der Krieg verloren war, haben sie vorsichtshalber einfach erst mal den Stollen zugesprengt."

Dann lächelte er erneut HAB zu. „Ja, so einfach war das!"

Natürlich war das eine gute Nachricht, aber Max war wütend.

„Warum, zum Teufel, habt ihr uns denn das nicht schon von Dresden aus erzählt? Solche *Good News* hätten wir gerne auch ein bisschen früher erfahren wollen!"

„Weil das hochgefährlich gewesen wäre, Max."

Kowalski versuchte die Lage zu entspannen.

„Die Sache war und ist brisant. Wir werden mit Sicherheit überwacht. Abgehört und weiß Gott, was sonst noch alles auf uns angesetzt ist."

„Aber verdammt noch mal, Sophie und ich, wir sitzen hier auf glühenden Kohlen – auf dem Präsentierteller dieser skrupellosen Mörderbanden!"

Sophie war wieder enger an Max herangerückt. Solche explosionsartigen Zornesausbrüche unter Freunden machten ihr Angst.

„Brisant ist das ja? Aber brisant für uns!", legte Max nach, „woher wissen wir denn eigentlich, ob das nicht schon wieder so eine verdammte *Fake News* ist? Habt ihr euch das nicht auch mal gefragt? Jetzt ist der Schatz plötzlich in einem Bergwerk versteckt. Na toll! Und zugesprengt ist das auch noch! Wie praktisch!"

Max klang verzweifelt und rang nach Worten. Sophie legte ihre Hand beruhigend auf seine und fixierte HAB mit den Augen.

„Max hat recht! Was auch an dieser kruden Story dran sein mag: Uns glaubt doch ohnehin niemand mehr. Vor allem dann, wenn wir jetzt auch noch mit so einer völlig unglaubwürdigen Geschichte daherkommen. Eine Geschichte, die sämtliche bisherigen Erkenntnisse völlig auf den Kopf stellt! Das glaubt kein Mensch!"

Ihr Blick wechselte jetzt ständig zwischen Kowalski und HAB hin und her.

„Ihr wisst schon, dass das wirklich hochgradig ‚Gaga' klingt!"

„Das mag schon so sein, Sophie."

Kowalski hatte seinen Stuhl zur Seite geschoben und war aufgestanden.

„Aber bitte, Sophie – bitte, Max, beruhigt euch doch wieder. Es sind so viele Neuigkeiten, das können wir nicht alles auf einmal erzählen. Natürlich haben wir auch Beweise mitgebracht. Es ist wirklich nicht nur irgendeine Vermutung, was wir euch da erzählt haben. Es ist unzweifelhaft sicher, dass die Kriegsbeute aus Afrika genau dort liegt."

Es war eine kleine, nur etwa DIN-A4-große Mappe. Kowalski hatte sie aus seiner alten abgetragenen Aktentasche herausgezogen und auf den Tisch gelegt. Die Unterlagen, die jetzt auf dem kleinen Tisch des unterirdischen Vatikan-Verstecks lagen, bewiesen eindeutig, dass die Geschichte, die der *Kleine Fritz* über die Täuschung Kammlers erzählt hatte, tatsächlich der Wahrheit entsprach.

Eines der beiden nur halbwegs scharfen Fotos zeigte den exakten Längen- und Breitengrad sowie eine rote Markierung, die jemand per Hand am Rande einer kleinen, wiederbewaldeten Anhöhe eingezeichnet hatte. Es bedurfte keiner großen Fantasie, die unmittelbare Umgebung des Geländes einem stillgelegten Bergwerk zuzuordnen. Die Aufnahmen selbst stammten von einem Satelliten, den die Russen der DDR bereits 1979 zur Verfügung gestellt hatten. Offiziell garantierte *Gorisont 11* die Übertragung der in Moskau stattfindenden Olympischen Sommerspiele 1980. Inoffiziell enthielt dieser Satellit aber auch eine hochmoderne militärische Komponente eines speziellen 1,5/1,6-GHZ-Transponders. Es war der modernste Spionagesatellit seiner Zeit, ausgestattet mit einer Technik, die auch heute noch per Software-Update auf dem neuesten Stand der Technik gehalten wurde.

In den Wirren der Wiedervereinigung hatte die DDR-Führung diesen Satelliten dann aber schlicht „vergessen". Ein Umstand, der dem *Kleinen Fritz* sehr gelegen kam, denn er war mit der Steuerung des Satelliten bestens vertraut und von den Russen zusätzlich speziell dafür ausgebildet worden. Er hatte es nie als Unrecht angesehen, unmittelbar nach dem Zusammenbruch der DDR diese hochmoderne Spionagetechnik für seine eigenen Zwecke zu nutzen.

Die Informationen zu „Kammlers Täuschungsmanöver" bekam er irgendwann in den Neunzigerjahren über eine seiner vielen Informationsquellen zugespielt. Mithilfe des Satelliten war er in die Lage versetzt, zunächst den Ort des Versteckes des *Rommel-Schatzes* haargenau bestimmen zu können.

Mittels der im Satelliten verfügbaren Spionagekamera hatte er schließlich durch eine geophysikalische Messung quasi in den verschütteten Hohlraum des Bergwerks „hineinblicken" können. Auf dem zweiten Foto konnte man die Umrisse zweier Flugzeuge erkennen, und die schienen sogar nahezu unversehrt.

Von der zwischenstaatlichen diplomatischen Brisanz einmal abgesehen, konnte an der Echtheit der Dokumente nicht der geringste Zweifel mehr bestehen.

Max fand keine Zeit, sich für seine Zweifel zu entschuldigen. Es gab Wichtigeres zu tun.

„Das ist gut – das ist wirklich gut. Aber auch damit sitzen wir jetzt wieder einmal in der Zwickmühle."

„Ja, das kann man wahrscheinlich wirklich nicht besser ausdrücken", ergänzte Sophie kopfschüttelnd. „Das sind genau jene Informationen, die beide haben wollen: *Il Scorpione* und der NAD-Bonze!"

In diesem Moment schossen wahrscheinlich allen vier gleichzeitig die gleichen Fragen durch den Kopf: *Wem von beiden geben wir diese Infos weiter? Wer von ihnen ist weniger gefährlich*?

Es war die Frage, auf die alles hinauslaufen würde.

Eine zufriedenstellende Antwort darauf aber konnte es *per se* nicht geben.

Wenn überhaupt, dann war es eine Wahl zwischen *Teufel und Beelzebub* – und die beiden gaben sich bekanntermaßen in ihrer monströsen Gefährlichkeit gar nichts.

KAPITEL 85

Adrian von Stetten war ein durchtrainierter sportlicher Mittfünfziger. Seine Jugend hatte er in Indochina verbracht und eine immer noch stark asiatisch geprägte Ernährung hatte die Grundlage für ein langes, gesundes Leben geschaffen. Er war selbst fest davon überzeugt, gerade einmal die Hälfte seines Lebens gelebt zu haben – höchstens. Hundert Jahre würde er leben – gerne auch etwas länger.

In der Nacht allerdings, die auf die Rückkehr HABs und Kowalskis folgte, war er gegen Mitternacht in seinem Zimmer zu einem Häufchen Elend zusammengesunken, das sich in unerträglich schmerzhaften Krämpfen auf dem Boden hilflos im Kreise drehte. Zum Glück war durch das stetig leise Wimmern einer der persönlichen Wachleute des Papstes im vatikanischen Gästehaus *Santa Marta* auf seine Qualen aufmerksam geworden.

Der sofort herbeigerufene päpstliche Hausarzt war jedoch ratlos und ließ dieses erbarmungswürdige Häufchen Elend umgehend in das nahe gelegene *Ospedale di Santo Spirito in Sassia* einliefern.

Dort nahm der seit mehr als 36 Stunden diensttuende Oberarzt die Sache zunächst nicht wirklich ernst. Statt einer genaueren Untersuchung spritzte er dem gepeinigten und immer wieder vor Schmerzen aufschreienden Politiker mehrfach ein krampflösendes Mittel. Es war stark und würde auch gegen die Schmerzen helfen.

Gut zwei Stunden später erkannte er, dass ihm die Sache wohl endgültig über den Kopf gewachsen war, und er veranlasste die Verlegung in das besser ausgestattete *Polyclinico Militare di Roma*. Es ist das zentrale militärische Krankenhaus der italienischen Streitkräfte und damit eines der erfahrensten und bestausgestatteten Krankenhäuser in Italien.

Aber auch dort mussten die Ärzte hilflos zusehen, wie es ihrem Patienten von Stunde zu Stunde trotz intensiver Bemühungen immer schlechter ging. Gegen sechs Uhr morgens sahen sie nur noch eine einzige Möglichkeit, seinen Tod hinauszuzögern: Sie versetzten ihn in ein künstliches Koma.

Um 8.45 Uhr schließlich tauchten im Militärkrankenhaus ein junger Mann und eine junge Frau auf. Sie gaben sich als Begleitschutz ihres diplomatisch geschützten Patienten aus. Da sie sich selbst jedoch nicht mit einem der üblichen Diplomatenausweise legitimieren konnten, wurden sie erst vorgelassen, als ein auf deren Veranlassung verständigter Kardinal die „persönliche Bürgschaft" übernommen hatte.

Als sie den völlig in sich zusammengefallenen Adrian von Stetten erblickten, der hilflos an eine monströse, lebenserhaltende Maschinerie angeschlossen war, schossen beiden die Tränen in die Augen.

Nach einer ganzen Weile unterbrach die junge Frau die gespenstische Stille als Erste.

„Wir müssen ihn von hier wegbringen – schnellstens!"

Sie schluchzte immer noch heftig.

Danach dauerte es jedoch noch über weitere sechs quälende Stunden, und die verrannen so langsam, als ob die Zeit stehengeblieben wäre. Erst dann hatte man den künstlich am Leben gehaltenen Patienten sicher an Bord einer *Hawker Beachcraft 800B* untergebracht.

Die speziell dafür ausgestattete Maschine verfügte über sämtliche technische Ausstattung, die für den Transport eines Intensivpatienten nötig war.

Zusammen mit seinem immer noch unter Schock stehenden Begleitschutz stieg die Maschine um 15.56 Uhr vom *Flughafen Fiumicino* steil in den Himmel über Rom auf. Ihr Ziel war Hamburg. Dort, in der weltweit bekannten Tropenklinik, wartete man bereits auf die Einlieferung des Patienten, der gerade dabei war, einer der mächtigsten Männer Deutschlands zu werden.

KAPITEL 86

Nachdem Jodok gegenüber dem leitenden Major des Militärkrankenhauses bereitwillig die Bürgschaft für die persönlichen Bodyguards von Stettens übernommen hatte, wählte er die Telefonnummer der Äbtissin und bat sie zu sich.

„Na, meine Liebe – waren wir wieder einmal unartig!"

Wie selbstverständlich küsste Jodok sie dabei zur Begrüßung mehrmals verführerisch auf den Hals. Er wusste, dass er seiner Geliebten dankbar sein sollte. Für ihn war es sicher, dass sie ihm einen ganz besonderen Gefallen getan hatte. Dennoch stellte er sich unwissend.

„Ich habe da etwas läuten gehört – dass es meinem deutschen Geschäftspartner heute gar nicht so gut geht", lächelte er sie frech an. „Fast sieht es so aus, als wäre ihm irgendetwas von unserem gemeinsamen gestrigen Abendessen auf den Magen geschlagen! Aber wir haben doch alle das Gleiche gegessen, oder?"

Jodok wartete einen Moment, um irgendwelche Reaktionen in ihrem Gesicht ablesen zu können.

„Oder was meinst du, was es sein könnte?"

Die Äbtissin saß immer noch ungerührt in einem der bequemen Fauteuils in Jodoks Vorzimmer. Es war genau der Platz, den sie auch am Vorabend eingenommen hatte, als von Stetten zu seiner Verabredung mit dem Kardinal dazugestoßen war.

Gespielt gelangweilt betrachtete sie jetzt die Fingernägel ihrer linken Hand, die sie dabei zu einer katzenartigen scharfen Kralle geformt hielt.

„Ach, weißt du – diesen aufgeblasenen arroganten Fatzke, den habe ich noch nie gemocht.“

Erneut spielte sie mit ihrer Krallenhand, indem sie jeden einzelnen der fünf Krallenfinger leicht vor- und zurückbewegte.

„Sein Tod wird die Welt nicht ärmer machen. Also, was soll's?“

Jodok blickte seine emotionslose Gespielin scharf an.

„Aber von Stetten ist nicht tot. Er lebt, und die haben die besten Ärzte dort …“

Jodok provozierte sie weiter.

„Vor einer Stunde war er jedenfalls noch am Leben. Woher willst du wissen, dass er jetzt tot ist?“

Ihre Krallenhand entspannte sich.

„Weil mein Gift immer tödlich ist. *Cantarella* hat sich seit Jahrhunderten bestens bewährt. Es war schließlich das Gift der Borgias!“

Jodok stand jetzt direkt über ihr.

„Ich habe es gewusst! Du alte Giftmischerin …!“, lächelte er und begann seine Hände unter ihr weites, stets so züchtig aussehendes Gewand zu schieben.

„Für dich tue ich alles. Das weißt du doch. Aber der Kerl ist auch selbst an allem schuld. Warum ist er denn nicht nach Hause gefahren? Alles war gut. Aber da bläst er sich hier vor dir auf – und verlangt auch noch *seine Idola* wieder zurück! Eine Unverschämtheit war das ...“

„Ja, das war eine Unverschämtheit, eine bodenlose Frechheit. Da hast du wieder einmal völlig recht, Agnieszka.“

Seine Hand wurde fordernder.

„Und da hast du ihn einfach umgebracht ...“

„Ja“, stöhnte die Äbtissin, „da habe ich ihn einfach umgebracht ... das musste doch sein ...?“

„Genau, das musste sein. Du hast wieder einmal alles richtig gemacht.“ Jodok flüsterte direkt vor ihrem Ohr, sodass sie sofort von einem wohligen Schauer ergriffen wurde.

„Dann belohne mich dafür. Jetzt ... bitte ... sofort ...“

Der folgende Rausch der Sinne war der Anfang zur lange ersehnten Vollendung von Jodoks Vorhaben. Die letzte Kraft dafür hatte er sich aus dem wollüstigen Körper der Äbtissin eingesaugt. Auf dem Höhepunkt ihrer Ekstase schloss er seine Hände fest um ihren Hals – so lange, bis ihr wild zuckender Körper zu Tode erschlaffte.

Jetzt endlich war die Zeit gekommen, die Macht der *Teufelsbibel* mit der des *Bozzettos* zu vereinen.

KAPITEL 87

Sophie, HAB und Max hielten es tatsächlich für ein „wahrhaftiges Wunder“.

Sie konnten kaum glauben, dass von Stetten völlig überstürzt aus Rom mit einer privat gecharterten Maschine und samt seinem mörderischen Duo ausgeflogen worden war. Wie man sich bereits hinter vorgehaltener Hand erzählte, sei eine latente gefährliche Tropenerkrankung von Stettens wieder ausgebrochen und er müsse deshalb schnellstens in einer speziellen Klinik behandelt werden.

Es war lediglich ein Gerücht, das aber hatte Jodok geschickt gestreut, um jeden Verdacht von der Äbtissin abzulenken.

Davon abgesehen war es ein gutes Argument, die lästigen Pressemenschen endlich mundtot zu machen. Seit dem Besuch des rechten DfD-Politikers bei einem Kurienkardinal in Rom schnüffelten sie ständig in allem Möglichen herum. Und für das, was Jodok jetzt zum krönenden Abschluss vorhatte, musste er sehr darauf bedacht sein, sich solche Plagegeister so lange wie möglich von Hals zu halten.

Nur bei einem war dieses Ablenkungsmanöver nicht auf fruchtbaren Boden gestoßen. Kowalski wusste sehr genau um die Umstände der „tödlichen Erkrankung“ von Stettens Bescheid. Er war völlig sicher, dass die Äbtissin dasselbe Gift verwandt hatte, mit dem sie auch seine Mutter aus dem Weg geräumt hatte. Aber seine Freunde sollten ruhig weiter an ein Wunder glauben. Irgendwie passte das ja auch zu dem heiligen Ort, an dem sich alles abgespielt hatte – mal ganz davon abgesehen, dass sie jetzt nichts dringender benötigten als eine ungestörte Erholung.

Warum also sollte er sie mit einem weiteren vatikanischen Mord belasten? Um die Äbtissin könnte er sich in aller Ruhe genauso gut auch später kümmern.

Auch alles Übrige hatte Kowalski perfekt gelöst und damit die im Vatikan so hoch geschlagenen Wellen wieder geglättet.

Il Scorpione war schließlich der letzte Feind seiner Freunde, den es zu beruhigen galt. Also hatte er ihm ein kluges Angebot unterbreitet, eines, welches er gar nicht ablehnen konnte.

Er hatte ihm Kopien der genauen Fundstelle des Schatzes und die Infrarotaufnahmen der beiden Flugzeuge zukommen lassen. Allerdings mit dem ausdrücklichen Vorbehalt, dass er sie nur für den Fall benutzen dürfe, nachdem er zuvor ausdrücklich die persönliche Haftung dafür übernommen hatte, dass weder er noch jemand anderer aus seinem Verfügungsbereich jemals wieder versuchen würde, Hand an seine Freunde zu legen.

Eine solche Ehrenerklärung des *Skorpions* hatte Kowalski soeben erhalten.

Da er sich nicht wirklich sicher gewesen war, ob *Il Scorpione* sich tatsächlich von den Rachegelüsten gegenüber Sophie, HAB und Max würde befreien können, hatte er dem guten Willen des *Skorpions* ein bisschen nachgeholfen und ihm eine knappe Frist für den Eingang dieser Erklärung bei ihm von nur 24 Stunden gesetzt.

Hätte *Il Scorpione* nicht fristgemäß pariert, würde er mit äußerst unliebsamen Konsequenzen leben müssen. Bei Fristablauf wären unendlich viele Kopien der Unterlagen über den tatsächlichen Fundort des „meistgesuchten Schatzes der Welt“ an die internationale Presse in aller Welt weitergegeben worden.

Kowalskis Plan war aufgegangen, denn allein diese Drohung hatte genügt, den *Skorpion* letztlich zu überzeugen.

Er wusste sehr genau, was passieren würde, sollten diese Informationen tatsächlich an die Öffentlichkeit gelangen. Dass sich anschließend die ganze Welt auf den Schatz gestürzt hätte, wollte er sich noch nicht einmal in seinen Träumen vorstellen!

Widerwillig, aber dennoch ohne zu zögern, musste er genau das tun, was Kowalski von ihm verlangt hatte.

KAPITEL 88

Schon der kaltblütige Mord an der Äbtissin verursachte bei Jodok einen anhaltenden, massiven Erregungszustand. Genau dieser Zustand war Teil der Vorbereitungen zur Erreichung eines magischen Trancezustandes, den er für seine eigentliche Aufgabe so dringend benötigte. Ab diesem Moment hatte er nichts anderes mehr im Sinn, als die magischen Kräfte seines Körpers weiter ins Unermessliche zu steigern.

Darauf aber war Jodok gut vorbereitet. Im Stundentakt trank er jeweils eine kleine Menge einer trüben Flüssigkeit. Sie stammte von der Äbtissin, denn die verstand es meisterlich, von ihr sorgsam ausgesuchte Fliegenpilze mit Wasser und Ethanol zu versetzen, um nach vielen Wochen daraus ein äußerst wirksames Halluzinogen zu extrahieren. Um sich damit in den erträumten *maximalen geistigen Zustand* zu versetzen, war er gezwungen, äußerst vorsichtig vorzugehen. Es wurde eine Prozedur, die lange 24 Stunden in Anspruch nahm.

Erst dann begab er sich in den geheimen Raum, der seine magischen Artefakte beherbergte.

Wie auf Wolken öffnete er dort den *Codex Gigas* und schlug die Seite 290 auf. Vorsichtig platzierte er die *Idola* direkt auf dem Abbild des Teufels. Schon nach wenigen Sekunden begann die *Idola* zu vibrieren und erhob sich schließlich schwerelos schwebend, wie von Zauberhand, direkt über dem Codex.

Es war das erwartete Zeichen dafür, dass sich beide Mächte verbunden und die Schwerkraftgesetze der Physik außer Kraft gesetzt hatten.

Als Jodok nach der Schrift griff, spürte er die unglaubliche Kraft, die von ihr ausging. Nur für den Bruchteil einer Sekunde zögerte er vor dieser überirdischen Macht, die plötzlich in seinen gesamten Körper eingefahren war. Jetzt musste er sie nur noch zu ihrem Ziel zu bringen: zum magischen *Bozzetto*. Jodoks Zeit war heute gekommen. Selbst die unbezwingbare stählerne Tür, die ihm bislang den Zugang zum *Bozzetto* verwehrt hatte, würde kein Hindernis mehr darstellen.

Der Weg zu der versperrten Kammer, in der sich der *Bozzetto* befand, war nur kurz und es bereitete dem Grafen keine großen Schwierigkeiten, Jodok unerkannt zu folgen, auch wenn dessen Aussehen sich fast bis zur Unkenntlichkeit verändert hatte.

Natürlich war dem Grafen bewusst, in welche Gefahr er sich begab, wenn er gegen Jodok vorgehen würde. Was er aber sah, als Jodok das feste Leintuch, mit dem der *Bozzetto* schützend verhüllt war, heruntergerissen hatte, ließ ihn zutiefst erschaudern.

Kaum hatte Jodok damit begonnen, beschwörende Formeln aus einem unscheinbaren Büchlein dem *Bozzetto* entgegenzuschleudern, begann sich die gesamte Darstellung auf der Holztafel dreidimensional zu vergrößern und pochte wild, wie ein überdimensionales Herz. Aus dem unteren Teil, auf dem Michelangelo den „Schlund zur Hölle“ platziert hatte, begannen plötzlich kleine, teuflisch aussehende hässliche Figuren herauszuquellen. Dazu kam ein fürchterliches Geheule, das selbst den erprobten furchtlosen Soldaten Christoph Graf zu Tode erstarren ließ.

Unablässig beschwor Jodok Michelangelos Werk der Apokalypse. Graf, der hilflos zusehen musste, wurde schlagartig klar, was dieser unheilige Kardinal vorhatte. Mit letzter Kraft und voller Verzweiflung riss er eine Hellebarde von der Wand und stieß sie Jodok von hinten in den Rücken – immer wieder, aber vergeblich.

Mit einer einzigen Bewegung seiner linken Hand schleuderte Jodok den Grafen durch den gesamten Raum, ohne dass er dabei das Beschwörungsritual auch nur für eine Sekunde unterbrochen hätte. Die Lanzenstiche waren einfach durch ihn hindurch gegangen. Wie durch eine Nebelgestalt, ohne auch nur die geringste Verletzung zu verursachen.

Durch den wuchtigen Aufprall blieb Graf einen kurzen Moment leblos auf dem Boden liegen. Als er sich zwang, seine Augen erneut zu öffnen, blickte er direkt auf ein übergroßes Dreihandschwert. Es war die Waffe, mit der es dem Schweizergardisten Herkules Göldli gelungen war, beim *Sacco di Roma* die plündernden Söldner Karls V. an der Festnahme des Papstes und einiger Kardinäle zu hindern. Nur durch seinen Einsatz konnte der Papst schließlich die schützenden Mauern der Engelsburg erreichen.

Woher der Commandante letztlich die Kraft aufbrachte, nach dem Schwert zu greifen, wird später niemand sagen können. Es spricht jedoch alles für diejenige Version, dass das Schwert sich ohne sein Zutun aus der hohen Verankerung von der Wand loslöste und so in seine Hände geglitten war.

Jodok bemerkte von all dem nichts. In völliger Trance musste er kurz vor der Vollendung seiner magischen Beschwörung gestanden sein, als das riesige Schwert auf seinen Hals traf und den Kopf vom Rumpf trennte.

Ob es tatsächlich das Schwert des Herkules Göldli war, mit dem Jodok vom Leben zum Tode befördert wurde, ist immer noch unklar. Tatsache allerdings ist, dass nach den schrecklichen Ereignissen der Kardinal verschwunden war und auch bis heute nicht mehr aufgetaucht ist.

Die gängige Meinung unter den Leuten dazu ist die, dass sich Jodok unerkannt abgesetzt hat – wohin auch immer. Sie glauben, sein Verschwinden stehe natürlich ursächlich im Zusammenhang mit dem Mord an der Äbtissin, die wohl ohne jeden Zweifel von ihm umgebracht worden sei.

Aber vielleicht gerade, weil Christoph Graf über den Ablauf der tatsächlichen Geschehnisse konsequent Stillschweigen bewahrt, geht im Vatikan bis heute unter einigen anderen Leuten das Gerücht um, dass sich direkt vor dem Moment des Schwertschlages gegen den Hals Jodoks der Höllenschlund auf dem *Bozzetto* durch die Beschwörung bereits riesig weit geöffnet hatte. Das aber sei dem Kardinal zum Verhängnis geworden. Es wird gemutmaßt, dass zuerst der abgeschlagene Schädel Jodoks von diesem „magischen schwarzen Loch" eingesaugt worden sei und direkt danach sein gesamter Körper.

Die Wahrheit ist, dass jedoch außer Christoph Graf bis heute niemand weiß, ob auch dies nur eine Schauermär ist – oder auch nicht!

EPILOG 1

Die Legenden vom „lebenden Fresko" an der Stirnwand im ehemaligen Pferdestall unterhalb des Jesusgrabes erzählt man sich bis heute im Vatikan nur hinter vorgehaltener Hand.

Es ist brisant, darüber zu reden. Versucht man gar, irgendetwas darüber herauszufinden, wird man schnell dem „Reich übermäßiger Fantasie" zugeschrieben. Insistiert man weiter, sieht man sich oft genauso schnell dem Vorwurf der Blasphemie ausgesetzt. Ein Vorwurf, der sogar eine gewisse Berechtigung im historischen Hintergrund zu haben scheint. Bis in das späte 19. Jahrhundert hinein durfte dieser Raum jedenfalls von niemandem betreten werden: Die Inquisition hatte die Anbetung des Freskos als Blasphemie gebrandmarkt. Jedem Besucher drohte von nun an eine Verurteilung wegen Ketzerei.

All das legte schließlich einen geheimnisvollen Schleier auch über die Entstehungsgeschichte des Freskos selbst.

Sie hatte in Rom im Sommer 439 begonnen, als Antonius Magnus, ein einfacher Mönch, behauptete, er habe das Fresko angefertigt. Das schien wenig glaubwürdig, denn der Mönch war mit der Technik der

Freskomalerei in keiner Weise vertraut. Seine Erklärung dafür war hingegen einfach: Beim Beten zu Pfingsten sei der Heilige Geist in ihn eingefahren. Dieser habe ihm aufgetragen, das Fresko anzufertigen – nach seinem Geheiß und Anweisungen. Er habe dabei also lediglich als „Hand Gottes" gehandelt. Das Fresko selbst sei in Wahrheit von Gott persönlich ausgeführt worden.

Die Stimmung im Volk wurde dadurch schnell aufgeheizt, da dem Fresko auch eine „wundersame Wirkung" nachgesagt wurde. Das war sowohl kirchlich als auch politisch unerwünscht. Darauf mussten die Richter der Inquisition unverzüglich reagieren. Antonius Magnus wurde festgenommen und sofortige Ermittlungen mittels eines Verhörs eingeleitet.

Obwohl der Mönch auch unter Anwendung der in diesen Fällen vorgeschriebenen und korrekt ausgeführten Folter immer wieder seine Unschuld beteuerte, wurde er einstimmig wegen Ketzerei zum „Tode auf dem Scheiterhaufen" verurteilt.

Aufgrund der Ungeheuerlichkeit der Behauptung, Gott der Allmächtige selbst sei der Urheber der Malerei, wurde das Urteil direkt im Anschluss an den Schuldspruch vollstreckt. Doch selbst im Augenblick des Erleidens der größten vorstellbaren Qualen, die ein Mensch bei dieser grausamen Hinrichtungsart erdulden muss, schwor er nicht ab.

Es wird berichtet, dass sich kurz vor dem Moment des Todes aus Magnus' versengtem Körper eine weiße Taube herausgelöst und gen Himmel gestiegen sei. Es war ein Zeichen, das Folgen haben sollte …

Unmittelbar am Tage der Verbrennung des Mönches hatten die Scharfrichter samt ihren Gehilfen den Auftrag erhalten, dieses „blasphemische Fresko" unverzüglich zu entfernen. Vergeblich aber hatten diese versucht, das Fresko zu zerstören.

Jeder von ihnen, der es gewagt hatte, Hand daran zu legen, wurde wie von einer gewaltigen Kraft durch den Raum geschleudert. Voller Furcht hatten danach die Scharfrichter den Raum wieder verlassen und dafür gesorgt, dass der Zugang mit Mauerwerk fest verschlossen wurde. Ihren Auftraggebern hatten sie aus Angst vor einer Verurteilung vorgegaukelt, „das Fresko weisungsgemäß entfernt zu haben".

Bereits kurze Zeit danach aber übernahmen heimlich die Ordensbrüder des hingerichteten Mönches die Bewachung des Freskos.

Erst lange Zeit später, als sich kaum jemand mehr an diese Ereignisse erinnern konnte, haben die tiefgläubigen Mönche den Eingang wieder freigelegt und verehren seitdem das „heilige Fresko".

Bis zum heutigen Tage haben sie nie den geringsten Zweifel verspürt, dass ihr Bruder nicht die Wahrheit gesprochen haben könnte.

EPILOG 2

Als Papst Franziskus, nur begleitet von Christoph Graf, dem Commandante der Schweizergarde, zu dem seltsamen Fresko hinabgestiegen war, hatte er nur ein einziges Ziel vor Augen: Das Böse, welches sich als „böser Geist" durch den Körper eines getöteten Kardinals in den Vatikan eingeschlichen hatte, musste vertrieben und ausgerottet werden.

Während der Commandante den Eingang schützte, betrat der Papst den kalten, zugigen Raum allein. Den Blick seiner nur noch halboffenen Augen zu Boden gesenkt, kniete er in demütiger Erwartung vor dem Fresko auf einem einfachen Holzgestell nieder. Verzweifelt richtete er die ganze Kraft seiner Gedanken in stillen Fragen an das Fresko, die sich immer wieder nur auf ein einziges Thema konzentrierten:

„Wie kann verhindert werden, dass böse dunkle Mächte die Herrschaft im Vatikan übernehmen und die Existenz des Gottesstaates gefährden und zerstören könnten?"

Da geschah das Unfassbare: Gott gab ihm Antworten und redete mit ihm wie mit Moses.

Nicht nur der Gottesstaat war im Wanken, sondern die gesamte Menschheit in großer Gefahr. Gottes Zorn war groß. Der Versuch des Papstes, Gott zu überzeugen, der Menschheit noch eine Chance zu geben, scheiterte kläglich.

Aber genau wie Moses die Tafeln mit den Zehn Geboten zerschmetterte, um erneut zu Gott aufzusteigen, schwang sich Franziskus „mariengleich“ mit seiner ganzen Überzeugungskraft zum Fürbitter der Menschheit auf.

Gott gewährte ihm diese erbetene letzte Frist. Aber er gab ihm eine Botschaft mit auf den Weg, wie sie unheilschwangerer nicht hätte sein können:

„Das nächste Mal werde ich nicht meinen Sohn zu euch senden. Ich selbst werde kommen und die Menschheit und alles Böse aus der Welt verbannen – in die ewige Verdammnis, und Jesus wird der Löwe aus dem Stamm Juda sein!“

War das die Ankündigung der Apokalypse?

PROTAGONISTEN

***Hans Albert Bilgrin**, genannt HAB, Schweizer Galerist und Mäzen*

***Maximilian „Max" Prückner**, ehemaliger Rechtsanwalt, guter Freund von HAB*

***Sophie Freise**, eine außergewöhnliche Frau mit außergewöhnlichen Fähigkeiten. Zusammen mit ihren Freunden HAB & Max bildet sie ein (fast) unschlagbares Ermittler-Trio.*

***Pavel Kowalski**, polnischer Abstammung, steht seit „ewig" in den Diensten des Klerus. Glaubt man HAB, ist er so etwas wie „der James Bond des Vatikans". Jodok, der seltsame Kardinal, glaubt an die geheime Kraft wissenschaftlicher Magie, die er für seine Zwecke nutzen und die Macht im Vatikan an sich reißen will.*

***Die Äbtissin, Maria Agnese „Agnieszka" Firao**, ist Jodok sexuell verfallen. Aber welches uralte Geheimnis verbindet sie mit dem verruchten und längst geschlossenen Nonnenkloster San Ambrogio?*

***Christoph Graf**, Commandante der Schweizergarde und treuester Beschützer des Papstes*

***Adrian von Stetten**, führender Kopf des rechtsradikalen NAD, Parteigründer der populistischen DfD (Deutsche für Deutschland)*

***Lieselotte Müller**, extreme Kampfsportlerin, Killerin, lebt & stirbt für Adrian von Stetten und die Ziele des NAD.*

***Martin Schumann**, IT-Spezialist, bildet zusammen mit Lotte das schlagkräftigste und gefährlichste Team des NAD. Sie sind ein Paar und haben sich „ewige Treue" geschworen.*

***Antonio Francisi**, genannt „Il Scorpione", gefährlicher korsischer Mafia-Boss, der es „ganz nach oben" schaffen will – dafür ist ihm jedes Mittel recht.*

***Karl-Friedrich Schützeneder, der „Kleine Fritz"**, früher leitender Geheimagent der Stasi. Führt seit dem Mauerfall die „GT", eine schlagkräftige Einsatzgruppe, und erledigt illegale Aufträge jeder Art.*

Was war ...

Hermann Alexander Beyeler / Gerd J. Schneeweis
Die BOZZETTO Trilogie – Der Fluch
Taschenbuch, 580 Seiten
ISBN-Nr.: 978-3-724521-78-5

DER »BOZZETTO« MICHELANGELOS,

...der 1534 auf einer Holztafel geschaffene Entwurf für die Gestaltung des Wandfreskos zum »Jüngsten Gericht« in der Sixtinischen Kapelle, wird 1546 von einem liebesblinden Kardinal seinem angestammten Platz im Vatikan entrissen. Der Schweizer Galerist Hans Albert Bilgrin sowie der ehemalige Rechtsanwalt Maximilian Prückner finden mithilfe der wundersam begabten Sophie heraus, welch blutige Spur der Bozzetto auf seinem Weg quer durch die europäische Geschichte hinterlassen hat. In der Holztafel verborgen, kämpft das Gute mit dem Bösen – bis heute. Bei dem Versuch, den Fluch des Bozzettos zu bannen, sieht sich das Trio plötzlich einer unerwarteten tödlichen Bedrohung gegenüber.

LESEPROBE:
»Aber zurück nach Paris«, nahm der alte Kunsthändler, in dessen Wohnzimmer Bilgeri und Prückner Platz genommen hatten, den Faden seiner Erzählung wieder auf. »Auf der einen Seite war ich Stellvertreter Rosenbergs, was allerdings eine reine pro-forma-Sache war, da Rosenberg sich für unersetzlich hielt und grundsätzlich alles selbst in die Hand nahm. So hatte ich jede Menge Zeit, um mich sorgfältig in den Pariser Kunstmarkt einzufinden. Während Rosenberg unermüdlich seine Kriegsbeute zusammentrug, spürte ich, wie sich der Kunsthandel in Zeitraffergeschwindigkeit den neuen Verhältnissen – wie ein Chamäleon – anpasste. Paris war über Nacht zum neuen Dreh- und Angelpunkt des Europäischen Kunstmarkts geworden...

… und geschehen wird

Hermann Alexander Beyeler / Gerd J. Schneeweis
Die BOZZETTO Trilogie – Die Apocalypse
Taschenbuch, 470 Seiten
ISBN-Nr.: 978-3-906900-16-2

DER »BOZZETTO« Die Apocalypse

Ein verheerender Bombenanschlag auf das im tiefen Jemen versteckte Shabwa-Museum in Ataq ist der Auftakt zu einer Reihe mysteriöser Terrorakte an scheinbar unbedeutenden Schauplätzen rund um den Globus. Da erreicht HAB unvermutet der Hilferuf eines alten Weggefährten: Der „Kleine Fritz" scheint mehr über die Attentate zu wissen als jeder Geheimdienst dieser Welt. Aber kann es tatsächlich sein, dass die anonymen Anschläge mit einer Superwaffe aus Hitlers Geheimwaffen-Labor ausgeführt werden? Da ein plötzlicher Herzinfarkt den Kleinen Fritz am Eingreifen hindert, springen HAB und seine Freunde für ihn ein und geraten in einen Strudel, aus dem es kein Entrinnen gibt. Mit der Unterstützung einer Handvoll Pensionisten aus dem ehemaligen Team des „kleinen Fritz" machen sie sich auf, um die geheime Formel für die Herstellung des alles vernichtenden Sprengstoffs zu finden. Doch sie sind nicht die einzigen auf der Suche nach den Mikrofilmen, die im unterirdischen Versteck von SS-Superhirn Hans Kammler gelagert sind. Im Wettlauf gegen die Zeit und gegen das Netzwerk eines völlig skrupellosen 18-jährigen rechtsnationalen „Welten-Vereinigers" nehmen sie jedes Risiko in Kauf. Denn wer diese Waffe besitzt, wird die Welt beherrschen – eine Welt, die eine einzige Hyper-Bombe aus dem Sonnensystem werfen könnte …